EL ALCALDE DE ZALAMEA

Daryl Kahn
Milagros

clásicos ⃝⃝ *castalia*

COLECCIÓN FUNDADA POR
DON ANTONIO RODRÍGUEZ-MOÑINO

DIRECTOR
DON FERNANDO LÁZARO CARRETER

Colaboradores de los volúmenes publicados:

Andrés Amorós. Farris Anderson. René Andioc. Joaquín Arce. Eugenio Asensio. Juan B. Avalle-Arce. Francisco Ayala. Hannah E. Bergman. Bernardo Blanco González. Alberto Blecua. José Manuel Blecua. María Josefa Canellada. José Luis Cano. Soledad Carrasco. José Caso González. Elena Catena. Biruté Ciplijauskaité. Evaristo Correa Calderón. Bruno Damiani. Cyrus C. deCoster. Albert Dérozier. Ricardo Doménech. John C. Dowling. Manuel Durán. José Durand. Rafael Ferreres. E. Inman Fox. Vicente Gaos. Salvador García. Luciano García Lorenzo. Yves-René Fonquerne. Joaquín González-Muela. Ernesto Jareño. R. O. Jones. A. David Kossoff. Teresa Labarta de Chaves. Carolyn R. Lee. Juan M. Lope Blanch. Francisco López Estrada. Luisa López-Grigera. Leopoldo de Luis. Felipe C. R. Maldonado. Robert Marrast. D. W. McPheeters. Guy Mercadier. Ian Michael. José F. Montesinos. Edwin S. Morby. Joseph Pérez. John H. R. Polt. Antonio Prieto. Jean-Pierre Ressot. Francisco Rico. Dionisio Ridruejo. Elías L. Rivers. Leonardo Romero. Juan Manuel Rozas. Fernando G. Salinero. Margarita Smerdou Altolaguirre. Jean Testas. José Carlos de Torres. José María Valverde. Stanko B. Vranich. Frida Weber de Kurlat. Keith Whinnom.

PEDRO CALDERÓN DE LA BARCA

EL ALCALDE DE
ZALAMEA

Edición,
introducción y notas
de

JOSÉ MARÍA DÍEZ BORQUE

clásicos castalia

Madrid

Impreso en España, Printed in Spain
por Artes Gráficas Soler, S. A. Valencia
Cubierta de Víctor Sanz
I.S.B.N. 84-7039-237-9
Depósito Legal: V. 2.893 - 1976

SUMARIO

SUMARIO

INTRODUCCIÓN
BIOGRÁFICA Y CRÍTICA

I. LA BIOGRAFÍA DEL SILENCIO: PEDRO CALDERÓN DE LA BARCA

SON muchas las lagunas en la reconstrucción de la vida de nuestro primer dramaturgo, a pesar de los esfuerzos de Cristóbal Pérez Pastor, Emilio Cotarelo y Mori, N. Alonso Cortés y otros;[1] abundantes las falsedades que han circulado por culpa de su primer biógrafo Juan de Vera Tassis[2] y no pocas las sombras por pudor y ocultamiento del propio dramaturgo.

Pedro Calderón de la Barca Henao de la Barrera Riaño, nació en Madrid el 17 de enero de 1600, aunque en la *Verdadera quinta parte de sus comedias* se afirma que nació en 1601, día de la Circuncisión del Señor; fecha sin fundamento, según muestra Gaspar Agustín de Lara.[3] Por entonces el otro gran dramaturgo

[1] C. Pérez Pastor: *Documentos para la biografía de D. Pedro Calderón de la Barca*, Madrid, 1905, I; E. Cotarelo y Mori: *Ensayo sobre la vida y obras de D. Pedro Calderón de la Barca*, Madrid, 1924; N. Alonso Cortés: "Algunos datos relativos a Don Pedro Calderón", *RFE*, I (1915), pp. 41-51; E. Juliá Martínez: "Calderón de la Barca en Toledo", *RFE*, XXV (1941), pp. 182-204; F. Marcos Rodríguez: "Un pleito de D. Pedro Calderón de la Barca, estudiante en Salamanca", *RABM*, LXVII (1952), pp. 717-732; N. D. Shergold y J. E. Varey: "Un documento nuevo sobre Don Pedro Calderón de la Barca", *BHi*, LXII (1960), pp. 432-437; E. M. Wilson: "Textos impresos y apenas utilizados para la biografía de Calderón", *Hispania*, III (1960), pp. 1-4.

[2] J. de Vera Tassis: "Fama, vida y escritos de D. Pedro Calderón" en *Verdadera quinta parte de comedias de D. Pedro Calderón*, Madrid, 1682.

[3] Gaspar Agustín de Lara: *Obelisco fúnebre*, Madrid, Rodríguez, 1684. Reproducido en BAE, VII, p. XXXVI.

7

que llena con su vida y obra, desmesuradas, el primer
tercio del siglo XVII, Lope de Vega, contaba 38 años
y ya había conocido el éxito en las tablas y en los
ajetreados caminos de su vivir. Es fuerza comparar a
los dos grandes dramaturgos del XVII, aunque sólo sea
para mostrar el abismo que separa sus vidas. Lope fue
pródigo en dejarnos testimonios de su constante aventura, haciendo literatura de su vida. Calderón deja en
la sombra los secretos de su intimidad, apenas hace
literatura con las aventuras, que las hubo en su vida,
y sintió un no confesado pudor ante los desmanes y
atropellos de su juventud, pero sin los arrepentimien-
tos ni las extremosidades de Lope. Otra cosa es que
sus frustraciones y problemas sicológicos se interpusie-
ran, a veces, entre el técnico de teatro y el hombre;
tal sería el caso —según pretende Ch. V. Aubrun [4]—
de *La vida es sueño,* donde aparecería el complejo de
Edipo que afligía a Calderón desde su juventud, su
rebelión contra sus padres y maestros, su frustrado pro-
yecto de consagrarse a Dios, etc. Admítanse con las
debidas reservas interpretaciones de este tipo, pero sin
negarles totalmente su validez.

Calderón nace en el seno de la burocracia hidalga,
contagiada de los prejuicios de la nobleza y con el cierto lustre de la proximidad al Rey. En alguna ocasión,
nuestro dramaturgo habla de su mediana sangre, pues
su padre era secretario del Consejo y Contaduría Mayor de Hacienda y su madre descendía de un señor
flamenco. La casa solariega estaba en la "montaña"
santanderina, en Viveda, cerca de Santillana. Nace,
pues, cortesano con cierto brillo pero sin opulencia, y
esto predetermina sus estudios y el hecho de que fuera
destinado a ocupar la capellanía que su abuela ma-
terna había fundado. A este fin entró en el Colegio
Imperial de los Jesuitas —en Madrid— el año 1608
y allí permaneció hasta 1613. Estudia Filosofía, Mate-

    4 Ch. V. Aubrun: "La Langue poétique de Calderón" en *Realis-
me et poesie au théâtre,* París, CNRS, 1960, p. 73.

máticas, Historia, Latín, Griego, etc., pero, sobre todo, se imbuye del espíritu jesuítico que será decisivo en la organización conceptual y estructuración de su teatro, como veremos.[5] En 1614, en la Universidad de Alcalá de Henares, estudia Lógica y Retórica. Al año siguiente comienza estudios en la famosa Universidad de Salamanca, donde sigue cursos de Derecho —durante cuatro años— y también —según Vera Tassis[6]— de Filosofía, Cronología, Geografía e Historia política. Obtiene el título de Bachiller en Cánones.

No fue todo un tranquilo discurrir mientras realizaba los estudios que, después, le servirían para ahondamiento y profundización en su obra dramática. En 1610 muere su madre y tuvo que sufrir los rigores de una dura madrastra, Juana Freyle. En 1615 muere el padre —hombre intransigente como muestra N. Alonso Cortés[7]— lo que originará problemas testamentarios entre los tres hermanos (Diego, José y Pedro), aunque reinaba la armonía y cariño entre ellos. Por otra parte, cuando estudiaba en Salamanca, se vio envuelto en un delicado problema jurídico-religioso que le costó pena de excomunión, por no pagar el alquiler que debía a un convento. Quizás haya que añadir a estos sufrimientos el provocado por las burlas de sus compañeros llamándole *Perantón*, por llamarse Pedro y haber nacido el día de San Antón.

De su temprana vocación literaria y habilidad dramática, que admite M. Sauvage,[8] nada puede decirse con certeza pues es muy improbable que escribiera *El carro del cielo* a los trece años, como se ha pretendido. Hemos de retrasar la fecha de sus primeras producciones literarias al año 1620, en que participa en un torneo poético, organizado en Madrid con motivo de la beatificación de Isidro labrador. No obtiene

5 Vid. B. Marcos Villanueva: *La ascética de los jesuitas en los autos sacramentales de Calderón*, Bilbao, U. Deusto, 1973.
6 J. de Vera Tassis: *op. cit.* (cito por el texto reproducido en BAE, VII), p. XXX.
7 N. Alonso Cortés: *op. cit.*, p. 50.
8 M. Sauvage: *Calderón*, París, L. Arche, 1973, p. 23.

premio pero recibe el elogio de un poeta consagrado, Lope de Vega. También encontramos su nombre en otro acto dedicado a la canonización de San Ignacio de Loyola, San Francisco Javier y Santa Teresa. En cuanto a su producción dramática, su primera obra que puede ser fechada con rigor es *Amor, honor y poder*, estrenada el 29 de junio de 1623 por la compañía de Juan Acacio, en Madrid[9] y este mismo año estrena *La selva confusa* y *Los Macabeos*, con marcadas influencias de Lope, a pesar de su originalidad. Por otra parte, en 1622, en otro torneo poético, organizado ahora por la canonización de San Isidro, obtuvo un primer y segundo premios.

La mayoría de edad de Calderón le supuso tener que decidir en un delicado problema, que le afectaba íntimamente: la ordenación de sacerdote para seguir cobrando las rentas de la capellanía que había fundado su abuela o la renuncia a dicha capellanía y el disfrute de las libertades de la condición de laico que le atraían. Decide no ordenarse y renuncia al apellido Riaño que había utilizado hasta entonces como segundo y comienza a firmarse Calderón de la Barca. Sobre la devoción religiosa de Calderón no cabe juzgar aquí, pues no aireó ni hizo motivo literario de su intimidad. Pero, en todo caso, su trayectoria de escritor religioso queda muy a las claras en su producción dramática posterior, e incluso por estos años en que toma tan íntima decisión, pues de 1622 es su ascético romance sobre la penitencia de San Ignacio en Manresa.

El mismo año de su mayoría de edad, 1621, los tres hermanos Calderón se ven envueltos en el homicidio de Nicolás de Velasco. La persecución por la justicia les obliga a refugiarse en la Embajada de Austria y a indemnizar a los familiares de la víctima, para lo cual tuvieron que vender el oficio de su padre, hereditario; procedimiento que, por su parte, tantas veces puso en

---

9 Discuten los datos existentes N. D. Shergold y J. E. Varey: "Some Early Calderón Dates", *BHS*, XXXVIII (1961), p. 276.

práctica la Corona para obtener recursos con que mantener el lujo de la corte y continuar su equivocada política de prestigio exterior. La menguada economía de Calderón de la Barca fue socorrida, por entonces, por el Condestable de Castilla, cuyo escudero era, y esto le permitió seguir escribiendo, ya para palacio y consultando —según Marrast [10]— la excepcional biblioteca real, ya para los corrales.

Vera Tassis [11] señala —sin documentarlo en modo alguno— que Calderón participó en las campañas militares de Flandes e Italia, de 1625 a 1635, y aun se adelanta el comienzo de su actividad militar a 1623. Por su parte Patricio de la Escosura, [12] —que admite la afirmación de Vera Tassis— señala la poca recompensa que obtuvo Calderón por sus servicios militares, no pasando de soldado noble y voluntario con ocho escudos de sueldo mensuales y las quejas que esto le ocasiona. Su posible participación en las campañas militares mencionadas (al menos de 1623 a 1625 y no hasta 1635 como pretende Vera Tassis) supondría que Calderón habría conjugado las armas con las letras, siguiendo el viejo ideal renacentista. Pero, como ya señalaba, no hay certeza de que estuviera en Flandes e Italia y muchas de las hazañas que se le atribuyen corresponden a su hermano Diego. Con todo, Valbuena Prat [13] apunta que algunos motivos, determinadas alusiones militares, el modo de tratar la violencia, etc., en piezas como *El sitio de Breda, Amar después de la muerte, La niña de Gómez Arias,* se explicarían y justificarían por su participación en las campañas militares mencionadas.

---

10 R. Marrast: Introducción a su edición de *El Alcalde de Zalamea,* París, Aubier Flammarion, 1968, p. 9.
11 J. de Vera Tassis: *op. cit.,* p. XXX.
12 P. de la Escosura: "Ensayo crítico sobre la vida y teatro de D. Pedro Calderón de la Barca en *Teatro escogido de D. P. C. de la B*; Madrid, RAE, 1868, pp. XIV y ss.
13 A. Valbuena Prat: *El teatro español en su Siglo de Oro,* Barcelona. Planeta, 1972, p. 249.

En enero de 1629 —lo que hace inadmisibles las fechas de Vera Tasiss— tiene lugar el suceso más escandaloso de la vida de Calderón, que celosamente ocultó, aunque para algunos autores lo tuviera siempre presente, aflorando —de un modo o de otro— en su producción dramática. Estamos ante un Calderón que será calificado de vengativo y sacrílego, a tenor de los rigores del tiempo en que ocurrieron los hechos. Pedro Villegas, *autor de comedias,* hiere a un hermano de Calderón y se acoge a sagrado en el convento de las trinitarias de la calle de Cantarranas de Madrid. Calderón y sus seguidores quebrantaron la clausura y penetraron en el convento persiguiendo al agresor y registraron las celdas, lo que produjo un gran escándalo. Lope de Vega criticará esta actuación, porque en dicho convento había profesado una hija suya. Pero el suceso no llegó a mayores y Calderón no fue acusado por el cardenal Trejo y Paniagua, porque se consideró que el verdadero culpable de quebrantar la clausura fue el agresor. No obstante, el culterano, engolado y mal contentadizo predicador fray Hortensio Felix de Paravicino, atacó muy duramente, en un concurrido sermón, a los protagonistas del hecho, lo que dio pie a Calderón para una venganza en verso, sin demasiada gracia, que incluyó en su magistral *El príncipe constante*:

> BRITO: Una oración se fragua
> fúnebre, que es sermón de berbería;
> panegírico es que digo al agua
> y en emponomio horténsico me quejo

El predicador Paravicino recibió muy mal la pulla e, incluso, intentó implicar en los hechos a la monarquía para que el crimen fuera de lesa mejestad y el castigo mayor, pero todo quedó en tachar de la obra los versos objeto de la ira del predicador.

1630 marca el comienzo de su auge como dramaturgo, elogiado y reconocido por Lope de Vega en su

El laurel de Apolo (1630) y por Pérez de Montalbán en su *Para todos* (1632). De 1630 a 1651, en que recibe órdenes sagradas, Calderón escribe teatro profano principalmente para palacio pero también para los públicos corrales de comedias, [14] como Lope y la pléyade de sus discípulos. Los *autores* (directores de compañía) buscaban el éxito y aplauso que el modelo creado por Lope tenía asegurado y Calderón —con técnica de oficio— escribirá obras ajustándose al patrón admitido, pero sus más logradas piezas teatrales no irán por este camino, y el autor no dependerá de los corrales en la misma medida que Lope y sus seguidores. La inauguración del Coliseo del Buen Retiro, en 1634, será un hecho decisivo para Calderón, que sabrá aprovechar las ventajas técnicas que ofrece el nuevo teatro (proscenio, telón, nuevas posibilidades de decorado y lujo escénico, etc.) convirtiéndose en el proveedor habitual de este coliseo real. No en vano se inauguró dicho teatro con la obra de Calderón *El nuevo palacio del Retiro*, representándose, el siguiente año, su comedia mitológica *El mayor encanto, amor* con lujosos y espectaculares efectos escénicos de Cosme Lotti que tienen su réplica en el verso cuidado y artificioso al extremo. Ese mismo año de 1635 fue nombrado director de las representaciones en palacio. [15]

La década de los treinta, como decía, no es sólo la del Calderón escritor de oficio que busca vender su producto —nunca con la extremosidad de Lope [16]— al corral o a la corte, sino que nos las habemos ya con el gran dramaturgo barroco que a las comedias de

---

14 Sobre la estructura de los corrales y organización económica y administrativa, decorado, compañías..., etc., vid. J. M.ª Díez Borque: Introducción a edic. de *El mejor alcalde, el Rey*, Madrid, Istmo, 1974; Introducción a *Lope de Vega: Teatro*, Madrid, E. N., 1975, y *Teatro y Sociedad en la época de Lope de Vega* (Ariel, prensa).

15 Para la relación de representaciones en Palacio durante el siglo XVII, vid.: N. D. Shergod y J. E. Varey: "Some Palace Performances of Seventeenth-Century Plays, *BHS*, XL (1963), pp. 212-244.

16 Vid.: J. M.ª Díez Borque: "Lope de Vega, sobre la vida y situación socioeconómica del escritor de comedias en el siglo XVII" en Ed. de *El mejor alcalde, el Rey* (citada), pp. 9-41.

capa y espada (*La dama duende, Casa con dos puertas*, 1629) y mitológicas para palacio (*El mayor encanto amor* (1635), *Los tres mayores prodigios* (1636)) une sus primeras obras maestras, ajenas a cualquier exclusivismo temporal o espacial: *El príncipe constante* (1629); *El médico de su honra* (1635); *A secreto agravio secreta venganza* (1636); *La vida es sueño* (1635); *El alcalde de Zalamea, El mágico prodigioso* (1637), etcétera. También los primeros autos sacramentales, a juzgar por la relación que presenta Valbuena Prat[17] en la que ninguno es anterior a 1634. Es la época de la gran productividad de Calderón que nos muestra cómo supo compaginar dos estilos que no se suceden cronológicamente —como veremos— o mejor, cómo supo pagar el necesario tributo a las leyes ya impuestas de la comedia y del gusto del público, nuevo mecenas, pero sin abandonar su genuina, personal y renovadora veta dramática que cuaja en esas cuantas obras dramáticas que han pasado a la posteridad y que de discípulo aprovechado le convierten en maestro de una nueva forma de hacer.

La década de 1630 a 1640 es, también, la del Calderón palaciego y cortesano. No sólo escribe para palacio, como hemos visto, sino que obtiene cargos públicos y mercedes de persona grata al poder. Aparte de director de las representaciones en palacio (1635), es nombrado (1636) censor y a él corresponde autorizar las comedias de Tirso de Molina. Ese mismo año recibe —según Vera Tassis[18] como premio de sus campañas en Flandes— el preciado galardón y privilegio del hábito de Santiago, que Lope no consiguió a pesar de sus muchos desvelos y solicitudes. Calderón inicia los peldaños de lo que era la carrera normal del cortesano que medraba: hábitos y encomiendas con que la corona premiaba, agradecía y ayudaba a la subsistencia de sus fieles. Por otra parte, ese mismo año

17 A. Valbuena Prat: "Los autos sacramentales de Calderón. Clasificación y análisis", *RH*, LXI (1924), pp. 1-302.
18 J. de Vera Tassis: *op. cit.*, p. XXX.

vio publicada la *Primera parte de sus comedias,* al cuidado de su hermano José que intentaba evitar los errores y deformaciones con que se publicaban las obras de Calderón en ediciones fraudulentas. Al año siguiente (1637) se publica la *Segunda parte,* con otras doce obras ya representadas y algunas ya publicadas fraudulentamente. Pero, como dice Gaspar Agustín de Lara, [19] Calderón jamás dio ninguna comedia suya a la prensa y las que se imprimieron fue contra su voluntad (solamente años después se ocuparía personalmente de la edición de sus autos). Es muy interesante esta actitud de Calderón y más si la comparamos con la actuación de Lope. Permítaseme una larga, pero muy sustanciosa, cita de la carta contestación al Duque de Veragua en 1680, por lo que tiene de reveladora de la actitud de Calderón ante la impresión de sus obras y su amarga queja de lo que él considera rapiña ·intelectual, pero sin que —como Lope— se ocupara de subsanarlo, preocupándose él mismo de la impresión:

> Yo, señor, estoy tan ofendido de los muchos agravios que me han hecho libreros y impresores (pues no contentos con sacar sin voluntad mía a luz mis mal limados yerros, me achacan los ajenos, como si para yerros no bastasen los míos, y aun esos mal trasladados, mal corregidos, defectuosos y no cabales), tanto que puedo asegurar a V.E. que aunque por sus títulos conozco mis comedias, por su contexto las desconozco; pues algunas que acaso han llegado a mi noticia, concediendo el que fueron mías, niego el que lo sean, según lo desemejadas que las han puesto los hurtados trasladados de algunos ladroncillos que viven de venderlas, porque hay otros que viven de comprarlas; sin que sea posible restaurar este daño, por el poco aprecio que hacen de este género de hurto los que, informados de su justicia, juzgan que la poesía mas es defecto del que la ejercita, que delito del que la desluce. [20]

---

19 G. Agustín de Lara: *op. cit.,* p. XXXVIII.
20 "Respuesta de Don Pedro Calderón de la Barca al Excelentísimo Señor Duque de Veragua (Madrid a 24 de julio de 1680), en BAE, VII, p. XLI.

y a continuación manifiesta que sólo se ocupa de la impresión de sus autos y no tanto por exigencias de autoría como porque:

> no corran la deshecha fortuna de las comedias, temerosos de ser materia tan sagrada, que un yerro o de pluma o de imprenta, puede poner un sentido a riesgo de censura. [21]

La placentera vida cortesana de Calderón, que hasta intervino como actor en las lujosas fiestas palaciegas, fue sacudida —en 1638— por el sitio a que somete Condé la plaza de Fuenterrabía, siguiendo las instrucciones de Richelieu. Haciendo honor a su hábito de Santiago parece ser que intervino en el socorro de esa plaza y así lo refleja en su comedia *No hay cosa como callar*. Pero donde se distinguiría como militar sería en la guerra de Cataluña, originada por la rebelión de los catalanes —que pactan con Luis XIII— contra el poder central. Pero antes de partir hacia el campo de batalla Calderón se vio envuelto en un lance de capa y espada, recibiendo una cuchillada durante un ensayo. Quiero citar como hecho curioso —pero tristemente sintomático de la España del XVII— el que Calderón retrasara su incorporación a filas por impedírselo hasta que escribiera la comedia *Certamen de amor y celos*, que le habían encargado. Pero pronto la terminó y sirvió en Cataluña, ya en 1640, a las órdenes del Conde Duque, su amigo y al que permanecerá fiel tras su caída en desgracia en 1643. Fue herido cerca de Villaseca y participó con su compañía de caballos corazas —comportándose valerosamente— en el sitio de Lérida. Pero no era la militar la vocación de Calderón y en 1642, encontrándose en Zaragoza, recibe la licencia absoluta. Como premio S.M. le "hizo nueva merced de treinta escudos de sueldo al mes, en la consignación de la artillería".[22]

---

21 *Ibidem.*
22 P. de la Escosura: *op. cit.*, p. XXIX.

Tras la caída en desgracia del Conde-Duque entra al servicio del Duque de Alba, con sumisiones menos dolorosas que las de Lope con el de Sessa pero obedeciendo a idénticas razones de buscar la protección de un noble que desde su privilegiada posición le ayudara a subsistir en el difícil negocio de las letras, aunque el escritor de comedias fuera —entonces— el único que obtenía unos saneados ingresos de su labor creadora. Pero los teatros sufrieron varios cierres (octubre de 1644 a Pascua de 1645, 1646 a 1649) y sólo se permitían las obras religiosas; por otra parte, con la caída del Conque Duque quizás temiera represalias de Don Luis de Haro. Por todo esto vivió en Alba de Tormes, hasta que —en 1649— con motivo del matrimonio de Felipe IV con Mariana de Austria, Calderón fue llamado a la corte para trazar y describir las fiestas y arcos triunfales con que se celebraron los regios desposorios. Hizo tal descripción en un *libro en folio,* aunque éste no apareció a su nombre.

Uno de los sucesos que más turbaron la intimidad de Calderón ocurrió en este década del 40 al 50, aunque es imposible precisar la fecha con exactitud (¿1647?). Tuvo Calderón una amante, pero su extremo pudor nos ha ocultado su nombre y demás circunstancias. Jamás hizo literatura sobre ella, a distancia abismal de Lope de Vega que tan cumplida cuenta nos dio de sus muchos azares amorosos. Tuvo un hijo con esta amante, que murió a los diez años, y nada más sabemos de esta aventura amorosa de Calderón que, sin embargo, le afectó profundamente.

Su producción dramática decrece considerablemente en esta década del 40 al 50, pues a su ocupación militar de comienzos hay que añadir el cierre de los teatros, que hemos visto, y la seria ofensiva de los teólogos contra la pretendida inmoralidad de la comedia, que debió de hacer mella en el espíritu religioso de Calderón. Una serie de acontecimientos van a ensombrecer su vida por esos años: fallece su hermano José en 1645, y dos años después su hermano Diego, quizás también su amante. El Imperio está en franca decadencia. Muere la reina y el heredero. Se cierran los teatros. Motivos todos que se sumaron e hicieron tomar a Calderón una decisión transcendente: en 1650 ingresa en la Orden Tercera de San Francisco y al año siguiente se ordena de sacerdote (la cédula real autorizando su ordenación es de 18 de septiembre de 1651) y en octubre canta su primera misa. En 1653, otra cédula real le otorgaba el cargo de capellán de los Reyes Nuevos en Toledo, pero una vez más retrasó el incorporarse a su capellanía por estar escribiendo una comedia; en esta ocasión *Fortuna de Andrómeda y Perseo*. Pero antes había tenido problemas con el Patriarca de las Indias, que veía con malos ojos que un autor dramático ocupase una dignidad eclesiástica, de lo que se vengará irónicamente Calderón cuando el propio patriarca le encargue los autos sacramentales para el Corpus, contestándole: "O esto es malo o bueno; si es bueno no me obste; y si es malo, no se me mande". [23] Todavía volvería a tener problemas con los miembros de la capilla de los Reyes Nuevos de Toledo por la frecuencia con que se ausenta y marcha a Madrid, por motivos de salud y para encargarse de ensayos de sus obras o prestar otros servicios al Rey. Seguía recibiendo sus emolumentos durante estas ausencias.

Este período, que acertadamente ha calificado Valbuena Prat como el de la "biografía del silencio", es para Calderón de reconcentración en sí mismo, con una vida ejemplar en la que no cabe la profanación de los hábitos como en el pasional Lope, pero el dilema entre el sacerdote y el autor de comedias no tardó en planteársele también a él. Calderón dudó sobre la moralidad del oficio de dramaturgo para los corrales públicos —tenía muy próxima la acerada polémica de los jesuitas y las críticas del Patriarca de las Indias— y decide no escribir más obras profanas para los tea-

23   BAE, XIV, p. 675; cita la carta Hartzenbusch.

tros públicos madrileños. Pero esto no quiere decir que abandonara el oficio y ni siquiera que abandonara la producción de obras profanas, pues continuó escribiendo para palacio piezas mitológicas y musicales, así sus famosas zarzuelas, totalmente cantadas: *El laurel de Apolo, La púrpura de la rosa* (¿1660?) y su primera ópera *Celos aun del aire matan,* con música de Juan Hidalgo, que fue estrenada el 5 de diciembre de 1660. No obstante, la principal dedicación del dramaturgo sacerdote es el auto sacramental y se convierte en proveedor exclusivo de este tipo de obras para los carros del Corpus, no sólo de Madrid sino de Toledo y otras ciudades. El auto sacramental cuadraba a la perfección con su nueva situación eclesiástica, pues, a la postre, no era sino una forma de predicar y enseñar teología mediante la prefiguración y el simbolismo, muy bien remunerada pues recibía 400 ducados del ayuntamiento más 1.400 reales de la compañía.[24] Por otra parte, buen testimonio de su religiosidad por entonces, a la vez que demostración de su amplio conocimiento de los Santos Padres, Teología y Sagradas Escrituras, es su comentario a la leyenda de la reja del coro de canónigos de la catedral de Toledo *Psalle et sile* (canta y calla).

Aunque tampoco, como en el caso de Lope de Vega, se ordenara por motivos canónicos, lo cierto es que las mercedes, distinciones y beneficios se sucedieron. En 1663 abandona Toledo para regresar a Madrid, por motivos de salud y para poder vigilar los ensayos, pero sigue conservando sus emolumentos como capellán de Toledo, a los que se suman una pensión en Sicilia y otras continuadas mercedes, siendo nombrado capellán de honor de S.M. En 1666 es nombrado capellán mayor de la Congregación de presbíteros naturales de Madrid que se portará mezquinamente, tras su muerte, desaprobando los gastos del epitafio y monumento

---

[24] Vid.: J. E. Varey y N. D. Shergold: *Los autos sacramentales en Madrid en la época de Calderón, 1637-1681,* Madrid, 1961.

erigidos a su memoria y suprimiendo —como muestra Iza Zamacola[25]— el aniversario perpetuo que por su alma había fundado dicha congregación. Pero sus virtudes le dieron el título de *venerable* y detalle sintomático es que la Inquisición impidiera el proceso de beatificación, que demuestra que alguien creyó que Calderón era merecedor de tal dignidad.

En 1664 apareció impresa la *Tercera Parte* con otras doce comedias, al cuidado de Sebastián de Vergara Salcedo. De nuevo las razones alegadas son las mismas y que ya veíamos, pero Calderón tampoco se ocupa personalmente de la impresión ni revisa personalmente los textos. En 1672, bajo el cuidado del *autor* Francisco de Avellaneda, se publica la *Cuarta Parte*. Aunque tampoco se ocupa Calderón personalmente de la edición aparece una curiosa dedicatoria "A un amigo ausente" en que se lamenta de los errores de impresión, robos y, con no poca gracia, dice que los editores para ahorrar papel hacen terminar el acto donde se acaba la hoja y la comedia donde acaba el cuadernillo. A continuación da una lista de cuarenta piezas impresas que le han sido atribuidas falsamente o que llevan título cambiado (aunque él empleó, en más de una ocasión, este recurso para escapar a censuras).

En 1680 escribe su última comedia palaciega, *Hado y divisa de Leónido y Marfisa,* de corte caballeresco y de gran aparato escénico, que acompañada de una loa, el entremés de *La Tía,* el ballet de *Las Flores* y el sainete *El labrador gentilhombre,* fue representada primero en palacio y obtuvo, después, un clamoroso éxito popular (21 días de representación).

Padeció los naturales achaques de la edad, pero su biógrafo, Agustín de Lara,[26] afirma que conservó su sano juicio hasta el final. Otorgó testamento el 20 de mayo de 1681, dejando heredera universal a la Congregación de presbíteros naturales de Madrid, y fa-

25 A. Iza Zamacola: *Biografía de D. Pedro Calderón de la Barca,* Madrid, Boix, 1840, en BAE, VII, p. XXXV.
26 G. A. de Lara: *op. cit.,* p. XXXVIII.

lleció cinco días después. Escribió hasta el final, pues el mismo año de su muerte había terminado un auto para el Corpus (El cordero de Isaías) y medio terminado otro: La divina Filotea.

Fue enterrado con gran asistencia de fieles, aunque en el testamento había pedido un entierro humilde: "llevándome descubierto por si mereciese satisfacer en parte las públicas vanidades de mi mal gastada vida con públicos desengaños de mi muerte". Valbuena Prat resume el proceso de esta vida que Sauvage [27] califica, desacertadamente, de "vida sin historia": "dominando las violentas pasiones de su juventud, llegó a una paz en el 'museo del discreto' de su intimidad silenciosa, convencido de que no hay compañía más segura que la soledad y que todas las pompas mundanas son sólo 'humo, polvo, nada y viento'". Pero no hay que olvidar que Calderón —no desestimo ni niego su concentración y meditación interior— fue puntual cortesano que gozó del amplio favor de Felipe IV, la reina Mariana de Austria, Carlos II, Juan José de Austria, el Conde-Duque de Olivares, etc. Por otra parte conoció y gustó del aplauso público y, aunque no llegue a la fecundidad de Lope, de su pluma salieron más de 120 comedias, unos cien autos sacramentales, otros tantos sainetes, 200 loas, entremeses y farsas y, además del libro de la Entrada en Madrid de la Reina doña Mariana de Austria, un discurso en octavas sobre los cuatro Novísimos, un tratado en defensa de la nobleza, otro de la comedia y abundantes poesías sueltas.

Calderón de la Barca, ocultador celoso de su intimidad, parco en hablar de sí mismo y de sus aventuras y dolores, reconcentrado y meditativo, lector atento y no de misceláneas, es el envés de Lope. Ambos forman el Jano de nuestro teatro áureo, pero sin olvidar que bajo las muchas oposiciones hay abundantes coincidencias, pues no en vano fue Lope el que puso a punto ese mecanismo de ilusión que fue nuestro teatro del siglo XVII.

---

[27] M. Sauvage: op. cit.

II. LA DRAMATURGIA CALDERONIANA

1. ¿Dos estilos? Evolución dramática

Ch. V. Aubrun [28] distingue tres fases en la dramaturgia de Calderón: *a)* comedia costumbrista y de capa
y espada; *b)* hacia el final del reinado de Felipe IV
propone al público comportamientos ejemplares de héroes históricos o seudo-históricos; *c)* bajo el reinado
de Carlos II ofrece espectáculos de pura diversión,
tragicomedia lírica, dramas mitológicos y espectáculo
aleccionador: autos sacramentales. En parte es cierta
la afirmación de Aubrun en cuanto que muestra un
progreso en profundidad de temas y estilización de
la forma, ganando en perfección barroca. Pero hay que
tener en cuenta que conviven obras de todos los tipos
a lo largo de la carrera dramática de Calderón, esto
permite hablar a Valbuena Prat [29] de dos estilos que
no se suceden cronológicamente. Tampoco esto es cierto
del todo y me parece más exacta, hoy por hoy, la postura de Kurt Reichenberger [30] quien afirma:

> en Calderón hay que coordinar los dramas tempranos
> y los posteriores en otro tipo de estructura. Los prime-
> ros se captan con categorías de estilos manieristas, mien-
> tras que los segundos se manifiestan como rasgos per-
> fectos de pensamiento ordenado y barroco, con volun-
> tad de estilo.

Hay que compaginar criterios cronológicos y criterios temáticos para intentar explicarse el problema de
los dos estilos de Calderón, teniendo muy presentes los
conceptos de evolución y maduración.

---

[28] Ch. V. Aubrun: "Abstractions morales et références au réel dans
la tragédie lyrique" en *Réalisme et poésie...* (cit.), pp. 53-59.
[29] A. Valbuena Prat: *op. cit.*, p. 250.
[30] K. Reichenberger: "Contornos de un cambio estilístico. Trán-
sito del manierismo literario al barroco en los dramas de Calderón"
en *Hacia Calderón*, Berlín-Nueva York, Walter de Gruyter, 1973,
pp. 51-60.

Voy a caracterizar, en lo esencial, el primer estilo para detenerme, después, en el segundo. Valbuena Prat [31] señala que en este primer estilo continúa, perfeccionándose, el sentido realista del drama de Lope y sus coetáneos. Calderón añade el estilo conciso, la simplificación de la trama, la perfección técnica y el esquematismo. Pertenecen a este modo de hacer las comedias costumbristas y de capa y espada, que se diferencian de las anteriores por la rotundidad de expresión y el discreteo, preludio de la finura dieciochesca.

Siguiendo a Reichenberger [32] podemos matizar más las características de este primer estilo que, en bloque, se caracterizaría por la brevedad dinámica frente a la suntuosidad solemne del segundo. En este primer estilo apenas hay elementos barrocos, falta la exuberancia verbal y la alegoría exorbitante. Dominan las oraciones breves, sin subordinación, con frecuencia de interrogativas e imperativas que dan un carácter breve, cortante y dinámico a lo que coadyuvan las antítesis, anáforas y exclamaciones entrecortadas. Por otra parte, las metáforas, menos abundantes, se caracterizan por la concisión e integración sintáctica, encaminadas a producir dinamismo.

En cuanto a la estructura, las obras de este primer estilo se distinguen por el principio de composición de series abiertas, que pueden ser ampliadas o abreviadas. Las escenas adquieren carácter episódico y se suman entre ellas, mediante una idea que les da unidad, con presencia de elementos cómicos abundantes que actúan como recursos de contraste y sirven para dar mayor dramatismo, por comparación, a los elementos dramáticos. En el plano argumental hay que destacar la frecuencia de situaciones extremas (violencias, atropellos, venganzas) en escenas de fuerte efectismo y la sumisión a un plan previo que condiciona los recursos de progreso de la "narración" y el desenlace,

31 A. Valbuena Prat: Introducción a *Autos sacramentales*, CC.69, p. XX.
32 K. Reichenberger: *op. cit.*

con una exterioridad y una mecánica combinatoria que sirvió para llenar tantas horas de representación en los corrales públicos. La técnica del contraste, de la polaridad, aparece ya, pero se juega habitualmente en sus aspectos más externos, tanto en el plano de la caracterización del personaje como en el desarrollo de la acción. Los personajes no son todavía esos entes razonadores que se cuestionan problemas esenciales de la vida sobre la tierra para salir del caos que la estructura bipolar del mundo planteaba al hombre barroco. Son piezas de un tablero de ajedrez, movidas con mayor rigidez y perfección mecánica, pero sometidas, a la postre, a un limitado número de posibilidades de combinación[33] que las hace aparecer rígidas en sus actuaciones, esquemáticas en sus planteamientos, en su interiorización de los problemas y con un sistema fijo de respuestas a las instancias de la época: políticas, culturales, sociales. Es esa rigidez de valores de nuestro teatro áureo tan característica y definidora.

Ruiz Ramón[34] resume, certeramente, lo que significa, en conjunto, la actuación de Calderón en esta fase primera: "Calderón utiliza para decir lo que tenía que decir el instrumento que el público prefería: el de Lope. Pero lo somete a un proceso de depuración crítica. Calderón asimila creadoramente los elementos fundamentales de la dramaturgia vigente, toma posesión de ellos, los va moldeando, rechazando unos e intensificando otros —su técnica esquemática es el resultado de una operación selectiva— y los va haciendo aptos para expresar su visión del mundo". (Más adelante me referiré a obras concretas que pueden incluirse dentro de este primer estilo.)

Y paso a ocuparme del llamado segundo estilo en que vamos a encontrar al auténtico Calderón creador

[33] Véase: E. Souriau: "Les deux cents mille situations dramatiques", París, Flammarion, 1970.
[34] F. Ruiz Ramón: Historia del teatro español, I, Madrid, Alianza, 196, p. 251.

y exponente magistral de la dramaturgia barroca. Es el Calderón del ritmo solemne y mesurado y de la suntuosidad verbal que va a poner en práctica las exigencias conceptuales, estilísticas, estructurales y escenográficas del Barroco. Valbuena Prat [35] lo caracteriza globalmente:

> el segundo estilo, más original [...] se halla en las comedias religiosofilosóficas y mitológicas y en los autos. Se trata de un género nuevo, en que la ideología, la poesía del asunto y exquisita forma poética, con la cooperación a veces de la música como factor esencial, se sobreponen a los demás elementos de la primera etapa [...]. Si el autor tropezaba con la dificultad de un tema obligado se veía libre, en cambio, de las sujeciones técnicas de la comedia intangible. El gracioso se reduce a su menor expresión; la acción es una; cabe todo: simbolismo, pensar hondo, poesía, música y, además, todo lo dramático humano: caracteres, pasión, vida, pues alegoría e historia no se embarazan.

Son características del escritor barroco, influido por el culteranismo gongorista y el conceptismo. Conviene detenerse en el estudio del Calderón barroco, para establecer las confluencias y divergencias; en definitiva, su grado de originalidad.

H. Hatzfeld [36] determina, con agudeza, lo que es barroco en Calderón. Según este autor el barroco calderoniano no es alusión recóndita ni simple trampa construida con brillantes conceptos para mantener al lector alejado del contenido ideológico, únicamente atento a las agudezas. Su barroco es comprensible, no enigmático, sólo en parte conceptista, se dirige a la generalidad del público al que consigue intrigar y en esto se diferencia de Góngora, aunque tome elementos de su imaginería. Según este mismo autor los elementos en la caracterización de Calderón barroco son:

---

35 A. Valbuena Prat: Introducción (cit.), pp. XXI y XXIII-IV.
36 H. Hatzfeld: "Lo que es barroco en Calderón" en *Hacia Calderón* (cit.), pp. 53 y ss.

metáforas, paradoja, engaño-desengaño, claroscuro, eco, dinamismo, solemnidad. Me referiré a ello en su lugar correspondiente.

2. Imaginería, conceptos y estilo lingüístico

Es imposible desencardinar los tres aspectos con que titulo este apartado, porque Calderón, como apunta Valbuena Prat [37], lleva lo poético a la forma esencial de la acción, de modo que no es un elemento pegadizo. El microcosmos teatral implica una lengua microcósmica muy arquitecturada que, más allá de su sentido literal, tiene un sentido moral; por ello las imágenes —elemento básico que voy a considerar primero— raramente se quedan en el plano de la sensación.

Calderón posee un sistema, perfectamente coherente, de imágenes poéticas, abundantes, ricas en significado y sugerencias y con una potencia visual que cautivaba a los espectadores del teatro barroco. Everett W. Hesse [38] organiza sistemáticamente la procedencia de las imágenes y su significado:

Naturaleza: paisajes inhóspitos y hostiles, cataclismos que simbolizan acontecimientos fatales.

Astronomía: para describir la belleza femenina, la majestad real.

Luz: razón, vida, amor.

Mitología: selecciona figuras, caracteres, mitos para expresar verdades universales, emociones, naturaleza híbrida del hombre.

Reino animal: caballo que simboliza el orgullo y la caída la fuerza del destino, como demuestra Valbuena Briones. [39] El águila la realeza, etc.

37 A. Valbuena Prat: *El teatro español...* (cit.), p. 265.
38 E. W. Hesse: *Calderón de la Barca*, New-York, 1967, pp. 36-37.
39 A. Valbuena Briones: *Perspectiva crítica de los dramas de Calderón*, Pamplona, Rialp, 1965, pp. 35 y ss.

Animales + naturaleza: para mostrar la idea del caos racional y emocional, político y moral del hombre, se sirve de animales híbridos, monstruos, fenómenos extraordinarios de la naturaleza, etc.

E. M. Wilson [40] organiza toda la imaginería calderoniana, su procedencia y significado en torno a los cuatro elementos: tierra, agua, aire, fuego, fundamentales en la concepción del mundo medieval e integrados, en Calderón, dentro de un sistema escolástico teológico, como revelación de las leyes físicas y el poder de Dios que los separó del caos. La imaginería calderoniana estaría compuesta por los elementos correspondientes a cada uno de los cuatro elementos, según el siguiente procedimiento de inclusión:

AGUA

A) *Elemento*: mar, agua, río, golfo, ondas.
B) *Criaturas animadas relacionadas con él:* delfín, pez, sierpe, sirena.
C) *Criaturas inanimadas:* nave, bajel, galera.
D) *Atributos del elemento:* sal, hielo, nieve, coral, aljófar, plata, espuma.

Buena parte del vocabulario calderoniano se debe a esta articulación de cuatro planos que sirve, también, para los tres restantes elementos:

TIERRA

A) Campo, jardín, monte.
B) Caballo, elefante, atlante, flores.
C) Pirámide, montaña, escollo, pira.
D) Verdores, perlas, ramos, anca, cola.

40 E. M. Wilson: "The four elements in the imagery of Calderón" en *MLR*, XXXI (1936), pp. 34-47.

AIRE

A) Aire, viento, cielo.
B) Ave, pájaro, águila, neblí.
C) Nube, huracán.
D) Plumas, penachos, picos, alas.

FUEGO

A) Fuego, cielo, firmamento, incendio.
B) Fénix, mariposa, salamandra, Apolo, Faetón.
C) Sol, cometa, astro, lucero.
D) Luz, rayos, relámpagos, ceniza, centella, oro, celestial, etéreo.

Cada uno de estos cuatro órdenes de criaturas es sinónimo del elemento al que pertenece y sólo tiene sentido dentro de él, pero Calderón utiliza, con gran frecuencia, el conflicto y confusión de elementos para significar el caos y, sobre todo, para indicar violencia, alteración, utiliza componentes de un elemento calificándolos con atributos del otro, lo que supone una alteración visual y una expresión de la idea barroca de fuerza y violencia: "flores de plumas son, aves de flores", y una amplia gama: "ave del mar", "delfín del viento", "volcán de agua", "pájaro de espuma", "centauro de hielo", "hipógrifo violento". Sirva de ejemplo resumidor esta presentación de un pájaro de presa:

> Hechos remos los pies, proa la frente,
> la vela el ala, y el timón la cola
>
> *(El mayor encanto, amor)*

El aparente hermetismo de Calderón se puede penetrar al comprobar que en su teatro hay una reiteración de motivos, una mecánica rigurosa, que hace que no varíe el significado fundamental que es, en última instancia, la expresión de la polaridad barroca, de la oposición que sólo adquiere su unidad en Dios. En este sentido hay que interpretar la paradoja, el juego engaño-desengaño, el claroscuro y eco a que me refería más arriba, en cuanto componentes esenciales de su sistema dramático.

La paradoja domina la estructura dramática de muchas comedias, significa la tensión metafísica y moral del cristianismo y se expresa en una variada posibilidad de oposiciones: sueño/vigilia; amor/odio; falta/salvación; muerte/vida; mal/bien; sombra/luz. Dentro de este sistema hay un valor simbólico de los elementos y así la sombra será pecado, culpa y lo mismo la muerte. Esta angustia barroca de los opuestos da lugar a una constante utilización de determinadas figuras retóricas y licencias que expresan la tensión de contrarios, la oposición. Destacaré la *antítesis* (oposición o contradicción), *oxymoron* (un adjetivo implica el significado contrario en el nombre al que modifica), *antífrasis* (dar a una cosa un nombre que, según su rigurosa significación, indica cualidades contrarias a las que realmente tiene), *catacresis* (ejemplo traslaticio de una palabra o grupo de palabras de modo impropio, por ejemplo, "clarines de pluma, aves de metal"), y en menor medida en cuanto al significado que aquí trato: *equívoco, parodia,* y *quiasmo.* De la *metáfora,* como forma privilegiada de expresión de este universo conceptual, me ocuparé después.

El sistema conceptual calderoniano se apoya en la imaginería de los cuatro elementos, como venimos viendo, que son buenos y malos a la vez, tenebrosos y claros... o sea dobles. Esto nos lleva a la articulación engaño-desengaño que en Calderón adopta, habitualmente, la forma de engaño a los ojos, es decir, la imposibilidad de distinguir entre ser y apariencia. Para H. Hatzfeld [41] la consecuencia es una presentación de la realidad "como si..." que en el plano formal se

---

41 H. Hatzfeld: *op. cit.*

expresa mediante la abundante utilización del subjuntivo. El engaño-desengaño tiene un sentido transcendente y expresa la característica esencial de la vida del hombre sobre la tierra.

Al engaño a los ojos corresponde el engaño a los oídos, *el eco*, que lo mismo que *el claroscuro*, son formas de oposición de contrarios, de indecisión. En el plano lingüístico hay que relacionar con el eco la *annominatio* y la *paronomasia*.

Podemos afirmar, en consecuencia, que Calderón tiene una visión dual del mundo que determina el ritmo binario de la frase y la organización de las palabras en oposición, mediante los distintos recursos retóricos. Como dice Aubrun,[42] el paralelismo y la ambigüedad son corrientes en este lenguaje; toda cosa toma dos aspectos, toda palabra dos sentidos, todo signo se inscribe en dos planos. Por otra parte, esta concepción dual origina una recurrencia de palabras relacionadas semánticamente y que traducen la auténtica obsesión calderoniana por la huida de la confusión, la pureza y la conquista del orden y razón. Pero no estoy de acuerdo con Ch. V. Aubrun[43] cuando afirma que el vocabulario de Calderón es bastante pobre y que la abstracción se sustituye por detalles innumerables y sin interés. Tenemos muchos ejemplos en sus obras —respondiendo al dinamismo barroco— de exhaustivas enumeraciones y acumulaciones léxicas de una gran riqueza. Un buen ejemplo nos lo proporciona *El gran teatro del mundo* en que el pobre define su papel con veintiocho sinónimos de pobreza. Estas acumulaciones son especialmente habituales en las recapitulaciones, que suelen concluir de modo fulminante después de una larga enumeración. Para conseguir la sensación de aceleración y dinamismo, Calderón suele recurrir a la acumulación de sustantivos y adjetivos en endecasílabos y heptasílabos, acumulación de verbos,

---

42 Ch. V. Aubrun: *La langue...* (cit.), pp. 73 y ss.
43 *Ibidem*.

supresión de artículos, etc. Pero la misma polaridad que caracteriza su sistema conceptual viene a caracterizar su estilo, pues si el dinamismo es una característica fundamental, también lo es la solemnidad y el lenguaje pomposo y metafórico frente a las enumeraciones a que me refería; y esto supone la oposición dinámica/estática.

Kurt Reichenberger,[44] que caracterizaba el primer estilo de Calderón como el de la sencillez y concentración, califica el segundo, que venimos tratando, como el de la ampulosidad, solemnidad y extensión. Se distinguirá por una sintaxis articulada (relativas, concesivas, condicionales...) de períodos amplios y con gran riqueza de matices, mucha utilización de formas perifrásticas y amplio desarrollo verbal. Frente a los elementos volitivos del primer estilo hay un aumento de elementos descriptivos y declarativos (descripción de paisajes, estados anímicos, monólogos, etc.); frente a los breves apartes hay aquí amplias exégesis. Aumentan los componentes líricos y meditativos, lo que en el plano formal se manifiesta en mayor frecuencia de adjetivos atributivos, aposiciones, oraciones ampliadas, etcétera. Pero la clave formal de este segundo estilo nos la va a dar el sentido y utilización de metáforas.

Frente a la concisión de las metáforas del primer estilo, las del segundo son suntuosas y ornamentadas, ampliadas hasta el punto de que los autos sacramentales son una alegoría continuada. Calderón no suele utilizar símiles y metáforas aislados sino que acostumbra a repetir y acumular, lo que caracteriza vivamente su lenguaje dramático. No suelen abundar las metáforas conceptistas sinonímicas. Habitualmente las construye a base de los cuatro elementos a los que me refería más arriba y este procedimiento deriva, sin duda, de Góngora, aunque las metáforas de Calderón no sean cifra gongorina y, por tanto, no planteen los problemas de interpretación que ofrece la obra de

44 Reichenberger: *op. cit.*

Góngora. Leo Spitzer [45] establece el sentido de esta forma estilística:

> una alegría, fuente de gozo ante los modos de manifestación de las cosas y de una conciencia triunfante de la unidad de todo lo creado ... una armonía católico-estática de la existencia.

Lo metafórico se convierte en un principio de orden cósmico y la razón de ser de las metáforas calderonianas —como apunta Hatzfeld [46]— es establecer una relación de las creaturas con su creador, dejan ver el mundo roto, como la luz a través de un prisma en multitud de colores, con la firme creencia de que la luz blanca, unitaria, existe sólo para Dios.

Quiero aludir, finalmente, a la abundante presencia de la relación causa-finalidad que, formalmente, se expresa en la abundancia de partículas causales, condicionales, explicativas. Es la lengua de la filosofía, de los jesuitas, de la lógica escolástica. A este respecto, Ch. V. Aubrun [47] califica, globalmente, la lengua dramática de Calderón como situada en los antípodas del humanismo en cuanto que se esfuerza en llevar a sus contemporáneos hacia la verdad revelada, no trata de imponer sus propias verdades y, mucho menos, mejorar la situación de los hombres.

3. *Estructura y técnica dramática*

Si la estructura de los dramas del primer estilo se caracterizaba, como vimos, por el principio de composición de series abiertas, en este segundo estilo predominan las formas de construcción cerrada y la trabazón moral de las acciones, de modo que cada escena es un elemento funcional de un conjunto coherente con

---

45 L. Spitzer: "Kennig und Calderons Begriffsspieleri", *ZRPh, LVI* (1936), pp. 100-102.
46 H. Hatzfeld: *op. cit.*
47 Ch. V. Aubrun: *La langue...* (cit.).

unidad dramática. Según Reichenberger [48] se pasa de la suma de actos a un acto único pertinente (aunque Calderón siga sometiéndose, externamente, a la división en tres actos) lo que supone trasladar la acción del acento exterior al interior, de lo visible a lo invisible, sirviéndose —con extraordinaria frecuencia— del recurso de estructuras antitéticas: choque entre dos personajes o entre dos actitudes en el interior de un personaje. La polaridad y la paradoja, como decía más arriba, dominan la estructura dramática de la obra calderoniana. Gana, pues, el teatro de Calderón en vida interna y elaboración constructiva con respecto al de sus contemporáneos.

Valbuena Prat [49] ha señalado los dos procedimientos básicos que utiliza Calderón en la construcción de sus obras dramáticas:

> unas veces construye Calderón a base de un protagonista, al que, en ley de subordinación muy propia de todo el arte barroco, se supeditan los demás personajes como en *La vida es sueño*, las dos partes de *La hija del aire*, *La niña de Gómez Arias* [...] o *El príncipe constante*. Otras veces estructura una ley de paralelismo a base de dos personajes que pueden ser protagonistas o antagonistas [...]. Algunas de estas figuras contrapuestas, como las de los dramas religiosos y mitológicos, se alzan en dialéctico tono que puede llevar a la controversia.

En consecuencia, puede haber una acción simple o doble, especificada por la utilización de paralelismos y contrastes en caracteres, tema e "imaginería". Muchas veces las dos acciones tienen una relación simbólica y cuando se trata de una sola acción o conflicto, muy frecuentemente Calderón lo estructura en dos niveles: uno exterior (lucha entre dos fuerzas opuestas, protagonista contra antagonista) y uno interior (oposición de fuerzas de conceptos, oposición de

---

48 K. Reichenberger: *op. cit.*
49 A. Valbuena Prat: *El teatro español...* (cit.), p. 267.

principios de valores universales de la existencia, como veremos en *El Alcalde de Zalamea*).

Habitualmente la acción comienza *in medias res,* procedimiento para captar de forma inmediata el interés del espectador. Lo que ha ocurrido antes del momento en que se abre la acción se le suele dar a conocer al espectador mediante largas narraciones que le proporcionan toda la información que necesita. Este recurso, muy utilizado en todo el teatro del XVII, puede ser calificado como "acción verbal" en cuanto que los hechos sólo tienen una presencia en escena gracias a la palabra, como si de otro género literario se tratase, y no de teatro con su condición básica de representación. Este recurso se emplea, también, para las acciones que por su complicación no pueden aparecer en escena y, a veces, cumple el efecto de "decoración verbal", situando la acción en marcos de naturaleza ideal, mar, etc., que no podrían ser presentados en escena por otro procedimiento que no fuera la palabra dicha.

El argumento, sea simple o doble, es desarrollado pieza a pieza, segmento a segmento, de modo que la intensidad de la acción va "*in crescendo*" y cada acto termina en tensión para llegar a la última escena en que aumenta el clímax y se produce el desenlace. Esto es lo común en toda la dramaturgia del XVII y Calderón —como demuestra inteligentemente Albert E. Sloman [50]— utiliza obras concretas de sus predecesores como fuentes inmediatas de sus dramas, acomodándose al *pattern* estructural, haciendo que lo auténticamente original y personal vaya por otros caminos, aunque —en ocasiones— también reestructurará la obra en cuestión, con una perfecta adecuación entre los juegos escénicos y la arquitectura de ideas, como muestra L. P. Thomas.[51]

50 A. E. Sloman: *The Dramatic Craftsmanship of Calderón*, Oxford, Dolphin, 1958.

51 L. P. Thomas: "Les jeux de scène et l'architecture des idées dans le Théâtre allegorique de Calderón", en *H. a M. Pidal*, Madrid, 1925, II, pp. 501-530.

Las relaciones entre los personajes del drama se reducen, según Sauvage, [52] a tres: fe jurada, amor y venganza. Esto supone que somete al individuo a un conjunto de obligaciones que determinan fría y mecánicamente sus actuaciones; por otra parte, el amor tiene, muchas veces, las características de un juego formalista en el que falta la intimidad y todo se reduce a una mecánica que conduce al matrimonio, con una serie de peripecias para retrasar el desenlace. Pero detrás de este conformismo hay, en Calderón, cierta ironía y protesta de la esclerosis de las reglas sociales, aunque no quebrantará lo que es fundamental: la incorporación del individuo a un orden jerárquico, en el que todas sus decisiones están regidas por la normativa aceptada por la mayoría. Pero en este mundo "ordenado" hay también personajes que se sitúan fuera de la ley y el orden establecido, con un instinto de muerte, de subversión, de venganza, de rompimiento... y por aquí hay que buscar las obras maestras de Calderón con una estructura dramática en que acción y personajes se subordinan a este personaje-clave protagonista. Quebranta así la ley aristotélica de que los caracteres deben subordinarse a la acción, lo que sí cumple —por otra parte— en sus más elementales comedias costumbristas y de capa y espada. Entre estos personajes-clave a los que se subordina la acción y que, por tanto, sirven como estructuradores del drama se encuentran Segismundo, Semíramis de *La hija del aire*, Pedro Crespo, Eusebio de *La devoción de la cruz*, etc., auténticos símbolos de distintas pasiones humanas. Esta ley de subordinación rige también en muchos dramas de Calderón en que el personaje central no ha conseguido ese grado de universalidad, pero que se destaca en la puntualidad con que es caracterizado frente a los restantes que quedan como en la sombra.

Para el análisis del movimiento anímico, Calderón coloca a los personajes en situaciones antitéticas que

52 M. Sauvage: *op. cit.*, p. 89.

los descubren en sus contradicciones y ambigüedades y, muchas veces, en su carácter equívoco, pero esto no puede llevar a una negativa como la de Aubrun, [53] para quien en el universo racionalista de Calderón, la sicología se reduce a pura fisiología y la introspección no muestra más que sensaciones elementales. Bien que, al fin, los personajes sacrifiquen su intimidad en el altar de la sociedad, y los protagonistas de la comedia más ligera sean de una gran pobreza sicológica y se definan, solamente, por su mecánica teatral. Pero generalizar supone querer ignorar los mejores logros de nuestro autor, a los que —en todo caso— podría criticárseles por ser conceptos puestos en acción, en cuanto que toda acción interior se hace movimiento. Son caracteres más que individuos pero de gran profundidad y penetración sicológica.

Desde el punto de vista de técnica dramática cabe decir que el personaje se expresa para provocar admiración en el auditorio y de ahí que la retórica calderoniana vaya intensificándose y complicándose progresivamente a medida que se van intensificando las emociones y esto en la vida es, claro, exactamente al revés. Pring-Mill [54] demuestra, a este propósito, que para Calderón todas las funciones del lenguaje, como medio de comunicación, pudieran reducirse a las dos artes hermanadas de la lógica para razonar y de la retórica para persuadir y conmover. Para expresarse Calderón utilizará, muchas veces, con extremo rigor, las partes tradicionales del discurso según la retórica (proposición, confirmación, amplificación, transición, sumación, conclusión), y esto nos descubre la perfecta técnica que poseía para caracterizar, poner en acción a sus personajes y mostrar su evolución, pues en sus obras más logradas es capaz de mostrar un proceso evolutivo interno y una variación en las motivacio-

53 Ch. V. Aubrun: *La langue...* (cit.), p. 75.
54 R. D. F. Pring-Mill: "Estructuras lógico-retóricas y sus resonancias: un discurso de *El príncipe constante*" en *Hacia Calderón* (cit.), pp. 109-154.

nes, muy lejos del *stock* fijo del que también se sirve (gracioso, caballero-dama, padre, Rey, etc.) al que me referí más arriba.

Max Oppenheimer [55] muestra lo que hay en los más logrados caracteres calderonianos de deseo de auto-realización frente a las limitaciones de la sociedad, quebrantando las pautas del conformismo para superar las limitaciones humanas y las dificultades en una "ilusoria armonía, síntesis de elementos discordantes". Sería ésta una influencia medular del espíritu barroco en la dramaturgia de Calderón.

Este privilegio que disfruta el protagonista en la construcción de la pieza, determina la exigencia de algunos elementos dramáticos como el *monólogo*, para explicar la tensión íntima del personaje, su proceso mental, su raciocinio, etc. El monólogo es el más usual recurso escénico para explicar la intimidad del personaje, no sólo su emotividad sino también su conceptualización de la vida. Calderón lleva a la perfección el monólogo teatral y es su recurso más habitual para expresar las antítesis que caracterizan a su teatro barroco, y, sobre todo, para mostrar el sentido profundo de las actuaciones que, en apariencia, pueden tener otro significado. Pero también el monólogo es recurso para expresar —me refería a ello más arriba— la acción verbalmente, sin ninguna presencia factual en escena. En conexión con esto está el *flashback*, recurso para facilitar información sobre el pasado de un personaje o los antecedentes de un hecho, cuando éste no se presenta en escena. No es infrecuente la utilización para, al interrumpir la acción, producir tensión y suspense en el auditorio.

Hay que citar, también, los *apartes* como recurso habitual dentro de las convenciones del género dramático, para indicar los verdaderos sentimientos de un personaje, explicitar una intriga más allá de las

[55] M. Oppenheimer: "The Baroque Impasse in the Calderonian Drama", *PMLN*, LXV (1950), pp. 1.146-1.165.

apariencias, dar al espectador la clave de un aconte-
cimiento o descubrirle algún secreto de la mecánica
teatral. Calderón se sirve, con frecuencia, de este recurso y lo utiliza, a veces, para incrementar la intensidad emocional y suspense de un pasaje.

Para enfatizar y poner de relieve un determinado
punto o rasgo de un personaje, Calderón, como los restantes dramaturgos del XVII, se sirve de determinadas
anécdotas, cuentecillos cultos o tradicionales, sin vinculación factual con la acción y que son contados por
alguno de los personajes. Es un recurso muy fecundo
y que prolonga extraordinariamente los límites obligados de la acción de los personajes y lleva al teatro
posibilidades de otros géneros literarios.

Al tratar de la estructura y técnica dramáticas hay
que referirse, por fuerza, al problema de las tres unidades. Puede afirmarse que Calderón, como los restantes dramaturgos del XVII, no las tiene en cuenta, pero
—con todo— conviene tener presente, aunque con limitaciones, el juicio de Duncan Moir [56] según el cual
Calderón se daba perfecta cuenta de la utilidad de las
unidades y las empleaba cuando, a su juicio, podían
contribuir al valor dramático de determinadas comedias. Piensa este autor que pudo existir un concepto
más amplio de las tres unidades y en este sentido estar
casi siempre presentes, de modo que cuando se estu-
die con mayor profundidad el tiempo y el espacio en
el teatro del siglo XVII se descubrirán más comedias
regulares de lo que se cree y viene afirmándose. Aun
admitiendo en parte este juicio no va por aquí la caracterización de la estructura barroca de la comedia y
pueden servir de comprobación los atinados juicios de
W. Michel. [57]

Por último me referiré a la relación estrofa-situación,
uno de los principios que más puntualmente cumple el

---

56 D. Moir: "Las comedias regulares de Calderón: ¿unos amo-
ríos con el sistema neoclásico?" en *Hacia Calderón* (cit.), pp. 61-70.

57 W. Michel: "Barockstil bei Shakespeare und Calderón", *RHi*,
75 (1929), pp. 370-458.

teatro del siglo XVII. Según Ch. V. Aubrun,[58] en Calderón se resquebraja la perfecta adecuación metro-personaje, metro-situación, aunque —según este autor— se cumple otra ley: verso largo y noble para escenas amplias y lentas, sean majestuosas o galantes. El verso corto asonantado se utilizaría, tanto para el monólogo como para el diálogo, en la acción y reflexión y sería el preferido para las escenas patéticas. A pesar de esto se puede afirmar que Calderón, aunque no con el mismo rigor, sigue el modelo de Lope: *romance* y *redondilla* para el diálogo, narración y exposición; *silva* y *décima* para las acciones más serias y de elevados personajes; *silva* para los diálogos líricos; *soneto* para los soliloquios; *quintilla* para la narración en las escenas de palacio. Sin embargo, en ocasiones, se continúa con el mismo metro en varias escenas aunque varíe su entidad. También Calderón puede cambiar de metro dentro de una misma escena para indicar un cambio anímico o una variación de la situación.

El arte de Calderón es, pues, una perfecta síntesis de variadas facetas: mitología, teología, retórica, lógica, filosofía, derecho, etc., todo perfectamente integrado en su obra, capaz de deleitar por su estilización —como muestra Curtius[59]— no sólo al público más erudito y culto sino al hombre común no familiarizado con la retórica ni con las complicadas leyes de culteranismo y conceptismo. Ayuda a la comprensión de la "imaginería" verbal, el poder de captación que la escena tenía gracias al desarrollo de decorado, maquinaria, efectos, mucho más maduros que en los comienzos de Lope. En muchas de las obras de Calderón se produce una perfecta fusión de música, pintura y efectos escénicos que, junto con la utilización del verso, consiguen esa sensación de solemnidad y belleza de su arte dramático que responde a la idea superior de que todas las artes tienen su origen en Dios y

---

58 Ch. V. Aubrun: *La langue...* (cit.).
59 E. Curtius (véase n. 66).

sirven a los propósitos del Creador. Para conocer los detalles de sus espectaculares puestas en escenas —en las que no puedo entrar aquí— remito al estudio de Shergold.[60] Para la interpretación en su sentido último de la teatralización del barroco, en que la vida se hace teatro y el teatro se hace vida al desbordarse y hacerse fluidas las fronteras de espectáculo y vida, son de gran utilidad los estudios de E. Orozco y E. Rousset.[61]

4. Géneros dramáticos en la producción de Calderón

Para completar los perfiles de la dramaturgia de Calderón, una vez que hemos visto la evolución de su teatro y la sucesión —no cronológica— de estilos, conviene precisar —aun con los riesgos que tiene toda clasificación— las distintas facetas de su teatro, que vienen a mostrarnos no sólo la riqueza creativa sometida, básicamente, a una dualidad sino la realidad viva del escribir comedias en el siglo XVII, con unas coordenadas muy precisas: escribir para los corrales y palacio como fuente de ingresos, atender al negocio de la salvación del alma y la propaganda religiosa, utilizar los cauces estructurales, formales y temáticos por los que ha discurrido y madurado el teatro, plegarse a unos valores establecidos y contribuir a su difusión. Pero este escribir dentro de las coordenadas de su tiempo no excluye, claro, el poder de renovación, de utilización genial o, incluso, de innovación dentro de cada una de las distintas facetas escénicas cultivadas.

Con fines metodológicos, y en el camino de facilitar la comprensión, podríamos repartir el bloque de la

60 Véanse: N. D. Shergold: A History of the Spanish Stage, Oxford, 1967.
61 E. Orozco: El teatro y la teatralidad del Barroco, Barcelona, Planeta, 1969, y E. Rousset: Circe y el pavo real, Barcelona, Seix Barral, 1973.

producción teatral de Calderón en varios géneros: comedia de capa y espada; comedia costumbrista; dramas religiosos; drama histórico; tragedias de honor; comedia mitológica; drama filosófico; autos sacramentales; teatro menor (entremeses, loas, etc.). En todos los géneros muestra Calderón su personal manera de hacer y utilizar los elementos dramatúrgicos que hereda, pero —sin duda— unos géneros le son más propios que otros, actuando como auténtico creador y no como sumiso remodelador de normas en práctica. Calderón es, antes que nada, el escritor de autos sacramentales y dramas religiosos y filosóficos; sus otras manifestaciones serán un punto de llegada, una recreación —tantas veces magistral— de tendencias existentes y ya muy experimentadas. Como genuino dramaturgo del Barroco tendrá siempre presentes unas premisas formales y temáticas a la hora de escribir teatro, que le caracterizan y dan el sello personal a toda su producción, como veíamos más arriba. Pero la densidad conceptual y la puesta en práctica de recursos culteranos y conceptistas es distinta en cada uno de los géneros, encontrando su más acertada expresión en las obras de mayor enjundia, las que le permiten lucir sus lecturas de escritores antiguos, su habilidad jesuítica para la argumentación, la fuerte trabazón lógica con conceptuosas metáforas e imágenes retóricas, la meditación del filósofo sobre instancias últimas del vivir: muerte, demonio, honra, carne; en definitiva, esa polaridad tan netamente barroca en que me detenía más arriba.

Comedias de capa y espada

Calderón rindió tributo a este género tan característico de los corrales de comedias del XVII y en el que había lucido sus habilidades de creador y experimentador de un modelo, Lope de Vega. Calderón empieza escribiendo este tipo de comedias como corresponde a un dramaturgo que comienza a ejercitarse, pero seguirá cultivándolas más adelante, conviviendo con sus más genuinas y profundas creaciones. El fin de las comedias de capa y espada es divertir al espectador, envolviéndole en un agitado sucederse de acciones que desembocan siempre en una final feliz. Hay unos caracteres básicos que se repiten: dama, galán, padre, gracioso, etc.; unas coordenadas mentales recurrentes: amor-dios, celos, honor, exaltación de la patria y la aristocracia, y unas premisas formales y técnicas que facilitan el patrón y modelo: acción sobre caractirización, mezcla de lo trágico y lo cómico, no respeto de las unidades clásicas, etc. Claro que Calderón llevará a la práctica todo este sistema dramático perfeccionándolo de acuerdo a tres principios: orden, estilización, intensificación. Clarifica las intrigas, las despoja de elementos retardatorios y las desarrolla con una mecánica perfecta y calculada. A la vez intenta una mayor profundidad en pensamiento y caracterización, haciendo referencia a motivos universales del hombre, expresados mediante la rica imaginería del barroco. Con todo no es, como queda dicho, en las comedias de capa y espada donde Calderón obtendrá los mejores frutos.

Quiero destacar, dentro de este grupo, las siguientes comedias: *Casa con dos puertas mala es de guardar; La dama duende; El astrólogo fingido; El maestro de danzar; El escondido y la tapada,* etc. No hay que decir que, a pesar del sello personal, son las más convencionales, típicas y tópicas, de la producción dramática de Calderón.

No quiero indicar con ello que no haya valores superiores al mero pasatiempo, pues en estas obras se devuelven estructurados al público conceptos de amor, honor, patria, rey; se proclaman determinadas normas de conducta, se alude a conflictos más serios que ese ajetreado ir y venir por pasiones amorosas... pero dentro del conjunto calderoniano son las de menor entidad conceptual.

Comedia costumbrista

Próximas a las de capa y espada y participando de muchas de sus características están las llamadas comedias costumbristas. Toma sus argumentos de la historia, pero principalmente de la tradición popular y la leyenda. Pueden referirse a costumbres rurales o costumbres urbanas, pero será dentro del marco rural donde Calderón escribirá una de sus mejores obras más o menos costumbrista: *El alcalde de Zalamea,* en la línea del magistral *Peribañez y el comendador de Ocaña* de Lope de Vega. Calderón, ateniéndose a las ideas fijas y admitidas de justicia y honor, reestructura en profundidad, objetividad y mayor aliento formal una obra ya existente de Lope (pero en todo ello me detendré más adelante). Como hace en su otra gran obra costumbrista: *La niña de Gómez Arias,* con una de Vélez de Guevara.

Drama religioso

Más de una docena de obras sobresalientes, en las que incluyo no sólo la comedia de santos y el drama católico sino las históricas y bíblicas, caben dentro de esta faceta privilegiada de la producción calderoniana. Calderón que va a ser, prácticamente, el creador del auto-sacramental, aunque alimentado por una larga tradición que comienza en las representaciones medievales, sintió una gran atracción por el drama religioso en toda su variedad de manifestaciones y siempre con una finalidad de aleccionar, instruir para la salvación del alma y mostrar las verdades y dogmas del católico. Es en estas obras en las que se nos muestra el Calderón teólogo y filósofo con dominio del arte suasoria, con capacidad para meditar a la luz de la religión sobre el destino del hombre y con voluntad de enseñar el camino de salvación. Estamos ante un teatro "práctico", con la misma practicidad que caracteriza a los autos sacramentales y que ya habían cultivado sus predecesores ampliamente, aunque sin la profundidad conceptual, ni el pesimismo barroco, ni el lujo de imaginería, extremado en este tipo de obras. Un amplio número de posibilidades argumentales estaban a disposición de Calderón, y las pondrá en práctica: dogmas de la iglesia, leyendas marianas, conversión de los paganos al cristianismo, vidas de santos y mártires, historias de la Biblia, oposición bien-mal, salvación y libertad, etc. Al hombre barroco, obsesionado por el gran negocio de la salvación del alma, le calaban hondo los abstrusos problemas teológicos —convertidos en argumento de pieza teatral— de salvación y libre albedrío, pactos con el demonio e intervención misericordiosa de Dios, ejemplaridad de santos que se mantienen fieles en su fe, etc. Calderón supo hacer teatro con todos estos materiales que estaban en el ambiente de la España post-tridentina, con un pesimismo y una consideración negativa de lo humano que sólo encontrará justificación en el más allá y la salvación en Dios y un marcado providencialismo presente siempre.

Si los temas y motivos de los dramas religiosos de Calderón no son nuevos y podemos encontrarlos en la dramaturgia medieval, de un Sánchez de Badajoz, Tirso, Lope, etc., sí lo es la maestría con que los desarrolla nuestro autor que conocía, con bastante profundidad, a San Agustín, Santo Tomás, Báñez, Molina, San Bernardo, San Buenaventura, el estoicismo senequista y poseía la habilidad argumentadora de quien ha estudiado Derecho y se ha formado con los jesuitas.

Dentro de este apartado hemos de destacar: *La devoción de la cruz*; *El príncipe constante*; *El mágico prodigioso*; *El purgatorio de San Patricio*; *Los dos amantes del cielo*; *Los cabellos de Absalón*.

Como dice Valbuena Prat,[62] Calderón es el gran dramaturgo sintético del catolicismo que "recoge para la poesía la gran época de los teólogos españoles". Su apoteosis triunfal religiosa hallará su más exacta ex-

62 A. Valbuena Prat: Introducción... (cit.), p. XXIV.

presión en el simbolismo de los autos sacramentales, pero hay que tener en cuenta esta otra faceta de su producción dramática religiosa para comprender hasta qué punto es manifestación esencial y privilegiada dentro de su producción, y forma acabada del "segundo estilo" a que me refería.

Drama histórico

La historia nacional y extranjera fue en el siglo XVII la gran evasión de la realidad circundante y en este sentido la utilizó Lope en muchas de sus obras que no hace al caso citar aquí. La historia, en crónicas, leyendas, centones, era una fuente inagotable de argumentos y proporcionaba al dramaturgo acciones muy connotadas con la posibilidad, incluso, de plantear conflictos de mucha garra escénica: oposición poder del rey-nobleza, oposición nobleza-pueblo, etc., que una situación en el presente habría hecho totalmente inviables en escena. Por otra parte, esta excursión al pasado servía como motivo de glorificación nacional, en la lucha con el infiel para salvaguardar los valores de la cristiandad, y mostrar una España católica, gloriosa y triunfante. El dramaturgo tenía a su disposición no sólo la historia nacional sino la historia clásica, llena de hechos memorables. Aunque con menos frecuencia, también se llevaban a las tablas hechos de la historia inmediata, contemporánea del dramaturgo, pero —en este caso— sin la menor crítica a una situación político-económica tan deteriorada y equivocada de mantener el prestigio de España en numerosos frentes a la vez, a costa de una sangría en hombres y recursos que esquilmó nuestra economía interior. El drama histórico pasa a ser así un excelente instrumento de propaganda bélica [63] y exaltación patriótica, a la vez que firme sostén de la monarquía absoluta.

---

63 Véase J. M. Díez Borque: "La comedia como exaltación de la patria y propaganda bélica" en *CHA* (prensa) y *Sociología de la comedia Española del siglo XVII*, Madrid, Cátedra, 1976.

El recurso a la historia puede servir también para ejemplificar y poner en acción las grandes pasiones que acosan el hombre, tal sería el caso de *La hija del aire,* en que Calderón, a propósito de la historia de la reina Semíramis, discurre sobre los problemas de la ambición y la temeridad. También la historia puede proporcionar símbolos para referirse al presente, sin referirse: tal el caso de *Las armas de la hermosura* en que la reconciliación de Castilla y Cataluña, en 1652, se simboliza en la historia de Coriolano. O lleva Calderón la historia a los terrenos de su preocupación religiosa como en *La cisma de Inglaterra,* que trata de la Reforma en Inglaterra, a los ojos de un cristiano, y en *El príncipe constante,* hasta el punto de que puede considerarse drama religioso, a pesar de los relatos de la guerras de África. Más adelante me referiré al valor histórico de *El alcalde de Zalamea.*

La historia, más o menos contemporánea, la trata Calderón en: *Amar después de la muerte,* acerca de la victoria de Don Juan de Austria sobre los moriscos de la Alpujarra, y en *El sitio de Breda,* que trata de la famosa victoria española en la guerra de Flandes.

Tragedia de honor

Cuatro tragedias de honor en las que los celos desmesurados, la falsa apariencia, el rigor impenitente del marido, celoso guardián de su honra y de su mujer, terminan con la muerte de esposas que no han cometido adulterio, llevando Calderón a una situación límite e irreversible las premisas del drama de honor de tan amplio cultivo anterior.

Las cuatro obras a que vengo refiriéndome son: *A secreto agravio, secreta venganza; El pintor de su deshonra; El médico de su honra; El mayor monstruo los celos.* Muestran el desacuerdo con los rigores del código de honor marital.

Comedia mitológica

La mayor parte de las comedias mitológicas las escribió Calderón a partir de 1651, el año de su ordenación de sacerdote. Como ya se dijo, a partir de esta fecha se dedica, casi en exclusiva, a escribir autos sacramentales y obras para palacio. Pero antes de 1651, concretamente desde la inauguración del Coliseo del Buen Retiro en 1634, Calderón escribe piezas mitológicas, como vimos. La comedia mitológica había sido ya cultivada por Lope y sus discípulos, pero será Calderón el autor que supera en este género a sus predecesores y contemporáneos, no sólo por las nuevas posibilidades de aparato escénico que el desarrollo de la maquinaria teatral y de los conceptos de decorado le permitían, sino por el amplio uso del simbolismo y la presentación en escena de problemas morales y sicológicos con valor universal que hace que la extraordinaria imaginería verbal y escénica no se justifique en sí misma como mero espectáculo para los ojos y el oído, defecto en que tantas veces cayeron este tipo de obras. Con su capacidad para la abstracción, Calderón, pone el simbolismo del mito al servicio de sus ideas: lucha con las fuerzas del mal, oposición razón/sentimiento, dualidad del hombre, etc. Actualiza los mitos, utilizando como arsenal las *Metamorfosis* de Ovidio y la *Filosofía secreta* de Juan Pérez de Moya, pero no acierta siempre a darles trascendencia dramática y a calar en su significado profundo, que muchas veces queda, a pesar de lo que decía, en mero juego decorativo más o menos adecuado a la realidad del momento.

Hay una estrecha relación entre lo sobrenatural y sublime del tema y la extrema estilización del verso y recurso al máximo aparato escénico, y ocurre igual en las comedias religiosas que exigen apariencias milagrosas, vuelos por el aire, transformaciones, etc. La fastuosidad, la espectacularidad, caracterizan a este tipo de representaciones, estrechamente vinculadas a las condiciones de la *particular*. Quiero decir que comedia mitológica y representación en palacio del rey o de un alto aristócrata van estrechamente unidas, pues sólo allí tienen cabida y son posibles, más que por el refinado gusto de palacio y de la aristocracia —que tanto citan algunos críticos— por los medios económicos de que disponen y que permiten los costosos gastos de música y escenografía y privilegian la existencia del espectáculo por el espectáculo, que —en lo formal— se manifiesta en sutilezas conceptuales y acabados parlamentos líricos culteranos. Pero Aubrun [64] puntualiza que el espectador disfruta con el decorado, el lujo, la música pero además se identifica con pasiones que le presentan y ve en los personajes trasuntos de problemas del momento; de este modo, en un escenario en que nada es real, la realidad cotidiana asalta a los dioses, a los mitos, a los héroes y los hace a la medida de cada uno. Podría ser ésta una justificación, en profundidad, del éxito de la comedia mitológica, más allá de su puro valor como espectáculo para los sentidos corporales.

Hay que citar dentro de esta faceta tan peculiar de nuestro autor: *La estatua de Prometeo; Eco y Narciso; El hijo del sol, Faetón; Ni amor se libra de amor; Céfalo y Pocris: Fieras afemina amor; Celos aun del aire matan*, etc.

Dramas filosóficos

Aunque en todas sus obras, en mayor o menor extensión, Calderón dramatiza su concepción del mundo y de la vida del hombre, se distinguen algunas por la especial enjundia y profundidad en la sistematización y exposición de su pensamiento. Aunque Calderón no es un filósofo en sentido estricto, recoge los ecos del

64 Ch. V. Aubrun: "Abstractions..." (cit.).

pensar de su época y las estructura dentro del universo dramático del Barroco, presentando intuitivamente los grandes problemas del hombre. E. Frutos y A. Valbuena Prat [65] resumen, con acierto, el sistema filosófico de nuestro autor, destacando que en la concepción calderoniana del mundo hay un pesimismo sentido con vehemencia, como eco del constante desengaño de su vida, dentro de una tradición filosófica que tiene sus raíces en la Biblia y el estoicismo de Séneca. La vida es peregrinación, teatro (la gran imagen barroca de tan profundas resonancias), feria donde están en venta las vanidades, hermosura, poder, riqueza que no son sino sombra, sueño, pura ficción de las que al despertar tenemos sólo un recuerdo. La vida es así muerte que mira a la muerte y el desengaño y el pesimismo radical generan un concepto de angustia que sólo se disuelve en Dios y por Dios, sentido último del hombre, salvándose así del nihilismo y dando a la vida la trascendencia de que carece, con una concepción teocéntrica, muy bien vista por Curtius. [66] Como hombre del Barroco utilizará antítesis esenciales: muerte/vida, luz/tinieblas, culpa/salvación, sueño/vigilia, ilusión/verdad, que producen una variada gama de imágenes conceptuales, exponentes de su acusada tendencia a la polaridad barroca. H. Hatzfeld [67] afirma que la razón de ser de sus metáforas es establecer una relación de las creaturas con su creador y Sauvage [68] puntualiza que en esta metafísica luminista los temas de la angustia, ligados a pares de símbolos enfrentados, imponen a la obra la estructura antitética, con unas imágenes de predilección: en este caso la de los cuatro elementos que producen una buena parte del vocabulario

---

[65] E. Frutos: *La filosofía de Calderón en sus autos sacramentales*, Zaragoza, C.S.I.C., 1952, y A. Valbuena Prat: "Los autos sacramentales de Calderón. Clasificación y análisis", *RHi*, LXI (1942), pp. 1-302.

[66] E. R. Curtius: *Literatura europea y Edad Media latina*, I, México, 1955.

[67] H. Hatzfeld: *op. cit.*

[68] M. Sauvage: *op. cit.*

calderoniano como demuestra E. M. Wilson [69] y veíamos más arriba.

Como obras más representativas de este grupo, a sabiendas de que las características aparecen dispersas en la restante producción, cabe citar: *La vida es sueño; En esta vida todo es verdad y toda mentira*.

Auto sacramental

Si Lope es el "creador" de la comedia nueva, estructurando una serie de elementos previos dispersos, lo mismo cabe decir de Calderón con respecto al auto sacramental, que venía gestándose desde las representaciones alegóricas de la Edad Media. No es lugar éste, ni hay espacio, para detenerse en la génesis y evolución del auto sacramental, baste decir que el paso fundamental hacia este género dramático del Corpus, tan característico de nuestro barroco, lo dan autores como Sánchez de Badajoz y Hernán López de Yanguas con su utilización de la prefiguración y simbolismo, pasando a Lope de Vega y su escuela, con una clara inhabilidad para fundir valores alegóricos y argumento, en que reside —precisamente— la clave del auto sacramental. Wardropper y Flecniakoska [70] han estudiado con detalle la génesis, proceso y evolución del auto sacramental hasta llegar al género específico calderoniano, en que, teniendo siempre como asunto la Eucaristía y como recurso la alegoría, pueden variar extraordinariamente los argumentos y sus fuentes: mitológicos, Antiguo Testamento, relatos evangélicos, históricos y legendarios, etc. Entre las características externas que definen al nuevo género está el ser representados en carros en la calle, durante la celebración del Corpus y tener, siempre, un acto.

69   E. M. Wilson: *op. cit.*
70   B. W. Wardropper: *Introducción al teatro religioso del Siglo de Oro*, Salamanca, Anaya, 1967. J. L. Flecniakoska: *La formation de l'auto religieux en Espagne avant Calderon (1550-1635)*. París, 1961.

A. Parker, A. Valbuena Prat y E. Fruto [71] destacan entre los estudiosos del auto sacramental calderoniano, por lo que será forzoso seguir el hilo de sus formulaciones. Los autos sacramentales tratan alegóricamente los misterios centrales de la religión católica, haciendo concreto lo abstracto, de modo que pueda ser comprendido y, a la vez, aleccione a un público inculto, ayudado lo sublime por lo fastuoso de música, tramoyas y decorado. La técnica alegórica sirve al dramaturgo para exponer la teología sacramental en un puro realismo simbólico, ajeno a la historia y a la contingencia temporal. Con Calderón poesía se funde con alegoría y los motivos históricos se convierten en símbolos de la vida del hombre. Con el uso de alegóricas figuras como Belleza, Religión, Mundo, etc., simboliza conceptos abstractos que así tienen un impacto directo en el público, a quien de otro modo hubiera resultado más difícil seguir estos "sermones", con su parte expositiva teológica y argumentaciones y construcciones escolásticas. Además, recursos de la dramaturgia profana vienen a contribuir a la comprensión de esta visualización de los misterios. Hay, pues, en los autos un lugar para lo gracioso, lo grotesco, que aquí suele correr a cargo del Apetito, el Albedrío, la Ignorancia, etc., con una perfecta capacidad en nuestro autor para sintetizar lo alegórico, lo religioso y lo realista. Pero, a medida que Calderón avanza en edad, sus autos se van haciendo más densos en teología, y más estilizados en forma y efectos escénicos.

Marcel Bataillon [72] rebate la tesis de que el auto sacramental se había extendido como arma de la Contrarreforma para luchar contra la herejía protestante; a su juicio no es un arma antiprotestante sino que surge como resultado de la Prerreforma y la Reforma católica y para explicárselo hay que explicarse primero

---

71 (Véase referencia bibliográfica en Bibliografía.)
72 M. Bataillon: "Ensayo de explicación del auto sacramental" en *Varia lección de clásicos españoles*, Madrid, Gredos, 1964, pp. 183-205.

cómo se compaginan la sed de espectáculos del hombre del XVII y las exigencias austeras del espíritu reformador.

Los autos sacramentales constituyen el exponente perfecto del pensamiento teológico de Calderón, expresado en forma simbólica, dentro de los dos grandes grupos en que pueden dividirse sus autos (histórico-alegóricos, fantástico-alegóricos). Los tres grandes protagonistas, como apunta Ruiz Ramón, [73] son el hombre, Dios y el diablo con sus aliados y sus antagonistas, representando sobre el tablado del mundo la aventura interior y la aventura cósmica de la condición humana, desde una perspectiva esencialmente cristiana. El problematismo del hombre comienza con su nacimiento, que pasa de la nada al ser para sentir el gozo de ser y, a la vez, el dolor de ser para morir en un mundo que es teatro —recuérdese lo que decía más arriba— y culpa. Esta soledad del hombre se soluciona uniéndole a Dios que le redime de la muerte-pecado mediante la gracia. Como dice Valbuena Prat, [74] el personaje central de los autos es el hombre "que vive toda la historia teológica del mundo, desde la creación y culpa primera a la salvación en la Encarnación y Redención del Verbo". La Naturaleza y el hombre se colocan, pues, en el centro de la problemática de los autos y los problemas esenciales de libertad y gracia, predestinación y salvación, etc., se exponen con una perfecta coherencia tomista neoescolástica.

No puedo entrar aquí en el apasionante problema de la puesta en escena de los autos, como auténticos festivales públicos, el día del Corpus y su octava. Hay una minuciosa reglamentación que nos descubre el lujo del vestuario, la decoración de los carros, la intervención del municipio que contrataba anualmente a poeta y compañías, estimulando a éstas con el premio

73 F. Ruiz Ramón: *op. cit.*, p. 306.
74 A. Valbuena Prat: *El teatro español...* (cit.), p. 261.

de la "joya", lo sublime convertido en sensacionalistas apariciones y desapariciones subrayadas por la música, etc. Para todo ello remito a la lectura de los excelentes estudios de Shergold y Varey,[75] haciendo notar que desde 1684 es sólo Calderón el poeta encargado de escribir los autos del Corpus.

Calderón escribió, aproximadamente, setenta autos sacramentales y de ellos cabe destacar: *El gran teatro del mundo; Lo que va del hombre a Dios; La vida es sueño; Los encantos de la culpa; La cena de Baltasar; Sueños hay que verdad son; A tu prójimo como a ti; No hay más fortuna que Dios.*

Teatro menor

Para completar el universo dramático de Calderón hay que referirse a lo que —con poca exactitud— viene denominándose teatro menor. Comprendería éste los entremeses, jácaras, mojigangas y, forzando un poco, la zarzuela y géneros musicales.

Como todo dramaturgo de la época, Calderón cultivó estos géneros dramáticos breves, y sin autonomía en sí, pues su misión era acompañar a la comedia, drama y auto sacramental. Todos se caracterizan por una marcada vocación de realismo, personajes humildes y marginados, fuerte contraste y empleo de lenguaje muy gráfico y connotado. Su función era hacer reír, sirviendo de contrapeso a la idealización de la comedia y rellenando los vacíos entre acto y acto, por el *horror vacui* del hombre barroco; o en el caso de la loa servir de llamada e introducción. A pesar del ingenio y soltura para lo más popular que demuestra Calderón en alguna de las piezas de su teatro menor, casi olvidado, no eran éstos los terrenos de su maestría dramática; actuando —en este caso— como escritor de oficio que cumple con todos los géneros. Y todavía

75 N. D. Shergold y J. E. Varey: *op. cit.*

hay muchos entremeses, loas, etc., atribuidos a Calderón que son de padre desconocido.

La Zarzuela

No puede llamarse con propiedad zarzuelas a estos dramas musicales de Calderón si aplicamos el mismo término al género musical que arraiga y se desarrolla en el XVIII, para convivir, después, con melólogos, tonadillas, género chico, etc., que tanta popularidad alcanzaron. Con todo, sí puede afirmarse que las piezas musicales de Calderón están en el camino de este proceso evolutivo, que tiene su género más perfecto y acabado en la ópera.

La comedia musical de Calderón es una variante de los géneros destinados a la representación en palacio y que ya habían sido cultivados por Lope. Se denominaron primero fiestas de la Zarzuela —por el palacio en que eran representadas— y finalmente zarzuelas. Eran representadas con música, canto y danza y —habitualmente— gran lujo de aparato escénico. Para conocer las características de la música y el canto son útiles los estudios de Cotarelo, Chase y Sage.[76]

La zarzuela calderoniana está íntimamente ligada al mundo de palacio y de la aristocracia. Se hacen frecuentes referencias a personas y acontecimientos de palacio; se escriben para celebrar felices acontecimientos de la familia real; se representan con el lujo escénico que palacio permite y coinciden con las otras formas privativas de palacio en la utilización de la mitología, alegoría y la extrema estilización del verso.

Aunque casi todos los dramaturgos cultivan este género, destaca Calderón por la dedicación a palacio que comentaba más arriba. Entre sus obras mencionaré: *El jardín de Falerina; El golfo de las sirenas; El laurel de Apolo; La púrpura de la rosa.*

76 E. Cotarelo: *Historia de la Zarzuela*, Madrid, 1934; G. Chase: *The Music of Spain*, New-York, Norton, 1941; J. Sage: "Calderón y la música teatral", *BHi*, LVIII (1956), pp. 275-300.

III. ANÁLISIS CRÍTICO DE "EL ALCALDE
    DE ZALAMEA"

1. Fecha de composición

Como muestran los profesores Varey y Shergold,[77] la compañía de Antonio de Prado representó *El Alcalde de Zalamea* el 12 de mayo de 1636, pero se trata de la obra de Lope de Vega, y no de la de Calderón, que ha llegado hasta nosotros en una *suelta* sin fecha y en dos copias manuscritas. Aunque Morley y Bruerton[78] muestran reservas a la hora de atribuirla a Lope de Vega y Valbuena Prat[79] afirma que la obra atribuida a Lope es posterior a la de Calderón, acepto los razonamientos de Sloman[80] que, concediendo la paternidad a Lope de Vega, muestran que fue escrita antes de 1610. *El Alcalde de Zalamea* de Calderón es, en consecuencia, posterior al de Lope y se publica —por vez primera— en 1651 con el título de *El garrote más bien dado* en *El mejor de los mejores libros que ha salido de comedias nuevas* (Alcalá, María Fernández, 1651).

A pesar de la carencia de datos —como acabamos de ver— para fechar la obra de Calderón, Halkhoree[81] sin elementos probatorios, pero válidos como hipótesis de trabajo, da como fecha de composición de la obra los primeros años de la década de 1640 y sugiere que pudo ser escrita entre 1642 y 1644. Las dos razones fundamentales que da para establecer esta fecha son:

77 N. D. Shergold y J. E. Varey: *BHS*, XXXVIII (cit.), pp. 275-276.
78 S. G. Morley y C. Bruerton: *The Chronology of Lope de Vega's comedias*, New-York, 1940, pp. 251-252.
79 A. Valbuena Prat: *Historia del teatro español*, Barcelona, 1959, p. 271.
80 A. E. Sloman: *The Dramatic Craftsmanship of Calderon: His Use of Earlier Plays*, Oxford, Dolphin, 1958.
81 P. Halkhoree: *El Alcalde de Zalamea*, "Critical Guides to Spanish Texts", London, Grant Cutler y Tamesis Book, 1972, pp. 14-15.

1.ª Las noticias de la independencia de Portugal
serían ampliamente conocidas en España hacia 1644 y es muy improbable que una obra
dramática en que aparece Felipe II de camino
hacia Portugal, para ser coronado, fuera representada después de esta fecha.

2.ª Las escenas que presentan la vida de los soldados y su mentalidad son tan vívidas y rea-
listas que derivan de experiencias de primera
mano, como la participación de Calderón (1640-
1642) en la Guerra de Cataluña.

Argumentos muy poco probatorios y limitados, pues
—como vimos en la introducción biográfica— Calderón
pudo participar, antes de 1640, en las campañas de
Flandes e Italia (1623-1625) y, por otra parte, la independencia de Portugal comienza con la proclamación
—en 1640— del duque de Braganza como rey, con el
nombre de Juan IV, tras la revolución popular enca-
bezada por Pinto Ribeiro. Pero, desgraciadamente, el
texto no ofrece mayores certidumbres cronológicas y
admitida esta carencia, más lamentable por tratarse de
una de las obras fundamentales de Calderón, hemos
de conformarnos con admitir como hipótesis que la
obra fue redactada en los primeros años de la década
de 1640. Por mi parte, creo que puede recibir un ligero
apoyo este supuesto en el hecho de que por esos años
fueran frecuentes los robos, violaciones, crímenes, etc.,
cometidos por soldados —a ello me refiero más adelante— tal y como reflejan el *Memorial histórico español* o los *Avisos* de Pellicer, entre otras fuentes
documentales, y el lector sabe que estas actitudes de
la soldadesca son el elemento clave de la obra que
comento. No obstante la certeza que esto nos brinda
es sólo relativa, pues el apicaramiento y la degradación
del espíritu militar —manifestados en hechos violentos
aislados— se remonta a las campañas de Flandes de
fines del xvi. Por otra parte, los datos sobre institu-
ciones y su jurisdicción que aparecen, con relativa

frecuencia, en *El Alcalde de Zalamea* son irrelevantes en cuanto a fechación de la obra.

2. Fuentes

a) *Fuentes literarias*

Admitida la prioridad cronológica de *El Alcalde de Zalamea* de Lope de Vega sobre el de Calderón, podemos considerar la obra de éste como una refundición de la obra del primero, pero en sentido muy amplio pues, como vamos a comprobar, la obra de Calderón supera con creces al modelo, hasta el punto de convertirse en un drama totalmente nuevo y original, con la maestría de toda la producción dramática calderoniana.

Sloman [82] en su insustituible estudio, que voy a seguir, puntualiza que mientras la obra de Lope es un drama acerca de un alcalde y la justicia, el de Calderón trata, esencialmente, del honor en multiplicidad de planos y amplitud de problemática. La comparación de las obras de los dos dramaturgos muestra la habilidad dramática de Calderón y es una buena prueba —tan magistralmente puesta de relieve por Márquez Villanueva para la obra de Cervantes [83]— de que el estudio de las fuentes no siempre conduce a negar la originalidad o a descubrir plagios sino que es un excelente instrumento para calibrar la maestría de un escritor.

Aunque aparentemente los dos dramas tienen mucho en común, son mayores las diferencias que los puntos de contacto, y la dependencia de la obra de Calderón con respecto a su fuente es muy limitada. Adelantando lo que debería ser conclusión diré que la deuda de

---

[82] A. E. Sloman: *op. cit.*
[83] Vid.: F. Márquez Villanueva: *Fuentes literarias cervantinas*, Madrid, Gredos, 1973.

Calderón con Lope se limita, básicamente, a los elementos narrativos fundamentales de la "historia", al desenlace y a los rasgos más destacados de algunos personajes, por lo que puede afirmarse que Calderón ha escrito un drama nuevo y no una refundición.

Sloman[84] puntualiza que la principal deuda de Calderón con Lope se produce en cuanto a los elementos constitutivos básicos de los distintos personajes pero aun en esto son muchas las diferencias y Halkhoree[85] las recoge en acertado resumen:

— Pedro Crespo aparece con mayor grado de nobleza y dignidad y con rasgos nuevos: sagacidad, buen padre.

— Las dos hijas de Pedro Crespo en Lope, se reducen a una, Isabel, en Calderón. También cambia su carácter que aquí destaca por su virtuosidad, prudencia, y sentido del honor paterno.

— La función de la segunda hija, en Lope, es ocupada, en Calderón, por Inés, prima de Isabel.

— Juan, hijo de Pedro Crespo, es una creación de Calderón para mostrar un plano distinto en la concepción del honor.

— Álvaro (Capitán) ocupa la misma función en las dos obras, pero con rasgos caracterológicos distintos.

— Don Lope de Figueroa (personaje histórico) aparece sin cambios en las dos obras, pero Calderón le hace expresar mejor su concepto del honor, opuesto al de Pedro Crespo.

84 A. E. Sloman: *op. cit.*, pp. 219 y ss.
85 P. Halkhoree: *op. cit.*, p. 16.

— Mendo y Nuño son personajes nuevos, creados por Calderón.

— Rebolledo y la Chispa, son también creación de Calderón para presentar una imagen apicarada y colorista de la soldadesca.

Todos estos cambios dan a la obra de Calderón un tono de realidad (más adelante me detendré en lo artificial de este realismo) y de verdad que la distinguen de la de Lope.

Los cambios en cuanto a la estructura y elementos narrativos son, también, importantes:

— La mayor parte de el Acto I en *El Alcalde...* de Calderón es nueva. Mientras en el de Lope, Pedro Crespo es elegido alcalde al comienzo, en el de Calderón no sucede esto hasta muy avanzada la acción. Aunque se mantienen algunas situaciones básicas, su alcance es distinto.

— El segundo acto tiene muy poco en común con Lope que presenta —básicamente— el castigo del sargento y la seducción de las dos hijas por los capitanes y el posterior abandono.

— En el tercer acto las situaciones básicas coinciden, aunque hay importantes diferencias de detalle y se mantiene el desenlace, pero con significado más profundo y nuevos alcances: mostrar el contraste y oposición entre la ley civil y la ley moral, con una riqueza de posibilidades que analizaré más adelante.

La coherencia, unidad estructural, principio de causalidad y vinculación de los incidentes, que frecuentemente se resiente en el drama de Lope, están plenamente conseguidos en la obra de Calderón.

Como es obvio, el lenguaje, las imágenes, el estilo, en el sentido más amplio, son plenamente calderonianos y tampoco se atiene Calderón al *pattern* de versificación que utiliza Lope (véase lo que he escrito más arriba sobre las características generales de la dramaturgia calderoniana).

Creo que todos los rasgos presentados, aun analizados con la necesaria brevedad, descubren la originalidad de *El Alcalde de Zalamea* de Calderón y nos permiten considerarla como una obra nueva, lejos de las características de las tan habituales refundiciones en nuestro teatro del Siglo de Oro, que quedan para los dramaturgos de medio pelo, atentos —exclusivamente— a mantenerse fieles a modos de hacer de escuela, repitiendo mecánicamente unos procedimientos de éxito garantizado desde que Lope creó las bases de la nueva dramaturgia.

Como fuente literaria de *El Alcalde*... de Lope y, por tanto, del de Calderón se señaló una "historia" narrada en *Il Novellino* de Masuccio Salernitano (1476): marchando Don Fernando, príncipe de Aragón y rey de Sicilia, a Perpiñán, para liberarla del dominio francés, se detuvo en Valladolid en casa de un caballero castellano. Dos caballeros de su séquito deshonraron a las dos hijas del caballero castellano. El rey Fernando, después de haberles obligado a contraer matrimonio, hizo degollar a los dos caballeros para satisfacer a la justicia. A las dos viudas, dueñas de la herencia de los recién ajusticiados, las desposó con otros vasallos de alta alcurnia.

Hay importantes semejanzas en la historia que narra Masuccio, pero son mayores las diferencias: es el rey quien ejerce la justicia y no el padre ofendido; los culpables son degollados como corresponde a su clase social y no ahorcados; las dos hijas deshonradas no son confinadas en un convento sino que vuelven a casarse y —dato muy importante— la acción ocurre entre nobles con lo que la oposición de clase, factor clave en el drama de Lope y Calderón, desaparece. Por todo ello puede desestimarse, por completo, esta pretendida fuente literaria.

Aunque no quepa hablar, con propiedad, de fuente literaria y aun teniendo en cuenta las muchas diferencias, hay que tener presente que la afirmación de los derechos del villano con sanción posterior del Rey es tema fundamental de importantes y anteriores obras dramáticas de Lope de Vega: *Peribáñez y el comendador de Ocaña* (publicada en 1614), *Fuenteovejuna* (publicada en 1619) y *El mejor alcalde, el rey* (publicada en 1635). Todavía podrían citarse otras obras de menor entidad en esta lisma línea y sentido.

b) *Fuentes históricas y de la realidad circundante*

Pedro Crespo dice al final de *El Alcalde de Zalamea*:

> Con que fin el autor da
> a esta historia verdadera
> (III, vv. 978-979)

Calderón proclama la historicidad de su obra y ello me obliga a detenerme en tan importante cuestión.

Calderón sitúa la acción del drama en el verano de 1581, cuando las tropas de Felipe II se dirigen a Portugal —pasando por Extremadura— para mantener los derechos del rey español a la corona portuguesa, vacante por la muerte del cardenal-infante Don Enrique (31 de enero de 1580) que había sucedido al rey don Sebastián, muerto en la batalla de Alcazarquivir el 4 de agosto de 1578. Felipe II reclamó la corona portuguesa por ser hijo de la reina Isabel, hermana de Juan III de Portugal y por su casamiento con María Manuela, hija de Juan III y hermana de don Sebastián. Las Cortes de Tomar le proclamaron rey de Portugal en abril de 1581 y la unión de España y Portugal duraría unos sesenta años.

Uno de los tercios en viaje a Portugal, con el motivo que acabo de señalar, se habría alojado en Zalamea de la Serena y uno de sus capitanes habría sido causante y víctima del suceso dramatizado por Lope y Calderón. El paso de las tropas por la región está documentado pero no son históricos aspectos fundamentales como la presencia de Lope de Figueroa, personaje histórico que aparece en varias obras dramáticas, cuya misión, por entonces, era someter a las todavía insumisas Azores, lo que supone que no acompañó a Felipe II en su viaje a Portugal.[86] Por otra parte, Felipe II no consta en las crónicas que estuviera en Zalamea y como muestra Valbuena Briones[87] el rey pasó la Semana Santa de 1580 en el monasterio de Guadalupe y continuó su marcha hasta Mérida y Badajoz, en donde fijó su residencia durante varios meses. El autor del drama reúne, voluntariamente, a dos personajes importantes desde un punto de vista histórico: el "rey prudente" encarnación de la justicia y el héroe auténtico, admirado y casi legendario. Creo que Valbuena Briones resume con acierto este modo de actuar:

> El autor coloca, por tanto, el suceso en un marco histórico. Busca ofrecer un cuadro verosímil, aunque no vacile en cambiar el lugar o el tiempo o en modificar la participación de las figuras históricas, si con ello se beneficia la fórmula teatral que aplica a la pieza.[88]

El crítico hace esta afirmación basándose, sobre todo, en el hecho de que en el archivo municipal de Zalamea la Real, provincia de Huelva, se conserva una carta de privilegio, firmada por Felipe II, en favor de los vecinos de esa localidad en un litigio de juris-

---

[86] Vid.: Max Krenkel: *Klassische Bühnendichtungen der Spanier herausgegeben und erklärt*, III, *Calderón*, Leipzig, 1887, pp. 93 y ss., James Geddes: edición de *El Alcalde de Zalamea*, New-York, -918, pp. IV-VI.

[87] A. Valbuena Briones: ed. de *El Alcalde de Zalamea*, Salamanca, Anaya, 1972, p. 12.

[88] *Ibidem*, p. 13.

dicción, ocurrido en septiembre de 1582.[89] Lope y después Calderón elaboraron una historia de traza romántica, trasladando los hechos de Zalamea la Real (Huelva) a Zalamea de la Serena (Badajoz). Pero, a mi juicio, la semejanza entre el suceso histórico ocurrido en Zalamea la Real (un pleito de alcalde por el paso del pueblo de la jurisdicción eclesiástica a la jurisdicción real) y el hecho dramatizado por Calderón es tan mínima que cabe descartar esta fuente histórica.

Hay que tener muy presente el modo en que los dramaturgos del XVII se situaban ante la historia y se servían de ella como fuente inagotable de argumentos, pero sin ningún interés en ser rigurosos y considerándose plenamente libres para acomodar los hechos a las necesidades dramáticas o a los supuestos que se proponían defender. El concepto de rigor histórico no tenía operatividad y lo que les interesaba, primariamente, era utilizar hechos históricos —más o menos conocidos— y personajes reales conocidos, como un elemento más de su quehacer dramático encaminado a obtener el aplauso popular. En otro lugar[90] me ocupo con amplitud de tan sugestivo problema, lo que me permite ahorrar espacio aquí, en los límites estrechos de una introducción.

La falta de veracidad histórica rigurosa de la anécdota dramatizada creo que queda clara, pero falta por considerar un aspecto fundamental en el que voy a detenerme: la verosimilitud del hecho de acuerdo con los datos históricos que poseemos sobre ese momento. Dicho en otras palabras: la *realidad* del enfrentamiento villanos/soldados, de la actuación de la soldadesca, del problema de jurisdicción, etc. Sobre ello poseemos numerosos testimonios históricos, cuya consideración me llevará —franqueando los límites estrechos de un

---

[89] Aporta estos datos F. González Ruiz: "El Alcalde de Zalamea", *Revista de Feria*, Huelva (1952).

[90] Vid.: J. M. Díez Borque: *Sociología de la comedia* (citada).

problema de fuentes— a aspectos básicos sobre la funcionalidad de la comedia y su sistema de valores.

Antonio de Herrera en sus *Cinco libros de la historia de Portugal* (1591) incluye el bando de Felipe II —1580— en el que bajo pena de muerte prohíbe "que ningún soldado ni otra persona de cualquier grado ni condición que sea, ose ni se atreva de hacer violencia ninguna de mujeres, de cualquier calidad". Este bando, por de pronto, nos demuestra la posibilidad real del hecho en la época en que se sitúa la acción. Pero mucho más importante, a mi juicio, es la relación entre el suceso dramatizado y la realidad histórica contemporánea de la obra, que supondría un acudir al pasado para denunciar el presente; una utilización de la historia con fines didácticos. Claro que esto supera ya los límites de fuentes pero voy a referirme a ello aquí.

La violencia entre soldadesca y pueblo era una situación de hecho en la época en que Calderón escribe *El Alcalde de Zalamea*. El ejército se había convertido, en gran medida, en el refugio de gentes sin oficio, pícaros y ganavidas. El relajamiento del espíritu militar y las pésimas condiciones de los soldados los hacía indisciplinados, prestos al pillaje, violentos mantenedores de sus aspiraciones por las armas y, lejos ya de todo ideal, luchando por dinero y, en tierras de paz, imponían su bravuconería y sus exigencias por la fuerza, al amparo de la jurisdicción militar que los libraba de la justicia civil. La historia contemporánea de Calderón nos ha legado muchos testimonios de robos, violaciones, pillajes en las aldeas, etc.

En el *Memorial histórico español*, encontramos abundantes testimonios de esta actuación de la soldadesca:

— 1640: la ciudad de Zaragoza dirige una protesta al rey porque los soldados han saqueado las aldeas, destrozado las cosechas, robado los graneros, maltratado y herido a los aldeanos.

— 1643: varios pueblos de Aragón envían otra protesta al rey por los robos, malos tratos, violencias a la justicia civil, ultrajes, deshonras y estupros;

y protestas semejantes tenemos de Cataluña en 1640 y 1642, repetidas en varias ocasiones.

Madrid, donde se estrenó *El Alcalde de Zalamea,* no era ajena a esta situación, pues la Villa y Corte —refugio de soldados sin oficio y lugar de cita de toda la bravuconería de la soldadesca— sufría la plaga incesante de hechos violentos protagonizados por soldados en filas o licenciados. Los *Avisos* de Pellicer nos dan abundantes referencias de hechos de esta índole:

- 27 mayo 1639: asalto por un maestre de campo a un convento.
- 26 julio 1639: 70 hombres muertos y cuarenta mujeres heridas, por soldados.
- 16 octubre 1640: un portaestandarte mata a una doncella que no quería ceder a sus exigencias y abusa de ella muerta.
- 22 julio 1642: las luchas entre una compañía de Antequera y soldados del Tercio de Madrid, atemoriza a tal punto a la población de Madrid que saca en procesión al Santísimo Sacramento.
- 11 agosto 1642: hurto cometido por un soldado;

y hay un *Aviso* de 27 de mayo de 1639, especialmente valioso y significativo a mi propósito aquí:

No hay mañana que no amanezcan heridos o muertos, por ladrones o soldados; casas escaladas y doncellas y viudas llorando violencias y robos. Tanto puede la confianza que tienen los soldados en el consejo de guerra. [91]

La misma confianza que tenía el capitán del drama calderoniano, tras violar a la hija de Pedro Crespo, y el mismo orgullo arrogante de la bravuconería matona de la soldadesca por entonces.

---

[91] José Pellicer: *Avisos Históricos*; lo cita R. Marrast: *op. cit.,* p. 24.

Ante este estado de cosas la obra de Calderón puede ser —como apunta Marrast[92]— no simplemente un drama de honor sometido a las reglas vigentes de la dramaturgia y a los principios de la verosimilitud sino el grito de alarma de un hombre, profundamente consciente de la realidad y que además conocía directamente la vida de soldado por sus campañas en Cataluña y quizás en Flandes, para que cese una situación intolerable; un toque de atención que lleve a meditar si las prerrogativas de la jurisdicción militar son compatibles con el comportamiento de la soldadesca y hasta qué punto el honor del ejército —a que tantas veces alude no sólo el capitán sino Don Lope de Figueroa— no es una patente de corso que viola los derechos de los ciudadanos. Y el público al que se dirigía Calderón era plenamente consciente de estos problemas de jurisdicción que de algún modo podían afectarles. Con esto no estoy afirmando el carácter realista —en sentido estricto— pues su artificialidad se muestra en un magistral movimiento de lo realista a lo simbólico, de modo que un realismo superficial encubre todo el denso mundo conceptual de Calderón y la pretendida sencillez de la forma —como veremos— es resultado de paciente elaboración. Como dice, acertadamente, Valbuena Briones:

> obedece a unas leyes estéticas [...] propone una aproximación de tipo filosófico a lo que la vida es y adorna estos principios con rasgos costumbristas. [93]

3. Personajes

Calderón superó a sus contemporáneos en el tratamiento sicológico de los personajes, es decir en la creación de caracteres en que llega a veces —como

92 R. Marrast: *op. cit.*, p. 20.
93 A. Valbuena Briones: *op. cit.*, p. 14.

dicé Menéndez Pelayo [94]— hasta el despilfarro, en cuanto que personajes incidentales y secundarios son tratados con profundidad y coherencia sicológica. Frente a lo que es habitual en la fórmula de la comedia española (tratamiento funcional de los caracteres que se subordinan a la acción y ésta al tema), Calderón consigue presentar una visión más vívida y real de sus personajes y no precisamente por vía de complicación sicológica sino por vía de simplificación y veracidad en las reacciones y motivaciones, lo que da integridad y unidad a sus personajes. No obstante, en *El Alcalde...* de algún modo están presentes también los condicionantes artísticos del género dramático: la ley de subordinación de los demás personajes al protagonista; la oposición bien/mal, encarnada en la oposición Pedro Crespo/Capitán y una serie de personajes que se agrupan en torno a cada uno de los polos; y el valor universal y ejemplificante de tipos y actitudes. Pero todo esto sólo limita en parte, y mucho menos que en otros dramaturgos de la época, la profundidad y veracidad de los caracteres y ello, fundamentalmente, porque en los más perfectos no faltan rasgos negativos, tal el caso de Pedro Crespo y su desproporcionado orgullo.

Me detendré brevemente en los componentes fundamentales de cada uno de los personajes.

Pedro Crespo: dentro de la dramaturgia calderoniana constituye una excepción que un labrador sea el protagonista, pues sus héroes pertenecen siempre a la clase aristocrática. Pero no cabe interpretar esto como una concesión democrática (lo he analizado extensamente, a propósito de Lope de Vega [95]) pues Calderón presenta dignificado y con honor no al simple labrador sino al labrador rico —tipo repetido en la dramaturgia del XVII—, más concretamente al labrador más rico de Zalamea que tiene la mejor casa y la mayor hacienda. Esto supone servirse, por una parte, del tópico, admitido como principio indudable, de que el labrador es siempre cristiano viejo y de sangre limpia porque la tierra dignifica frente a las ocupaciones industriales y comerciales [96] y, por otra, mantiene el estatismo jerárquico en cuanto que el labrador que proclama su honra frente al capitán, no es el mediano y bajo labrador sometido a toda clase de impuestos y onerosas rentas y sumido en la miseria, sino alguien con enormes posesiones y un sentido de ellas que se manifiesta en repetidas muestras de orgullo. Es la alianza sangre limpia y riqueza la que permite la viabilidad dramática del tipo Pedro Crespo. El labrador que posee riquezas puede sentirse distinguido, a pesar de su condición de labrador; está comprometido con el poder real y —como apunta Maravall [97]— formaron una fuerza social activa que fue apoderándose progresivamente de la administración municipal. Pero este campesino rico, con más de mil ducados de renta, no suponía más del 5 % de la población rural, [98] frente a la masa de jornaleros, arrendatarios y pequeños labradores, ruinosamente pobres. Calderón se somete a las exigencias de la fórmula teatral ligando virtud a riqueza, concediéndole las características de héroe y cediéndole en exclusiva —con respecto a los otros sectores sociales rurales— el plano de protagonista.

---

96 A. Castro: *De la edad conflictiva*, Madrid, Taurus, 1972; J. B. Silverman: "Some aspects of literature and life in the Golden Age Spain" en *Estudios de Literatura Española ofrecidos a Marcos A. Morinigo*, Madrid, Insula, 1971; A. A. Sicrof: *Les controverses des status de pureté de sang en Espagne du XVIe. au XVIIe. siècle*, París, Didier, 1960.

97 J. A. Maravall: *Estado moderno y mentalidad social*, I, Madrid, "Revista de Occidente", 1972, p. 502; A. Domínguez Ortiz: *La sociedad española en el siglo XVII*, Madrid, CSIC, 1955; C. Viñas Mey: *El problema de la tierra en España en los siglos XVI y XVII*, Madrid, 1942, y N. Salomon: *La campagne en Nouvelle Castille a la fin du XVIe. siècle*, París, 1974 (hay traducción española; Barcelona, Planeta, 1973).

98 J. Lynch: *España bajo los Austrias*, II, Barcelona, Península, 1972, pp. 10-12, y N. Salomon: *La campagne* (cit.), pp. 253-302.

Pedro Crespo está orgulloso de su estado, es estimado por sus convecinos, posee el más alto cargo municipal e intenta mostrarse como persona íntegra y orgullosa de su honra que equipara a dignidad moral, rechazando el honor estamental que puede comprarse por dinero y no es sino una convención social. Por ello, Pedro Crespo no se cree inferior y actúa como actúa. (Sobre su concepto de honor y justicia volveré al analizar los temas, pues requiere mayor detención como elemento clave de esta obra.)

Como padre es cariñoso y solícito con sus dos hijos y antepone la felicidad de Isabel a su beneficio, mostrando sus virtudes: prudencia, justicia y magnanimidad. Pero decía más arriba que a las virtudes del protagonista se unían los defectos de todo humano. Entre ellos, de modo acusado, su excesivo orgullo y arrogancia, exceso de prudencia que precipitará los acontecimientos y desacuerdo entre algunas de sus formulaciones teóricas sobre la dignidad del hombre y su actuación práctica.

El Capitán Álvaro: antítesis de Pedro Crespo, con las características negativas del antagonista. Orgulloso, arrogante, vano, contumaz, tiránico e insensible al sufrimiento ajeno. Excesivamente orgulloso de su condición de militar, concebida con prejuicios de clase social, desdeña a los campesinos y les niega toda honra y dignidad. Tras cometer el atropello en la persona de Isabel, pretende estar a salvo de toda responsabilidad, acogiéndose a la jurisdicción militar, pero pagará con garrote, negándosele hasta la dignidad de ser ajusticiado como militar.

Don Lope de Figueroa: figura histórica que apareció en varias obras dramáticas[99] y por el que nuestro autor debió de sentir admiración, pues vuelve a aparecer en otra obra suya: *Amar después de la muerte.*

[99] Cfr. *infra*, n. a I, v. 50.

Viejo general que maldice continuamente su pierna por una herida recibida en campaña, representa la rectitud y el honor militar, que se manifiesta en una rígida conciencia de la separación de jurisdicciones, la diferencia de clases ante el honor y mantiene, como principio rector, el concepto de su integridad y la defensa de la de sus soldados. Es una réplica de Pedro Crespo en plano militar y tiene muchas de sus virtudes y también el defecto del orgullo y la misma obstinación en lo que considera sus derechos. De una inicial oposición Pedro Crespo/Don Lope, pasamos a una gradual estima mutua, porque cada uno comprende la integridad y rectitud de principios en su oponente y, en el caso de Don Lope, se muestra en la compatibilidad entre lo que cree su derecho como militar y su concepción de la justicia y la preocupación, mejor comprensión, de la situación producida por la deshonra de Isabel.

Juan Crespo: menos prudente, por joven, que su padre, es igualmente celoso del honor familiar, pero de modo mucho más estricto y convencional que su padre, pues estaba dispuesto a matar a su hermana. Por otra parte no está tan orgulloso de su situación, como Pedro Crespo, pues le propone que compre una ejecutoria de nobleza para liberarse de alojar a los soldados y, además, se siente fascinado por el brillo externo del mundo militar, hasta el punto de abandonar sus futuras posesiones para enrolarse en el regimiento de Don Lope. Quizás acierta Marrast [100] cuando interpreta este hecho como una intención, por parte de Calderón, de presentar el tipo de joven rural, deseoso de abandonar su medio y elevarse socialmente, marchando a la ciudad. Efectivamente, el éxodo rural (especialmente hacia Madrid) fue una constante en el siglo XVII, pero prácticamente nunca se produjo en el caso de labradores tan ricos como Pedro Crespo, o su familia. Además, se nos muestra como hijo obediente que acepta los consejos que le da su padre, sobre todo en cuanto a prudencia, honradez y orgullo de su ascendencia, cuando se enrola y aun tenemos ocasión de comprobar cómo intenta poner en práctica alguno, aunque el efectismo teatral haga que sea su hermana la mujer que va a socorrer.

Isabel: ya vimos las diferencias con respecto al mismo personaje en la obra de Lope. Su opuesta en cuanto a carácter es Inés y, frente a ella, se muestra recatada, prudente, celosa de su honra y muy estricta en cuanto a las exigencias del código del honor en que se aproxima, por la exageración convencional, a su hermano (como él no quiere que se haga pública su deshonra y espera la muerte por ella). Su carácter de víctima inocente exige acentuar sus cualidades positivas, lo que consigue Calderón —en gran parte— presentándola como el punto opuesto de los caprichos, mundanidad y frivolidad de su prima *Inés*.

El Sargento: cómplice y apoyo de las pretensiones del capitán, pero —como Nuño— es mucho más realista que su jefe. Como el capitán tiene un estricto concepto de clase, negando toda dignidad y valor a la mujer de clase inferior, que puede ser forzada. Su interés como personaje no radica en la maestría de su caracterización sino en el hecho de que sea el responsable de que el capitán se aloje en casa de Pedro Crespo e —indirectamente— de los sucesos que seguirán.

Mendo: el hidalgo empobrecido, cuyo único sostén y criterio de actuación social es su riguroso concepto del honor vertical y clasista. En la línea del hidalgo del *Lazarillo de Tormes*, Calderón presenta —con extraordinario acierto— el tipo del hidalgo con pocos medios pero con un enorme celo por mantener el prestigio de su condición de noble y su superior condición social, en que el honor procede de su ejecutoria de nobleza y no de la virtud o dignidad moral, como defiende Pedro Crespo. Por todo ello, su concepción del honor será la más rígida y hueca y, claramente, observamos el desacuerdo de Calderón con el sistema de valores de Mendo que aun concibe el matrimonio con Isabel por interés, pero que en su forma desprecia a los campesinos por considerarse superior socialmente y reacciona impetuosamente a las apostillas de Nuño que contrapuntea sus afirmaciones, mostrando la vaciedad y artificialidad de su pensamiento.

El hidalgo rural en la vida real —aquí excelentemente traspuesto al plano del teatro en la figura de Don Mendo— es la cara cotidiana y próxima de la idealizada nobleza y, en no poca medida, el lado grotesco de la misma, ya que al disociarse nobleza y riqueza se produce un tipo social apoyado, como razón de ser, en la rigidez formal y en el sentimiento de las formas y prejuicios de clase. Pero la hidalguía podía comprarse e incluso falsearse la limpieza de sangre y, por esta razón, el castellano viejo proclamará que la limpieza de sangre y la honradez como dignidad es superior a la nobleza comprada, aunque —como muestra Sicroff [101]— la hidalguía ocupará un lugar superior en la estratificación social. El hidalgo hará cada vez más rígidas sus formas para distinguirse de los pecheros y hasta su hambre, elemento común, se hará en él "hambre sutil de hidalgo" según la acertada expresión de Cervantes.

Los hidalgos del siglo XVII sustrajeron a la economía española un enorme potencial humano y por su inactividad y rechazo de toda labor productiva fueron responsables fundamentales de la decadencia económica de España, agravada por su continuo aumento, que priva al país de un importante sector de población activa. Su gran plusvalía fue la honra, en un juego de sutiles relaciones hidalguía-honor que han estudiado

101 A. A. Sicrof: *op. cit.*

acertadamente García Valdecasas y Arraiza. [102] Calderón acierta al llevar a las tablas esta situación de la realidad, presentando sus características negativas en la figura de Mendo.

Rebolledo y la Chispa: los dos personajes coloristas y apicarados del drama, que ocupan la función del gracioso y llevan a las tablas el elemento pintoresco y realista y, a la vez, se constituyen en excelente contrapunto de la *dignidad* de los restantes caracteres. Rebolledo —antítesis del soldado que lucha por un ideal— está orgulloso de su deserción y refleja en su actuación la triste y mísera realidad que subyace a los grandes ideales y a la mítica belicista, en unos momentos en que España está perdiendo su prestigio en todos los frentes, compensándolo con grandes ideales que encubren una política exterior equivocada. El soldado era un personaje social presente cotidianamente en la vida española del XVII y aparece, constantemente, en el teatro, articulando la herencia de un tipo de larga tradición literaria con los rasgos de la realidad circundante. Es curioso notar cómo hasta en este tipo degradado y puramente pragmático también opera, de algún modo, la exigencia del honor, tal y como nos lo descubre Rebolledo en sus palabras. Lo mismo cabe decir de su compañera, la Chispa, que también tiene su propio sentido del honor aunque se proclame la "bolichera" y en sus parlamentos y actuaciones muestre un tono desenfadado y la proximidad de lo espontáneo, lejos de los firmes principios, las profundas pasiones y sufrimientos de los caracteres principales.

El Rey: tiene una operatividad puramente mecánica en la obra y Calderón apenas se detiene en su caracterización. Su función es la de *deus ex machina*, dando

102 A. García Valdecasas: *El hidalgo y el honor*, Madrid, 1958, y P. J. Arraiza: "De la vida hidalga", *Príncipe de Viana*, XIII (1952).

validez universal e incuestionable, con su mera aceptación, a cualquier actuación humana. Para nada importa que el rey en concreto sea Felipe II, pues Calderón lo "construye" con los caracteres universales de
la mítica de la realeza —como era de uso común en el
teatro del XVII— que lo hacen vice-Dios en la tierra
y, en cuanto tal, supremo administrador de justicia, última apelación y garantía del quehacer humano y salvaguarda del honor de todos sus súbditos.

Creo que queda clara la maestría de Calderón a la
hora de construir caracteres y profundizar en ellos en
una variada gama de matices y contrastes, y no ami-
nora su capacidad el hecho —apuntado por Dunn [103]—
de que el dramaturgo utilice el contraste de caracteres
para mostrar variaciones del tema del honor con relación al concepto representado y expresado por el personaje central, Pedro Crespo.

4. Estructura y forma

Estructural y formalmente *El Alcalde de Zalamea*
de Calderón es la culminación artística del modelo
dramático creado por Lope y seguido por todos los
dramaturgos del XVII. Los principios del *Arte nuevo*
también los cumple Calderón: tres actos, verso según
situación, mezcla de lo trágico y lo cómico, técnica
para dilatar el desenlace mediante la acumulación de
sucesos, elementos que se enfatizan para que el público los comprenda, no respeto de las unidades clásicas, etc., A. A. Parker [104] ha señalado como principios básicos del teatro del XVII:

---

103 P. N. Dunn: edic. de *El Alcalde de Zalamea*, London, Pergamon Press, 1966, p. 13.
104 A. A. Parker: *The Approach to the Spanish Drama of the
Golden Age*, London, Diamante Series VI, 1957; en general son
útiles y prácticos sus principios generales, aunque hay que ver la
crítica de R. D. F. Pring-Mill: "Review of A. A. Parker *The Approach...*, *Romanistisches Jahrbuch*, 13, (1962), pp. 384-387.

— Primacía de la acción sobre la caracterización.
— Primacía del tema sobre la acción.
— Unidad en el tema y no en la acción.
— Subordinación del tema al principio moral de *justicia poética*.
— Manifestación del propósito moral mediante el principio de causalidad.

Desde el punto de vista métrico *El Alcalde*... de Calderón, con el empleo de heptasílabos, octosílabos y endecasílabos, según las situaciones, se atiene a los principios generales de la comedia y lo mismo cabe decir en cuanto a la mezcla de lo trágico y cómico y los restantes principios que señalaba más arriba. No es en estos rasgos de oficio en los que me interesa detenerme, sino en la utilización original de principios generales y aun en las innovaciones con respecto a sus contemporáneos.

Una de las constantes de la dramaturgia del XVII es quebrantar, voluntariamente, las tres unidades clásicas (acción, lugar, tiempo) pero —como muestra Duncan Moir [105]— Calderón se daba perfecta cuenta de la utilidad de las unidades y las emplea cuando a su juicio podían contribuir al valor dramático. A juicio de Sloman, [106] aunque Calderón acepta los principios no clásicos de la comedia, tiende siempre a un mayor clasicismo que sus predecesores y contemporáneos, en busca de coherencia y unidad. Un buen ejemplo es *El Alcalde de Zalamea*, donde cumple la unidad de lugar (Zalamea) y —en gran medida— la de acción, en cuanto que apenas es quebrantada por la acción secundaria, de constante presencia, por ejemplo, en Lope de Vega. Pero incumple la unidad de tiempo. Halkhoree [107] ha estudiado, muy agudamente, este problema, mostrando que aunque aparentemente la acción ocurre

105   Duncan Moir: *op. cit.*, pp. 61-70.
106   A. E. Sloman: *op. cit.*, p. 297.
107   P. Halkhoree: "The Four Days of *El Alcalde de Zalamea*", *Romanistisches Jahrbuch* (prensa).

en 24 horas, en realidad transcurren cuatro días del comienzo al final. Pero lo más importante es la utilización simbólica de la oposición luz/tinieblas, a la que me refería más arriba al caracterizar globalmente la dramaturgia de Calderón. En efecto, la acción comienza en la luz, media tarde, y se mueve hacia las tinieblas, y en el acto tercero el movimiento es inverso: de las tinieblas a la luz (de aquí procede el ilusionismo de que la acción dura 24 horas, pero el acto II dura dos días). Calderón, sirviéndose de esta oposición bipolar, sitúa en las tinieblas (noche) los momentos críticos y Halkhoree [108] puntualiza que Calderón lleva a cabo una voluntaria distorsión del tiempo para poder servirse del simbolismo de la oposición luz/tinieblas, pues, según A. A. Parker, [109] la luz simboliza honor y armonía (también el honor es descrito sirviéndose de imágenes de luz) y las tinieblas simbolizan deshonor y discordia. Según esto, la deshonra de Pedro Crespo ocurre en la noche y se asocia a las tinieblas, mientras que la recuperación de la honra perdida ocurre en el día y se asocia a la luz. Pero no es constante esta utilización del simbolismo luz/tinieblas y escenas de armonía (la cena en la mitad del acto II) ocurren en la noche cuando deberían ocurrir en el día. Para mí se trata de un involuntario descuido de Calderón o un olvido del propio simbolismo de que se sirve y no admito la interpretación de Halkhoree [110] que me parece muy forzada: la ambigüedad honor moral / honor social, de modo que el segundo niega al primero en el caso de Pedro Crespo, es expresada por la ambigüedad luz/tinieblas.

Me detenía más arriba en la maestría de Calderón a la hora de dotar a sus obras de una estructura coherente y unitaria, extraordinariamente artificial y rígida

108 P. Halkhoree: *El Alcalde...* (cit.), p. 50.
109 A. A. Parker: "Metáfora y símbolo en la interpretación de Calderón" en *Actas del Primer congreso internacional de hispanistas*, Oxford, 1964, pp. 141-160.
110 P. Halkhoree: *El Alcalde...* (cit.), p. 54.

y resultado de una voluntad artística, aunque —aparentemente— produzca la impresión de espontaneidad, naturalidad y —muy marcadamente en *El Alcalde de Zalamea*— de realismo fácil, lejos de toda artificialidad. Pero la simetría y el orden lógico eran componentes fundamentales del pensamiento calderoniano —en gran medida por la influencia jesuítica y por sus estudios de Derecho, a que me refería— y *El Alcalde de Zalamea,* aunque lejos de otras obras suyas que mencionaba más arriba, es una excelente muestra de consciente artificialidad en la estructuración dramática. El excelente análisis de A. A. Parker, [111] que voy a seguir a continuación, muestra que cada acto está dividido en seis elementos y la coherencia interna —conseguida muy artificialmente pero con excelentes resultados— se apoya en este artificio del número seis.

En el ACTO I en la *unidad 1* se introduce la vida militar y, subsidiariamente, el desorden; en la *unidad 2* se introduce la figura básica del capitán; en la *unidad 3* se completa la presentación del orgullo aristocrático y su concepto de honor; en la *unidad 4* se introduce a Pedro Crespo, Juan e Isabel y su concepto del honor, opuesto al de los anteriores y que será el *leit-motif* del drama; en la *unidad 5* —una vez que han sido presentados los caracteres fundamentales y su modo de pensar— comienza el conflicto: oposición soldado/campesino; en la *unidad 6* llega Lope de Figueroa que defiende la independencia de la jurisdicción militar, para poner fin a la "pelea". Lope, como máxima autoridad militar allí, defiende el "honor militar" y mantiene un concepto clasista del honor, en contra de Pedro Crespo que lo fundamenta en la dignidad del hombre.

El ACTO II —sigo con el razonamiento de A. A. Parker, también utilizado por Halkhoree [112]— también está

111 A. A. Parker: *The Dramatic Structure of El Alcalde de Zalamea,* conferencia en el Instituto de España en Londres, 1969.
112 A. A. Parker: *Estructura* (cit.), y P. Halkhoree: *Alcalde* (cit.), pp. 46-48.

dividido en seis unidades, a su vez simétricamente repartidas en dos grupos ternarios. En cada uno de éstos aparece, primero, el desorden, después las fuerzas del orden social y, finalmente, el choque entre ambos. En el primer grupo, en la *unidad 1* aparece Mendo vigilando cuando Álvaro decide dar la serenata a Isabel; en la *unidad 2* aparece la escena de la cena como manifestación de armonía y orden; en la *unidad 3* aparece la riña. En el segundo grupo, en la *unidad 4,* Mendo y Nuño se marchan y Álvaro y los soldados regresan; en la *unidad 5* aparecen los consejos de Pedro Crespo a su hijo Juan y la amistosa despedida entre Lope de Figueroa y Pedro Crespo; en la *unidad 6* vuelve el capitán Álvaro y arrebata a Isabel, el acto finaliza con una segunda riña.

El ACTO III, también dividido en seis unidades, no sigue el modelo del acto II sino el del acto I, en que los caracteres principales aparecen sucesivamente, aunque Pedro Crespo está en escena casi desde el comienzo, centrando la acción. En la *unidad 1*, clímax, se revela el rapto y violación de Isabel y se plantea el problema de cómo un labrador, Pedro Crespo, obtendrá justicia y recuperará la honra perdida; en la *unidad 2* aparece Crespo en la dolorosa meditación de su problema, decidiendo no matar a su hija, en contra de lo que ella temía y esperaba. Crespo es elegido alcalde, con lo que el problema de su caso particular de deshonor adquiere un nuevo tratamiento: el hacer justicia que se sobrepone a lo individual; en la *unidad 3* aparece el diálogo entre Pedro Crespo y el Capitán con el ofrecimiento, por parte del primero, de su hija en matrimonio y de toda su hacienda, pero el capitán muestra su concepción clasista del honor y su confianza en la jurisdicción militar, lo que obliga al alcalde Pedro Crespo a tomar otro camino: la puesta en prisión del Capitán para hacer justicia; en la *unidad 4* Pedro Crespo, para mostrar la imparcialidad de su justicia, pone en prisión a su propio hijo por su delito y con ello, a su vez, salvaguarda la vida de su hija Isabel que iba a ser muerta por su hermano para salvar la honra; en la *unidad 5* aparece la vuelta de Don Lope de Figueroa a Zalamea y su disputa con Pedro Crespo, por considerar que éste ha quebrantado la inviolabilidad de la jurisdicción militar, tomándose la justicia por su mano. Don Lope decide atacar la villa en que tal desafuero y deshonra del honor militar se ha cometido; en la *unidad 6* aparece el Rey, como *deus ex machina* que soluciona el conflicto de jurisdicciones al aceptar —en su calidad de representante máximo de la justicia en la tierra— el hecho de que Pedro Crespo haya dado garrote al Capitán y, como prueba, nombra a Pedro Crespo alcalde perpetuo de Zalamea.

Aunque no se me oculta que en algún punto resulta algo forzada la organización estructural en torno al número seis, como pretende A. A. Parker, a mi juicio puede aceptarse de modo general y descubre el perfecto sentido de la construcción que tenía Calderón que le permite lograr una gran unidad interior con un adecuado manejo de la coordinación y subordinación de unidades inferiores en un todo orgánico. En cuanto a los personajes, como ya decía, la característica más marcada de Calderón es la subordinación de personajes y situaciones, primarios y secundarios, con una estructuración en dos niveles: uno exterior (lucha entre dos fuerzas opuestas, protagonista contra antagonista) y uno interior (oposición de conceptos, oposición de valores universales de la existencia), todo en un proceso *in crescendo,* sea el argumento simple o doble.

En *El Alcalde de Zalamea* domina, a mi juicio, la ley de subordinación al personaje central Pedro Crespo, aunque no sea tan claro como en otras obras suyas (*La hija del aire, La vida es sueño,* etc.). Debería detenerme ahora en el análisis de las repercusiones formales de este hecho y, para completar el estudio de estructura y forma, pasar revista a distintos procedimientos y técnicas (monólogos, apartes, etc.) pero la atención que a ello dedico en el subapartado *Estruc-*

tura y técnica del apartado II, creo que me exime de ello y a él remito al lector.

5. Estilo e imaginería

Una vez más me ceñiré, estrictamente, a los rasgos caracterizadores y más distintivos de *El Alcalde de Zalamea,* pues —de modo general— han sido analizadas más arriba las características del estilo y la imaginería calderoniana.

Se viene afirmando, repetidamente, que *El Alcalde de Zalamea* constituye una excepción en la producción dramática de nuestro autor, comparando el pretendido realismo y llaneza de esta obra con el artificio y oscuridad barroca de la mayor parte de su producción, donde juega hábilmente los recursos de culteranismo y conceptismo, que veíamos. Esto es cierto sólo en parte y creo que Menéndez Pelayo tiene parte de culpa al afirmar que aquí hace dialogar a sus personajes "con más sencillez y verdad que él acostumbra" criticándole la escena de la lamentación de Isabel por estar escrita "de la manera más afectada y redundante del mundo". [113] Efectivamente, el largo parlamento de Isabel está más de acuerdo con la forma habitual de Caldedón en otros dramas, pero en menor proporción muchas de sus características están dispersas en toda la obra y acepto como plenamente válida la afirmación de Halkhoree:

> But these points draw attention to the overall "artificiality" of the style of this play, and make us realise that its natural, "realistic" nature is not a spontaneous phenomenon or an attempt to capture the reality of everyday language, but a deliberately calculated device which has a specific function within the play. In style and language, as in all other respects, El Alcalde de Zalamea is an exquisite artifact. [114]

113 Menéndez Pelayo: *op. cit.,* p. 276.
114 P. Halkhoree: *Alcalde* (cit.), p. 56.

Éstas son las premisas básicas para entender estilísticamente la pieza de Calderón, pero —a mi juicio— hay que insistir en que hay una diferencia de grado con respecto a otras obras suyas del tipo de *La vida es sueño, La hija del aire, La estatua de Prometeo, Eco y Narciso*, etc., lo que no supone negar que el pretendido realismo y llaneza no sean sino el resultado de un meditado y minucioso proceso de elaboración.

La riqueza de léxico y la variedad de planos es una de las características más marcadas en cuanto al estilo: desde las faenas del campo expresadas con propiedad (I, vv. 424-443) al léxico de germanía (*tornillazo, alicantina,* etc.) pasando por un matizado léxico militar (I, v. 815; III, v. 830), institucional, con no escasa presencia de términos cultistas y léxico legal que, según Valbuena Briones,[115] subraya el *decorum* con que se ha tratado la trama. No son abundantes los términos de color local y costumbristas, aunque esta obra venga siendo calificada como tal.

Augusto Cortina[116] caracteriza este drama como conceptista, frente a *La vida es sueño,* para él ejemplo sobresaliente de culteranismo y gongorismo. Pero vamos a comprobar qué recursos conceptistas y culteranos están presentes en este drama. Y aunque no creo en la separación rigurosa de ambos movimientos, después del estudio de F. Lázaro Carreter,[117] señalaré como rasgos conceptistas en la obra que comento: agudeza y equívoco en boca de graciosos, juego de palabras que se manifiesta en parejas de sinónimos, parónimos, antónimos, paradojas y retruécanos sin caer en la puerilidad por falta de ideas que sustenten este artilugio formal, ni en la oscuridad por la oscuridad y el ingenio por el ingenio. La *agudeza verbal,* a veces utilizada

115 A. Valbuena Briones: *op. cit.,* p. 19.
116 A. Cortina: ed. de *El Alcalde de Zalamea,* Madrid, E. Calpe, CC., 1955, p. LI.
117 F. Lázaro Carreter: *Estilo barroco y personalidad creadora,* Salamanca, Anaya, 1966, y Madrid, Cátedra, 1974.

irónicamente y como recurso de contraste, está presente en los diálogos del hidalgo Mendo y Nuño en que aparece alguna vez la *dilogía*, típico recurso conceptista.

Entre las figuras retóricas que aparecen más frecuentemente destacan, en conexión con lo que acabo de decir, las figuras verbales: *repetición, epímones* (III, v. 75; III, v. 781), *anadiplosis* (III, vv. 310-311). También hay alguna *erotema*, abundan las *antítesis* y son de reseñar las *esticomicias* en la discusión de Lope de Figueroa con Pedro Crespo. No es abundante la *hipérbole*, pero está presente. Son mucho menos frecuentes otras figuras retóricas como *oxymoron, antífrasis, catachresis, paronomasia* que veíamos más arriba como características del llamado "segundo estilo" de Calderón. No debe llegar el lector a pensar que en Calderón hay una utilización de la retórica por la retórica, sino que imaginería, retórica y conceptos están indisolublemente unidos en un sistema perfectamente coherente, cuyo sentido último es la salida del caos y la confusión, reconquistando el orden último que sólo está en Dios (véase lo que se dijo en apartado II).

Desde un punto de vista sintáctico hay que señalar la menor frecuencia de subordinación y la predilección por la oración breve, aunque la necesidad de presentar la relación causa-finalidad se manifiesta en la frecuencia de partículas causales y condicionales.

Menos frecuentes son los rasgos culteranos que en su dramaturgia del "segundo estilo", pero la menor frecuencia no significa que no haya imágenes y metáforas, aunque éstas sean menos suntuosas y ornamentadas y falte la alegoría. Las imágenes no se reducen —como se ha pretendido— al largo parlamento en que Isabel expone su deshonor sino que las encontramos también en los parlamentos del capitán (II, vv. 75-116) o en la descripción que hace Pedro Crespo de su hacienda (I, vv. 424-442) y observamos que a mayor intensidad emocional corresponde mayor acumulación de imágenes, lo que supone que éstas son concebidas con un valor funcional, como refuerzo de las situaciones clave. Ya veíamos más arriba lo arbitrario de esta actuación, pues en la vida sucede exactamente al revés.

No falta la imaginería basada en los cuatro elementos (agua, tierra, aire y fuego) con su posibilidad cuatripartita (elemento, criaturas animadas relacionadas con él, criaturas inanimadas... y atributos) y el conflicto y confusión de elementos para significar el caos, la violencia, el desorden. Como he analizado por extenso todas las posibilidades en el apartado II, no me detendré aquí en ello.

Calderón se sirve de imágenes contrapuestas, o series de imágenes contrapuestas, para realzar el significado mediante la técnica del contraste, hábito mental que le caracteriza por su formación escolástica y jurídica. Este significado tienen los contrastes entre la paz, belleza y serenidad del jardín de Pedro Crespo y el monte, asociado a la violencia innata del capitán, o la oposición luz (honor, armonía) / tinieblas (deshonor, caos) a que ya me he referido. Y la misma técnica de oposición bipolar rige en cuanto a la métrica, por ejemplo el natural y realista romance frente a la artificiosa silva, aunque Calderón se sirva, a veces, de la ambigüedad para mostrar el desacuerdo entre forma y contenido.

Con todo, las imágenes puramente culteranas y de primera mano ni son muchas ni caracterizan básicamente el estilo de *El Alcalde de Zalamea*. Merece la pena citar las dos fundamentales:

MENDO: Di que por el bello horizonte,
    coronado de diamantes,
    hoy, repitiéndose el sol,
    amanece por la tarde.
                (I, vv. 349-352)
     (...)

CRESPO: Sentaos. Que el viento suave
    que en las blandas hojas suena
    destas parras y estas copas,

mil cláusulas lisonjeras
hace al compás desta fuente,
cítara de plata y perlas,
porque son, en trastes de oro,
las guijas templadas cuerdas.
(II, vv. 193-200)

El resto son imágenes breves y aisladas, a las que ya me he referido.

Calderón utiliza la técnica de la *diseminación-recolección,* como muestran Dámaso Alonso y Carlos Bousoño, [118] frecuente en el teatro del XVII. En los últimos versos se recogen las imágenes dispersas en el parlamento que antecede; un buen ejemplo de ello:

CAPITÁN: De sola una vez a incendio
crece una breve pavesa;
de una sola vez un abismo,
fulgureo volcán, revienta;
de una vez se enciende el rayo,
que destruye cuanto encuentra;
de una vez escupe horror
la más reformada pieza;
de una vez amor ¿qué mucho,
fuego de cuatro maneras,
mina, incendio, pieza, rayo,
postre, abrase, asombre y hiera?
(II, vv. 105-116)

que tanto recuerda la técnica del *ovillejo.* [119]

Por último quiero destacar las acumulaciones léxicas de gran riqueza y la abundancia de *acción verbal* y *decoración verbal,* términos con que designo la presentación mediante la palabra de acciones que no apa-

---

118 D. Alonso y C. Bousoño: "La correlación en la estructura del teatro calderoniano" en *Seis calas en la expresión literaria española,* Madrid, Gredos, 1963, pp. 109-175.

119 Lope, aunque con menor perfección y profundidad, también utiliza este recurso: "Dais sustento a la milicia / de flores de mil colores; / aves que cantáis amores, / fieras que andáis sin gobierno, / ¿habéis visto amor más tierno / en aves, fieras y flores?" (*El mejor alcalde, el Rey,* I, vv. 5-10).

recen en escena o lugares que, por su valor y contenido, no pueden aparecer ante el espectador mediante signos escénicos. [120] (Para otros rasgos estilísticos presentes, pero de menor entidad, vuelvo a remitir a la lectura del apartado II.)

Confío en que haya quedado claro para el lector lo que intentaba mostrar y que señalaba al principio de este apartado: la artificialidad en que se sustenta el aparente realismo y el simbolismo que está por encima de la naturalidad y sencillez.

6. Temas y significados

Los temas fundamentales de *El Alcalde de Zalamea*, en orden creciente de importancia son *amor, justicia* y *honor*. Pero dicho esto así no nos da idea de la riqueza, complejidad y profundidad conceptual de esta obra que —no perteneciendo a las calificadas de filosóficas— posee también el inconfundible sello de la meditación calderoniana. Para comprenderlo habrá que prestar atención a la complicada problemática de justicia poética, orgullo-prudencia, libertad, tierra y cielo, etc., en una densa casuística que nos va a mostrar un Calderón que se sirve de las reglas comunes del drama, de la verosimilitud, para poner en juego —una vez más— sus eternas preocupaciones de relación del hombre con Dios, es decir su religiosa concepción moral del drama, aunque con las limitaciones que señalaré.

Amor

El amor está en el centro del sistema conceptual de la comedia del XVII, generando intrigas de acuerdo

120 Vid.: J. María Díez Borque: "Notas para una aproximación semiológica a la escena del teatro del Siglo de Oro" en *Semiología del teatro*, Barcelona, Planeta, 1975.

con una casuística reducida y apoyado en un sistema de valores perfectamente coherente. Recoge, sublimados, los valores que regulan la práctica cotidiana en una conceptualización netamente literaria y en función del espectáculo, que los convierte en fuerza esencial y absoluta, rectora de los destinos del hombre. Pasión irracional que rige, con poder absoluto, la libertad del hombre y que, en su expresión teatral, se manifiesta organizando herencias de Provenza, petrarquismo, bucolismo renacentista, platonismo. Y todo esto era lo habitual en el teatro del XVII y, por eso, ir al corral de comedias era ponerse ante un mundo ilusorio regido por el amor omnipotente que actúa como catalizador de ensoñaciones colectivas. Pero todo esto que Calderón pone en práctica en muchas de sus obras, apenas juega papel importante en *El Alcalde de Zalamea* y su ausencia ya es, por sí, rasgo definidor, aunque restos hay en la "enajenación" del Capitán o en alguno de sus parlamentos.

Calderón ha prescindido del tipificado amor dama-galán (con su variada, aunque tópica, casuística) para presentar el amor como violación, como deseo carnal, y no sólo en la figura del capitán Don Álvaro sino en la del hidalgo ridículo Don Mendo, lo que le lleva a profundizar en otra forma de amor: el amor a sí mismo, egoísta, excluyente y que adopta formas de rigidez social. Pero otros niveles y manifestaciones del amor juegan un papel importante en la obra.

El amor paternal de Crespo a sus dos hijos es factor decisivo en el desarrollo de la acción y le permite a Calderón momentos de auténtico lirismo (baste pensar en Pedro Crespo viendo alejarse a su hijo por el camino, en la noche, mientras la voz se va haciendo sólo rumor). También el amor entre los dos hermanos se hace tensa emotividad y estoy pensando en Isabel, preocupada porque su hermano ha marchado y porque teme los peligros de la noche. Y otra forma de amor es la amistad, mutuo respeto y estima, entre Pedro Crespo y el general Don Lope de Figueroa.

Calderón desarrolla no los efectos y casuística del
omnipresente amor en el teatro del XVII, sino la forma
violenta del deseo, que se hace en el Capitán pasión
irresistible, cuya culminación es el rapto y violación
de Isabel. No hay ningún galán preferido, ningún segundo en discordia, ningún problema de matrimonio
por diferencia social, es pura y simplemente la falta
de amor que adopta la forma de imposición por la
fuerza. Esto nos lleva al segundo motivo, el de la *justicia,* que hay que poner en relación con una situación
más amplia de atropello del medio rural, ejemplificado
aquí en el caso de Pedro Crespo y su hija.

Justicia. Soldado/aldeano

La oposición entre los intereses civiles y militares
es clave en la obra, a la vez que la oposición de jurisdicciones que se resuelve favorablemente para la tesis
de Pedro Crespo. Pero el tema de la justicia tiene otras
muchas implicaciones, más complejas y que habré de
tratar, más adelante, en conexión con el problema del
honor y el sentido transcendente religioso de esta obra.
Me limitaré ahora a los primeros supuestos.

Como hemos visto, con amplitud que me ahorra
repeticiones (véase apartado II, 2-b), los excesos de
la soldadesca en villas y aldeas eran triste realidad en
el siglo XVII y Calderón, al recoger este estado de
cosas y dar un grito de alarma contra esos abusos
—encarnándolos en la anécdota concreta de Isabel, la
hija de Pedro Crespo y el Capitán—, está dando testimonio de realidad, lo cual no quiere decir que no
pague el necesario tributo a las exigencias del espectáculo, distorsionando los componentes de esa realidad. La muestra más clara la tenemos en la actuación
de Pedro Crespo como juez, ejecutando una sentencia de muerte, pues al Alcalde Ordinario no le estaba
conferida esa potestad y su poder jurídico era extraordinariamente limitado. Pero el teatro no es la vida y
el efectismo y la lección moral exigen ese triunfo de

Pedro Crespo, sancionado por el Rey y que, en la realidad, no se hubiera soportado. En este sentido *El Alcalde de Zalamea* se inscribe en la serie de obras que recogen la violencia de nobles al pueblo *(Peribáñez, Fuenteovejuna, El mejor alcalde, el Rey)* y que sólo en apariencia son democráticas y significan un triunfo real del pueblo sobre la nobleza. Pero en Calderón todo será transcendido por un sentido último que descarta toda perfección en la tierra y señala, siempre, las esenciales limitaciones de lo humano que solamente encuentra su sentido definitivo, perfecto y último, en Dios. No obstante, antes de pasar a esta interpretación, conviene detenerse en lo que significa, a nivel humano e independientemente de su esencial limitación, el problema jurídico planteado y el triunfo de Pedro Crespo.

Los contenidos jurídicos de *El Alcalde de Zalamea* de Calderón no son tan importantes como los presentes en el de Lope, donde no se cuestiona el honor del villano y el alcalde Pedro Crespo muestra en seis ocasiones su recto proceder como juez, con un sentido innato de la equidad de hombre iletrado pero que sabe de rectitud y dignidad humana. No obstante, en la obra de Calderón también está presente el problema de jurisdicciones: tanto el general Don Lope de Figueroa, como el Capitán, manifiestan que Pedro Crespo no tiene ningún poder jurídico sobre ellos por pertenecer —en cuanto soldados— a la jurisdicción militar que es la que debería decidir, mediante consejo de guerra (en la realidad éste era el gran escudo —como vimos— que protegía a la soldadesca de sus fechorías y pillajes). Pero Pedro Crespo cree que la justicia es sólo una y lo único que importa es la rectitud y equidad de la sentencia, sin que sea obstáculo la diferencia de clase, pues él se siente tan honrado como el Capitán porque el honor es dignidad, "patrimonio del alma". Y así la obra presenta la anormal situación de que el noble (Capitán) sea castigado por un rústico (Pedro Crespo), que es el triunfo no de la letra sino del espíritu de la ley, aunque hay que descartar todo tipo de revolucionarias implicaciones en la concepción de Calderón y sí un sentido de moral cristiana.

E. Honig [121] puntualiza que, más que un triunfo de la jurisdicción civil sobre la jurisdicción militar, lo que hay es un triunfo de la *ética pastoral* contra la represión autocrática. El núcleo de la *ética pastoral* sería el rechazo de todo lo artificial, falso e ideales estereotipados para proclamar el valor de lo natural, espontáneo, no sometido a rigideces de forma. El mismo Honig [122] señala que la *ética pastoral* es favorecida por la hispana tradición de autonomía local que procede de la antigua *municipalia* de época romana. Una manifestación de ello es la valoración del campo, el vivir de la tierra, las virtudes de la aldea que enlazan, también, con el tópico de la aldea como Arcadia próxima; tópico literario heredado del Renacimiento. Por eso, frente a la rigidez de la casuística de la justicia urbana se opone la "justicia natural" *(ética pastoral)* que restituye la paz a la aldea, alterada por la soldadesca.

A la oposición de jurisdicciones se une otro defecto de procedimiento: Pedro Crespo da garrote al Capitán, en lugar de decapitarlo, como su dignidad exigía. Pero Pedro Crespo se justifica ante el Rey, diciéndole que por ser los nobles honrados en el lugar no hay verdugo. Lo importante es que se ha cumplido la justicia, aunque —incidentalmente— haya satisfecho su honor de padre, sin venganza.

Calderón ha hecho en esta obra que la justicia fuera incompatible con el honor social (Pedro Crespo para sentenciar tiene que hacer pública su deshonra), pero estoy de acuerdo con C. A. Jones [123] que puntualiza

121 E. Honig: "Honor humanized: *The Mayor of Zalamea*" en *Calderon and the Seizures of Honor*, Cambridge, Massachusetts, 1972, p. 105.
122 *Ibidem*, p. 82.
123 C. A. Jones: "Honor in *El Alcalde de Zalamea*" en *Critical Essays on the Theatre of Calderon* (ed. B. W. Wardropper), New-York, University Press, 1965, p. 201.

que Calderón no pretende mostrar que el honor aristocrático sea despreciable sino que protesta contra la
tiranía del honor convencional, mostrando su exceso,
a la vez que su no limitación a la nobleza, en un
sentido moral.

No conviene olvidar que este triunfo y proclamación
del valor del individuo sobre el "sistema" contrastaba
con los valores admitidos —de modo general— por el
público teatral. Pero algunos elementos permiten la
viabilidad de la obra, que un sentido netamente de
cambio no hubiera permitido: la "maldad" del Capitán que se expone a lo largo de toda la obra pero
que culmina con el rechazo de la humilde oferta de
matrimonio que le hace Pedro Crespo, poniendo toda
su hacienda a su disposición e, incluso, aceptando —en
contra de sus principios— el rígido código vertical y
estamental del honor. Tal actitud exige que el drama
cumpla con el principio de la justicia poética (en
realidad es mucho más complicado su funcionamiento,
como veremos). Por otra parte, la sanción del Rey de
la actuación de Pedro Crespo puede ser —como apunta E. Honig [124]— una muestra de generosidad de Felipe II, en un momento feliz para la monarquía, pues
va a ser coronado rey de Portugal. Felipe II, como
deus ex machina restaura el orden perturbado y, al
aceptar el hecho cumplido, muestra que la *justicia* es
superior al procedimiento legal. Pretender extraer de
ello una lección directa y concreta —como hace
R. Marrast [125]— dirigida a los militares de Felipe IV,
mostrándoles una nueva jerarquía de relaciones humanas, basada en una vuelta a la justicia pura y simple,
me parece excesivo y de difícil justificación. Y lo mismo
en lo que respecta a considerar la obra como una
llamada de atención al propio monarca Felipe IV, para
que tome ejemplo de Felipe II.

[124]   E. Honig: *op. cit.,* p. 108.
[125]   R. Marrast: *op. cit.,* p. 25.

Estoy de acuerdo con Valbuena Briones [126] en que la razón última de ese tomarse la justicia por su mano, por parte de Pedro Crespo, se basa en su sentido religioso que le hace colocarse en un plano de igualdad con todos los mortales y en su orgullo que significa, para él, una falta de perspectiva de jerarquía social. Pero esto nos lleva ya al tema del honor y, después, al sentido religioso del drama, desde donde podremos explicarnos, en profundidad, el alcance de la justicia de P. Crespo.

Honor

En *El Alcalde de Zalamea* hay una pluralidad de planos que muestran concepciones distintas y aun antagónicas del tema del honor. Hemos visto, en el apartado dedicado al estudio de los personajes, la concepción que cada uno tiene del honor. Por una parte, el Capitán, Don Lope de Figueroa y Don Mendo que consideran el *honor* como dignidad estamental, surgido del noble nacimiento y con unas exigencias de público respeto que adquieren su exacta expresión en valorar la *opinión* como el máximo bien en este mundo. Por otra parte, Pedro Crespo con su concepción del honor como patrimonio del alma, es decir integridad y dignidad individual, aunque —también— implica público reconocimiento y es vulnerable por el escándalo, pero no depende de la noble sangre. Calderón no es un conformista con relación a las exigencias del rígido código del honor y menos su máximo defensor —como todavía sigue afirmándose—. En sus tres dramas *El médico de su honra; A secreto agravio secreta venganza* y *El pintor de su deshonra,* critica —dentro del sistema— la absurda rigidez del código marital, mostrando cómo las apariencias engañan y

---

126 A. Valbuena Briones: *Perspectiva crítica de los dramas de Calderón,* Madrid, México, Pamplona, Rialp, 1965, p. 195.

cómo la esposa inocente es sacrificada por satisfacer la opinión. También *El Alcalde de Zalamea* es una crítica del artificioso honor estamental, haciendo que triunfe la dignidad individual sobre la tiranía del honor convencional. A un primer nivel, mostrará que tampoco el honor-dignidad sirve pues nada en este mundo es perfecto y el caos, lo veremos, solamente se resuelve en la otra vida, en Dios, y —además— Pedro Crespo se contradice en la práctica. Antes de entrar en esta apasionante problemática, me detendré en el marco real que circunda a la obra teatral, en cuanto a la oposición honor estamental/honra-dignidad que pertenece a todo cristiano viejo y al labrador como tal.

Cada estamento tiene su forma característica de honor, asignada a cada individuo como miembro del grupo social al que pertenece; como señala Wilson [127] el código del honor está íntimamente relacionado con la estructura de clases y con el Rey como fuente y garantía. La doctrina ortodoxa del honor lo hace sentimiento exclusivo de la nobleza, que lo posee *a priori* por su sangre, pero —en el teatro— principios que hacen referencia a la esencial dignidad humana del individuo se oponen a los principios del código del honor, siendo el germen de tantos "argumentos" de la comedia del XVII. En este sentido *El Alcalde de Zalamea* proclama el honor como *estima acordada a la virtud* y no como *estima acordada al alto rango*. El honor como dignidad individual (honra horizontal según la acertada puntualización de G. Correa [128]) es común y compartido, a condición de que se sea cristiano viejo y el labrador es —precisamente— el reducto incontaminado de la limpieza de sangre. Pero, en general, no se pone el acento tanto en la auténtica virtud moral como en la *opinión,* es decir en el concepto que tienen

127   M. Wilson: *Spanish Drama of the Golden Age,* Oxford, Pergamon Press, 1969, p. 44.
128   G. Correa: "El doble aspecto de la honra en *Peribáñez y el Comendador de Ocaña",* HR, XXVI, 3 (1958).

los demás de la dignidad de uno y, por ello, también el honor no estamental está sometido a los rigores de la venganza, fuente de conflictos del teatro que me ocupa. Como dice Américo Castro, [129] el sentido total de la existencia se cifraba en la conciencia de no estar ofreciendo resquicios a la embestida de la opinión ajena, y los españoles —al decir de A. Alonso [130]— distinguían perfectamente entre *virtud* (cualidad intrínseca del individuo) y *honra* (admisión ajena de esa virtud). Pedro Crespo se considera igual al noble porque *honra-virtud-dignidad* equivalen y aun superan al *honor estamental*. Pero se contradice en la práctica, pues al afirmar que su honor no es hipoteca del alma —como el honor estamental— sino "patrimonio del alma" y si "el alma sólo es de Dios", la afrenta del Capitán no ha quebrantado su virtud moral que se mantiene intacta y no tiene porque dar satisfacción sino ante Dios y no ante la opinión. Sin embargo, intenta que el Capitán restaure la *opinión* perdida mediante el matrimonio con Isabel, aceptando para ello —incluso— la superioridad del código de honor estamental. Y, por otra parte, no conviene olvidar que su dignidad nace y está promocionada por su riqueza (no es un villano cualquiera sino el labrador más rico de Zalamea).

Para S. E. Leavitt [131] la escena en que Pedro Crespo pide al Capitán:

> Restaurad una opinión
> que habéis quitado. No creo
> que desluzcáis vuestro honor,
> porque los merecimientos

129 A. Castro: *De la edad conflictiva*, Madrid, Taurus, 1972, pp. 58-59.
130 A. Alonso: "Lope de Vega y sus fuentes" en J. F. Gatti (ed.): *El teatro de Lope de Vega: artículos y estudios*, Buenos Aires, Losada, 1967, p. 202.
131 S. E. Leavitt: "Pedro Crespo and the Captain in Calderon's *Alcalde de Zalamea*", *Hispania*, Baltimore, 38 (1955), pp. 430-431.

que vuestros hijos, señor,
perdieren por ser mis nietos,
ganarán con más ventaja,
señor, con ser hijos vuestros.
(. . .)
¿Qué os pido? Un honor os pido
que me quitastes vos mesmo;
(. . .)
Mirad que puedo tomarle
por mis manos, y no quiero,
sino que vos me le déis.
(III, vv. 493-500; 509-510 y 515-517)

significa una abierta contradicción con el concepto de
honor como dignidad y "patrimonio del alma" que ha
manifestado Pedro Crespo, y lo interpreta como un
"fallo" de Calderón que se doblega a las exigencias
de la mecánica dramática, sacrificando el "carácter" de
Pedro Crespo para ganar la simpatía del auditorio
hacia su causa. Por otra parte, pienso, que la justicia
que sigue (dar garrote al Capitán) no es exactamente
equitativa si con la aceptación del matrimonio puede
quedar en suspenso, lo que da a este hecho cierta dosis
de venganza, que siempre se ha negado. P. N. Dunn [132]
ante esta problemática intenta una explicación que
—sofisticada, a mi juicio— es sólo útil en parte y más
significa un intento de añadir profundidad a la obra
que de interpretar los hechos. P. N. Dunn [133] interpreta estos hechos como una forma de expresar rea-
lidades espirituales en términos humanos y próximos.
Lo que intenta Pedro Crespo —según este autor— es
que el Capitán reconozca lo que les une a ambos como
cristianos, pero sin renunciar a la *verosimilitud* (necesidad de restaurar la honra perdida). El Capitán, aceptando la oferta de Pedro Crespo, realizaría su conversión, porque Pedro Crespo le ha mostrado la vía

132 P. N. Dunn: "Honour and the Christian Background in Calderón", *BHS,* XXXVII (1960), p. 101.
133 *Ibidem.*

cristiana y auténtica frente al "falso honor" estamental, frente a la falta de caridad que éste tiene en su base. Creo que es difícil aceptar —en toda su amplitud— esta conclusión y me inclino más a justificar a Calderón desde las exigencias de la mecánica y el efectismo teatral, pues él, como los demás dramaturgos del XVII —a salvo su mayor profundidad ideológica y capacidad conceptual, en que tanto he insistido—, estrena en los corrales de comedias y tiene que contar con las exigencias del público, entre las que cuenta —y en no escasa medida— la repetición de fórmulas y conceptos que no significan un reflejo exacto de la realidad sino, más bien, una proclamación de lo *posible* y no de lo habitual.

A pesar de las restricciones que presentaba, hay que reconocer la ingeniosidad de Calderón para convertir la venganza en justicia, con lo que no entra en abierta colisión con los principios de la honra como "patrimonio del alma". Pedro Crespo se opone a que su hija Isabel sea asesinada por su hermano, mucho más riguroso que su padre por aceptar la artificialidad deshonor-venganza como automática relación causa-efecto, y a que —por diferencias estamentales— mate al Capitán para salvar la honra. Pedro Crespo instruye proceso sumarísimo, y pretende hacer justicia sin venganza, colocando la ley sobre su honor y no el honor sobre la ley y para ello tiene que sacrificarse proclamando públicamente su deshonra. Pero una vez cumplida la justicia la opinión ha sido restaurada y no me parece que el "prestigio moral" de la familia Pedro Crespo haya quedado arruinado y absolutamente todo vaya mal en este mundo como sostienen P. N. Dunn [134] y P. Halkhoree [135] pues Pedro Crespo es nombrado alcalde a perpetuidad, Juan se enrola en el ejército

[134] P. N. Dunn: *op. cit.*; edición de *El Alcalde de Zalamea*, London, Pergamon Press, 1966, y "Patrimonio del alma", *BHS*, XLI (1964), pp. 78-85.
[135] P. Halkhoree: *op. cit.*

—una forma de medrar— con la buena disposición del general Lope de Figueroa, e Isabel, la más perjudicada, entra en un convento donde "tiene Esposo / que no mira en calidad" (III, vv. 957-958). No obstante, los sufrimientos de unos protagonistas virtuosos sí dan pie para intentar una interpretación que tenga en cuenta aspectos de justicia poética, libertad y esencial limitación de lo humano. Pero sin llevar las cosas demasiado lejos y teniendo muy presente —me refería ya a ello— lo que hay también en esta obra de mecánica y sumisiones a las necesidades de la escena, con soluciones efectistas y apoyatura en el caso anormal —aunque verosímil— y sirva de ejemplo el hecho de que aunque el Código vigente permitía el asesinato por motivo de adulterio, violación, etc., en la práctica —como muestra C. A. Jones [136]— sólo hubo casos aislados y ocasionales de cumplimiento de tan rígida ley. Estos casos eran lo suficientemente raros como para que su aparición en el teatro tuviera una función efectista por lo anormal y extraordinario. Por otra parte, difícilmente en la realidad el Rey hubiera sancionado la actuación de un alcalde en contra de un capitán y aun de un general de su ejército. Quiero decir que hay que dar a los valores de espectáculo la importancia que tienen, aunque a sabiendas de que en Calderón hay —también— un significado transcendental al que voy a prestar atención, pero sin sacarlo de su órbita. Para ello me serán muy útiles los planteamientos de P. Halkhoree y P. N. Dunn. [137]

---

[136] C. A. Jones: "Honour in Spanish Golden Age Drama: Its Relation to Real Life and to Morals", *BHS* (1958), pp. 199-210.
[137] P. N. Dunn y P. Halkhoree: *ops. cits.*

Otros significados e implicaciones

Queda claro que el tema del *honor* es motivo básico y fundamental de *El Alcalde de Zalamea,* alcanzando a todas las manifestaciones del individuo y no sólo a la relación marido-mujer, [138] como era habitual en la realidad, con las limitaciones que hemos visto. Pero Calderón —meditando sobre el propio honor y presentándolo en varios planos— ha conducido los hechos a una situación en que el honor social como reputación y el honor como integridad moral son —en gran medida— incompatibles y esto nos pone ante el problema de la *justicia poética* y, más lejos, ante el posible sentido transcendente del "caso" de Pedro Crespo.

Como señala A. A. Parker [139] cumple el principio de *justicia poética* [140] que pertenece a la literatura y no a la vida y en atención al cual todo culpable ha de ser castigado, sufriendo así las consecuencias de su culpa, lo que sirve como ejemplo para los espectadores. En *El Alcalde de Zalamea,* rechazando la explicación de culpabilidad y responsabilidad difusa y repartida entre varios personajes, [141] nos encontramos con que hay un verdadero culpable que, de acuerdo con la justicia poética, paga su delito con la muerte. Pero Pedro Crespo y su familia también sufren y no son culpables y, de algún modo, también el general Don Lope de Figueroa que ve sometida su autoridad de juicio a

---

138 Vid.: J. Pitt-Rivers: "Honour and Social Status", y J. Caro Baroja: "Honour and Shame: A historical Account of Several Conflicts" en J. G. Peristiany (ed.): *Honour and Shame: The Values of Mediterranean society,* London, 1965, pp. 19-77 y 79-137, respectivamente.

139 A. A. Parker: *The Approach to the Spanish Drama of the Golden Age,* London, 1964, p. 7.

140 Vid. sobre este principio: M. A. Quinlan: *Poetic Justice in the Drama: the History of an Ethical Principle in Literary Criticism,* Indiana, Nôtre-Dame, 1912.

141 A. A. Parker: "Towards a Definition of Calderonian Tragedy", *BHS,* 39 (1962), pp. 222-237.

la decisión de un alcalde aldeano. P. Halkhoree ha señalado que el *orgullo* de estos personajes, ese es su delito, justifica su sufrimiento:

> The element of pride provides the slight tragic flaw in his character which justifies his suffering. Insofar as Isabel implicitly shares his pride, she, too is partrly responsible for her fate. And both Isabel and her father, by their decision, contribute towards the Captain's ultimate execution. [142]

por su parte Don Lope:

> too is a proud and impetuous, if just man. Yet he cannot be acquitted of a certain partiality. [143]

No son del todo víctimas inocentes y su sufrimiento, por su orgullo, también cabe dentro de los principios de la *justicia poética*.

Pero todos —excepto el culpable y sus secuaces— han intentado actuar *prudentemente* y, sin embargo, los hechos se han encadenado, conduciendo a una situación de sufrimiento para todos, que muestra lo imprevisibles que son los resultados de la actuación del hombre y que la prudencia no es, siempre, una garantía de buen fin. Y aquí comienza para P. Halkhoree [144] el contenido filosófico, su interpretación trascendente del drama, de acuerdo con la concepción global calderoniana del mundo terrenal. Pedro Crespo ha conseguido su honor moral, gracias a su deshonor social, Isabel sólo ha encontrado refugio en un convento, Don Lope ha tenido que aceptar los hechos consumados (recuérdense las limitaciones que proponía yo más arriba a esta interpretación del desenlace). Todo esto ha llevado a P. Dunn [145] a considerar este

---

142 P. Halkhoree: *op. cit.*, p. 32.
143 *Ibidem*, p. 33.
144 *Ibidem*, pp. 144 y ss.
145 P. N. Dunn: ed. de *El Alcalde...* (cit.), p. 17.

drama calderoniano como una exploración de los principios universales de *ley, naturaleza* y *razón*, a lo que añade P. Halkhoree una concepción del drama como exploración de la naturaleza de la *libertad*, su ejercicio por el hombre y sus consecuencias. [146] El hombre ha de estar constantemente vigilante, pero aun así, por su naturaleza, es esencialmente vulnerable y el propio Pedro Crespo, intentando guardar a su hija, prepara —involuntariamente— su desgracia. Se le planteará el dilema de elegir entre el honor social o la dignidad moral, optar por esta última significa perder el otro, o sea la felicidad completa en la tierra. Pero es que ni el honor social ni la dignidad moral son bienes suficientes para la felicidad en la tierra, porque la felicidad no es de este mundo y cuanto más se sufre aquí, más se hace para ganar el cielo. La obra viene a mostrar que no se es feliz en este mundo ejerciendo la razón, actuando en armonía con la naturaleza y cumpliendo la ley, porque todo en este mundo es impredictible y vulnerable y la libertad del hombre puede conducirle a errar, aunque intente actuar prudentemente. Una lección se impone, a juicio de P. Halkhoree [147] y que coincide —en gran medida— con la postura de P. N. Dunn: [148] hay que obedecer las enseñanzas de la religión y eso es lo moralmente recto y que lleva al hombre a la salvación, pero la felicidad del hombre —y en definitiva su salvación— no es de este mundo, está en Dios. Que éste es el pensamiento profundo de Calderón, y que muestra magistralmente en sus obras propiamente filosóficas y religiosas, no cabe duda, pero que ésta sea la interpretación única y más plausible de *El Alcalde de Zalamea* de Calderón, puede ser desorbitar el problema. Ya he expuesto mis reservas, corresponde al lector adoptar su postura

---

146 P. Halkhoree: *op. cit.*, pp. 37 y ss.
147 *Ibidem*, p. 44.
148 P. N. Dunn: *ops. cits.*

personal y claro que interpretar es una forma de enriquecer pero también de alterar. Queda claro, no obstante, que bajo el pretendido realismo y costumbrismo, se agazapan, en tema y forma, mayores complejidades, como hemos venido viendo. Y añádanse todavía otros elementos no conformistas como pueden ser el proclamar la neta separación entre lo que corresponde a Dios y lo que corresponde al Rey, el inicial triunfo del individuo sobre la ley del Estado, etc. En todo caso conviene recordar que entre las grandezas, pero también sumisiones y limitaciones, de la obra de arte, está la de la pluralidad de lecturas y, por tanto, de interpretaciones. La de cada uno será al fin y, para su propio gobierno, la definitiva.

José María Díez Borque

NOTICIA BIBLIOGRÁFICA

No ha llegado a nuestros días el manuscrito de *El Alcalde de Zalamea* de Calderón de la Barca y, para mayor desgracia, ninguna de las ediciones del xvii fue revisada, supervisada o —al menos— aprobada por el autor, de acuerdo con su costumbre y actitud de no ocuparse de la impresión de su teatro profano que no le impedirá, sin embargo y como ya hemos visto en la Introducción, quejas y lamentaciones por los errores, deturpaciones y aun robos. Todo esto plantea serios problemas a la hora de editar con rigor crítico y esmero textual esta obra de Calderón, de tan mala fortuna textual en las ediciones españolas que de ella existen. Quede dicho ya, para ser precisado después en la *Nota previa,* que el rigor textual ha sido motivo fundamental a la hora de llevar a la práctica esta nueva edición.

EDICIÓN PRINCEPS (1651)

Abrev. 1651

— *El mejor de los mejores libros que ha salido de comedias nuevas,* dedicado a Don Agustín de Hierro (...). En Alcalá, por María Fernández, año de 1651. Ed. preparada por Alfay. *El Alcalde de Zalamea,* aparece con el título *El garrote más bien dado,* lo que puede ser una precaución del editor que da a la obra sin nombre de autor (sobre este problema vuelvo *infra*).

OTRAS EDICIONES DEL SIGLO XVII

Abrev. 1653

— *El mejor de los mejores libros que ha salido de comedias nuevas* (...). En Madrid, por María de Quiñones, año de 1653. Ed. preparada por Alfay. Reproduce la edición de 1651 con alguna corrección, mantiene el título de *El garrote más bien dado*, pero da el nombre del autor.
— *Doze comedias de las más grandiosas que hasta ahora han salido de los mejores y más insignes poetas.* En Lisboa, 1653. Reproduce *El garrote más bien dado.*

Abrev. V.T.

— *Séptima parte de comedias del célebre poeta español Don Pedro Calderón de la Barca,* cavallero del Orden de Santiago, Capellán de Honor de su Magestad y de los señores Reyes Nueuos de Toledo, que corregidas por sus originales publica Don Iuan de Vera Tassis y Villarroel, su mayor amigo, y las ofrece al muy Ilustre Señor Doctor Don Alfonso Bravo de Buiza (...). En Madrid, por Francisco Sanz, Impresor del Reyno y Portero de Cámara de su Magestad, Año de 1683. (Hay una reimpresión de 1715.)
Aparece con el título de *El Alcalde de Zalamea la Nueva* (en el Índice) y *La gran comedia El Alcalde de Zalamea* (al comienzo del texto, que ocupa las pp. 481-518). Pienso que éste es el título que dio a su obra Calderón y no Vera Tassis, como pretende Valbuena Briones (*ed. cit.,* p. 22) pues no es cierto —como él dice— que "en los encabezamientos de las páginas pares continúa teniendo el título original, lo que desacredita el nuevo enunciado" (p. 22) y, por otra parte, en la lista «Comedias verdaderas de Don Pedro Calderón" que da Vera Tassis en sus distintos tomos de *Partes,* aparece con el título *El Alcalde de Zalamea* y el propio Calderón de la Barca en la *Carta respuesta a la del Excelentísimo señor Duque de Veragua,* Madrid, 24 de julio de 1680 [la reproduce Gaspar Agustín de Lara en el Prólogo a la obra *Obelisco Fúnebre* (citada), Madrid, 1684, y recogida después en BAE-7, pp. XL-XLII] incluye una memoria de sus comedias, en la que figura *El Alcalde de Zalamea,* con este título, y como no aparecida en colección hasta entonces, lo que supone que Calderón la consideraba

inédita por haber sido fraudulentas las ediciones anteriores. Que hubiera correcciones en esta lista es algo que está por demostrar para el caso concreto que aquí me ocupa y, por tanto, descarto —por completo— el título de *El garrote más bien dado*.

Vera Tassis que se titula —como hemos visto—, "el mayor amigo" de Calderón, creo que llevó demasiado lejos la amistad y corrigió todo lo que le parecía descuido, incorrección, lenguaje anticuado o menos "artístico" en el maestro y —claro— muchas de sus correcciones son totalmente improcedentes, como se verá. Cfr. N. D. Shergold: "Calderon and Vera Tassis", *HR*, XXIII (1955), y E. W. Hesse: *The Vera Tassis Text of Calderon's Plays*, México, edición privada, 1941, y —sobre todo— los estudios de crítica textual que, reunidos en volumen, acompañan a la edición facsímile preparada por J. E. Varey y D. W. Cruickshank (London, Gregg, I. P., and Tamesis Books L., 1973; impagable instrumento de trabajo.)

EDICIONES DEL SIGLO XVIII

— Reimpresión de Vera Tassis, Madrid, 1715 (citada).

Abrev. F.A.

— *Comedias del célebre poeta español Don Pedro Calderón de la Barca* (...) que saca a la luz Don Juan Fernández de Apontes y las dedica al mismo Don Pedro Calderón de la Barca (...). En la oficina de Don Manuel Fernández, Madrid, 1760-1763.

El Alcalde de Zalamea aparece en el décimo volumen (1763) que contiene las *Parte Décima* y *Décimo prima*. Corrige léxico y gramática, repeticiones y alguna exclamación, de acuerdo con el buen gusto neoclásico. Fue seguido este texto por muchos editores posteriores.

EDICIONES DEL SIGLO XIX

Abrev. K.

— *Las comedias de Don Pedro Calderón de la Barca, cotejadas con las mejores ediciones* (...) *corregidas y da-*

das a luz por J. J. Keil, Leipzig, 1827-1830, 4 vols. *El Alcalde de Zalamea* está en el vol. IV, 1830.

Reproduce, casi literalmente, el texto de Vera Tassis.

Abrev. O.

— *Tesoro del Teatro español, desde su origen (año de 1356) hasta nuestros días, arreglado y dividido en cuatro partes* por Don Eugenio de Ochoa. *Tomo tercero: Teatro escogido de Calderón de la Barca,* París, 1838.

Escasas correcciones, como se verá.

Abrev. H.

— *Comedias de Don Pedro Calderón de la Barca. Colección más completa que todas las anteriores,* hecha e ilustrada por Don Juan Eugenio Hartzenbusch, Madrid, BAE, 1848-1850, 4 vols. *El Alcalde de Zalamea* está en el vol. III.

Hartzenbusch, aparte de dividir en escenas y hacer indicaciones escenográficas —según su costumbre con otros dramaturgos—, lleva a cabo correcciones, muchas veces muy inteligentes y de recibo y otras injustificables, como veremos.

— *Teatro escogido de Calderón de la Barca,* F. A. Brockhaus, Leipzig, 1877. Sin interés bibliográfico.

— *Teatro selecto de Calderón de la Barca, precedido de un estudio crítico,* por M. Menéndez Pelayo, Madrid, 1881, 4 vols. *El Alcalde de Zalamea* está en el vol. II.

Reproduce el texto de Hartzenbusch.

Abrev. KR.

— *Klassische Bühnendichtungen der Spanier herausgegeben und erklärt* von Max Krenkel. III. *Calderón Der Richter von Zalamea nebst dem gleichnamigen stücke des Lope de Vega,* Leipzig, 1887.

Primer intento —llevado a cabo con seriedad— de edición crítica de *El Alcalde de Zalamea,* basada en 1651, Vera Tassis, Keil y Hartzenbusch. No cita la edición de 1653, ni la de Ochoa. Hay importantes notas de vocabulario, sintaxis y un cuadro de variantes, así como una inteligente introducción. Pero hay errores que han admitido editores posteriores, despreocupados de consultar las ediciones del XVII.

— *Selected Plays of Calderon. Edited with Introduction by* Norman Mac Coll, London, 1888.
Sin interés bibliográfico.

EDICIONES DEL SIGLO XX

— *El Alcalde de Zalamea,* ed., introd. y notas J. Geddes, New-York, Heath, 1918.
Se basa en el texto de Vera Tassis.

— *El Alcalde de Zalamea; La vida es sueño; El mágico prodigioso.* Prol. de J. G. Ocerín, Madrid, Calleja, 1920.
Sin interés bibliográfico.

— *El Alcalde de Zalamea,* ed. I. Farnell, Manchester, U. Press, 1921.
Sin interés bibliográfico.

— *Calderón de la Barca: Selección,* a cargo de S. Gili Gaya, Madrid, Biblioteca Literaria del estudiante, 1923.
Sin interés bibliográfico.

— *El Alcalde de Zalamea,* ed. y notas de E. Taliento, Milano, 1930.
Sin interés bibliográfico.

— *Calderón de la Barca: Obras completas,* Madrid, Aguilar, 1941.
Sin interés bibliográfico.

— *El Alcalde de Zalamea,* ed. de G. Espino, Zaragoza, Clásicos Ebro, 1943.
Se basa en el texto de Hartzenbusch y tiene, claramente, una finalidad escolar. Lagunas y errores.

— *El Alcalde de Zalamea,* en español y en alemán (trad. de J. D. Gries), La Coruña, Novo, 1947.
Sin interés bibliográfico.

— *El príncipe constante, La vida es sueño, El Alcalde de Zalamea,* pról. de J. M.ª Pemán, Barcelona, Éxito, 1950.
Sin interés bibliográfico.

— *El Alcalde de Zalamea,* ed. A. Nougué, Toulouse, 1952.
Texto descuidado.

— *El Alcalde de Zalamea, La vida es sueño,* ed. y notas de A. Cortina, Madrid, Espasa Calpe, CC. 138, 1955.

Da el texto de Hartzenbusch y no señala variantes. Muy limitado prólogo, casi reducido a tratar el problema del culteranismo y conceptismo en Calderón. Muy pocas notas al texto, suplidas por un Glosario final en que también se comentan problemas morfológicos y sintácticos.

— *El Alcalde de Zalamea y dos entremeses: El dragoncillo y La rabia*, ed., pról. y notas de Julio Durán, Santiago de Chile, Editorial Universitaria, 1956.

Sin interés bibliográfico.

— *El Alcalde de Zalamea*, Madrid, Escelicer, 1959.

Sin interés bibliográfico.

Abrev. R. Marrast

— *El Alcalde de Zalamea*, ed. Robert Marrast (tb. versión francesa), París, Aubier, Éditions Montaigne, 1959.

Cuidada edición. Toma por base el texto de 1651 pero examina las lecturas propuestas por los siguientes editores para paliar algunas insuficiencias, pero no hace constar en nota todas las variantes observadas y en alguna ocasión no justifica la lectura aceptada. Importante bibliografía y sugestiva —aunque parcial— introducción.

— *Calderón: 4 Plays*, introd. y notas de E. Honig, New-York, Hill and Wang, 1961.

Sin interés bibliográfico.

— *La vida es sueño, El Alcalde de Zalamea, Los encantos de la culpa*, ed. J. Bergamín, México, Jackson, 1963.

Sin interés textual.

— *El Alcalde de Zalamea y La vida es sueño*, introducción Jorge Campos, Madrid, Taurus, 1967.

Una breve y limitada introducción y bibliografía. Ningún problema de crítica textual. Ninguna nota al texto.

— *El Alcalde de Zalamea*, ed. y trad. francesa de Robert Marrast, París, Aubier-Flammarion, 1968.

Reproduce el texto de la anterior edición suya, corrigiendo erratas. Lamentablemente ha suprimido toda indicación de variantes, aunque ha mantenido sus interesantes notas al texto.

— *El Alcalde de Zalamea*, ed. E. W. Hesse, Buenos Aires, Plus Ultra, 1968.

No aporta ninguna novedad en cuanto al texto.

— *El Alcalde de Zalamea y La vida es sueño*, pról. de G. Díaz Plaja, México, Porrúa, 1970.

Abrev. Alcina Franch

— *El Alcalde de Zalamea* de Calderón de la Barca y Lope de Vega; introd. y notas de J. Alcina Franch, Barcelona, Juventud, 1970.

Interesante Introducción y cuidadas notas, muy útiles, pero errores textuales, particularmente cuando cita lecturas como de Vera Tassis, que no son tales en el original de éste. Falta bibliografía.

Abrev. Valbuena Briones

— *El Alcalde de Zalamea,* ed. Ángel Valbuena Briones, Salamanca, Anaya, 1971.

Se basa, exclusivamente, en el texto de 1651 y no da variantes. Acepta el título de *El garrote más bien dado* como única voluntad de Calderón. Limitada pero inteligente introducción. Muy escasa bibliografía y notas al texto. Algún error de puntuación.

— *El Alcalde de Zalamea,* ed. S. E. Leavitt, New-York, Dell, 1964.

Se basa en el texto de Vera Tassis. Alguna puntualización interesante en la introducción, pero sin mayor interés.

Abrev. Dunn

— *El Alcalde de Zalamea,* ed. P. N. Dunn, Oxford, Pergamos Press, 1966.

Se basa en texto de 1651, pero críticamente. Desde un punto de vista textual pienso que es la mejor edición, llevada a cabo con esmero, rigor y pulcritud.

BIBLIOGRAFÍA SELECTA

I. Bibliografía sobre Calderón de la Barca y su teatro

A. *Teatro profano*

Ch. V. Aubrun: "La langue poétique de Calderón" en *Réalisme et poésie au théâtre*, París, CNRS, 1960.
————: "Abstractions morales et référénces au réel dans la tragédie lyrique" en *ibidem*.

C. Bandera: *Mímesis conflictiva*, Madrid, Gredos, 1975.

H. Breymann: *Die Calderon-Literatur. Eine bibliographisch-kritische Uebersicht*, München-Berlín, 1906. Han hecho importantes adiciones y rectificaciones a esta obra: E. Günter (*Literarischer Handweiser*, 1906); A. L. Stiefel (*ZRPh*, 1906) y A. Farinelli (*Cultura Española*, 1907).

A. Castro y Rossi: *Discurso acerca de las costumbres públicas y privadas de los españoles en el siglo XVII, fundado en el estudio de las comedias de Calderón*, Madrid, Academia de C. M. y P., 1881.

A. L. Cilveti: "Silogismo, correlación e imagen poética en el teatro de Calderón", *RF*, LXXX (1968), pp. 459-497.

A. L. Constandse: *Le Baroque espagnol et Calderon de la Barca*, Amsterdam, Plus Ultra, 1951.

E. Cotarelo y Mori: *Ensayo sobre la vida y obras de Calderón*, Madrid, 1924.

D. W. Cruickshank y J. E. Varey (editores) han recogido estudios de varios autores en el tomo I de *The Comedias of Calderon* (ed. facsímile), London, Gregg, I. P., and Tamesis B. L., 1973.

E. R. Curtius: "Calderon und die Malerei", *RF*, L (1936), pp. 98-136.

W. G. Chapman: "Las comedias mitológicas de Calderón", *RLit*, V (1954), pp. 35-67.

108

H. Friedrich: *Der fremde Calderon,* Freiburg, 1966.

E. Frutos Cortés: *Calderón de la Barca,* Barcelona, Labor, 1949.

E. J. Gates: "Proverbs in the Plays of Calderón", *RR,* XXXVIII (1947), pp. 203-215.

F. C. Hayes: "The Use of Proverbs as Titles and Motives in the 'Siglo de Oro' Drama: Calderón", *HR,* XV (1947), pp. 453-463.

E. W. Hesse: *The Vera Tassis Text of Calderón's Plays, Parts I-IV,* México, edición privada, 1941.

———: "La dialéctica y el casuismo en Calderón", *Estudios,* IX (septiembre-diciembre, 1953), pp. 517-531.

———: *Calderón de la Barca,* New-York, Twayne Publishers, 1967.

H. W. Hilborn: *A Chronology of the Plays of D. Pedro Calderón de la Barca,* Toronto, University Press, 1938.

E. Honig: "The Concept of Honor in the Dramas of Calderón", *New Mexico Quaterly,* XXXV (1965), pp. 105-177.

———: *Calderón and the Seizures of Honor,* Cambridge-Massachusetts, Harvard U. Press, 1972.

J. L. Klein: *Geschichte des Dramas. Das spanische Drama,* Leipzig, 18-71-1875.

S. de Madariaga: *Shelley and Calderón and Other Essays on English and Spanish Poetry,* London, Constable, 1920.

M. Menéndez Pelayo: *Calderón y su teatro,* Madrid, Revista de Archivos, 1881.

A. Morel Fatio: *Calderón: Revue critique des travaux d'erudition publiés en Espagne à l'ocassion du second centenaire de la mort du poète,* París, 1881.

H. Ochse: *Studien zur Metaphorik Calderons,* München, W. F. Verlag, 1967.

M. Oppenheimer: "The Baroque Impasse in the Calderonian Drama", *PMLA,* LXV (1950), pp. 1.146-1.165.

A. A. Parker: *The Theology of the Devil in the Drama of Calderón,* London, Blackfriars Publications, 1958.

———: "Towards a Definition of Calderonian Tragedy", *BHS,* 39 (1962), pp. 222-237.

———: "Metáfora y símbolo en la interpretación de Calderón" en *Actas del I Congreso internacional de hispanistas,* Oxford, 1964, pp. 141-160.

C. Pérez Pastor: *Documentos para la biografía de D. Pedro Calderón de la Barca,* Madrid, 1905.

A. Rubio y Lluch: *El sentimiento del honor en el teatro de Calderón,* Barcelona, 1882.

M. Sauvage: *Calderón,* París, L'Arche, 1973.

V. Schmidt: *Die Schauspiele Calderón's,* Elberfeld, 1857.

K. H. Scholberg: "Las obras cortas de Calderón", *Clavileño,* 25 (1954), pp. 13-19.

N. D. Shergold: "Calderón and Vera Tassis", *HR,* XXIII (1955), pp. 212-218.

A. E. Sloman: *The Dramatic Craftsmanship of Calderón: His Use of Earlier Plays,* Oxford, Dolphin, 1958.

L. P. Thomas: "Les jeux de scéne et l'architecture des idées dans le Théâtre allegorique de Calderón", en *Homenaje a Menéndez Pidal,* Madrid, 1925, II, pp. 501-530.

A. Valbuena Briones: "El concepto del hado en el teatro de Calderón", *BHi,* LXIII (1961), pp. 48-53.

———: *Perspectiva crítica de los dramas de Calderón,* Madrid-México-Pamplona, Rialp, 1965.

A. Valbuena Prat: *Calderón, su personalidad, su arte dramático, su estilo y sus obras,* Barcelona, Juventud, 1941.

———: "Calderón de la Barca" en *El teatro español en su Siglo de Oro,* Barcelona, Planeta, 1972.

J. E. Varey y N. D. Shergold: "Some Early Calderón Dates", *BHS,* 38 (1961), pp. 274-286.

Varios: *Hacia Calderón. Segundo coloquio anglogermano. Hamburgo, 1970,* Berlín, Walter de Gruyter, 1973. (Artículos de extraordinario interés de K. Reichenberger, H. Hatzfeld, Pring-Mill, D. Moir, H. J. Neuschafer..., etcétera).

B. W. Wardropper (editor): *Critical Essays on the theatre of Calderón,* New-York, U. Press, 1965. (Artículos de A. A. Parker, E. M. Wilson, A. E. Sloman, L. Spitzer, E. Honig..., etc.).

E. M. Wilson: "Calderón and the Stage Censor in the Seventeenth Century: A Provisional Study", *Symposium* (1961), pp. 165-184.

———: "The Four Elements in the Imagery of Calderón", *MLR,* XXXI (1936), pp. 34-37.

B. *Teatro religioso. Auto sacramental*

Ch. V. Aubrun: "Determinisme naturel et la causalité sur-naturelle chez Calderón" en *Le Théâtre tragique*, París, CNRS, 1962.

M. Bataillon: "Ensayos de explicación del auto sacramen-tal" en *Varia lección de clásicos españoles*, Madrid, 1964.

E. Frutos: *La filosofía de Calderón en sus autos sacra-mentales*, Zaragoza, CSIC, 1952.

F. Gewecke: *Tematische untersunchungen zu dem vor Cal-deronianischen Auto Sacramental*, Géneve, Droz, 1974.

E. Gorra: *Il dramma religioso di Calderón*, Milán, 1900.

S. E. Leavitt: "Humor in the Autos of Calderón", *Hispa-nia*, XXXIX (1956), pp. 137-144.

F. de S. Macgarry: *The Allegorical and Metaphorical lan-guage in the Auto Sacramental of Calderón*, Washington, The Catolic University of A, 1937.

N. Margraff: *Der Mensch und sein seelenleben in dem Autos Sacramentales des D. Pedro Calderón de la B.*, Bonn, 1912.

A. A. Parker: *The Allegorical Drama of Calderón. An In-troduction to the Autos Sacramentales*, Oxford and London, Dolphin, 1943.

———: *The Theology of the Devil...* (citada).

L. Rouanet: *Les drames theologíques de Calderón*, París, 1898.

R. Silva: "The Religious Dramas of Calderón", *BSS*, XV (1938), pp. 172-195.

J. B. Trend: *Calderón and the spanish religious theatre of the seventeenth century*, Oxford, 1938.

A. Valbuena Prat: "Los autos sacramentales de Calderón: clasificación y análisis", *RH*, LXI (1924), pp. 1-302.

J. E. Varey y N. D. Shergold: *Los autos sacramentales en Madrid en la época de Calderón, 1637-1681*, Madrid, 1961.

B. W. Wardropper: *Introducción al teatro religioso del Si-glo de Oro*, Madrid, Revista de Occidente, 1954, y Sa-lamanca, Anaya, 1967.

L. E. Weir: *The Ideas Embodied in the Religious Drama of Calderón*, Lincoln, University of Nebraska, 1940.

D. Ynduráin: "El Gran Teatro de Calderón y el mundo del XVII", *Segismundo*, X, 1-2, pp. 17-71.

II. BIBLIOGRAFÍA PARTICULAR SOBRE
    "EL ALCALDE DE ZALAMEA"

A. Altschul: "Vorbilder für einige Szenen und Motive in
Calderóns *Alcalde de Zalamea*", *ZRPh*, XLIX (1929),
pp. 309-318.

D. C. Bayón: "Zalamea en Aviñón", *Cuadernos de Cultura
por la libertad de la Cultura*, 55 (París, 1961), pp. 84-85.

F. Carrasquer: "*El Alcalde de Zalamea* en La Haya", *Pa-
peles de Son Armadans*, 12 (1959).

W. O. Casanova: "Honor, patrimonio del alma y opinión
social, patrimonio de casta en *El Alcalde de Zalamea*
de Calderón", *Hispanófila*, 33 (mayo 1968), pp. 17-33.

E. Castelli: *Análisis de "El Alcalde de Zalamea"*, Buenos
Aires, CEAL, 1968.

S. Cornejo: "Observaciones a la crítica de un libro" (*MLN*,
XXXIV, 19-19, pp. 420-428, 482-492. F. O. Reed (sobre
la ed. de Geddes), *RH*, IX (1924), pp. 532-545.

E. Ducay: "Entre la espada y la pared", *Ínsula*, 9 (1954).

P. N. Dunn: "Honour and the Christian Background in
Calderón", *BHS*, XXXVII (1960), pp. 75-105.

———: "Patrimonio del alma", *BHS*, XLI (1964), pp. 78-85.

U. Fleres: "El Alcalde de Zalamea", *La Lectura*, II, 1906.

A. Günter: "Calderóns *Alcalde de Zalamea* in der deut-
schen Literatur", *Zeitschrift für Französischen und En-
glischen Unterricht*, XXV (1926), pp. 445-457.

P. Halkhoree: "The Four Days of *El Alcalde de Zalamea*"
(en prensa en *Romanistisches Jahrbuch*).

———: *El Alcalde de Zalamea*, Critical Guides to Spanish
Texts, London, Grant Cutler and Tamesis B, 1972.

E. Honig: "Honor Humanized: The Mayor of Zalamea"
en *Calderón and the Seizures of Honor*, Cambridge-
Massachusetts, Harvard University Press, 1972, pp. 81-109.

C. A. Jones: "Honour in *El Alcalde de Zalamea*", MLR,
L (1955), pp. 444-449.

G. Jünemann: "Glosas críticas. Los dos alcaldes de Zalamea", *Revista Católica de Santiago de Chile*, XXXVI
(1919), pp. 131-135; 194-202.

R. Kersten: "*El Alcalde de Zalamea* y su refundición por
Calderón" en *Homenaje a Casalduero*, Madrid, Gredos,
1972, pp. 263-274.

H. Krasza: *"El Alcalde de Zalamea:* estudio psicológico-penal", *Anales de la Universidad de Guayaquil,* I (1949), pp. 280-292.

W. Küchler: "Calderons comedia *El Alcalde de Zalamea* als Drama der Perönlichkeit", *Archiv für das Studium der Neueren Sprachen und Literaturen,* CXC (1954), pp. 306-313.

S. E. Leavitt: "Pedro Crespo and the captain in Calderón's *Alcalde de Zalamea, Hispania,* Baltimore, 38 (1955), pp. 430-431.

V. Mallarino: *"El Alcalde de Zalamea y Fuenteovejuna* frente al derecho penal", *Revista de las Indias,* XIV (1942), pp. 358-367.

D. Marshall y E. C. Feeny: "Algunos apuntes sobre Calderón y *El Alcalde...",* El Clarín (1950).

M. Menéndez Pelayo: *"El Alcalde de Zalamea"* en *Obras Completas,* III, Santander, 1941.

A. A. Parker: *The Dramatic Structure of "El Alcalde de Zalamea",* conferencia en el Instituto Español de Londres, 1969.

G. Pillement: "Calderón et l'*Alcalde de Zalamea.* La justice militaire et la Justice", *Bref,* 47 (1961), pp. 2-3.

A. E. Sloman: "Scene division in C's *Alcalde de Zalamea, HR,* XIX (1951).

F. Smieja: "The Lord Mayor of Poznán. An Eighteenth-century Polish version of *El Alcalde de Zalamea", MLR,* LXIII (1968), pp. 869-871.

C. A. Soons: "Caracteres e imágenes en *El Alcalde de Zalamea", RF,* LXXII (1960), pp. 104-107.

NOTA PREVIA

QUEDAN señalados ya los problemas textuales que plantea la obra de Calderón por la actitud del dramaturgo ante la imprenta (la lamentación debiera haberle llevado —como a Lope de Vega— a ocuparse personalmente de la impresión de sus obras y qué impagable apoyo hubiera sido para la transmisión de sus textos). Soy consciente de que ni las ediciones de 1651, 1653, Vera Tassis (1683), representan —estrictamente— la voluntad del autor, pero con esta limitación hemos de contar e intentar suplirla lo más satisfactoriamente posible.

He elegido como texto básico el de la *Edición Princeps* de 1651, pero consultando todas las ediciones posteriores que aportan novedades textuales. Cuando no acepto la lectura de la *Princeps*, lo justifico en nota y doy, a su vez, la lectura de la *Princeps*. He indicado, asimismo, todas las variantes textuales que hay entre la edición de 1651 y la de Vera Tassis (1683) y también las variantes de la *Princeps* con respecto a las ediciones posteriores (1653, F.A.; K.; O.; H.; KR.; R. Marrast; Alcina, Valbuena Briones, Dunn) cuando alteran el significado. En las contadas ocasiones en que no he aceptado ni la lectura de 1651 ni la de V.T., lo indico —también— en nota, dando allí las lecturas no aceptadas.

De acuerdo con los criterios de la colección *Clásicos Castalia,* he modernizado la ortografía, acentuación, empleo de mayúsculas y puntuación.

No he mantenido las indicaciones escénicas y divisiones hechas por Hartzenbusch y solamente he añadido alguna precisión en las indicaciones escénicas, que señalo, y precisado el destinatario de algún parlamento.

He procurado enriquecer el texto con el mayor número de notas, de toda índole.

J. M.ª D. B.

RELACIÓN DE ABREVIATURAS EN LAS NOTAS

CORREAS: *Vocabulario de refranes y frases proverbiales,* Madrid, RAE, 1906.

COV: *Tesoro de la lengua castellana* (ed. M. de Riquer, Barcelona, 1943).

DA: *Diccionario de Autoridades,* Madrid, 1726 (ed. facsímile: Madrid, Gredos, 1964).

DCELC: J. Corominas: *Diccionario crítico etimológico de la lengua castellana,* Madrid, Gredos, 1967.

DRAE: *Diccionario de la Lengua Española,* Madrid, Real Academia Española, 1970.

KENISTON: *The Syntax of Castilian Prose,* Chicago, 1937.

Las restantes abreviaturas de revistas, bibliográficas, etc., son las admitidas y de uso general.

SINOPSIS DE VERSIFICACIÓN

Primera Jornada

1-212   *redondillas.* Interrumpidas del v. 101 al v. 112 por la canción de la Chispa: vv. 101-104: *pareados*; vv. 105-112, *romance* de asonancia masculina en *a.*

213-556   *romance* de asonancia femenina en *á/e.*

557-680   *silvas.*

681-894   *romance* de asonancia masculina en *ó.*

Segunda Jornada

1-390   *romance* de asonancia femenina en *é/a.* Se interrumpe del v. 336 al v. 340 por cuatro versos que forman la cabeza de un *villancico.*

391-426   *redondillas.*

427-446   *romance* de asonancia femenina en *ú/e.* Los versos 427-432 y 435-444 forman parte de una *jácara,* interrumpida por un parlamento —no cantado— de Rebolledo, con la misma asonancia.

447-502   *redondillas.*

503-607   *quintillas.*

608-611   *redondilla,* cuyo último verso es de cinco sílabas *(pie quebrado)*

612-893   *romance* de asonancia femenina en *í-o.*

Tercera Jornada

1-348   *romance* de asonancia femenina en *í/a.*

349-404   *redondillas.*

405-518   *romance* de asonancia femenina en *é/o.*

519-838   *redondillas.*

839-980   *romance* de asonancia masculina en *á.*

Calderón no presenta aquí la variedad de metros que suelen utilizar Lope y sus contemporáneos (*tercetos, sonetos, décimas, octavas, quintilla, endecasílabos sueltos,* etc.). Domina, absolutamente, el *romance* y la única variedad, dentro de él, es que nunca repite la asonancia.

SEPTIMA PARTE
DE
COMEDIAS
DEL CELEBRE POETA
ESPAÑOL
DON PEDRO CALDERON
DE LA BARCA,

CAVALLERO DEL ORDEN DE SANTIAGO,
Capellan de Honor de su Magestad, y de los señores
Reyes Nueuos de Toledo,

QVE CORREGIDAS POR SVS ORIGINALES,
PVBLICA

DON IVAN DE VERA TASSIS Y VILLARROEL,
SV MAYOR AMIGO,
Y LAS OFRECE

AL MVY ILVSTRE SEÑOR DOCTOR
Don Alonso Brauo de Buiza, Gentilhombre de Camara,
y Compañero del Eminentissimo señor Cardenal Brancacho,
en el Conclaue en que se eligió à N. S. Padre Alexandro VII.
Canonigo de Zamora, Arcediano de Palencia, Comendador
Mayor de la Orden de San Antonio Abad de Castro-Xeriz,
Canonigo de la Santa Apostolica, y Metropolitana Iglesia
de Santiago, Arcediano de Nendos, &c.

CON PRIVILEGIO

En MADRID: Por *Francisco Sanz*, Impressor del Reyno, y Portero
de Camara de su Magestad, Año de 1683.

LA GRAN COMEDIA,

EL ALCALDE

DE ZALAMEA.

DE DON PEDRO CALDERON
de la Barca.

PERSONAS QVE HABLAN EN ELLA:

El Rey Felipe Segundo.
Don Lope de Figueroa.
Don Aluaro de Atayde, Capitan.
Vn Sargento.
La Chispa.
Rebolledo, Sollado.
Pedro Crespo, Labrador, Viejo.

Iuan, hijo de Pedro Crespo.
Isabel, hija de Pedro Crespo.
Inès, prima de Isabel.
Don Mendo, hidalgo,
Nuño su criado.
Vn Escriuano.
Soldados.

IORNADA PRIMERA.

Salen Rebolledo, Chispa, y Soldados.

Reb. Cuerpo de Christo con quien
desta suerte haze marchar
de vn Lugar à otro Lugar,
sin dar vn refresco. *Todos.* Amen.

Reb. Somos Gitanos aqui
para andar desta manera?
vna arrollada vandera
nos ha de lleuar tràs si,
con vna caxa? *Sol.1.* Ya empiezas?

Reb. Que este rato que callò,
nos hizo merced de no
rompernos estas cabeças.

Sold.2. No muestres desso pesar,
si ha de oluidarse, imagino,
el cansancio del camino
à la entrada del Lugar.

Reb. A què entrada, si voy muerto,
y aunque llegue viuo allà,
sabe mi Dios, si serà
para alojar; pues es cierto
llegar luego al Comissario
los Alcaldes à dezir,
que si es que se pueden ir,
que daràn lo necessario.
Respondeles lo primero,
que es imposible, que viene
la gente muerta, y si tiene
el Concejo algun dinero,
dezir: Señores Soldados,

EL ALCALDE DE ZALAMEA

DE

DON PEDRO CALDERÓN
DE LA BARCA

PERSONAS

EL REY FELIPE SEGUNDO.
DON LOPE DE FIGUEROA.
DON ÁLVARO DE ATAIDE, *capitán.*
UN SARGENTO.
REBOLLEDO.
LA CHISPA. —figura cómica
PEDRO CRESPO, *labrador.*
JUAN, *hijo de Pedro Crespo.*
ISABEL, *hija de Pedro Crespo.*
INÉS, *prima de Isabel.*
DON MENDO.
NUÑO, *criado.* de Mendo
UN ESCRIBANO, SOLDADOS, LABRADORES.

117

PRIMERA JORNADA *

** *Salen Rebolledo, La Chispa y soldados.* ***

REBOLLEDO

¡Cuerpo de Cristo con quien
desta suerte hace marchar
de un lugar a otro lugar
sin dar un refresco!

TODOS

Amén.

---

* Calderón, al igual que los restantes dramaturgos del XVII, no divide sus obras dramáticas en escenas. La sola división que establece es la de tres jornadas. La separación en escenas es obra de editores posteriores y el autor sólo la señala mediante la indicación escénica: "entran...", "salen..." y —frecuentemente— el cambio de estrofa. Sobre el caso concreto de esta obra puede verse: A. E. Sloman: "Scene division in Calderon's Alcalde de Zalamea", *HR*, 19 (1951), pp. 66-71.

** Excepto en las comedias de gran aparato escénico (mitológicas, religiosas..., etc.) faltan —casi por completo— las indicaciones escenográficas que —en todo caso— se reducen al mínimo (véase J. M. Díez Borque: "Notas para una aproximación semiológica a la escena del teatro del Siglo de Oro", en *Semiología del Teatro*, Barcelona, Planeta, 1975).

En los corrales de comedias no había telón de boca (H. A. Rennert: *The Spanish Stage in the Time of Lope de Vega*, Nueva York, 1909, pp. 83-84, y N. D. Shergold: *A History of the Spanish Stage from Medieval Times until the End of the Seventeenth Century*, Oxford, U. Press, 1967). Por este motivo, para marcar el comienzo de la obra y fijar la atención del público en el escenario, solía emplearse el recurso de producir un gran estruendo: martillazos, ruido de tambores (*La hija del aire*), música..., etc. Esto no sirve para las lujosas representaciones en palacio y en particular para el Coliseo del Buen Retiro, donde sí había telón de boca.

El paso de los intermedios, representados entre los actos, a la representación de la obra era reconocido por los espectadores por la aparición, de nuevo, de los personajes de ésta.

*** Aunque hay algún testimonio de representaciones con aparición

REBOLLEDO

¿Somos gitanos aquí,   5
para andar desta manera?
¿Una arrollada bandera
nos ha de llevar tras sí,
con una caja...

---

de multitudes en escena, esto no era habitual y las limitaciones de la compañía determinaban que la intervención de multitudes se indicara mediante murmullos y gritos dentro o mediante cuatro o cinco personajes dando vueltas alrededor del escenario; creo que éste es el caso aquí.

1 *Cuerpo de Cristo*: "especie de interjección o juramento, que explica a veces la admiración" (DA). Es semejante a "cuerpo de Dios", "cuerpo de tal". Aquí el motivo que provoca la exclamación se introduce mediante la preposición *con*. El comenzar con esta exclamación popular, puede ser recurso para atraer la atención del auditorio y predisponer su ánimo a entrar en acción.

2 *Desta*: 'de esta'. Contracción muy frecuente y repetida todavía en el siglo XVII, aunque ya vacilante. Aparecen en Calderón otras formas semejantes: *desto* (*La vida es sueño*, II, vv. 376; III, vv. 196); *della* (*La vida...*, III, v. 296); *esotro* (*Alcalde*, III, vv. 567)..., etc. Otras contracciones habituales en la época eran: *antel, cabel, contral, sobrel,* que convivían con la forma sin contraer.

4 *Refresco*: "el pasto e bevida que se da a los que trabajan sin que levanten mano de la obra" (COV).

5 Alude a la vida errabunda de los gitanos que no se establecen en ningún lugar fijo. Como señala Alcina Franch (*op. cit.,* p. 299) hay noticias de ellos en la época de Juan II, sin que —por otra parte— los etnólogos se hayan puesto de acuerdo sobre su origen que la tradición sitúa en Egipto y la tradición popular en Hungría. Su lenguaje aparece como recurso de caracterización literaria en *La farsa das cigannas* de Gil Vicente, aunque se trate de una pobre deformación fonética, y no hará falta recordar la magistral recreación de Cervantes en su *La Gitanilla*. Pero en el teatro del Siglo de Oro, pródigo en incorporar todos los elementos coloristas de la sociedad, no aparece como tipo literario.
Aquí: para R. Marrast (*op. cit.,* p. 194) tiene valor temporal, como *allí* en II, v. 679, III, v. 587, y para Dunn (p. 124) enfático.

6 *Desta*: vid. *supra* n. a v. 2.

7 Puede interpretarse aquí como signo antiheroico y antitriunfalista frente a la bandera desplegada, signo y mito en las campañas imperialistas.

9 *Caja*: "Se llama también el tambor, especialmente entre los soldados" (DA).

SOLDADO 1.º

¿Ya empiezas?

REBOLLEDO

...que, este rato que calló,   10
nos hizo merced de no
rompernos estas cabezas?

SOLDADO 2.º

No muestres deso pesar,
si ha de olvidarse, imagino,
el cansancio del camino   15
a la entrada del lugar.

REBOLLEDO

¿A qué entrada, si voy muerto?
Y aunque llegue vivo allá,
sabe mi Dios si será
para alojar; pues es cierto   20

12 V.T.: sin interrogación.
13 *Deso*: vid. *supra* n. a v. 2.
16 *Lugar*: "Vale también ciudad, villa o aldea; si bien rigurosa-
    mente se entiende por lugar la población pequeña, que es me-
    nor que villa y más que aldea" (DA).
20 Alcina Franch (*op. cit.*, pp. 299-300) da algunas noticias y tes-
    timonios literarios sobre el *alojamiento* de soldados en aldeas y
    villas, que van a serme útiles aquí. Los villanos estaban obli-
    gados a alojar en sus casas a los soldados de paso. Llamábase
    esta obligación "cargo de aposento" y de concertarla se ocu-
    paban el concejo y repartían boletos, pero por lo oneroso de esta
    obligación, los villanos compraban boletos a los soldados pres-
    tándose a negocios ilegales que ponían en práctica los soldados,
    tal y como se nos describe en *El donado hablador*: "¡Oh, cuan-
    tas veces tomábamos boletas para tres y no era más que uno
    el que había de ir a la posada, y las demás las íbamos aco-
    modando a veinte y cuatro reales". En el *Guzmán de Alfara-
    che* (I, 2, 10) leemos: "En cada alojamiento cogía una docena
    de boletas, que ninguna valía de doce reales abajo, y algunas
    hubo que contribuyeron cincuenta".
20 y ss. *obedecer, llegar, responderles, decir,* infinitivos narrativos
    que dependen de *es cierto* (v. 20).

llegar luego al comisario
los alcaldes a decir
que si es que se pueden ir,
que darán lo necesario;
responderles, lo primero,   25
que es imposible, que viene
la gente muerta... y si tiene
el Concejo algún dinero,
decir: "Señores soldados,
orden hay que no paremos;   30
luego al instante marchemos."
Y nosotros, muy menguados,
obedecer al instante
a orden que es, en caso tal,
para él, orden monacal,   35
y para mí, mendicante.
Pues ¡voto a Dios! que si llego
esta tarde a Zalamea

21 *Comisario*: "En la milicia eran unos ministros subalternos del
veedor general y hoy de los intendentes, destinados a los ejér-
citos, provincias y plazas para pasar muestra o revista a los
cuerpos o regimientos de Infantería y Caballería y reconocer
si están completos y evitar los fraudes que suele haber" (DA).
Entre sus funciones estaba la de ocuparse del alojamiento de
la tropa.
24 V.T.: "respondeles lo primero".
32 *Menguados*: con el significado de "pobreza, necesidad y esca-
sez que se padece de alguna cosa" (DA).
33 V.T.: "a obedecer al instante".
34 V.T.: "orden que es, en caso tal".
34-36 Juego de palabras a base de la polisemia de *orden*, como
precepto y como congregación religiosa. Establece la oposición,
que era sentida como muy real en la época, entre orden monacal (lujo y acumulación de riquezas en los conventos) y orden
mendicante (mucho más pobre, sin posesiones y que vive de la
limosna).
37 *¡Voto a Dios!*: "Se toma asimismo por juramento y execración
en demostración de ira. Llámase así por empezar regularmen-
te con esta voz la expresión como Voto a Dios, Voto a Cristo" (DA). Muy habitual entre soldados: "El soldado echaba a
cada suerte doce *votos* y otros tantos *pesias* aforrados en *porvidas*" (Quevedo, *Tac*, cap. 10).
Como expresiones eufemísticas eran corrientes: *voto a bríos,
voto a diez, pardiez...*, etc.
38 *Zalamea*: se trata de Zalamea de la Serena y no de Zalamea
la Real (Huelva). Pertenece al partido de Castuera en la provincia de Badajoz. Famosa por su campanario y por las ruinas

y pasar de allí desea
por diligencia o por ruego,   40
que ha de ser sin mí la ida;
pues no, con desembarazo,
será el primer tornillazo
que habré yo dado en mi vida.

SOLDADO 1.º

Tampoco será el primero   45
que haya la vida costado
a un miserable soldado;
y más hoy, si considero
que es el cabo desta gente
don Lope de Figueroa,   50
que si tiene tanta loa
de animoso y de valiente,
la tiene también de ser
el hombre más desalmado,

---

romanas. En la actualidad cuenta con más de 9.000 habitantes
y —según la tradición local— se conserva todavía la casa en
que vivió Pedro Crespo.
43 *Tornillazo*: fuga o deserción que hace el soldado de su regimiento.
49 *Desta*: vid. *supra* n. a v. 2.
    Cabo no se refiere a este cargo militar, el que manda siete
    soldados, sino que significa cabeza (de *caput*), el que está al
    frente de un ejército.
50 Don Lope de Figueroa nació en Valladolid, hacia 1520, y murió
    en 1595. Ingresó en el ejército a la edad de 18 años y en él
    permaneció hasta su muerte. Combatió a las órdenes del Duque
    de Alba, Don Juan de Austria, y de Don Álvaro de Bazán, en
    España, Italia, África, las Islas Terceras y Lepanto. En Le-
    panto decidió la victoria saltando a la nave del Almirante turco
    Alí y apoderándose de ella. Pasó a la mitología popular como
    héroe nacional y aparece frecuentemente en obras dramáticas:
    Amar después de la muerte (Calderón), *El asalto de Mastrique*
    (Lope de Vega), *El defensor del peñón* (Diamante), *El águila
    del agua* (Vélez).
51 V.T.: "que si tiene fama y loa".
51 y ss. Muy importantes estos versos, en cuanto presentación del
    personaje, que ponen en antecedentes al espectador para que
    interprete, más adelante, la acción.

jurador y renegado   55
del mundo, y que sabe hacer
justicia del más amigo,
sin fulminar el proceso.

REBOLLEDO

¿Ven vustedes todo eso?
Pues yo haré lo que yo digo.   60

SOLDADO 2.º

¿De eso un soldado blasona?

REBOLLEDO

Por mí, muy poco me inquieta,
sino por esa pobreta
que viene tras la persona.

LA CHISPA

Seor Rebolledo, por mí   65
vuecé no se aflija, no;

58 *Fulminar el proceso*: "Es hacerle y sustanciarle hasta ponerle
    en estado de sentencia" (DA). Cfr. "Los que por tal camino
    pueden con los reyes, se van *fulminando el proceso*, con sus
    méritos" (Quevedo, *Polit*, I, 4).
59 V.T.: "¿Ven ustedes todo eso?". Cfr. v. 66: *vuecé*; v. 121;
    vussé. V.T. da *voacé* en ambas ocasiones con lo que demues-
    tra mayor regularidad en la utilización de las formas derivadas
    de *vuestra merced*, tan variadas. Cfr. José Pla Cárceles: "La
    evolución del tratamiento 'vuestra merced', *RFE*, X (1923),
    pp. 244-280, y las notas de T. Navarro Tomás, en el mismo
    número, sobre *vuesasted, usted*.
63 V.T.: "pero por esa pobreta".
64 *Tras la persona*: detrás de mí. Utilizar: "la persona", "el hom-
    bre"... etc., por *yo, mi*, es característico del habla popular;
    para Dunn (p. 124) como forma impresiva y de auto-conside-
    ración.
65 *Seor*: 'señor'. Síncopa del sonido palatal sonoro, habitual en
    lenguaje popular, que se mantiene hoy como vulgarismo.
66 V.T.: "voacé no se aflija, no". Cfr. *supra* n. a v. 59.

que bien se sabe que yo
barbada el alma nací,
y este temor me deshonra;
pues no vengo yo a servir   70
menos que para sufrir
trabajos con mucha honra;
que para estarme, en rigor,
regalada, no dejara
en mi vida, cosa es clara,   75
la casa del regidor,
donde todo sobra, pues
al mes mil regalos vienen;
que hay regidores que tienen
menos regla con el mes;   80
y pues a venir aquí
a marchar y a perecer

67 V.T.: "que, como ya sabe, yo". En 1651: "que bien sabe que
    yo", falta una sílaba, repuesta en 1653: "que bien se sabe
    que yo", lectura que acepto aquí.
68 *Barbada el alma nací*: construcción denominada de acusativo
    griego. El significado de esta expresión es: virilidad, coraje,
    arrojo. Cfr. "Hombre de barba corresponde a lo mismo que
    hombre de valor, esforzado" (COV). Ya tenía este significado
    la barba en el *Poema de mio Cid*.
70 V.T.: "pues no vengo a servir".
72 *Trabajo*: "Vale asimismo penalidad, molestia, tormento o su-
    ceso infeliz" (DA). Recuérdense *Los trabajos de Persiles y Si-
    gismunda* y ya en el *Libro de Apolonio*, del siglo XIII, se uti-
    liza con este significado. Corominas (DCELC) lo documenta
    en 1212, por primera vez.
76 *Regidor*: "La persona destinada en las ciudades, villas o luga-
    res para el gobierno económico" (DA). Había un corregidor,
    máxima autoridad y representante del poder central y varios
    regidores. Al principio estos cargos solían ser desempeñados por
    la nobleza, hasta los hidalgos, pero —progresivamente— se fue-
    ron haciendo venales, convirtiéndose así en una fuente de re-
    cursos para las menguadas arcas del Estado.
80 V.T.: "menos cuenta con el mes". H.: "mesa franca con el
    mes". Con la corrección de Vera Tassis desaparece el juego de
    palabras *regla-mes* que alude al período menstrual de la mujer.
    Mes puede aludir aquí a la paga mensual, con el significado de
    que no son económicos, estrictos..., etc.
82 V.T.: "a marchar y padecer". 1653: "a marchar y perecer". Los
    editores posteriores aceptan *padecer*. Para R. Marrast (*op. cit.*,
    p. 195) Calderón juega con el significado de 'sufrir una extre-
    ma necesidad' y el de la lengua de la galantería, herencia del
    amor cortés: 'morir de amor'.

con Rebolledo, sin ser
postema, me resolví,
por mí ¿en qué duda o repara?   85

REBOLLEDO

¡Viven los cielos, que eres
corona de las mujeres!

SOLDADO 2.º

Aquesa es verdad bien clara.
¡Viva la Chispa!

REBOLLEDO

                    ¡Reviva!
Y más, si por divertir   90
esta fatiga de ir
cuesta abajo y cuesta arriba,
con su voz el aire inquieta
una jácara o canción.

---

84 *Postema*: "Humor acre que se encierra en alguna parte del
    cuerpo y poco a poco se va condensando entre dos telas o dos
    membranas" (DA). Aquí en sentido figurado: persona difícil
    de soportar.
88 *Aquesa*: forma reforzada del demostrativo mediante *eccu(um)*.
93 V.T.: "con su voz al aire inquieta".
94 *Jácara*: sobre jaque, valentón apicarado y rufián. Composición
    en forma de romance en la que se cantan las andanzas del
    jaque. Escritas en lengua de germanía, gozaron de gran favor
    y no sólo en medio popular, por su fuerte colorido y lo des-
    vergonzado de los temas. Se incorporaron a la representación
    teatral, sumándose —para ser interpretadas en los entreactos—
    a los entremeses, bailes y mojigangas. Cfr. E. Cotarelo: *Colec-
    ción de entremeses, loas, bailes, jácaras y mojigangas*, Ma-
    drid, BAE, 1911, y H. E. Bergman: *Ramillete de entremeses
    y bailes*, Madrid, Castalia, CCa.21, 1970.

LA CHISPA

Responda a esa petición   95
citada la castañeta.

REBOLLEDO

Y yo ayudaré también.
Sentencien los camaradas
todas las partes citadas.

SOLDADO 1.º

¡Vive Dios, que has dicho bien!   100

Canta Rebolledo y La Chispa. *

LA CHISPA

Yo soy, tiritiritaina,
flor de la jacarandaina.

---

* Construcción con el verbo en singular, perfectamente correcta
en la época. Cfr. Keniston: 36.44; 36.441 y 36.521.

95 y ss. Cfr. *supra Introducción*, acerca de la utilización de términos jurídicos que Calderón conocía bien por sus estudios.
Aquí tienen valor de contraste, "crean ambiente", pues el problema básico de la obra es jurídico, y son prueba de *decoro*
en el tratamiento del tema.
96 *Castañeta*: "El sonido que resulta de juntar fuertemente el dedo
de enmedio con el pulgar, fregando una yema con otra, el
cual sirve en los bailes de los rústicos a falta de castañue-
las" (DA). También significa castañuela.
100 V.T.: "vive Dios que ha dicho bien".
101 y ss. V.T.: "Yo soy, titiri, titiri, tina / Flor de la jacarandina /
Yo soy, titiri, titiri, taina / Flor de la jacarandaina". Los versos 101 y 103, corregidos así, son más largos.
Jacarandina y *jacarandaina* significan 'junta de jeques, rufianes
y ladrones'.
Cfr. E. M. Wilson: *Poesías líricas en las obras dramáticas de
Calderón*, Londres, Tamesis Book L., 1965.

REBOLLEDO

Yo soy, tiritiritina,
flor de la jacarandina.

LA CHISPA

Vaya a la guerra el alférez,   105
y embárquese el capitán.

REBOLLEDO

Mate moros quien quisiere,
que a mí no me han hecho mal.

LA CHISPA

Vaya y venga la tabla al horno,
y a mí no me falte pan.   110

REBOLLEDO

Huéspeda, máteme una gallina;
que el carnero me hace mal.

SOLDADO 1.º

¡Aguarda! que ya me pesa
—que íbamos entretenidos
en nuestros mismos oídos—   115
caballeros, de ver esa

---

105 *Alférez*: significó primero portaestandarte y ya en el XVII, como
    hoy, lugarteniente del capitán.
109 El tablero en que se lleva el pan a cocer al horno.
111 *Huéspeda*: "Persona que hospeda en su casa a uno" (DRAE).
112 El carnero es más difícil de digerir, pero aquí alude a los
    cuernos del carnero.
116 V.T.: "de haber llegado a ver esa".

torre, pues es necesario
que donde paremos sea.

REBOLLEDO

¿Es aquélla Zalamea?

LA CHISPA

Dígalo su campanario.   120
No sienta tanto vusé
que cese el cántico ya:
mil ocasiones habrá
en que lograrle, porque
esto me divierte tanto,   125
que como de otras no ignoran
que a cada cosica lloran,
yo a cada cosica canto,
y oirá ucé jácaras ciento.

---

117   Era famosa la torre de Zalamea, que había sido construida so-
      bre el cenotafio del emperador Trajano.
117-118 Le pesa ver la torre de Zalamea porque allí es donde han
      de parar, terminando con el placentero entretenimiento durante
      el camino.
121   V.T.: "no sienta tanto voacé". Cfr. *supra* n. a v. 59.
124   Leísmo, muy frecuente en el siglo XVII y que aparece, habitual-
      mente, en los dramaturgos. En la corte, desde el siglo XV, se
      preferían las formas por su género y no por su caso. Calderón
      es leísta y laísta, como Lope. Cfr. R. J. Cuervo: "Los casos
      enclíticos y proclíticos del pronombre de tercera persona en
      castellano", *Ro*, XXIV (1895), pp. 95-113, 219-263, y R. La-
      pesa: "Sobre los orígenes y evolución del leísmo, laísmo y
      loísmo", *Festschrift Walther von Wartburg zum 80. Gebrustag*,
      Tübingen, 1968, pp. 525-551. El verbo *lograr* significa aquí
      'alcanzar, gozar'.
127-128 V.T.: "que a cada cosita lloran/yo a cada cosita canto".
      El diminutivo *-ito* es más literario y por ello corrige Vera
      Tassis, como en I, v. 509: *Juanico* que en V.T. es *Juanito*.
      Cfr. Emilio Náñez: *El diminutivo (Historia y funciones en el
      español clásico y moderno)*. Madrid, Gredos, 1973, y la biblio-
      grafía que aporta; M. Engelbert: "Zur Sprache Calderons das
      Diminutiv", *RJ*, XX (1969), pp. 290-303.
129   V.T.: "y oirá uced jácaras ciento". Para la alternancia de las
      formas de tratamiento *voacé, vuecé, vucé, vusted, vusté, ucé...*,
      etcétera, que corresponden a la forma actual *usted*, cfr. *supra*
      n. a v. 59.

REBOLLEDO

Hagamos aquí alto, pues   130
justo, hasta que venga, es,
con la orden el sargento,
por si hemos de entrar marchando
o en tropas.

SOLDADO 1.º

Él solo es quien
llega agora; mas también   135
el capitán esperando
está.

Sale el Capitán y el Sargento.

CAPITÁN

Señores soldados,
albricias puedo pedir:
de aquí no hemos de salir

---

130 V.T.: "hagamos alto aquí, pues".
131 Hipérbaton forzado por rima.
134 H: "y en tropas". *Entrar marchando,* organizados en forma de
     desfile, se opone a *en tropas*: agrupados desordenadamente.
135 *Agora*: 'ahora', de *hac hora*. Alternan, en la primera edición
     (1651) las formas *aora* y *agora,* según Krenkel (*op. cit.*) apa-
     rece *aora* cuando se trata de ocupar dos sílabas en el verso y
     agora cuando se necesitan tres. Covarrubias sólo recoge *agora,*
     y DA remite a *ahora.*
138 *Albricias:* "Las dádivas, regalo o dones que se hacen pidién-
     dose o sin pedirse, por alguna buena nueva o feliz suceso a
     la persona que lleva o da la primera noticia al interesado" (DA),
     de aquí pasó a convertirse en forma de saludo, o expresión de
     alegría, independientemente de su significado primero. Cova-
     rrubias lo explica etimológicamente: "del árabe albaxava, que
     vale anunciación. Quieren algunos que se haya dicho albricias
     de albicias, porque cualquiera que venía a traer nuevas de ale-
     gría entraba vestido de vestidura blanca" (COV).

y hemos de estar alojados   140
hasta que don Lope venga
con la gente que quedó
en Llerena; que hoy llegó
orden de que se prevenga
toda y no salga de aquí   145
a Guadalupe, hasta que
junto todo el tercio esté;
y él vendrá luego. Y así,
del cansancio bien podrán
descansar algunos días.   150

REBOLLEDO

Albricias pedir podías.

TODOS

¡Vítor nuestro capitán!

CAPITÁN

Ya está hecho el alojamiento:
el comisario irá dando
boletas, como llegando   155
fueren.

143 *Llerena*: villa de Badajoz a unos sesenta kilómetros al sur de
     Zalamea.
146 *Guadalupe*: pueblo de la provincia de Cáceres, célebre por su
     monasterio, todavía hoy centro importante de peregrinación. Si-
     tuado a unos cien kilómetros de Zalamea. Como ya decía en la
     Introducción no hay que conceder credibilidad histórica a los
     itinerarios de las tropas, tal y como los presenta Calderón.
147 *Tercio*: "En la milicia es el trozo de gente de guerra que co-
     rresponde a lo mismo que regimiento de infantería" (DA). En
     España estaba constituido por doce *banderas* y quince fuera
     de España. Cada *bandera* era el equivalente de una *compañía*
     y el *tercio* el de un *batallón*. Solía estar compuesto el *tercio*
     por tres clases de armas: pica, arcabuz y espada y rodela.
151 *Albricias*: cfr. *supra* n. a v. 138.
152 *Vítor*: interjección de alegría con que se aplaude a algún sujeto
     o alguna acción" (DA).
155 *Boletas*: cfr. *supra* n. a v. 20.

LA CHISPA

Hoy saber intento
por qué dijo, ¡voto a tal!,
aquella jacarandina:
"*Huéspeda, máteme una gallina,
que el carnero me hace mal.*"   160

Vanse todos y quede el Capitán y Sargento.

CAPITÁN

Señor sargento, ¿ha guardado
las boletas para mí,
que me tocan?

SARGENTO

Señor, sí.

CAPITÁN

¿Y dónde estoy alojado?

SARGENTO

En la casa de un villano   165
que el hombre más rico es

157 *Votol a tal*: cfr. *supra* n. a v. 37.
159 *Huéspeda*: cfr. *supra* n. a v. 111.
160 Alude también al valor simbólico de los cuernos.
165 *Villano*: "El vecino o habitador del estado llano de alguna villa,
     a distinción del noble o hidalgo" (DA). Todos los que no po-
     seían título de nobleza recibían la denominación de villanos.
     Dice Marcel Bataillon: "El sustantivo *villano* se tiñe de un
     matiz peyorativo, que implica un reproche si no de grosería,
     por lo menos de insensibilidad frente a los valores de que
     gozan los hombres más refinados" ("El villano en su rincón"
     en *El teatro de Lope de Vega* (selección de artículos de J. F. Gat-
     ti), Buenos Aires, Losada, 1967, p. 169.
166 y ss. Cfr. *supra* Introducción, III, 3.

del lugar, de quien después
he oído que es el más vano
hombre del mundo, y que tiene
más pompa y más presunción   170
que un infante de León.

CAPITÁN

¡Bien a un villano conviene
rico aquesa vanidad!

SARGENTO

Dicen que ésta es la mejor
casa del lugar, señor;   175
y si va a decir verdad,
yo la escogí para ti,
no tanto porque lo sea,
como porque en Zalamea
no hay tan bella mujer...

CAPITÁN

Di.   180

SARGENTO

...como una hija suya.

---

171 La nobleza de León constituyó la aristocracia castellana de
    más abolengo y el protocolo de la corte de León hizo que se
    tomara como modelo de vanidad y presunción. "El primer hijo
    de rey que en Castilla se llamó infante fue el primogénito del
    rey don Fernando el Segundo, rey de León, dicho Don San-
    cho (...)" (COV).
173 *Aquesa*: cfr. *supra* n. a v. 88.
175 *Lugar*: cfr. *supra* n. a v. 16.
177 y ss. El sargento es pues el responsable indirecto de todo lo
    que va a ocurrir.

CAPITÁN

Pues
por muy hermosa y muy vana,
¿será más que una villana
con malas manos y pies?

SARGENTO

¿Que haya en el mundo quien diga   185
eso?

CAPITÁN

¿Pues no, mentecato?

SARGENTO

¿Hay más bien gastado rato
—a quien amor no le obliga,
sino ociosidad no más—
que el de una villana, y ver   190
que no acierta a responder
a propósito jamás?

---

182 *Hermosa* tenía especiales connotaciones en el lenguaje de la
     galantería, heredado del léxico del amor cortés. Recuérdese que
     como *vano* se calificó también a su padre, Pedro Crespo, en
     v. 168.
184 *Malas manos* en contra de *buenas manos*: "Tener habilidad y
     destreza en algún ejercicio o arte" (DA). Juego semántico ma-
     nos-pies. Quizás tiene también presente el autor el popular re-
     frán: "Al villano dale el pie y tomará la mano", interpretado
     así por DA: "Refrán que aconseja no se tengan familiaridades
     con gente ruin y villana porque de tenerlas resulta que tengan
     atrevimientos y llanezas indecentes".
187 *Más bien*: 'mejor'. Hoy se utiliza exclusivamente el compara-
     tivo sintético, morfemático.
190 Elipsis: (el rato gastado en compañía).
     Villana: cfr. *supra* n. a v. 165.
192 *A propósito*: "expresa que una cosa es proporcionada u opor-
     tuna para lo que se desea o para el fin que se destina" (DRAE).

CAPITÁN

Cosa es que, en toda mi vida,
ni aun de paso me agradó;
porque en no mirando yo   195
aseada y bien prendida
una mujer, me parece
que no es mujer para mí.

SARGENTO

Pues para mí, señor, sí,
cualquiera que se me ofrece.   200
Vamos allá, que por Dios,
que me pienso entretener
con ella.

CAPITÁN

⎧   ¿Quieres saber
⎪ cuál dice bien de los dos?
⎩ El que una belleza adora,   205

---

194 *De paso*: "Ligeramente, sin detención, de corrida" (DRAE).
195 *Prendida*: de *prender*: "adornar, ataviar y engalanar las mu-
     jeres. Díjose así porque para esto se ponen muchos alfileres"
     (DA).
197 El complemento directo de persona no va regido por la pre-
     posición *a*, aunque en la época era habitual utilizarla, incluso
     ante complementos directos de cosa. Esta vacilación procede de
     los orígenes del castellano y llega hasta los tiempos modernos;
     un pasaje de Covarrubias lo muestra claramente: "Los que en
     el siglo celan a sus mujeres indiscretamente son hombres de
     poco valor y el demonio los trae atormentados y ellos atormen-
     tan sus mujeres" (s. v. *celoso*).
     Cfr. *infra*, I, v. 695; I, v. 725; III, vv. 667-668. Cfr. "el cielo
     el mundo defienda" (Lope de Vega: *El mejor alcalde, el rey*, I,
     v. 39), "y otras infinitas gracias / pudiera honrar el hidalgo"
     (*ibidem*, I, v. 509); "con que engañan los hombres las mu-
     jeres" (Rojas Zorrilla: *Cada cual lo que le toca*, I, v. 381).
     Pero también utiliza Calderón el complemento directo con *a*,
     cfr. "sólo a una mujer amaba" (*La Vida es sueño*, II, v. 1147),
     y *Alcalde*, II, vv. 44-45.
201 *Por Dios*: cfr. *supra* n. a v. 37.

dijo, viendo a la que amó:
"aquélla es mi dama", y no:
"aquélla es mi labradora".
Luego, si dama se llama
la que se ama, claro es ya   210
que en una villana está
vendido el nombre de dama.
—Mas ¿qué ruido es ése?

SARGENTO

                              Un hombre
que de un flaco rocinante
a la vuelta de esa esquina   215
se apeó, y en rostro y talle
parece aquel don Quijote
de quien Miguel de Cervantes
escribió las aventuras.

CAPITÁN

¡Qué figura tan notable!   220

207-208 Sobre la oposición dama/aldeana y sus derivaciones litera-
         rias cfr. J. M. Díez Borque: *Oposición caballero/pastor en el
         primer teatro castellano*, Bordeaux, 1970. Están implícitos aquí
         conceptos del amor cortés.
212   *Vendido*: 'traicionado'. Cfr. para la interpretación de los ver-
         sos que anteceden *Introducción*, III, 3 y 6.
214   *Rocinante*: por alusión al caballo de Don Quijote. Significa lo
         mismo que *rocín*: "Caballo de mala traza, basto y de poca al-
         zada" (DRAE).
217   V.T.: "parece a aquel Don Quijote".
217 y ss. Calderón debió admirar a Miguel de Cervantes pues lo
         cita en varias ocasiones, en su primer teatro. Evidentemente se
         trata de un anacronismo, pues no hay que olvidar que la ac-
         ción se sitúa en 1580 y la primera parte de *El Quijote* se pu-
         blicó en 1605.
220   *Figura*: "Se llama jocosamente al hombre entonado que afecta
         gravedad en sus acciones y palabras (...). Por extensión se
         toma por hombre ridículo, feo y de mala traza" (DA).

SARGENTO

Vamos, señor, que ya es hora.

CAPITÁN

Lléveme el sargento antes
a la posada la ropa
y vuelva luego a avisarme.   *Vanse.*

* *Sale Mendo, hidalgo de figura,* ** *y Nuño.*

DON MENDO

¿Cómo va el rucio?

NUÑO

                              Rodado,   225
pues no puede menearse.

DON MENDO

¿Dijiste al lacayo, di,
que un rato le pasease?

---

* V.T.: "Sale Mendo hidalgo ridículo y Núño".
** Cfr. *supra* n. a v. 220.

223 *Posada*: "Se llama también la casa donde por su dinero se
     recibe y hospeda la gente" (DA). Aquí no se trata propiamente
     de una posada sino de una casa particular en la que —circuns-
     tancialmente— se aloja el capitán.
225 *Rucio rodado*: "El caballo de color pardo claro que común-
     mente se llama tordo y se dice rodado cuando sobre su piel
     aparecen a la vista ciertas ondas o ruedas, formadas de su
     pelo" (DA). Hay un juego de palabras pues *rodado* significa
     también 'caído'.
227 *Lacayo*: "El criado de escalera abajo y de librea, cuyo ejercicio
     es seguir a su amo cuando va a pie, a caballo o en coche" (DA).
     Don Mendo, denominando así a su criado, está mostrando ya los
     prejuicios de clase y su aristocraticismo que le van a caracteri-
     zar, aunque no sea sino un hidalgo empobrecido.

NUÑO

¡Qué lindo pienso!

DON MENDO

                    No hay cosa
que tanto a un bruto descanse.   230

NUÑO

Aténgome a la cebada.

DON MENDO

¿Y que a los galgos no aten,
dijiste?

NUÑO

              Ellos se holgarán,
mas no el carnicero.

---

229 *Pienso*: "La porción de cebada o de otra semilla que se da
     diariamente a algunos animales a sus horas determinadas" (DA).
     Nuño irónicamente califica de "lindo pienso" el paseo porque
     al caballo —como a su amo— lo que le hace falta es alimento
     y no paseo. Interesante paralelismo entre la situación del hi-
     dalgo y la de su caballo que inmediatamente recuerda la de
     Don Quijote.
233 *Holgar*: "Celebrar, tener gusto, contento y placer de alguna
     cosa, alegrarse de ella" (DA).
234 De nuevo la ironía de Nuño es que se alude, implícitamente,
     a la pobreza de Don Mendo, pero tan orgulloso de su pre-
     tendido *status* de noble y sus signos externos, cfr. *supra* v. 227
     e *infra* v. 236.

DON MENDO

¡Baste!
y pues han dado las tres,   235
cálzome palillo y guantes.

NUÑO

¿Si te prenden el palillo
por palillo falso?

DON MENDO

Si alguien,
que no he comido un faisán,
dentro de sí imaginare,   240
que allá dentro de sí miente,

---

236 *Calzar*: "Tratándose de guantes, espuelas..., etc., usarlos o
llevarlos puestos" (DRAE). Aquí se aplica también a *palillo*, lo
que le da un sentido irónico.
Palillo: "Una hastillita que se pule y corta a proporción, for-
mándole su punta o puntas, para mondarse los dientes" (DA).
Era costumbre colocárselo en el sombrero o cadena del cuello
como demostración de que se había asistido a un banquete. Como
motivo literario, el palillo en boca de quien no ha comido
para simular que lo ha hecho opíparamente, aparece repetidamente: aparte del *Lazarillo* y el *Quijote* (II, 44), Alcina
Franch (*op. cit.*, p. 303) cita una letrilla anónima: "Estáse el
señor Don Tal / desde las doze a las treze / rezando aquella
oración / de la mesa sin manteles, y sálese luego al barrio /
escarbándose los dientes / con un falso testimonio, / por el
dezir de las gentes" y en el *Romancero General*: "Aquel pa-
sear sencillo / con el paso corto y grave, / y sin saber a qué
sabe / el comer traer palillo".
Guantes: era uno de los signos externos de la nobleza y tenía
especial valor, sobre todo en las damas. Hay varias obras de
Lope de Vega que tienen como motivo asuntos relacionados con
los guantes femeninos.
237-238 Nuño ironiza siempre sobre el desacuerdo entre las manifestaciones y los signos externos del hidalgo Don Mendo y sus
situación económica. Cfr. *supra* n. a v. 236.

aquí y en cualquiera parte
le sustentaré.

NUÑO

        ¿Mejor
no sería sustentarme
a mí, que al otro? que en fin   245
te sirvo.

DON MENDO

        ¡Qué necedades!
En efecto ¿que han entrado
soldados aquesta tarde ⌐
en el pueblo?

NUÑO

        Sí, señor.

DON MENDO

Lástima da el villanaje   250
con los huéspedes que espera.

NUÑO

Más lástima da y más grande
con los que no espera...

DON MENDO

        ¿Quién?

243 Leísmo. Cfr. *supra* n. a v. 124. Cfr. *La Vida es sueño*, II,
v. 503; v. 506; v. 509; v. 618; v. 619..., etc.
Sustentar: "Defender lo que se dice, hace, propone o afirma"
(DA). Juego de palabras, pues en v. 244 Nuño da a este verbo
su significado de alimentarse.
248 *Aquesta*: cfr. *supra* n. a v. 88.
250 Don Mendo, por poseer ejecutoria de hidalgo, no estaba obligado
a alojar a los soldados; cfr. *infra* vv. 483 y ss.
251 Cfr. *supra* n. a v. 1.
253 V.T.: "con lo que no espera".

NUÑO

...la hidalguez. Y no te espante,
que si no alojan, señor,   255
en cas de hidalgos a nadie,
¿por qué piensas que es?

DON MENDO

¿Por qué?

NUÑO

Porque no se mueran de hambre.

DON MENDO

En buen descanso esté el alma
de mi buen señor y padre,   260
pues en fin me dejó una
ejecutoria tan grande,

256 *Cas*: síncopa, por casa. Cfr. "a guis de", "cas que" (en caso
de que). En lenguaje vulgar y en áreas rurales castellanas sigue
utilizándose *cal*: 'casa el', es decir 'casa del'.
262 *Ejecutoria*: "Se llama la de la hidalguía, que tiene el que es
hidalgo, por haber litigado y salido con ella" (DA). Se distin-
guía en el siglo XVII entre *hidalgo de ejecutoria* e *hidalgo de
privilegio*. El primero es el que tras litigar su hidalguía ha
salido con ella por ser digno de ella; el segundo era el hecho
hidalgo por gracia del rey que le exime de pechar, su hidalguía no viene de casa y solar conocido como en el caso del
primero. Había otras clases de hidalgos: *hidalgo de bragueta*
(hombres llanos a los que se concede la hidalguía por tener un
determinado número de hijos y contribuir a la población de
España), *hidalgo de gotera* (el que goza los privilegios de hidalgo solamente en un lugar y saliendo de él deja de ser hidalgo). La forma suprema de la hidalguía era la de *hidalgo de
ejecutoria*, que se denominaba también *hidalgo de cuatro cas-
tados* e *hidalgo de devengar quinientos sueldos*. La hidalguía
era el grado más bajo de la nobleza y ya me he referido a las
características sociales de este tipo social (cfr. *Introducción*,
III, 3), nacidas del desacuerdo entre los prejuicios de clase y
su degradación económica. No obstante, Don Mendo está orgulloso de ser *hidalgo de ejecutoria*, es decir, de pertenecer a la
forma más pura y superior de la hidalguía.

pintada de oro y azul,
exención de mi linaje.

NUÑO

¡Tomáramos que dejara   265
un poco del oro aparte!

DON MENDO

Aunque, si reparo en ello
y si va a decir verdades,
no tengo que agradecerle
de que hidalgo me engendrase,   270
porque yo no me dejara
engendrar, aunque él porfiase,
si no fuera de un hidalgo,
en el vientre de mi madre.

NUÑO

Fuera de saber difícil.   275

DON MENDO

No fuera, sino muy fácil.

263-264 Cfr. *supra* n. a v. 262. También son de oro y azul los
signos de la riqueza de Pedro Crespo (cfr. *infra* vv. 429 y ss.)
de donde procede su *nobleza natural,* es decir su dignidad u
honra horizontal frente a la honra como concepto de clase y
herencia nobiliaria que mantienen Don Mendo, el Capitán, Don
Lope..., etc. (ya he tratado, por extenso, esto en la *Introducción,* cfr. III, 3 y 6).
Exención: "Franqueza y libertad que uno goza para no ser
comprehendido en alguna carga u obligación" (DA).
V.T.: "exempcion de mi linage".
270 y ss. La presunción de Don Mendo llega al límite, de acuerdo
con su caracterización y función en la obra como hidalgo ridículo.
275-276 Falsa rima, *fácil* rompe la asonancia *a-e.*

NUÑO

¿Cómo, señor?

DON MENDO

                    Tú, en efeto,
filosofía no sabes;
y así ignoras los principios.

NUÑO

Sí, mi señor, y los antes   280
y postres, desde que como
contigo; y es que, al instante,
mesa divina es tu mesa,
sin medios, postres ni antes.

---

277 *Efeto*: 'efecto'. Se reducían los grupos cultos latinos -*ct*-,
     -*pt*-, -*mn*-, etc., y son muchos los testimonios en todos los
     dramaturgos (*perfeto, conceto, efeto, vitoria, dotor, coluna*) y
     demás escritores. Por presión culta se restablecerán los grupos
     latinos, aunque se mantendrán las formas con reducción en el
     habla vulgar.
279-281 *Principios*: Don Mendo se refiere a los principios elemen-
     tales en filosofía: "Entre los filósofos se toma regularmente
     por aquellas cosas que discurren entran primeramente en la
     composición de todos los entes y en que últimamente se re-
     suelven: los cuales son varios en calidad y en número, según
     las varias escuelas" (DA), pero Nuño —una nueva dilogía— se
     refiere a otra acepción; *principios*: "Se llaman comúnmente
     aquellas cosas comestibles que se ponen en las mesas para
     empezar a comer (...) y por extensión se dice asimismo por
     aquellos primeros platos que se sirven antes del cocido" (DA).
     Por ello, Nuño alude a los *antes* y *postres* (vv. 280-281), es decir
     lo que se come antes del plato principal y después de éste;
     cfr. "En el pupilaje está obligado el bachiller de pupilos a
     dar, fuera de la porción de carne, su *ante* y *postre*" (COV);
     "Comieron una comida eterna sin principio ni fin" (Quevedo,
     Buscón, III).
280 V.T.: "Sí mi señor, y aun los antes".
283 Puede aludir al altar y a las especies sacramentales de pan y
     vino, pero el chiste parece irreverente para la época.

DON MENDO

Yo no digo esos principios: 285
has de saber que el que nace
substancia es del alimento
que antes comieron sus padres.

NUÑO

¿Luego tus padres comieron?
Esa maña no heredaste.   290

DON MENDO

Esto después se convierte
en su propia carne y sangre;
luego, si hubiera comido
el mío cebolla, al instante
me hubiera dado el olor   295
y hubiera dicho yo: "Tate,
que no me está bien hacerme
de excremento semejante."

NUÑO

Ahora digo que es verdad...

289-290 La burla que hace Nuño del hidalgo Don Mendo se hace
         punzante. El teatro tenía sus limitaciones; podían llevarse a
         las tablas estas burlas despiadadas de los hidalgos (Lope de
         Vega lo hace frecuentemente a pesar de su total aristocraticis-
         mo) pero no podía criticar a la nobleza como institución, ni
         los vicios y defectos en niveles superiores a los del hidalgo.
294   La cebolla y el ajo eran considerados como alimentos vulgares,
         propios de villanos. Cfr. "No comas ajos ni cebollas porque no
         saquen por el olor tu villanería" (Quijote, II, 43) recomienda
         Don Quijote a Sancho.
296   Tate: "Lo mismo que Ta. Úsase también para significar que
         ha ocurrido a la memoria, o al conocimiento alguna especie
         nueva" (DA). Aquí tiene el significado: "Interjección con que
         se advierte a alguno no prosiga lo que ha empezado o se le
         avisa se libre de algún riesgo, que le amenaze prontamente" (DA).
298   Excremento: "Cualquier superficialidad inútil que despiden los
         cuerpos" (DA). Nótese aquí el sentido peyorativo.

DON MENDO

¿Qué?

NUÑO

...que adelgaza la hambre   300
los ingenios.

DON MENDO

Majadero,
¿téngola yo?

NUÑO

No te enfades;
que si no la tienes, puedes
tenerla, pues de la tarde
son ya las tres, y no hay greda   305
que mejor las manchas saque,
que tu saliva y la mía.

DON MENDO

Pues ésa ¿es causa bastante
para tener hambre yo?
Tengan hambre los gañanes,   310

---

300 No cambia el artículo aunque la palabra siguiente comience
con *a*. En otras ocasiones sí. Cfr. Keniston: *op. cit.*, 18.123
y 18.124.
300-301 El hambre hace más sutil, fino y atinado el ingenio.
305 *Greda*: "Especie de tierra blanca y pegajosa, que comúnmente
sirve para batanar y lavar los paños y tejidos de lana, para
sacar las manchas de la ropa, aclarar el vino y otros usos" (DA).
La greda es muy seca y tiene propiedades absorbentes, por eso
se compara con la sequedad de la boca de Nuño por haber
segregado mucha saliva. Esto es síntoma que descubre que no
han comido, como la greda saca las manchas ocultas.
310 *Gañán*: "El pastor rústico y grosero que guarda ganado y sirve
a los demás pastores y mayorales en los ministerios más ínfi-
mos y humildes. (...) Por ampliación significa el jornalero que
por su salario cultiva los campos" (DA).

que no somos todos unos;
que a un hidalgo no le hace
falta el comer.

NUÑO

¡Oh, quién fuera
hidalgo!

DON MENDO

Y más no me hables
desto, pues ya de Isabel   315
vamos entrando en la calle.

NUÑO

¿Por qué, si de Isabel eres
tan firme y rendido amante,
a su padre no la pides?
Pues con esto, tú y su padre   320
remediaréis de una vez
entrambas necesidades:
tú comerás, y él hará
hidalgos sus nietos.

DON MENDO

No hables
más [Nuño], calla. ¿Dineros   325
tanto habían de postrarme
que a un hombre llano por fuerza
había de admitir...

312-313 El hidalgo llega al límite, anulando la necesidad por su
    negación.
320 V.T.: "pues con eso tu, y su padre".
324 Cfr. *supra* n. a v. 197.
325 V.T.: "mas, Nuño, en eso. ¿Dineros". Faltan dos sílabas,
    en 1651. Añado [Nuño].
327 y 329 *Llano* en boca de D. Mendo significa villano, hombre
    común, que sirve de nuevo a Nuño para juego de palabras:
    llano: 'liso', donde no se puede tropezar.

NUÑO

Pues antes
pensé que ser hombre llano,
para suegro, era importante;   330
pues de otros dicen que son
tropezones en que caen
los yernos. Y si no has
de casarte, ¿por qué haces
tantos extremos de amor?   335

DON MENDO

¿Pues no hay, sin que yo me case,
Huelgas en Burgos, adonde
llevarla, cuando me enfade?
Mira si acaso la ves.

NUÑO

Temo, si acierta a mirarme   340
Pedro Crespo...

DON MENDO

¿Qué ha de hacerte,
siendo mi criado, nadie?
Haz lo que manda tu amo.

---

335 *Extremo*: "Exceso y esmero sumo en la ejecución de las ope-
raciones del ánimo y la voluntad" (DA).
337 *Huelgas*: famoso monasterio cisterciense de Burgos. Lo fundó
Alfonso VIII en 1175 y estaba destinado a recibir monjas. Demuestra Don Mendo con estas palabras su extraordinaria y es-
trafalaria vanidad y orgullo de clase.
343 Cfr. "Haz lo que manda tu amo y siéntate con él a la mesa"
(*Quijote*, II, 29). Nuño conoce el refrán (vv. 344-345). El refrán: "Haz lo que tu amo manda y sentaraste con él a la
mesa".

NUÑO

Sí haré, aunque no he de sentarme
con él a la mesa.

DON MENDO

           Es propio   345
de los que sirven, refranes.

NUÑO

Albricias, que con su prima,
Inés a la reja sale.

DON MENDO

Di que por el bello horizonte,
coronado de diamantes,   350
hoy, repitiéndose el sol,
amanece por la tarde.

Salen a la ventana Isabel y Inés, labradoras.

INÉS

Asómate a esa ventana,
prima; así el cielo te guarde.
Verás los soldados que entran   355
en el lugar.

---

347 Cfr. *supra* n. a v. 138.
349 y ss. Cfr. Introducción, III, 5. El comparar a la mujer con el sol
para ponderar su belleza era usado hasta la saciedad por todos
los dramaturgos de la época, deriva del amor cortés. Como Isabel es igual al Sol, el hecho de salir a una ventana es como
si amaneciera. Cfr. E. J. Gates: "Gongora and Calderon", *HR,*
V, 1937, pp. 241-258.

ISABEL

No me mandes
que a la ventana me ponga,
estando este hombre en la calle,
Inés, pues ya cuánto el verle
en ella me ofende sabes.   360

INÉS

En notable tema ha dado
de servirte y festejarte.

ISABEL

No soy más dichosa yo.

INÉS

A mi parecer, mal haces
de hacer sentimiento desto.   365

ISABEL

Pues ¿qué habías de hacer?

INÉS

Donaire.

359-360 Hipérbaton.
361 *Tema*: "Especie que se les suele fijar a los locos y en que con-
     tinuamente están vacilando y hablando" (DA).
362 El concepto del amor como *servicio* del caballero a la dama
     recoge el espíritu del amor cortés y aparece en toda la poesía
     cancioneril y de herencia provenzal. Cfr. P. Dronke: *Medieval
     Latin and the Rise of European Love Lyric*, Oxford, 1966,
     pp. 13-14. y *passim*.
365 *Desto*: cfr. *supra* n. a v. 2.
366 *Donaire*: Burlarse de una cosa con gracia (DRAE) (s. v. *hacer
     donaire*).

ISABEL

¿Donaire de los disgustos?

DON MENDO

Hasta aqueste mismo instante,
jurara yo, a fe de hidalgo,
—que es juramento inviolable—   370
que no había amanecido;
mas ¿qué mucho que lo extrañe,
hasta que a vuestras auroras
segundo día les sale?

ISABEL

Ya os he dicho muchas veces,   375
señor Mendo, cuán en balde
gastáis finezas de amor,
locos extremos de amante
haciendo todos los días
en mi casa y en mi calle.   380

DON MENDO

Si las mujeres hermosas
supieran cuánto las hacen
más hermosas el enojo,
el rigor, desdén y ultraje,

---

368 *Aqueste*: cfr. supra n. a v. 88.
371-374 Cfr. *supra* n. a v. 349 y ss. *Segundo día* por ser por la
    tarde y el sol amanece por la mañana, pero ellas —al ser igual
    que el sol— amanecen en el momento en que salen.
378 *Extremos*: cfr. supra n. a v. 335.
382 V.T.: "supieran cuanto las hace".
383 y ss. Recuerda el "desear y no ser deseado", motivo recurrente
    del amor cortés que origina continuas lamentaciones en el
    amante y presentación de la dama en términos de diosa esquiva
    y altiva. Cfr. n. a v. 362.

en su vida gastarían   385
más afeite que enojarse.
Hermosa estáis, por mi vida.
Decid, decid más pesares.

ISABEL

Cuando no baste el decirlos,
don Mendo, el hacerlos baste   390
de aquesta manera. — Inés,
éntrate acá dentro; y dale
con la ventana en los ojos.   *Vase.*

INÉS

Señor caballero andante,
que de aventurero entráis   395
siempre en lides semejantes,
porque de mantenedor
no era para vos tan fácil,
amor vos provea.   *Vase.*

DON MENDO

Inés,
las hermosuras se salen   400
con cuanto ellas quieren. — Nuño

---

386 *Afeite:* "Aderezo o adobo que se pone a alguna cosa para que
     parezca bien, y particularmente el que se ponen las mujeres
     para desmentir sus defectos y parecer hermosas" (DA).
391 *Aquesta:* cfr. *supra* n. a v. 88.
394 En sentido despectivo. La vigencia de los libros de caballería
     había pasado, como muestra M. Chevalier: *Sur le public du
     roman de chévalerie,* Bordeaux, 1968.
397 *Mantenedor:* "el que mantiene alguna justa, torneo u otro juego
     público y como tal es la persona más principal de la fiesta" (DA).
     Dilogía basada en el otro significado: el que sustenta, man-
     tiene..., etc.
399 V.T.: "amor os provea".
401 V.T.: "con cuanto ellas quieren, Nuño?".

NUÑO

¡Oh, qué desairados nacen
todos los pobres!

* *Sale Pedro Crespo, labrador.*

CRESPO, *aparte*

¡Que nunca
entre y salga yo en mi calle,
que no vea a este hidalgote   405
pasearse en ella muy grave!

NUÑO, *a su amo*

Pedro Crespo viene aquí.

DON MENDO

Vamos por estotra parte,
que es villano malicioso.

* *Sale Juan.*

---

* V.T.: "Sale Pedro Crespo".

402 *Desairados*: "Despreciado, desestimado (...). Se dice también del que no está atendido según sus méritos" (DA).

405 El sufijo *-ote* con valor despectivo. Recuérdese la ridícula pareja del caballero andante Camilote y su dama Maimonda (Gil Vicente: *Tragicomedia de Don Duardos*) y el propio Don Quijote.

408 *Estotra*: 'esta otra'. Apócope y fusión. Común en la época. Cfr. *supra* n. a v. 2.

409 *Villano*: cfr. *supra* n. a v. 165.
V.T.: "Sale Juan, hijo de Crespo".

JUAN, *aparte*

¡Que siempre que venga, halle   410
esta fantasma a mi puerta,
calzado de frente y guantes!

NUÑO, *a don Mendo*

Pero acá viene su hijo.

DON MENDO, *a Nuño*

No te turbes ni embaraces.

CRESPO, *aparte*

Mas Juanico viene aquí.   415

JUAN, *aparte*

Pero aquí viene mi padre.

DON MENDO

Disimula. — Pedro Crespo,
Dios os guarde.

CRESPO

Dios os guarde.

Vanse don Mendo y Nuño.

411 *Fantasma*: "Se llama así mismo al hombre entonado, grave y
presuntuoso" (DA). Femenino en siglo XVII. Aquí tiene el sentido de fantoche.
412 'Con sombrero y guantes'.
415 *Juanico*: cfr. *supra* n. a vv. 127-128.
418 Apunta Dunn (p. 127) que es forma de cortesía, apropiada
cuando se habla con inferiores; al contestar Pedro Crespo con
las mismas palabras, ofende el sentido de clase de Don Mendo.

CRESPO

Él ha dado en porfiar,
y alguna vez he de darle   420
de manera que le duela.

JUAN

Algún día he de enojarme.
—¿De adónde bueno, señor?

CRESPO

De las eras; que esta tarde,
salí a mirar la labranza,   425
y están las parvas notables
de manojos y montones
que parecen, al mirarse
desde lejos, montes de oro
y aun oro de más quilates,   430
pues de los granos de aqueste
es todo el cielo el contraste.

423 V.T.: "¿de donde bueno, señor?". *Bueno*: forma de cortesía.
     Señor, en sentido estricto, se aplicaba solamente a los titula-
     dos, pero se generalizó y entre sus usos está el de término de
     respeto del hijo al padre. El verso significa: '¿de dónde vie-
     nes, señor?'.
424 *Era*: "Espacio de tierra limpia y firme, algunas veces empe-
     drado, donde se trillan las mieses" (DRAE).
426 *Parva*: "La mies tendida en la era para trillarla, o después de
     trillarla antes de separar el grano. Covarrubias dice que se llamó
     así porque siempre al labrador le parece pequeña" (DA). No
     hace esto último al caso de Pedro Crespo como se evidencia de
     lo que sigue.
429 y ss. Cfr. *supra* n. a vv. 263-264. Para la relación riqueza-
     dignidad en Pedro Crespo, cfr. *Introducción*, III, 3 y 6.
432 *Contraste*: "Oficio público erigido en las principales villas y
     ciudades para pesar las monedas de oro y plata, que una per-
     sona hubiera de dar en pago a otra, y juntamente reconocer el
     peso y quilates del oro, plata y piedras preciosas para apre-
     ciarlas y darles su justo valor. Comúnmente se entiende por
     contraste el platero que tiene a su cargo este oficio" (DA).

Allí el bielgo, hiriendo a soplos
el viento en ellos süave,
deja en esta parte el grano   435
y la paja en la otra parte;
que aun allí lo más humilde
da el lugar a lo más grave.
¡Oh, quiera Dios que en las trojes
yo llegue a encerrarlo, antes   440
que algún turbión me lo lleve
o algún viento me las tale!
Tú, ¿qué has hecho?

JUAN

                    No sé cómo
decirlo sin enojarte.
A la pelota he jugado   445
dos partidos esta tarde,
y entrambos los he perdido.

CRESPO

Haces bien si los pagaste.

433   *Bielgo*: "Instrumento de labradores hecho de un palo como de
      escoba y clavado al remate o metido en la punta por un agu-
      jero, otro del tamaño de una tercia y más grueso del cual salen
      otros cuatro como dientes de peines, delgados y puntiagudos,
      con la cual separan la paja del grano y la avientan para que
      quede limpio" (DA).
434   *Süave*: diéresis por métrica.
437-438 Nótese el simbolismo moral, de acuerdo con el concepto
      moral de honra y dignidad que tiene Pedro Crespo y que ya
      he comentado.
439   *Troje*: "Apartamiento donde se recogen los frutos, especial-
      mente el trigo" (DA).
439-442 Para P. N. Dunn (*op. cit.*, pp. 52-53) estos versos tienen
      un valor simbólico. Pueden considerarse como una premonición
      de la deshonra de Pedro Crespo, cuya dignidad —a pesar de
      su proclamación de igualdad— se apoya en su condición de
      rico labrador; cfr. *Introducción*, III, 3 y 6.
441   *Turbión*: 'golpe fuerte de agua que arrastra tras sí lo que en-
      cuentra'.
442   V.T.: "o algún viento me lo tale". Pero se refiere a las espigas.
447   *Entrambos*: cfr. *supra* n. a v. 2.
448   Corrijo 1651 ("haces bien si lo pagaste") y doy la lectura
      de V.T.

JUAN

No los pagué, que no tuve
dineros para ello; antes   450
vengo a pedirte, señor...

CRESPO

moralidad

Pues escucha antes de hablarme.
Dos cosas no has de hacer nunca:
no ofrecer lo que no sabes
que has de cumplir, ni jugar   455
más de lo que está delante;
porque, si por accidente
falta, tu opinión no falte.

JUAN

El consejo es como tuyo;
y por tal debo estimarle,   460
y he de pagarte con otro:
en tu vida no has de darle
consejo al que ha menester
dinero.

CRESPO

Bien te vengaste.

Sale el Sargento.

SARGENTO

¿Vive Pedro Crespo aquí?   465

458 *Opinión*: "Fama o concepto que se forma de alguno" (DA).
     Cfr. *Introducción*, III, 3 y 6.
460 V.T.: "y porque debo estimarle".
461 V.T.: "he de pagarte con otro".

CRESPO

¿Hay algo que usté le mande?

SARGENTO

Traer a su casa la ropa
de don Álvaro de Ataide,
que es el capitán de aquesta
compañía que esta tarde   470
se ha alojado en Zalamea.

CRESPO

No digáis más, eso baste;
que para servir a Dios
y al Rey en sus capitanes,
están mi casa y mi hacienda.   475
Y en tanto que se le hace
el aposento, dejad
la ropa en aquella parte
y id a decirle que venga,
cuando su merced mandare,   480
a que se sirva de todo.

SARGENTO

Él vendrá luego al instante.   *Vase.*

---

466 *Usté*: cfr. *supra* n. a v. 59.
469 *Aquesta*: cfr. *supra* n. a v. 88.
473 V.T.: "que para servir al Rey", y lo mismo en 1651 y 1653.
      Adopto la corrección de H. por ser totalmente fundada.
475 V.T.: "está mi casa y mi hacienda".
476-477 *Hacer el aposento*: 'aderezar, preparar la habitación'.
479 Como era común en la época no hay disimilación *y-i.*

JUAN

¿Que quieras, siendo tú rico,
vivir a estos hospedajes
sujeto?

Juan no quiere que se queden los hombres del rey en su casa

CRESPO

Pues ¿cómo puedo   485
excusarlos ni excusarme?

JUAN

Comprando una ejecutoria.

CRESPO

Dime, por tu vida, ¿hay alguien
que no sepa que yo soy,

---

483   V.T.: "Que quieras, siendo tan rico".
487 y ss. Cfr. *supra* n. a v. 262. La corona, tan menguada de re-
      cursos económicos por el lujo de la corte y las costosas guerras
      de prestigio, puso en venta cargos públicos que se heredaban,
      títulos de nobleza, pueblos de realengo..., etc. Pero la nobleza
      antigua aceptaba muy a duras penas a los que accedían a ella
      por estos procedimientos. Habida cuenta del afán de asimi-
      larse en hábitos y pensamiento a la nobleza, en la España
      del XVII, el que disponía de recursos procuraba comprar una
      ejecutoria, lo que pusieron en práctica tanto los labradores
      ricos como los comerciantes que habían hecho fortuna, aun-
      que para éstos era —en ocasiones— más difícil, por la sospe-
      cha que su ocupación encerraba de sangre no limpia. Pedro
      Crespo, desde su criterio de dignidad natural no basada en la
      nobleza, ataca este auténtico vicio nacional, pero no se libra
      del prejuicio de la limpieza de sangre que —como tantas veces
      mostró Américo Castro y sus discípulos— escindió a la so-
      ciedad española en castas irreconciliables, sobrevalorando la
      opinión. No bastaba ser honrado sino que los demás le tu-
      vieran a uno por honrado y de aquí surgía la amplia casuís-
      tica del honor que el teatro reflejó, y aun deformó, hasta la
      saciedad. Cfr. J. M. Díez Borque: *Sociología de la comedia
      española del siglo XVII*, Madrid, Cátedra, 1976, allí doy una
      amplísima bibliografía histórica, social y literaria sobre esta
      problemática.

si bien de limpio linaje   490
hombre llano? No por cierto.
Pues ¿qué gano yo en comprarle
una ejecutoria al Rey,
si no le compro la sangre?
¿Dirán entonces que soy   495
mejor que ahora? No, es dislate.
Pues ¿qué dirán? Que soy noble
por cinco o seis mil reales.
Y esto es dinero, y no es honra;
que honra, no la compra nadie.   500
¿Quieres, aunque sea trivial,
un ejemplillo escucharme?
Es calvo un hombre mil años,
y al cabo dellos se hace
una cabellera. Éste,   505
en opiniones vulgares,
¿deja de ser calvo? No.
Pues ¿qué dicen al mirarle?
"¡Bien puesta la cabellera
trae fulano!" Pues ¿qué hace,   510
si aunque no le vean la calva,
todos que la tiene saben?

la honra

---

490 y ss. Cfr. *supra* n. a v. 487 y ss. El limpio linaje, el del cristiano viejo, suponía que no había antepasados musulmanes ni
judíos y ¡cuántos linajes se falsificaron! para librarse de esta
opresión nacional y de la invalidación civil que pesaba sobre
el cristiano nuevo (el que no tenía sangre limpia de ascendien-
tes musulmanes o judíos).

496 V.T.: "¿mejor que agora? Es dislate".

499 Pedro Crespo distingue, rigurosamente, entre dinero y honra,
pero —en parte— su dignidad procede de su riqueza, aunque
la condición de labrador le hacía automáticamente cristiano
viejo y quitaba a la riqueza toda sospecha.

501-502 Hipérbaton.

504 *Dellos*: 'de ellos'. Cfr. *supra* n. a v. 2.

JUAN

Enmendar su vejación,
remediarse de su parte,
y redimir las molestias   515
del sol, del hielo y del aire.

CRESPO

Yo no quiero honor postizo,
que el defeto ha de dejarme
en casa. Villanos fueron
mis abuelos y mis padres;   520
sean villanos mis hijos.
Llama a tu hermana.

JUAN

Ella sale.

Sale Isabel y Inés. *

CRESPO

Hija, el Rey nuestro señor,
que el cielo mil años guarde,
va a Lisboa, porque en ella   525
solicita coronarse

---

* Cfr. *supra* n. a v. 479.

513 "Hacer algún sacrificio con daño de sus intereses o su persona, para evitar otro daño o gravamen mayor" (DRAE) (s. v. *vejación*).
515 1651: "y redimir las vejaciones", una sílaba de más y repetición de *vejación*. 1653: "y redimir vejaciones". Adopto aquí la
lectura de V.T., seguida por casi todos los editores posteriores.
518 V.T.: "que el defecto ha de dejarme".
Defeto: cfr. *supra* n. a v. 277.
519 *Villanos*: cfr. *supra* n. a v. 165.
525 Felipe II llegó a Lisboa el 27 de julio de 1581, tras una larga
estancia en Badajoz; cfr. *Introducción*, III, 2-b.

como legítimo dueño;
a cuyo efeto, marciales
tropas caminan con tantos
aparatos militares   530
hasta bajar a Castilla
el tercio viejo de Flandes
con un don Lope, que dicen
todos que es español Marte.
Hoy han de venir a casa   535
soldados, y es importante
que no te vean. Así, hija,
al punto has de retirarte
en esos desvanes donde
yo vivía.

ISABEL

                  A suplicarte   540
me dieses esta licencia
venía yo. Sé que el estarme
aquí es estar solamente
a escuchar mil necedades.
Mi prima y yo en este cuarto   545
estaremos, sin que nadie,
ni aun el sol mismo, no sepa
de nosotras.

528 V.T.: "a cuyo efecto, Marciales".
     Efeto: cfr. *supra* n. a v. 277.
532-533 Sobre la veracidad histórica de este hecho cfr. *Introducción*, III, 2-b.
534 *Marte*: Hijo de Júpiter y de Juno, dios de la guerra. Es uno
     de los doce grandes dioses de la antigüedad (el Ares de los
     griegos). Aquí con función ponderativa del valor militar de
     Don Lope de Figueroa.
536-537 La excesiva prudencia de Pedro Crespo se vuelve contra él
     y es una de las causas fundamentales que precipitan los acon-
     tecimientos, pues el estar oculta Isabel es uno de los princi-
     pales factores de atracción sobre el capitán.
545 V.T.: "Mi prima, y yo en ese cuarto".
547 V.T.: "ni aun el mismo sol, hoy sepa". Para evitar la doble
     negación, sigue esta lectura H. pero Ke, O: "Ni aun el mismo
     sol no sepa". Para la doble negación, cfr. Keniston: 40.343.

CRESPO

Dios os guarde.
Juanico, quédate aquí;
recibe a huéspedes tales,   550
mientras busco en el lugar
algo con que regalarles.   *Vase.*

ISABEL

Vamos, Inés.

INÉS

Vamos, prima;
mas tengo por disparate
el guardar a una mujer,   555
si ella no quiere guardarse.

Vanse. Sale el Capitán y el Sargento. *

SARGENTO

Ésta es, señor, la casa.

CAPITÁN

Pues del cuerpo de guardia, al punto pasa
toda mi ropa.

---

   * V.T.: "Vanse y salen el Capitán y Sargento".

549 V.T.: "Juanito, quédate aquí".
550 *Huésped*: "El que está alojado en una casa que no es suya, ni
     vive en ella de asiento, sino por tiempo limitado" (DA). Pero
     también significa 'el que hospeda', cfr. *supra* n. a v. 111.
554-556 Puntualiza Dunn (p. 127) que estos versos pertenecen a
     la canción popular "Madre la mi madre" (Wilson-Sage: *op. cit.*,
     n.º 97).
555 Cfr. *supra* n. a v. 197.
558 *Cuerpo de guardia*: "Término militar. El lugar señalado para
     los soldados, que han de alternar la guardia en los presidios o
     parajes donde debe hacerse" (DA). Cfr. "Gastábamos cada día

SARGENTO

Quiero
registrar la villana lo primero.   *Vase.* 560

JUAN

Vos seáis bien venido
a aquesta casa; que ventura ha sido
grande venir a ella un caballero
tan noble como en vos le considero.
(aparte) ¡Qué galán y alentado!   565
Envidia tengo al traje de soldado.

CAPITÁN

Vos seáis bien hallado.

JUAN

Perdonaréis no estar acomodado;
que mi padre quisiera
que hoy un alcázar esta casa fuera.   570
Él ha ido a buscaros
qué comáis; que desea regalaros,
y yo voy a que esté vuestro aposento
aderezado.

---

cien cubas de vino, y cada noche un bosque de leña en los
fuegos disformes que hacíamos en nuestras posadas y en el
cuerpo de guardia" (*Estebanillo González*, p. 127).
560 *Registrar*: "Mirar con cuidado y diligencia alguna cosa" (DA).
Cfr. *supra* n. a v. 197.
562 *Aquesta*: cfr. *supra* n. a v. 88.
565 V.T.: "¡qué galán, qué alentado!".
565-566 Cfr. *Introducción*, III, 3 sobre el carácter y actuación de
Juan Crespo.
568 'Preparado, dispuesto con comodidad'.
570 *Alcázar*: "Fortaleza, casa fuerte, castillo o palacio de reyes
fortificado para seguridad y defensa de las personas reales (...).
Hoy es común esta voz a las casas reales aunque no sean
fuertes" (DA).
574 *Aderezar*: "Componer, adornar y pulir alguna cosa" (DA). Aquí
'preparar el aposento'.

CAPITÁN

Agradecer intento
la merced y el cuidado.   575

JUAN

Estaré siempre a vuestros pies postrado.

Vase, y sale el Sargento. *

CAPITÁN

¿Qué hay, sargento? ¿Has ya visto
a la tal labradora?

SARGENTO

Vive Cristo,
que con aquese intento
no he dejado cocina ni aposento   580
y que no la he topado.

CAPITÁN

Sin duda el villanchón la ha retirado.

---

* V.T.: "Vanse y sale el sargento".

576 Esta forma de acatamiento, que tuvo una efectividad real en
la Edad Media, se convirtió en una fórmula de cortesía en el
siglo XVII.
577 Alteración de orden para rima.
578 Cfr. *supra* n. a v. 1.
579 Cfr. *supra* n. a v. 88.
580 Hay que sobreentender: de mirar, de registrar.
581 V.T.: "y no la he encontrado". Corrige V.T. por considerarlo
vulgar.
   Topar: "Vale asimismo hallar o encontrar lo que se andaba
   buscando" (DA).
582 *Villanchón*: "Villano tosco, rudo y grosero. Úsase por des-
   precio" (DA).

SARGENTO

Pregunté a una criada
por ella, y respondióme que ocupada
su padre la tenía   585
en ese cuarto alto y que no había
de bajar nunca acá; que es muy celoso.

CAPITÁN

¿Qué villano no ha sido malicioso?
De mí digo que si hoy aquí la viera,
della caso no hiciera;   590
y sólo porque el viejo la ha guardado,
deseo, vive Dios, de entrar me ha dado
donde está.

SARGENTO

Pues ¿qué haremos
para que allá, señor, con causa entremos,
sin dar sospecha alguna?   595

CAPITÁN

Sólo por tema la he de ver, y una
industria he de buscar.

---

588   Cfr. *Introducción*, III, 3 y 6.
589   V.T.: "si acaso aquí la viera". Verso más corto, no acepto
      la corrección aquí.
590   *Della*: cfr. *supra* n. a v. 2.
591-592 Cfr. *supra* n. a v. 536-537.
592   *Vive Dios*: cfr. *supra* n. a v. 1 y 37.
596   *Tema*: "vale también porfía, obstinación o contumacia en un
      propósito o aprehensión" (DA).
597   *Industria*: Ingenio y sutileza, maña o artificio" (DRAE).

SARGENTO

Aunque no sea
de mucho ingenio, para quien la vea
hoy, no importará nada;
que con eso será más celebrada.   600

CAPITÁN

Óyela pues, agora.

SARGENTO

Di, ¿qué ha sido?

CAPITÁN

Tú has de fingir... — Mas no, pues que ha
[venido
este soldado, que es más despejado,
él fingirá mejor lo que he trazado.

Salen Rebolledo y Chispa.

REBOLLEDO

Con este intento vengo   605
a hablar al capitán, por ver si tengo
dicha en algo.

---

601 *Agora*: cfr. *supra* n. a v. 135.
602 V.T.: "Tú has de fingir: mas no, pues ha venido".
603 V.T.: "esse soldado, que es más despejado".
604 *Trazar*: "Metafóricamente vale discurrir y disponer los medios oportunos para el logro de alguna cosa" (DA).

LA CHISPA

           Pues háblale de modo
que le obligues; que en fin no ha de ser todo
desatino y locura.

REBOLLEDO

Préstame un poco tú de tu cordura.   610

LA CHISPA

Poco y mucho pudiera.

REBOLLEDO

Mientras hablo con él, aquí me espera.
—Yo vengo a suplicarte...

CAPITÁN

                    En cuanto puedo,
ayudaré, por Dios, a Rebolledo,
porque me ha aficionado   615
su despejo y su brío.

SARGENTO

                    Es gran soldado.

---

612 El pronombre átono se anteponía al infinitivo, y aún en el
     caso de estar regido por otro verbo. Es habitual en Calderón,
     como se verá.
614 *Por Dios*: cfr. *supra* n. a vv 1 y 37. Era más frecuente la forma
     eufemística *pardiez*.
616 *Despejo*: "Vale también desenfado, desembarazo, donaire y
     brío" (DA).

CAPITÁN

Pues ¿qué hay que se le ofrezca?

REBOLLEDO

                           Yo he perdido
cuanto dinero tengo y he tenido
y he de tener, porque de pobre juro
en presente, en pretérito y futuro.   620
Hágaseme merced de que, por vía
de ayudilla de costa, aqueste día
el alférez me dé...

CAPITÁN

          Diga: ¿qué intenta?

REBOLLEDO

...el juego de boliche por mi cuenta;
que soy hombre cargado   625
de obligaciones, y hombre, al fin, honrado.

617 V.T.: "Pues ¿qué hay que se ofrezca?".
620 V.T.: "en presente, pretérito y futuro".
622 *Ayuda de costa*: "El socorro que se da en dinero, además del
     salario o estipendio determinado, a la persona que ejerce algún
     emplee (DA).
624 *Juego de boliche*: "Juego que se hace en una mesa cóncava,
     que tiene unos cañoncillos que salen como un palmo hacia la
     circunferencia, en la cual se juega echando con la mano tantas
     bolas como hay cañoncillos, y según las bolas que por saber-
     las con destreza tirar, entran por los cañoncillos así se gana lo
     apostado o parado" (DA). En lengua de germanía se llama
     boliche a la casa o garito de juego y *bolichero-a* a la persona
     que lo regenta.
626 También el soldado apicarado y rufianesco proclama su honra,
     el gran prejuicio y plusvalía social de la época.

CAPITÁN

Digo que es muy justo,
y el alférez sabrá que éste es mi gusto.

LA CHISPA

Bien le habla el capitán. ¡Oh, si me viera
llamar de todos ya la Bolichera!   630

REBOLLEDO

Daréle ese recado.

CAPITÁN

                    Oye primero
que le lleves. De ti fiarme quiero
para cierta invención que he imaginado,
con que salir intento de un cuidado.

REBOLLEDO

Pues ¿qué es lo que se aguarda?   635
Lo que tarda en saberse es lo que tarda
en hacerse.

627 V.T.: "digo que eso es muy justo". Medida correcta.
628 V.T.: "y el Alférez sabrá que ese es mi gusto".
630 *Bolichera*: cfr. *supra* n. a v. 624.
631-632 *Primero que*: 'antes de que'.
      Leísmo. Cfr. *supra* n. a v. 124.
633 *Invención*: "Se toma muchas veces por ficción, engaño o men-
      tira" (DA).
634 V.T.: "con que salir espero de un cuidado".

Soldado, arcabucero cargando su arma.

Mosquetero preparándose para hacer fuego.

CAPITÁN

Escúchame. Yo intento
subir a ese aposento
por ver si en él una persona habita,
que de mí hoy esconderse solicita.   640

REBOLLEDO

Pues ¿por qué no le subes?

CAPITÁN

No quisiera
sin que alguna color para esto hubiera,
por disculparlo más; y así, fingiendo
que yo riño contigo, has de irte huyendo
por ahí arriba. Yo entonces, enojado,   645
la espada sacaré. Tú, muy turbado,
has de entrarte hasta donde
esta persona que busqué se esconde.

el chantaje

REBOLLEDO

Bien informado quedo.

---

641 V.T.: "Pues ¿porque a él no subes?". Cfr. Erica C. García:
     *The Role of Theory in Linguistic Analysis. The Spanish Pro-
     noum System*, Amsterdam, 1975.
642 *Color* es femenino en la lengua clásica.
     Color: Vale también pretexto, motivo y razón aparente para
     emprender y ejecutar alguna cosa, encubierta y disimulada-
     mente" (DA). Cfr. "Era necesario buscar alguna causa y *color*
     honesto para romper con ellos" (Mariana: *Historia de Espa-
     ña*, II, 9); "Así con *color* de hacerles tanto bien los tenía allí
     como en rehenes" (Ambrosio de Morales: *Obras*, I, fol. 143).
645 Exige que el adverbio ahí sea monosílabo. V.T.: "por ahí arri-
     ba, entonces yo enojado".
648 V.T.: "la persona que busco se me esconde". Siguen esta
     lectura K., O., H.

LA CHISPA

Pues habla el capitán con Rebolledo   650
hoy de aquella manera,
desde hoy me llamarán la Bolichera.

REBOLLEDO

¡Voto a Dios, que han tenido
esta ayuda de costa que he pedido,
un ladrón, un gallina y un cuitado!   655
Y ahora que la pide un hombre honrado,
¡no se la dan!

fingen discutir
Rebolledo y
el capitán

LA CHISPA, *aparte*

Ya empieza su tronera

CAPITÁN

Pues ¿cómo me habla a mí de esa manera?

REBOLLEDO

¿No tengo de enojarme
cuando tengo razón?

652 *Bolichera*: cfr. *supra* n. a v. 624.
653 *Voto a Dios*: cfr. *supra* n. a v. 37.
654 Corrijo 1651: "este ayuda de costa", que es una errata sin
    que sirva la justificación de Krenkel: éste por empezar por *a*
    la palabra siguiente.
    Ayuda de costa: cfr. *supra* n. a v. 622.
655 *Gallina*, como calificativo, en masculino.
657 *Tronera*: "Se llama (...) la persona desbaratada en sus ac-
    ciones o palabras, y que no lleva método ni orden en ellas"
    (DA).
659 *Tener de*: 'haber de'. Al período clásico pertenece la delimi-
    tación de usos entre los verbos haber y tener (cfr. H. Kenis-
    ton: *The Syntax of Castilian Prose: The Sixteenth Century*, I,
    Chicago, 1938; Eva Seifert: "'Haber' y 'tener' como expre-
    sión de la posesión en español", *RFE*, XVII, 1930. R. Lapesa:
    Historia de la lengua española, Madrid, Escelicer, 1962, pp.
    pp. 255-256). Al comenzar el Siglo de Oro los dos verbos eran

CAPITÁN

                    No, ni ha de hablarme;   660
y agradezca que sufro aqueste exceso.

REBOLLEDO

Ucé es mi capitán; sólo por eso
callaré; mas ¡por Dios!, que si yo hubiera
la bengala en mi mano...

CAPITÁN

                    ¿Qué me hiciera?

LA CHISPA

Tente, señor. *(Aparte.)* Su muerte considero.   665

REBOLLEDO

Que me hablara mejor.

CAPITÁN

                    ¿Qué es lo que espero,
que no doy muerte a un pícaro atrevido?
                                   (Desenvaina.)

---

casi sinónimos y se repartían el uso en cuanto a su utilización transitiva y significado de posesión, pero gradualmente
irá perdiendo esta función a la par que se va generalizando
como auxiliar y ya lo atestigua Juan Valdés en su *Diálogo de
la Lengua* y Juan de Luna, en 1619.

661   *Sufro*: 'tolero', 'soporto'.
      Aqueste: cfr. *supra* n. a v. 88.
662   *Ucé*: 'usted'. Cfr. *supra* n. a v. 59.
663   V.T.: "callaré, mas por Dios que si tuviera". Cfr. *supra* n. a
      v. 659.
664   *Bengala*: "Insignia militar propia de los capitanes, que al ex-
      tremo tenía un casquillo de plata, y se doblaba con facili-
      dad" (DA).
      H. corrigió: "la bengala en la mano".

REBOLLEDO

Huyo, por el respeto que he tenido
a esa insignia.

CAPITÁN

Aunque huyas,
te he de matar.

LA CHISPA

Ya él hizo de las suyas.   670

SARGENTO

Tente, señor.

LA CHISPA

Escucha.

SARGENTO

Aguarda, espera.

LA CHISPA

Ya no me llamarán la Bolichera.

*Éntrale acuchillando, y sale
Juan con espada, y Pedro Crespo.*

---

* Cfr. *infra* II, indicación escénica v. 466. "Entrar dizen por
meter (...) y· dizen meter una silla" (COV).

671 *Tente*: 'detente'. *Tener*: "significa también detener y parar".
Cfr. "Que a pie enjuto pasó el Jordán y pudo / Tener el sol
en medio de la eclíptica" (Lope de Vega: *Peregrino*, lib. I).
672 *Bolichera*: cfr. *supra* n. a v. 624.

LA CHISPA

Acudid todos presto.

CRESPO

¿Qué ha sucedido aquí?

JUAN

¿Qué ha sido aquesto?

LA CHISPA

Que la espada ha sacado   675
el capitán aquí para un soldado;
y, esa escalera arriba,
sube tras él.

CRESPO

¿Hay suerte más esquiva?

LA CHISPA

Subid todos tras él.

JUAN, *aparte*

Acción fue vana
esconder a mi prima y a mi hermana.   680

Éntranse, y salen Rebolledo huyendo,
y Isabel y Inés.

---

673 1651 y 1653, atribuyen este verso a Juan. Kr. a La Chispa.
674 *Aquesto*: cfr. *supra* n. a v. 88. V.T.: "¿que ha sido esto?".

REBOLLEDO

Señoras, si siempre ha sido
sagrado el que es templo, hoy
sea mi sagrado aquéste,
pues es templo de amor.

ISABEL

¿Quién a huir de esa manera   685
os obliga?

* INÉS

¿Qué ocasión
tenéis de entrar hasta aquí?

ISABEL

¿Quién os sigue o busca?

Sale el Capitán y Sargento.

CAPITÁN

Yo,
que tengo de dar la muerte
al pícaro ¡Vive Dios,   685   690
si pensase...!

---

   * V.T.: Juan.

681 V.T.: "Señoras, pues siempre ha sido".
682 *Sagrado*: "Lo que según rito está dedicado a Dios y al culto
     divino" (DA), pero aquí significa: "Lugar que sirve de re-
     curso a los delincuentes y se ha permitido para su refugio, en
     donde están seguros de la justicia en los delitos que no excep-
     túa el Derecho" (DA). Los templos eran *sagrados* y, por ello,
     el "templo de amor" era *sagrado* para Rebolledo.
     Aqueste: cfr. *supra* n. a v. 88.
684 V.T.: "puesto que es templo de amor".

ISABEL

    Deteneos,
siquiera porque, señor,
vino a valerse de mí;
que los hombres como vos
han de amparar las mujeres,   695
si no por lo que ellas son,
porque son mujeres; que esto
basta, siendo vos quien sois.

Isabel le dice al capitán que no mate a Rebolledo.

CAPITÁN

No pudiera otro sagrado
librarle de mi furor,   700
sino vuestra gran belleza;
por ella, vida le doy.
Pero mirad que no es bien,
en tan precisa ocasión,
hacer vos el homicidio   705
que no queréis que haga yo.

ISABEL

Caballero, si cortés
ponéis en obligación
nuestras vidas, no zozobre
tan presto la intercesión.   710
Que dejéis este soldado
os suplico, pero no
que cobréis de mí la deuda
a que agradecida estoy.

---

689 Cfr. *supra* n. a v. 659.
690 *Vive Dios*: cfr. *supra* n. a v. 37.
694 y ss. Estaba dentro de la cortesía y reglas de la galantería que
     afectaban a la nobleza pero no a los villanos.
702 *Vida le doy*: 'le perdono la vida'.
705 *Homicidio* hay que ponerlo en relación con el tópico de amor
     cortés de morir de amor.

CAPITÁN

No sólo vuestra hermosura   715
es de rara perfección,
pero vuestro entendimiento
lo es también, porque hoy en vos
alïanza están jurando
hermosura y discreción.   720

Salen Pedro Crespo y Juan, las espadas desnudas. *

CRESPO

¿Cómo es ello, caballero?
¿Cuando pensó mi temor
hallaros matando un hombre,
os hallo...

ISABEL

¡Válgame Dios!

CRESPO

requebrando una mujer?   725
Muy noble, sin duda, sois,
pues que tan presto se os pasan
los enojos.

CAPITÁN

Quien nació
con obligaciones, debe

---

* V.T.: "Salen Pedro Crespo y Juan, con espadas desnudas".

717 *Pero*: 'sino'.
719 V.T.: "aliança están jurando". Diéresis por métrica.
721 V.T.: "¿como es eso caballero?".
728 Juego conceptual: noble de nacimiento-noble de sentimientos.

acudir a ellas, y yo   730
al respeto desta dama
suspendí todo el furor.

CRESPO

Isabel es hija mía,
y es labradora, señor,
que no dama.

JUAN, *aparte*

                    ¡Vive el cielo,   735
que todo ha sido invención
para haber entrado aquí!
Corrido en el alma estoy
de que piensen que me engañan,
y no ha de ser. — Bien, señor   740
capitán, pudierais ver
con más segura atención
lo que mi padre desea
hoy serviros, para no
haberle hecho este disgusto.   745

CRESPO

¿Quién os mete en eso a vos,
rapaz? ¿Qué disgusto ha habido?
Si el soldado le enojó,
¿no había de ir tras él? — Mi hija

730   *Acudir*: 'atender' (DRAE).
731   *Desta*: cfr. *supra* n. a v. 2.
738   *Corrido*: 'burlado, avergonzado, confundido' (DA) (s. v. *correrse*).
745   V.T.: "haberle hecho este agravio".
747   *Rapaz*: "Se llama también el muchacho pequeño de edad; y
      el sentido viene del latín *repere* que significa andar arrastran-
      do". Cfr. "La edad, ya habéis visto el diente / entre mozuela
      y *rapaza*, / pocos años en chapines, / con reverendas de dama"
      (Góngora: *Rom. liric.*, 29). Puede tener aquí valor afectivo,
      en boca del padre dirigiéndose a su hijo, pues Juan ya no es,
      en sentido exacto, un rapaz, sino un mozo en edad de alistarse.

estima mucho el favor   750
del haberle perdonado,
y el de su respeto yo.

CAPITÁN

Claro está que no habrá sido
otra causa, y ved mejor
lo que decís.

JUAN

                Yo lo veo   755
muy bien.

CRESPO

                Pues ¿cómo habláis vos
así?

CAPITÁN

        Porque estáis delante,
más castigo no le doy
a este rapaz.

CRESPO

                ¡Detened,   *Crespo defiende*
señor capitán! que yo   *a su hijo*   760
puedo tratar a mi hijo
como quisiere, y vos no.

---

754 *Ver*: "Metafóricamente vale considerar, advertir o reflexionar"
     (DA).
755 V.T.: "yo lo he visto".
759-762 De nuevo una prueba del extraordinario orgullo de Pedro
     Crespo y, a la vez, de su solicitud paternal, que no le impe-
     dirán —sin embargo— aplicar justicia en la persona de su
     propio hijo.
762 V.T.: "como quisiere y no vos".

JUAN

Y yo, sufrirlo a mi padre,
mas a otra persona, no.

[nota manuscrita: Juan defiende sus derechos - sólo su padre le puede reñir]

CAPITÁN

¿Qué habíais de hacer?

JUAN

Perder   765
la vida por la opinión.

[nota manuscrita: opinión = la fama, el honor, el opinión de los demás]

CAPITÁN

¿Qué opinión tiene un villano?

JUAN

Aquella misma que vos;
que no hubiera un capitán,
si no hubiera un labrador.   770

---

765 Cfr. *Introducción*, III, 3.
     Opinión: cfr. *supra* n. a v. 458.
766 *Villano*: cfr. *supra* n. a v. 165.
768 El adjetivo demostrativo en lugar del artículo. Cfr. "vayamos
     en aquel día de cras" *(Cantar de Mio Cid)*. Dice R. Menén-
     dez Pidal: "El artículo no es sino un demostrativo que deter-
     mina un objeto más vagamente que los otros demostrativos,
     sin significación accesoria de lejanía o acercamiento (...) cual-
     quier demostrativo pudo haber debilitado su significación y
     quedar con la vaga determinación del artículo. En la lengua
     antigua se usan en este sentido vago todos los demostrativos (...).
     Pero en general los romanos se fijaron en el derivado de *ille*
     (Manual de Gramática Histórica, Madrid, Espasa C., 1965¹²,
     pp. 260-261).
769-770 Coincide Juan Crespo con su padre en el concepto de la
     honra basado en la dignidad de la persona y no en su situa-
     ción, que presenta la propia obra. Para la concepción del la-
     brador como sostén de la monarquía y la vida urbana, véase
     la bibliografía que doy en mi *Sociología de la comedia espa-
     ñola en el siglo XVII*, Madrid, Cátedra, 1976.

CAPITÁN

¡Vive Dios, que ya es bajeza
sufrirlo!

CRESPO

Ved que yo estoy
de por medio.

Sacan las espadas.

REBOLLEDO

¡Vive Cristo,
Chispa, que ha de haber hurgón!

LA CHISPA

¡Aquí del cuerpo de guardia!   775

REBOLLEDO

Don Lope ¡Ojo avizor!

---

773 *Vive Cristo*: cfr. *supra* n. a v. 37.
774 *Hurgón*: "Se llama entre los guapos y espadachines, la esto-
     cada que se tira al cuerpo, por alusión al golpe que se da con
     el hurgón [instrumento de hierro para remover y atizar la
     lumbre] picando a alguno" (DA).
775 *Aquí*: "Se usa en frases interjectivas para invocar auxilio. La
     persona cuyo auxilio se solicita se construye con la prepo-
     sición *de*" (DRAE).
     Cuerpo de guardia: cfr. *supra* n. a v. 558.
776 *Ojo avizor*: "Alerta, con cuidado" (DRAE).

Sale don Lope, con hábito* muy galán**
y bengala. ***

DON LOPE

¿Qué es aquesto? La primera
cosa que he de encontrar hoy,
acabado de llegar,
¿ha de ser una cuestión?   780

CAPITÁN, *aparte*

¡A qué mal tiempo don Lope
de Figueroa llegó!

CRESPO, *aparte*

¡Por Dios, que se las tenía
con todos el rapagón!

DON LOPE

¿Qué ha habido? ¿Qué ha sucedido?   785
¡Hablad, porque, voto a Dios,
que a hombres, mujeres y casa
eche por un corredor!

---

* *Hábito*: "La insignia de alguna orden de caballería que comúnmente llaman hábitos" (COV). Don Lope de Figueroa per-
tenecía a la Orden de Santiago.
** *Galán*: "Se dice del que está vestido de gala con aseo y com-
postura" (DA). Aquí ensalza el hábito de Don Lope y por
tanto su figura.
*** *Bengala*: cfr. *supra* n. a v. 664.

777 *Aquesto*: cfr. *supra* n. a v. 88.
780 *Cuestión*: 'gresca, riña' (DRAE).
781 'En qué mala ocasión'.
783 *Tenerse*: "Resistir o hacer oposición a alguno en riña" (DA).
784 *Rapagón*: "El mozo joven, que aún no le ha salido la barba
y parece que está como rapado" (DA).
786 *Voto a Dios*: cfr. *supra* n. a v. 37.

¿No me basta haber subido
hasta aquí, con el dolor   790
desta pierna — que los diablos
llevaran, — ¡amén! — sino
no decirme: "aquesto ha sido"?

CRESPO

Todo esto es nada, señor.

DON LOPE

Hablad, decid la verdad.   795

CAPITÁN

Pues es que alojado estoy
en esta casa; un soldado...

DON LOPE

Decid.

CAPITÁN

                    ...ocasión me dio
a que sacase con él
la espada. Hasta aquí se entró   800
huyendo; entréme tras él
donde estaban esas dos
labradoras; y su padre

---

791 *Desta*: cfr. *supra* n. a v. 2.
      Era un tópico, en todas las obras dramáticas en que aparece
      Don Lope de Figueroa, referirse al dolor de su pierna y las
      maldiciones que éste le provoca. Cfr. *supra* n. a v. 50.
792 *Llevarán* en 1651, corrijo.
792-793 *Sino no*: para reforzar la intensidad de la oposición.
793 *Aquesto*: cfr. *supra* n. a v. 88.

y su hermano —o lo que son—
se han disgustado de que   805
entrase hasta aquí

DON LOPE

          Pues yo
a tan buen tiempo he llegado,
satisfaré a todos hoy.
¿Quién fue el soldado, decid,
que a su capitán le dio   810
ocasión de que sacase
la espada?

REBOLLEDO

          ¿Qué, pago yo
por todos?

ISABEL

          Aqueste fue
el que huyendo hasta aquí entró.

DON LOPE

Denle dos tratos de cuerda.   815

REBOLLEDO

¿Tra-qué me han de dar, señor?

---

804 V.T.: "o su hermano, o lo que son". En muchos casos la len-
     gua clásica emplea el indicativo, donde hoy se emplea el
     subjuntivo. Cfr. Keniston: *op. cit.*, 28, 2.
807 Cfr. *supra* v. 781.
813 *Aqueste*: cfr. *supra* n. a v. 88.
815 *Tratos de cuerda*: "Castigo que se suele dar atando a uno las
     manos por detrás, levantándole en el aire y dejándole después
     caer sin que llegue a tierra, con que casi se le descoyuntan
     los hombros" (COV).
816 V.T.: "¿Tra-que han de darme, señor?".

DON LOPE

Tratos de cuerda.

REBOLLEDO

Yo hombre
de aquesos tratos no soy.   *chiste*

LA CHISPA, *aparte*

Desta vez me lo estropean.

CAPITÁN, *aparte a Rebolledo*

¡Ah, Rebolledo! por Dios,   820
que nada digas: yo haré
que te libren.

REBOLLEDO, *aparte al Capitán*

¿Cómo no
lo he de decir, pues si callo,
los brazos me pondrán hoy
atrás, como mal soldado?   825
(A don Lope.) El capitán me mandó
que fingiese la pendencia,
para tener ocasión
de entrar aquí.

CRESPO

Ved agora
si hemos tenido razón.   830

818 *Aquesos*: cfr. *supra* n. a v. 88.
     Trato: "La acción o modo de tratar" (DA), juego de palabras
     con *tratos de cuerda*.
819 *Desta*: cfr. *supra* n. a v. 2.
829 *Agora*: cfr. *supra* n. a v. 601. V.T.: "Ahora".

DON LOPE

No tuvisteis para haber
así puesto en ocasión
de perderse este lugar.
—Hola, echa un bando, tambor,
que al cuerpo de guardia vayan   835
los soldados cuantos son,
y que no salga ninguno,
pena de muerte, en todo hoy.—
Y para que no quedéis
(al capitán) con aqueste empeño vos,   840
(a Crespo) y vos con este disgusto,
y satisfechos los dos,
buscad otro alojamiento;
que yo en esta casa estoy
desde hoy alojado, en tanto   845
que a Guadalupe no voy,
donde está el Rey.

CAPITÁN

                    Tus preceptos
órdenes precisas son
para mí.

*Vanse el Capitán, Rebolledo y la Chispa. **

---

    * V.T.: "Vanse los soldados".

834 H. escribe *Tambor*, porque lo considera un personaje más de
     la obra y así lo inscribe en la lista de personajes y en la indi-
     cación escénica correspondiente a la entrada de Don Lope.
     Creo que se trata de designación metonímica.
835 *Cuerpo de guardia*: cfr. *supra* n. a v. 558.
840 *Empeño*: "significa también la obligación en que se halla al-
     guno constituido, de volver por sí en cosa que toca a su pun-
     donor, hasta salir bien del lance" (DA).
     Aqueste: cfr. *supra* n. a v. 88.
846 *Guadalupe*: cfr. *supra* n. a v. 146.

CRESPO

Entraos allá dentro.

Vanse Isabel, Inés y Juan. *

CRESPO

Mil gracias, señor, os doy   850
por la merced que me hicisteis
de excusarme una ocasión
de perderme.

DON LOPE

                    ¿Cómo habíais,
decid, de perderos vos?

CRESPO

Dando muerte a quien pensara   855
ni aun el agravio menor...

DON LOPE

¿Sabéis, ¡voto a Dios!, que es
capitán?

CRESPO

            Sí, ¡voto a Dios!
y aunque fuera él general,
en tocando a mi opinión,   860
le matara.

---

* V.T.: "Vase Isabel".

852 V.T.: "de excusarme la ocasión".
857 *¡Voto a Dios!*: cfr. *supra* n. a v. 37.
860 Cfr. *supra* n. a v. 458.

DON LOPE

A quien tocara,
ni aun al soldado menor,
solo un pelo de la ropa,
por vida del cielo, yo
le ahorcara.

paralelismo

CRESPO

A quien se atreviera   865
a un átomo de mi honor,
por vida también del cielo,
que también le ahorcara yo.

paralelismo

DON LOPE

¿Sabéis que estáis obligado
a sufrir, por ser quien sois,   870
estas cargas?

CRESPO

Con mi hacienda,
pero con mi fama, no.
Al Rey la hacienda y la vida
se ha de dar; pero el honor

864   V.T.: "viven los cielos que yo".
867   V.T.: "viven los cielos también". Obsérvese esta suerte de paralelismo entre lo que dice D. Lope y lo que le responde Pedro Crespo, que viene a afirmar su autoconsideración en igualdad con respecto al general, en lo tocante al honor.
873-876   Los versos-clave de toda la obra. No me detengo aquí en su interpretación y remito al lector a la *Introducción*, III, 3 y 6.
Pero sí quiero reseñar que la expresión era de uso generalizado a juzgar por el testimonio que recoge Alcina Franch (*op. cit.*, p. 307): El Duque de Sessa comenta ante la negativa de ir a Roma de Don Diego de Simancas: "Pues si eso es así, no hay que deliberar, que por servir al rey hase de poner la persona y la hacienda, pero no la ánima ni la honra" (*Autobiografías y memorias*, ed. Serrano y Sanz, NBAE, p. 153).

es patrimonio del alma,   875
y el alma sólo es de Dios.

DON LOPE

¡Juro a Cristo, que parece
que vais teniendo razón!

CRESPO

Sí, juro a Cristo, porque
siempre la he tenido yo.   880

DON LOPE

Yo vengo cansado, y esta
pierna que el diablo me dio
ha menester descansar.

CRESPO

Pues ¿quién os dice que no?
Ahí me dio el diablo una cama   885
y servirá para vos.

DON LOPE

¿Y diola hecha el diablo?

CRESPO

                             Sí.

877 V.T.: "¡Vive Cristo que parece!". Cfr. *supra* n. a v. 37.
879 V.T.: "Sí, vive Cristo, porque".
882 Cfr. *supra* n. a v. 791.
885 Cfr. *supra* n. a v. 867. El paralelismo se utiliza también con función cómica.

DON LOPE

Pues a deshacerla voy;
que estoy, voto a Dios, cansado.

CRESPO

Pues descansad, voto a Dios.   890

DON LOPE, *aparte*

Testarudo es el villano;
tan bien jura como yo.

paralelismo

CRESPO, *aparte*

Caprichudo es el don Lope;
no haremos migas los dos.

---

889 *Voto a Dios*: cfr. *supra* n. a v. 37.
891 *Testarudo*: "Porfiado, terco y tenaz, que con empeño disputa
     las cosas, manteniéndose en una aprehensión, inflexible a la
     razón (DA).
     Villano: cfr. *supra* n. a v. 165.
893 *Caprichudo*: "Testarudo, porfiado y tenaz con obstinación en
     sus dictámenes y juicios, sin ceder a consejo ni a dictamen
     ajeno" (DA). 1651 y 1653: *caprichoso*, pero adopto la lectura
     de V.T. que siguen Ke., O., H., Kr. tanto por razones se-
     mánticas como por su mayor expresividad y paralelismo con
     testarudo (v. 891).
894 *Hacer migas*: "Frase que significa avenirse bien y tener amis-
     tad con alguno. Úsase regularmente con la negación" (DA)
     (s. v. *hacer buenas migas*). Cfr. "¡Jesús! ¿yo a matar? No
     digas / que a mí la paz me faltó / que antes el aceite y
     yo / hacemos muy buenas migas" (Manuel de León: *Obras
     Poéticas*, tomo I, p. 243).
     Cfr. *infra*, II, v. 500.

SEGUNDA JORNADA

Salen Mendo y Nuño, su criado. *

DON MENDO

¿Quién te contó todo eso?

NUÑO

Todo esto contó Ginesa,
su criada.

DON MENDO

El capitán,
después de aquella pendencia
que en su casa tuvo —fuese   5
ya verdad o ya cautela—,
¿ha dado en enamorar
a Isabel?

---

* V.T.: "Salen Mendo y Nuño, su criado".

1 1651: "¿Quién os contó todo esto?". Adopto aquí la lectura
de V.T. por parecerme más convincente.

6 *Cautela*: "Se toma también por astucia, maña y sutileza para
engañar, usando de medios o palabras ambiguas y difíciles de
conocer" (DA).

NUÑO

Y es de manera
que tan poco humo en su casa
él hace como en la nuestra   10
nosotros. En todo el día
no se quita de su puerta;
no hay hora que no la envíe
recados; con ellos entra
y sale un mal soldadillo,   15
confidente suyo.

DON MENDO

¡Cesa!
que es mucho veneno, mucho
para que el alma lo beba
de una vez.

NUÑO

Y más no habiendo
en el estómago fuerzas   20
con que resistirle.

DON MENDO

Hablemos
un rato, Nuño, de veras.

---

9 *Hacer humo*: "Además del sentido recto que es ocasionarle o
causarle, metafóricamente vale hacer larga mansión en una
parte. Por lo común se usa con negación" (DA).
12 V.T.: "se ve apartar de la puerta".
13 Laísmo. Frecuente como el leísmo, cfr. *supra*, I, n. a v. 124.
14 *Recados*: "El mensaje o razón que de palabra se envía o da a
otro" (DA). *Papel*, en contra, suele significar 'mensaje escrito'.
16 *Cesa*: 'calla'.
20-22 Por no haber comido, a que ha estado aludiendo la jornada I.

NUÑO

¡Pluguiera a Dios fueran burlas!

DON MENDO

¿Y qué le responde ella?

NUÑO

Lo que a ti, porque Isabel   25
es deidad hermosa y bella,
a cuyo cielo no empañan
los vapores de la tierra.

DON MENDO

¡Buenas nuevas te dé Dios! *(Da una manotada **
a Nuño en el rostro.)

NUÑO

A ti, te dé mal de muelas,   30
que me has quebrado dos dientes.
Mas, bien has hecho si intentas
reformarlos, por familia
que no sirve ni aprovecha.
—¡El capitán!

---

* Falta en V.T.

26 Diosa, como la dama de la lírica cortesana.
27 *Cielo*: puede referirse al temple (DRAE) o significar 'divini-
dad' (DA), y en este sentido tener las connotaciones de superioridad, altura, distancia, que también hacen al significado
literal de *cielo*, en oposición a *tierra* (v. 28).
32 y ss. Los dientes no sirven porque no hay qué comer.

DON MENDO

¡Vive Dios,   35
si por el honor no fuera
de Isabel, que lo matara!

NUÑO

Mas mira por tu cabeza.

Sale el Capitán, Sargento y Rebolledo. *

DON MENDO

Escucharé retirado.
Aquí a esta parte te llega.   40

CAPITÁN

Este fuego, esta pasión
no es amor sólo, que es tema,
es ira, es rabia, es furor.

REBOLLEDO

¡Oh nunca, señor, hubieras
visto a la hermosa villana   45
que tantas ansias te cuesta!

---

* V.T.: "Salen el Capitán, Sargento y Rebolledo". Cfr. n. a indicación escénica después de I, v. 100.

37 V.T.: "de Isabel que le matara".
38 H. y K. proponen: "mas será por tu cabeza". No me parece aceptable esta corrección, semánticamente.
40 Cfr. *supra* n. a I, v. 612.
42 Cfr. *supra* n. a I, v. 361.
45 Cfr. *supra* n. a I, v. 165.
46 *Ansias*: "Pena, tormento, aprieto, congoja, inquietud de corazón o de ánimo" (DA). Significa también: "Anhelo, deseo vehemente y, a veces, desordenado" (DA). Ambos sentidos hacen al caso aquí.

CAPITÁN

¿Qué te dijo la criada?

REBOLLEDO

¿Ya no sabes sus respuestas?

DON MENDO, *a Nuño*

Esto ha de ser: pues ya tiende
la noche sus sombras negras,   50
antes que se haya resuelto
a lo mejor mi prudencia,
ven a armarme.

NUÑO

                    ¡Pues qué!, ¿tienes
más armas, señor, que aquellas
que están en un azulejo   55
sobre el marco de la puerta?

DON MENDO

En mi guadarnés presumo
que hay para tales empresas
algo que ponerme.

NUÑO

                    Vamos
sin que el capitán nos sienta.   60

                                        Vanse.

---

51 En 1651 falta *se*, que sí aparece en V.T. y editores poste-
    riores.
53-55 Juego de palabras: armas ofensivas y defensivas y armas
    del escudo nobiliario.
55-56 Alude al escudo de armas colocado sobre el marco de la
    puerta.
57 *Guadarnés*: "El paraje destinado a guardar las armas" (DA).
60 *Sentir*: 'oír' (DRAE).

CAPITÁN

¡Que en una villana haya
tan hidalga resistencia,
que no me haya respondido
una palabra siquiera
apacible!

SARGENTO

    Éstas, señor,   65
no de los hombres se prendan
como tú; si otro, villano,
la festejara y sirviera,
hiciera más caso dél;
fuera de que son tus quejas   70
sin tiempo. Si te has de ir
mañana, ¿para qué intentas
que una mujer en un día
te escuche y te favorezca?

CAPITÁN

En un día el sol alumbra   75
y falta; en un día se trueca
un reino todo; en un día
es edificio una peña;

61 *Villana*: cfr. *supra* n. a I, v. 165.
61-62 La oposición social villano/hidalgo, es decir la oposición de
    dos concepciones distintas, ya analizadas: la de Pedro Crespo
    y la del Capitán, que coincide con la de Don Mendo.
68 El concepto de servicio es una herencia del amor cortés. Cfr.
    supra I n. a I, v. 362.
69 *Dél*: contracción frecuente en la época. Cfr. *supra* I, n. a v. 2.
70 *Fuera de*: 'aparte de' (DRAE).
71 *Sin tiempo*: 'fuera de tiempo' (DRAE).
75 y ss. Cfr. *Introducción*, III, 5 para las imágenes, las anáforas
    y la técnica de diseminación-recolección.
76 *Trocarse*: 'cambiarse'.
78 ¿Significa que en un solo día puede derrumbarse un edificio,
    convirtiéndose en una peña de escombros o alude a la rapidez
    con que se levanta un edificio —sobre la peña—, testimonios
    de la inestabilidad y brevedad de lo humano?

en un día una batalla
pérdida y vitoria ostenta;   80
en un día tiene el mar
tranquilidad y tormenta;
en un día nace un hombre
y muere: luego pudiera
en un día ver mi amor   85
sombra y luz como planeta,
pena y dicha como imperio,
gente y brutos como selva,
paz y inquietud como mar,
triunfo y ruina como guerra,   90
vida y muerte como dueño
de sentidos y potencias.
Y habiendo tenido edad
en un día su violencia
de hacerme tan desdichado,   95
¿por qué, por qué no pudiera
tener edad en un día
de hacerme dichoso? ¿Es fuerza
que se engendren más despacio
las glorias que las ofensas?   100

paralelismo

SARGENTO

Verla una vez solamente
¿a tanto extremo te fuerza?

CAPITÁN

¿Qué más causas había de haber,
llegando a verla, que verla?

80 *Vitoria*: victoria. Cfr. *supra* n. a I, v. 277.
89 Sin disimilación y-i, como se ha visto.
92 *Potencias*: "Por antonomasia se llaman las tres facultades del
    alma, de conocer, querer y acordarse; que son entendimiento,
    voluntad y memoria" (DA). El entendimiento podría desglosar-
    se en razón, imaginación y juicio.
93 *Edad*: 'tiempo'.
96-100 Interrogación retórica.
102 *Extremo*: cfr. *supra* I, n. a v. 335.
104 Epímone.

De sola una vez a incendio   105
crece una breve pavesa;
de una vez sola un abismo,
fulgúreo volcán, revienta;
de una vez se enciende el rayo,
que destruye cuanto encuentra;   110
de una vez escupe horror
la más reformada pieza;
de una vez amor, ¿qué mucho,
fuego de cuatro maneras,
mina, incendio, pieza, rayo,   115
postre, abrase, asombre y hiera?

SARGENTO

¿No decías que villanas
nunca tenían belleza?

105 y ss. Para la anáfora y diseminación-recolección, cfr. *Introduc-
      ción*, III, 5. Aunque sobre la topística del amor cortés, las
      imágenes del capitán son más violentas y gráficas.
108 V.T.: "sulfureo volcán revienta".
      Fulgureo: 'resplandeciente, brillante, que despide luz'.
112 *Reformada*: de *reformar* con el significado de "Quitar, cer-
      cenar, aminorar o rebajar en el número o cantidad" (DA).
      Pieza: "Se llama también el cañón de artillería de bronce o de
      hierro" (DA).
115 *Mina*: Se llama también el artificio subterráneo que se hace y
      labra en los sitios de las plazas, poniendo al fin de él una
      recámara de pólvora atacada, para que dándola fuego arruine
      las fortificaciones de la plaza" (DA). Se asemeja a un volcán
      (cfr. *supra* vv. 107-108).
116 Obsérvese la fuerza expresiva, conseguida mediante la yuxta-
      posición.
117 *Villana*: cfr. *supra* I, n. a v. 165. El pensamiento del Capitán,
      antes de conocer a Isabel, es una muestra más de su aristocra-
      ticismo que es recogido, casi siempre, por la comedia, donde
      se establece la equiparación nobleza de sangre = nobleza de
      cuerpo. Este principio sirve en numerosas comedias para que
      se sospeche de damas disfrazadas de labradoras, que no per-
      tenecen a tal estado porque su extraordinaria belleza no está
      de acuerdo con su vestido. Cfr. J. M. Díez Borque: *Sociología
      de la comedia...* (cit.), donde recojo numerosos testimonios de
      ello, que sería prolijo citar aquí.

CAPITÁN

Y aun aquesa confianza
me mató, porque el que piensa   120
que va a un peligro, ya va
prevenido a la defensa;
quien va a una seguridad,
es el que más riesgo lleva
por la novedad que halla,   125
si acaso un peligro encuentra.
Pensé hallar una villana.
Si hallé una deidad, ¿no era
preciso que peligrase
en mi misma inadvertencia?   130
En toda mi vida vi
más divina, más perfecta
hermosura. ¡Ay, Rebolledo!,
no sé qué hiciera por verla.

REBOLLEDO

En la compañía hay soldado   135
que canta por excelencia;
y la Chispa, que es mi alcaida
del boliche, es la primera
mujer en jacarear.

---

127 *Villana*: cfr. *supra* I, n. a v. 165. El que Isabel sea bella como
     una dama noble es para el capitán una excepción antinatural;
     cfr. *supra* n. a v. 117.
131 y ss. El estar oculta, como ya dije, es causa que enciende la
     pasión del capitán y, por tanto, podemos decir que la pru-
     dencia de Pedro Crespo actúa en su contra.
135 *Compañía*: "Cierto número de soldados que militan debajo de
     las órdenes y disciplina de un capitán" (DA).
136 *Por excelencia*: 'excelentemente'.
137 *Alcaida*: forma popular, hoy vulgarismo, del femenino de *al-
     calde*, por *alcaldesa*.
137-138 *Alcaida del boliche*: 'bolichera'. Cfr. *supra* I, n. a v. 624.
139 *Jacarear*: "Andar cantando jácaras frecuentemente (...). Vale
     también andar por el lugar cantando y haciendo ruido" (DA).

Haya, señor, jira y fiesta   140
y música a su ventana;
que con esto podrás verla,
y aun hablarla.

CAPITÁN

Como está
don Lope allí, no quisiera
despertarle.

REBOLLEDO

Pues don Lope   145
¿cuándo duerme, con su pierna?
Fuera, señor, que la culpa,
si se entiende, será nuestra,
no tuya, si de rebozo
vas en la tropa.

CAPITÁN

Aunque tenga   150
mayores dificultades,
pase por todas mi pena.
Juntaos todos esta noche,
mas de suerte que no entiendan
que yo lo mando. ¡Ah, Isabel,   155
qué de cuidados me cuestas!

Vase el Capitán y Sargento, y sale la Chispa. *

---

* V.T.: "Vanse el Capitán y Sargento y sale la Chispa". Cfr.
supra I, n. a indicación escénica después de v. 100.

140 *Jira*: "Banquete o merienda, especialmente campestres, que se
hacen entre amigos con regocijo y bulla" (DRAE). En DA
(s. v. *Gira*): "Por extensión, vale cualquier bulla o regocijo
entre muchos" (DA).
149 *De rebozo*: 'oculto, secretamente' (DRAE).

LA CHISPA

Téngase.

REBOLLEDO

Chispa, ¿qué es esto?

LA CHISPA

Hay un pobrete que queda
con un rasguño en el rostro.

REBOLLEDO

Pues ¿por qué fue la pendencia?   160

LA CHISPA

Sobre hacerme alicantina
del barato de hora y media
que estuvo echando las bolas,
teniéndome muy atenta
a si eran pares o nones.   165
Canséme y dile con ésta.   *Saca la daga.*
Mientras que, con el barbero,

---

157 H. corrige "tenga esa", sin justificación ni motivo. V.T.: "Chispa, ¿que es eso?". *Téngase*: 'de téngase'.
161 *Hacer alicantina*: "Procurar engañar mediante alguna treta o
malicia" (DRAE), voz de germanía.
162 *Barato*: "La porción de dinero que da graciosamente el tahúr
o jugador que gana a los mirones, o a las personas que le
han servido en el juego". Cfr. "Entren, entren las gitanillas
que aquí les daremos *barato*" (Cervantes, *Nov. I,* fol. 6); "Es
de ver uno de nosotros en una casa de juego con el cuidado
que sirve y despabila las velas, trae orinales, mete naipes y
solemniza las cosas del que gana, todo por un triste real de
barato" (Quevedo: *Buscón,* cap. 13); "Ganóme el capitán treinta tantos, dióselos de *barato* a los pajes" (*Estebanillo,* fol. 186).

poniéndose en puntos queda,
vamos al cuerpo de guardia,
que allá te daré la cuenta. 170

REBOLLEDO

¡Bueno es estar de mohina,
cuando vengo yo de fiesta!

LA CHISPA

Pues ¿qué estorba el uno al otro?
Aquí está la castañeta.
¿Qué se ofrece que cantar? 175

REBOLLEDO

Ha de ser cuando anochezca,
y música más fundada.
Vamos, y no te detengas.
Anda acá al cuerpo de guardia.

LA CHISPA

Fama ha de quedar eterna 180
de mí en el mundo, que soy
Chispilla la Bolichera. *Vanse.*

Sale don Lope y Pedro Crespo.

168 El barbero ejercía funciones de médico —mejor, de practicante— y de aquí el juego de palabras: *puntos*: tantos conseguidos en el juego y *puntos* de sutura.
169 *Cuerpo de guardia*: cfr. *supra* I, n. a v. 558.
171 *Mohina*: "Enojo o encono contra alguno" (DA).
174 *Castañeta*: cfr. *supra* I, n. a v. 96.
177 *Más fundada*: 'mejor dispuesta, más perfecta'.
179 *Cuerpo de guardia*: cfr. *supra* I, n. a v. 558.
182 *Bolichera*: cfr. *supra* I, n. a v. 624.

CRESPO

En este paso, que está
más fresco, poned la mesa
al señor don Lope. Aquí,   185
os sabrá mejor la cena;
que al fin los días de agosto
no tienen más recompensa
que sus noches.

DON LOPE

Apacible
estancia en extremo es ésta.   190

CRESPO

Un pedazo es de jardín
do mi hija se divierta.
Sentaos. Que el viento suave
que en las blandas hojas suena
destas parras y estas copas,   195
mil cláusulas lisonjeras
hace al compás desta fuente,

183 *Paso*: "Se llama también el lugar por donde se pasa de una
parte a otra" (DA).
190 *Estancia*: "Mansión, detención, habitación y asiento en algún
lugar, casa o paraje" (DA).
192 V.T.: "en que mi hija se divierta".
Do: 'donde', contracción habitual en poesía.
Hiato, para la correcta medida mi hija, que desaparece con la
corrección que hace V.T. y que sigue H.; en cambio KR. y O.
adoptan *donde*.
194 *Blandas*: 'tiernas, suaves'.
195 *Destas*: cfr. *supra* I, n. a v. 2.
196 1651: "mis clausulas...", corrijo según V.T.
Clausula: utilizado metafóricamente aquí en cuanto a su significado primero: "El período o razón entera que contiene,
así en lo escrito como en lo hablado, un cabal sentido, sin
que falte o sobre palabra para su inteligencia y perfección" (DA).
Lisonjera: "Se utiliza también como adjetivo, aplicándole a
cualquier cosa que deleita o agrada" (DA).
197 *Desta*: cfr. *supra* I, n. a v. 2.

cítara de plata y perlas,
porque son, en trastes de oro,
las guijas templadas cuerdas.   200
Perdonad, si de instrumentos
solos la música suena,
sin cantores que os deleiten,
sin voces que os entretengan;
que como músicos son   205
los pájaros que gorjean,
no quieren cantar de noche,
ni yo puedo hacerles fuerza.
Sentaos pues, y divertid
esa continua dolencia.   210

DON LOPE

No podré; que es imposible
que divertimiento tenga.
¡Válgame Dios!

198   *Cítara*: "instrumento músico semejante algo a la guitarra, pero
      más pequeño y redondo. Tiene las cuerdas de alambre y se
      tocan con una pluma cortada como para escribir de gor-
      do" (DA). El agua se asemeja a la plata y las gotas a las
      perlas, de aquí la metáfora. Cfr. *Introducción*, II, 2, y III, 5.
199   *Trastes*: Las divisiones del cuello de la vigüela en que están
      repartidos los tonos y semitonos de cada una de las cuerdas.
      Diéronles este nombre por la semejanza que tienen con los
      bancos de las galeras" (COV).
200   *Guijas*: "Especie de guisantes" (DA). La planta del guisante
      es alta y muy delgada, de aquí la comparación que hace Cal-
      derón con las cuerdas de la cítara. *Trastes de oro* por el color
      del trigo seco en agosto.
202   En 1651 "suenan", concertando con instrumentos. Corrijo, de
      acuerdo con V.T.
203   1651: "de músicos que deleiten", doy aquí la lectura de V.T.
      que siguen también H., O. y KL. Se trata de la oposición
      entre el sonido de los instrumentos naturales y la voz de los
      cantores y por ello prefiero la lectura de V.T.
209   *Divertir*: "Apartar, distraer la atención de alguna persona para
      que no discurra ni piense en aquellas cosas a que la tenía apli-
      cada o para que no prosiga la obra que traía entre manos" (DA).

CRESPO

¡Valga, amén!

DON LOPE

Los cielos me den paciencia.
Sentaos, Crespo.

CRESPO

Yo estoy bien.   215

DON LOPE

Sentaos.

CRESPO

        Pues me dais licencia,
digo, señor, que obedezco,   *Siéntase.* *
aunque excusarlo pudierais.

DON LOPE

¿No sabéis qué he reparado?
Que ayer la cólera vuestra   220
os debió de enajenar
de vos.

CRESPO

        Nunca me enajena
a mí de mí nada.

---

  * V.T.: "Siéntase Crespo".

213 *¡Válgame Dios!*: cfr. *supra* I, n. a v. 37.
219 *Reparar*: "Atender, considerar o reflexionar" (DA).
222-223 Una prueba más del desmedido orgullo de Pedro Crespo.
     Cfr. *infra*, vv. 227-230.

DON LOPE

Pues
¿cómo ayer, sin que os dijera
que os sentarais, os sentasteis,   225
aun en la primera silla?

CRESPO

Porque no me lo dijisteis.
Y hoy, que lo decís, quisiera
no hacerlo; la cortesía,
tenerla con quien la tenga.   230

DON LOPE

Ayer, todo erais reniegos,
porvidas, votos y pesias;
y hoy, estáis más apacible,
con más gusto y más prudencia.

CRESPO

Yo, señor, siempre respondo ✗✗✗   235
en el tono y en la letra

226 V.T.: "y aun en la silla primera?".
229-230 El labrador Pedro Crespo niega todo valor a la cortesía y
etiqueta, muy rigurosa entre los nobles, pero inefectiva en el
área rural y en el trato general-labrador.
232 *Pesias*: 'pese a'. La forma más habitual era *pesiata* que indica
"extrañeza o disonancia que hace alguna cosa" (DA). Para
Frida Weber de Kurlat (ed. *Servir a señor discreto* de Lope
de Vega, Madrid, Castalia, CCa.68, 1975, p. 88 n.) "es una
exclamación estereotipada que da una nota de incomodidad,
fastidio o disgusto". Muy frecuente en el teatro del XVII y
también en el del XVI; cfr. J. E. Gillet: *Propalladia and others
works by B. de T. Naharro*, Bryn Mawr-Pennsylvania, 1951,
III, p. 570; Keniston: 43.34.
     Por otra parte, ya hemos visto ejemplos de execraciones com-
puestas con *por vida* y *voto* (cfr. *supra* I, n. a v. 37).
235 V.T.: "yo, señor, respondo siempre".
236 *Letra*: "Sentido propio y exacto de las palabras empleadas en
un texto" (DRAE). Significa que Pedro Crespo contesta, exactamente, según le hablan.

que me hablan. Ayer, vos
así hablabais, y era fuerza
que fuera de un mismo tono
la pregunta y la respuesta.   240
Demás que yo he tomado
por política discreta
jurar con aquel que jura,
rezar con aquel que reza.
A todo hago compañía;   245
y es aquesto de manera
que en toda la noche pude
dormir, en la pierna vuestra
pensando, y amanecí
con dolor en ambas piernas;   250
que por no errar la que os duele,
si es la izquierda o la derecha,
me dolieron a mí entrambas.

241 *Demás*: 'además'.
242 *Discreto*: junto con galán era el término ponderativo más habitual para ensalzar las virtudes del noble. Los significados eran
muchos, según la ocasión y el contexto, pero sus opuestos más
habituales eran los términos que significaban vulgar, rústico, no
cortés, ineducado. Llegó a convertirse en una auténtica falsilla
para la calificación y, por tanto, en tópico repetido. Puede
servir aquí una de las acepciones que recoge el DA: "Cuerdo
y de buen juicio que sabe ponderar y discernir las cosas y
darle a cada una su lugar" (DA), habría que añadir las connotaciones de agudeza y prudencia. Aunque todas estas virtudes no tenían por qué ser privativas de la nobleza, la comedia
del XVII solamente califica como discreto al noble, de modo
que en el noble disfrazado la discreción es un recurso más
—como la belleza física— para descubrir su personalidad en-
cubierta (Lope de Vega se sirve con harta frecuencia de este
recurso). No es circunstancial —de acuerdo con el significado
total de la obra— que Pedro Crespo se autoconsidere capaz de
discreción.
246 *Aquesto*: cfr. *supra* I, n. a v. 88.
245-256 Es totalmente inhabitual que los parlamentos o actuaciones de los caracteres principales cumplan —en algún momento—
funciones cómicas, misión reservada al gracioso (en este caso
Rebolledo y la Chispa). Incumple aquí Calderón esta suerte
de *decorum* que, a su modo, también cumplía el teatro del XVII,
aunque se apartara de las reglas clásicas.
248-249 Hipérbaton.
253 *Entrambas*: cfr. *supra* I, n. a v. 2.

Decidme, por vida vuestra,
cuál es, y sépalo yo,   255
porque una sola me duela.

DON LOPE

¿No tengo mucha razón
de quejarme, si ha ya treinta
años que asistiendo en Flandes
al servicio de la guerra,   260
el invierno con la escarcha
y el verano con la fuerza
del sol, nunca descansé,
y no he sabido qué sea
estar sin dolor un hora?   265

CRESPO

¡Dios, señor, os dé paciencia!

DON LOPE

¿Para qué la quiero yo?

CRESPO

¡No os la dé!

DON LOPE

Nunca acá venga,
sino que dos mil demonios
carguen conmigo y con ella.   270

255 *Por vida vuestra*: cfr. *supra* n. a v. 232.
258 *Ha*: 'hace'.
265 *Un hora*: mantenido así en castellano clásico por comenzar la
     palabra que sigue al artículo con vocal. Cfr. *infra* n. a v. 611;
     Keniston: 20.15.

CRESPO

Amén. Y si no lo hacen,
es por no hacer cosa buena.

DON LOPE

¡Jesús, mil veces Jesús!

CRESPO

Con vos y conmigo sea.

DON LOPE

¡Voto a Cristo, que me muero!   275

CRESPO

¡Voto a Cristo, que me pesa!

    Saca la mesa Juan.

JUAN

Ya tienes la mesa aquí.

DON LOPE

¿Cómo a servirla no entran
mis criados?

275 *¡Voto a Cristo!*: cfr. *supra* I n. a v. 1 y a v. 37.
     V.T.: "Vive Cristo que me muero".
276 V.T.: "Vive a Cristo que me pesa".

CRESPO

Yo, señor,
dije, con vuestra licencia,   280
que no entraran a serviros
y que en mi casa no hicieran
prevenciones; que, a Dios gracias,
pienso que no os falte en ella
nada.

DON LOPE

Pues no entran criados,   285
hacedme favor que venga
vuestra hija aquí a cenar
conmigo.

CRESPO

Dila que venga
tu hermana al instante, Juan.   *Vase Juan.*

DON LOPE

Mi poca salud me deja   290
sin sospecha en esta parte.

CRESPO

Aunque vuestra salud fuera,
señor, la que yo os deseo,
me dejara sin sospecha.

283 *Prevención*: "Se llama también la provisión de mantenimiento
    u otra cosa" (DA).
286 V.T.: "hacedme merced que venga".
    No figura esta indicación escénica en V.T.
288 Laísmo. Cfr. *supra* I, n. a v. 124.

Agravio hacéis a mi amor,   295
que nada de eso me inquieta;
que el decirla que no entrara
aquí, fue con advertencia
de que no estuviese a oír
ociosas impertinencias;   300
que si todos los soldados
corteses como vos fueran,
ella había de acudir
a servirlos la primera.

DON LOPE, *aparte*

¡Qué ladino es el villano,   305
o cómo tiene prudencia!

Salen Juan, Inés y Isabel. *

ISABEL

¿Qué es, señor, lo que me mandas?

---

*   V.T.: "Salen Inés y Isabel".

297   Laísmo. Cfr. *supra* I, n. a v. 124.
       V.T.: "pues decirla que no entrara". Corrige la anormalidad
       métrica.
303   V.T.: "ella había de asistir".
305   *Ladino*: "La gente bárbara en España deprendió mal la pureza
       de la lengua romana y a los que trabajaban y eran elegantes
       en ella los llamaron ladinos. Éstos eran tenidos por discretos
       y hombres de mucha razón y cuenta, de donde resultó dar este
       nombre a los que son diestros y solertes en cualquier nego-
       cio" (COV). Correas: "*Ladino*, por hábil, experto. Dase a en-
       tender con esta palabra que había en España la lengua propia
       de la tierra y que algunos sabían la latina, porque *ladino*
       se dice a diferencia del que no lo es". Por extensión significa
       advertido, astuto y sagaz" (DA). No parece que tenga aquí
       connotaciones peyorativas con el significado de 'taimado' que
       también recoge DRAE.

CRESPO

El señor don Lope intenta
honraros; él es quien llama.

ISABEL

Aquí está una esclava vuestra.   310

DON LOPE

Serviros intento yo.
(Aparte.) ¡Qué hermosura tan honesta!
—Que cenéis conmigo quiero.

ISABEL

Mejor es que a vuestra cena
sirvamos las dos.

DON LOPE

                    Sentaos.   315

CRESPO

Sentaos, haced lo que ordena
el señor don Lope.

ISABEL

                    Está
el mérito en la obediencia.   *Siéntanse.*

---

310 Términos de la cortesía que, como en el caso de "a sus pies",
    ya comentado, no tiene efectividad real como en el pasado.
311 *Servir*: cfr. *supra* I, n. a v. 362.
314 1651: sin *a*, que sí aparece en V.T.

Tocan guitarras dentro. *

DON LOPE

¿Qué es aquello?

CRESPO

                    Por la calle,
los soldados se pasean   320
cantando y bailando.

DON LOPE

                    Mal
los trabajos de la guerra
sin aquesta libertad
se llevaran; que es estrecha
religión la de un soldado,   325
y darla ensanchas es fuerza.

JUAN

Con todo eso, es linda vida.

---

*   V.T.: "Siéntanse y tocan dentro guitarras".

321 V.T.: "tocando y cantando".
322 *Trabajos*: cfr. *supra* I, n. a v. 32.
323 *Aquesta*: cfr. *supra* I, n. a v. 88.
324 *Estrecho*: "Se toma asimismo por rígido, penitente, reformado,
     austero, fuerte y apretado; como religión estrecha" (DA). Cfr.
     "A todo estamos sujetos los que profesamos la estrecha Orden
     de Caballería" (*Don Quijote*, I, 18).
325 Religión: 'Profesión, obligación'.
326 V.T.: "y darla ensanches es fuerza".
     Dar ensanchas: "Extenderla fuera de lo justo y lícito, consen-
     tir y permitir que se haga lo que justa y lícitamente no se
     puede o no se debe" ((DA).
     Laísmo; cfr. *supra* I, n. a v. 124.

DON LOPE

¿Fuérades con gusto a ella?

JUAN

Sí, señor, como llevara
por amparo a Vuexcelencia.   330

Se oye dentro: *
Mejor se cantará aquí.

REBOLLEDO

¡Vaya a Isabel una letra!
Para que despierte, tira
a su ventana una piedra.

[Margin note, handwritten:] tiran una piedra a la ventana para atraer la atención de Isabel

---

* V.T.: "dentro".

328 *Fuérades*: 'fuerais'. La -d- intervocálica de la segunda persona
del plural desapareció en el siglo XV en las palabras graves,
pero se mantuvo en las esdrújulas hasta el XVII y así aparece en
los dramaturgos de este período, aunque ya había casos de
pérdida que se documentan, por primera vez, en la segunda
mitad del siglo XVI; cfr. R. Menéndez Pidal: *op. cit.*, p. 277,
§107-1, que señala cómo Villegas en sus *Eróticas*, 1618, olvida
ya la dental, mientras que Cervantes, Lope, Quevedo y Tirso
la mantienen y documenta en 1555 y 1572 los primeros casos
de pérdida de la dental en palabras esdrújulas. Cfr. Jakov Mal-
kiel, "The Contrast 'tomáis-tomávades', 'queréis-queríades' in
Classical Spanish", *HR*, XVII (1949), pp. 159-165, que explica
el distinto tratamiento de las formas graves y esdrújulas por la
gran frecuencia de diptongos *ai* en castellano (aire, donaire...,
etcétera), mientras que *ai* postónica y *éai* eran mucho más
raros y por ello se mantiene la alternancia *ái/ábades*. Para la
cronología cfr. R. J. Cuervo, "Las segundas personas del plural en la conjugación castellana", *Ro*, XXII (1893), pp. 71-86;
cfr. R. de Souza: "Desinencias verbales correspondientes a la
persona vosotros en el *Cancionero general* (Valencia, 1511),
Fil, X (1964), pp. 1-95.
329 *Como*: 'en caso de que, si', cfr. S. Gili Gaya: *Curso superior
de sintaxis española*, Barcelona, Spes, 1961, p. 322, § 248.
330 V.T.: "por amparo a Vuecelencia".
  Vuexcelencia: síncopa de *vuestra excelencia*.
332 *Letra*: "se llama asimismo la composición métrica que se hace
para cantar" (DA).
333 V.T.: "y porque despierte, tira".

CRESPO, *aparte*

A ventana señalada   335
va la música. ¡Paciencia!

Se canta dentro:
Las flores del romero,
niña Isabel,
hoy son flores azules,
y mañana serán miel.   340

DON LOPE, *aparte*

Música, vaya; mas esto
de tirar es desvergüenza...
¡Y a la casa donde estoy,
venirse a dar cantaletas!...
Pero disimularé   345
por Pedro Crespo y por ella.
—¡Qué travesuras!

CRESPO

Son mozos.
el honor   (Aparte.) Si por don Lope no fuera,
yo les hiciera...

---

337 y ss. Lo utiliza Góngora (cfr. D. Alonso y J. M. Blecua: *Anto-
logía de la poesía española*, Madrid, Gredos, 1969, p. 189,
comp. 425) y Lope de Vega: *Los pastores de Belén*, pero ya
lo incluye Correas en su *Vocabulario de refranes*: "La flor del
romero, / niña Isabel, / hoy es flor azul, / y mañana será
miel /". Cfr. E. M. Wilson, Jack Sage: *Poesías líricas en las
obras dramáticas de Calderón*, London, Tamesis, 1965; Hen-
ríquez Ureña: *La versificación irregular en la poesía castellana*,
Madrid, 1920, y *supra* I, vv. 101 y ss. Sobre la "rustificación"
del gusto cortesano y la incorporación de la lírica tradicional
a la obra de autores cultos, cfr. Carlos H. Magis: *La lírica
popular contemporánea*, México, 1969.
343 *Cantaletas*: "El ruido que se forma cantando y metiendo bulla
desordenada con algunos instrumentos desconcertados" (DA).

JUAN, *aparte*

            Si yo
una rodelilla vieja   350
que en el cuarto de don Lope
está colgada pudiera
sacar...   *Hace que se va.*

CRESPO

¿Dónde vais, mancebo?

JUAN

Voy a que traigan la cena.

CRESPO

Allá hay mozos que la traigan.   355

Cantan dentro: *
¡Despierta, Isabel, despierta!

ISABEL, *aparte*

¿Qué culpa tengo yo, cielos,
para estar a esto sujeta?

DON LOPE

Ya no se puede sufrir,
porque es cosa muy mal hecha.   360

            Arroja don Lope la mesa.

---

* V.T.: "Todos dentro".

350 *Rodelilla*: diminutivo de *rodela*: escudo redondo y delgado que,
embrazado en el brazo izquierdo, cubre el pecho al que pelea
con espada.

CRESPO

Pues ¡y cómo si lo es!

Arroja Pedro Crespo la silla.

paralelismo

DON LOPE

Llevéme de mi impaciencia.
¿No es, decidme, muy mal hecho
que tanto una pierna duela?

CRESPO

De eso mismo hablaba yo.   365

DON LOPE

Pensé que otra cosa era.
Como arrojasteis la silla...

CRESPO

Como arrojasteis la mesa
vos, no tuve que arrojar
otra cosa más cerca.   370
(Aparte.) Disimulemos, honor.

DON LOPE, *aparte*

¡Quién en la calle estuviera!
—Ahora bien, cenar no quiero.
Retiraos.

CRESPO

En hora buena

361 V.T.: "Pues y como que lo es".
367-368 Cfr. *supra* n. a I, vv. 867 y ss.

DON LOPE

Señora, quedad con Dios.   375

ISABEL

El cielo os guarde.

DON LOPE, *aparte*

                     ¿A la puerta
de la calle no es mi cuarto?
y en él ¿no está una rodela?

CRESPO, *aparte*

¿No tiene puerta el corral,
y yo una espadilla vieja?   380

DON LOPE

Buenas noches.

CRESPO

                     Buenas noches
(*Aparte.*) Encerraré por defuera
a mis hijos.

---

377 *Es*: 'está'.
378 *Rodela*: cfr. *supra* n. a v. 350.
380 El labrador, el villano, no tenían espada que era un signo de
     nobleza. Pedro Crespo, más digno que los otros labradores por
     su riqueza, sí la tiene. Caso semejante al del labrador Sancho
     en *El mejor alcalde, el rey*: "hombre que sus campos labra, /
     pero que aun tiene paveses / en las ya borradas armas / de
     su portal, y con ellas / de aquel tiempo, algunas lanzas"
     (vv. 417-422). Aquí por una lejana ascendencia hidalga, pero
     la función es la misma.
382 *Defuera*: "Exteriormente o por la parte exterior" (DRAE).

DON LOPE, *aparte*

Dejaré
un poco la casa quieta.

ISABEL, *aparte*

¡Oh qué mal, cielos, los dos   385
disimulan que les pesa!

INÉS, *aparte*

Mal el uno por el otro
van haciendo la deshecha.

CRESPO

¡Hola, mancebo!

JUAN

¿Señor?

CRESPO

Acá está la cama vuestra.   *Vanse.* 390

*Salen el Capitán, Sargento, Chispa, Rebolledo,
con guitarras, y soldados*

REBOLLEDO

Mejor estamos aquí.
El sitio es más oportuno;
tome rancho cada uno.

384 *Quieto*: "Vale también pacífico, sosegado, sin turbación o alteración" (DA).
388 *Hacer la deshecha*: salir con disimulo; *deshecha*: "Disimulo,
fingimiento y arte con que finge y disfraza alguna cosa" (DA).
393 *Rancho*: "Vale asimismo lugar o sitio desembarazado, para
pasar o transitar la gente o hacer otra cosa, y así se dice
hagan rancho por hagan lugar" (DA). *Tomar rancho* significa
aquí: 'tomar posición, ocupar un lugar'.

LA CHISPA

¿Vuelve la música?

REBOLLEDO

Sí.

LA CHISPA

Agora estoy en mi centro.   395

CAPITÁN

¡Que no haya una ventana
entreabierto esta villana!

SARGENTO

Pues bien lo oyen allá adentro.

LA CHISPA

Espera.

SARGENTO

Será a mi costa.

REBOLLEDO

No es más de hasta ver quién es   400
quien llega.

---

395 *Agora*: cfr. *supra* I, n. a v. 135. *Estoy en mi centro*: como
cada uno de los cuatro elementos (tierra, aire, fuego, agua) que
tienden hacia su lugar natural o centro.
397 *Villana*: cfr. *supra* n. a v. 165.

LA CHISPA

Pues qué ¿no ves
un jinete de la costa?

Salen Mendo con adarga, * *y Nuño.*

DON MENDO

¿Ves bien lo que pasa?

NUÑO

No,
no veo bien, pero bien
lo escucho.

DON MENDO

¿Quién, cielos, quién   405
esto puede sufrir?

NUÑO

Yo.

---

* *Adarga*: "Un género de escudo hecho de ante, del cual usan
en España los jinetes de la costa" (COV); "cierto género de
escudo compuesto de duplicados cueros, engrudos y cosidos
unos con otros, de figura casi oval y algunos de la de un corazón" (DA).

402 *Jinete de la costa*: soldado sobre caballo coraza (es decir pro-
tegido), armado con lanza y adarga y que se ocupaba de la
vigilancia y defensa de la costa.

405 y 410 *Cielos* (v. 405) está relacionado semánticamente con *celos*
(v. 410) porque el color simbólico de los celos era el azul. Esto
explica, también, la extraordinaria frecuencia de la rima *celos-
cielos* en el teatro del XVII, que se convierte así en la forma
más perfecta de rima semántica, aunque su repetición le hará
perder efectividad y la convertirá en tópico.

DON MENDO

¿Abrirá acaso Isabel
la ventana?

NUÑO

Sí abrirá.

DON MENDO

No hará, villano.

NUÑO

No hará.

DON MENDO

¡Ah, celos, pena cruel!   410
Bien supiera yo arrojar
a todos a cuchilladas
de aquí; mas, disimuladas
mis desdichas han de estar
hasta ver si ella ha tenido   415
culpa dello.

solo quiere ver si su honor está sin mancha

NUÑO

Pues aquí
nos sentemos.

DON MENDO

Bien: así
estaré desconocido.

409 *Villano*: insulto aquí. Cfr. *supra* I, n. a v. 165.
416 *Dello*: 'de ello', cfr. *supra* I, n. a v. 2.

REBOLLEDO, *a la Chispa*

Pues ya el hombre se ha sentado
—si ya no es que ser ordena   420
algún alma que anda en pena
de las cañas que ha jugado
con su adarga a cuestas— da
voz al aire.

420 *Ordena*: Dunn (p. 132) le da el significado de 'aspira'.
421 V.T.: "alguna alma que anda en pena".
422 *Juego de cañas*: "Juego o fiesta de a caballo que introdujeron
    en España los moros, el cual se suele ejecutar por la nobleza en
    ocasiones de alguna celebridad. Fórmase de diferentes cuadri-
    llas que, ordinariamente, son ocho, y cada una consta de cua-
    tro, seis u ocho caballeros, según la capacidad de la plaza. Los
    caballeros van montados en sillas de jineta y cada cuadrilla
    del color que le ha tocado por suerte. En el brazo izquierdo
    llevan los caballeros una adarga con la divisa y mote que elige
    la cuadrilla, y en el derecho una manga costosamente bordada,
    la cual se llama sarracena, y la del brazo izquierdo es ajustada
    porque con la adarga no se ve. El juego se ejecuta dividiéndose
    las ocho cuadrillas, cuatro de una parte y cuatro de otra, y
    empiezan corriendo parejas encontradas, y después con las es-
    padas en las manos, divididos la mitad de una parte y la mitad
    de otra, forman una escaramuza partida de diferentes lazos y
    figuras. Fenecida ésta, cada cuadrilla se junta aparte y tomando
    cañas, de la longitud de tres o cuatro varas, de la mano dere-
    cha, unida y cerrada igualmente toda la cuadrilla, la que em-
    pieza el juego corre la distancia de la plaza, tirando las cañas
    al aire y tomando la vuelta al galope para donde está la otra
    cuadrilla apostada, la cual la carga a carrera tendida y tira
    las cañas a los que van cargados, los cuales se cubren con las
    adargas para que el golpe de las cañas no les ofenda, y así
    sucesivamente se van cargando unas cuadrillas a otras ha-
    ciendo una agradable vista. Antes de empezar la fiesta entran
    los padrinos en la plaza con muchos lacayos y ricas libreas,
    cada uno por diferente parte y se encuentran en medio de ella,
    como que allí se han citado para desafiarse los unos a los otros
    y saliéndose de la plaza vuelven luego a entrar en ella, siguién-
    dolos cantidad de acémilas ricamente enjaezadas, cargadas de
    cañas, cubiertas con reposteros y dando vuelta a la plaza, como
    que reconocen el campo, ocupan sus puestos y sacando los
    pañuelos, como en señal de que está seguro, empieza la fiesta:
    cuya ejecución se llama correr o jugar cañas" (DA). Cfr. J. De-
    leito Piñuela: *También se divierte el pueblo*, Madrid, Espasa
    Calpe, 1954; *El rey se divierte*, Madrid, Espasa Calpe, 1964;
    L. Pfandl: *Cultura y costumbres del pueblo español en los si-
    glos XVI y XVII*, Barcelona, 1959; M. Defourneaux: *La vie
    quotidienne en Espagne au siècle d'Or*, París, Hachette, 1964,
    y J. M. Díez Borque: *La sociedad española y los viajeros
    del XVII*, Madrid, SGEL, 1975, y *Teatro y sociedad en la
    época de Lope de Vega* (prensa Ariel "Letras e ideas").

LA CHISPA

Ya él la lleva.

REBOLLEDO

Va una jácara tan nueva   425
que corra sangre.

LA CHISPA

Sí hará.

*Salen don Lope y Pedro Crespo a un tiempo,
con broqueles. **

LA CHISPA, *canta*

*Érase cierto Sampayo,
la flor de los andaluces
el jaque de mayor porte
y el rufo de mayor lustre.*   430
*Éste, pues, a la Chillona
topó un día...*

---

*   *Broquel*: "Arma defensiva, especie de rodela o escudo redondo
     hecho de madera, cubierto de ante encerado o baldrés, con su
     guarnición de hierro al canto y en medio una cazoleta de hierro
     que está hueca para que la mano pueda empuñar el asa o
     manija que tiene por la parte interior" (DA).

425 *Jácara*: cfr. *supra* I, n. a v. 94. *Va*: 'vaya'. Cfr. Lapesa (*op. cit.*,
     p. 252).
427 *Sampayo*: 'San Pelayo', contracción.
429 *Jaque*: "En la germanía significa el rufián". Cfr. "Las armas
     que el *jaque* lleva / diré en breve relación / baldel largo y
     tendido / rodancho y remollerón" (Juan Hidalgo: *Romancero
     de la germanía*, Rom. I). Cfr. *supra* I, n. a v. 94.
430 1651: "y el jaque de mayor lustre". En esta ocasión prefiero
     la lectura de V.T. para evitar la repetición.
     Rufo: en germanía *rufián*: "el que trata y vive deshonesta-
     mente con mujeres, solicitándolas o consintiéndolas el trato
     con otros hombres" (DA).
431 *La Chillona* es personaje habitual de las jácaras.
432 V.T.: "halló un día".

REBOLLEDO

No le culpen
la fecha; que el asonante
quiere que haya sido en lunes.

LA CHISPA

Topó, digo, a la Chillona,   435
que brindando entre dos luces,
ocupaba con el Garlo
la casa de los azumbres.
El Garlo, que siempre fue,
en todo lo que le cumple,   440
rayo de tejado abajo,
porque era rayo sin nube,
sacó la espada, y a un tiempo
un tajo y revés sacude.

Acuchíllanlos don Lope y Pedro Crespo.

433 1651: "la fecha, que el consonante", corrijo de acuerdo con V.T.
434 La palabra lunes es la única entre los días de la semana que
     conviene a la asonancia ú-e. R. Marrast (op. cit., p. 200) se-
     ñala que era considerado, como el martes, día aciago.
435 V.T.: "Halló, digo, a la Chillona".
436 Entre dos luces: 'achispados, casi ebrios'.
437 Garlo: apodo de germanía que significa 'galillo, gaznate'. De
     garlar: "Hablar hucho y sin intermisión" (DA).
438 V.T.: "la casa de las azumbres".
     Casa de las azumbres: 'taberna', por azumbre: "cierta medida
     de cosas líquidas como agua, vino, vinagre o leche que es la
     octava parte de una arroba (...). Por antonomasia se entiende
     la del vino y así casi generalmente se halla usado y escrito,
     en especial en lo jocoso y familiar" (DA).
441-442 Juego de palabras de difícil interpretación y que tiene en
     cuenta el léxico de germanía: tejado: 'sombrero'; nube: 'capa'.
     Rayo de tejado abajo puede significar rápido como el rayo, como
     el sombrero en el movimiento de saludo de la cabeza a los
     pies sin impedírselo la capa (rayo sin nube).
444 Tajo: "Es el corte que se da con la espada u otra arma cor-
     tante, llevando el brazo desde la mano derecha a la izquierda
     y se dice así a distinción del que llaman revés, que va al con-
     trario desde la izquierda a la derecha" (DA).

CRESPO

Sería desta manera. 445

DON LOPE

Que sería así no duden.

Métenlos a cuchilladas y sale don Lope.

¡Gran valor! Uno ha quedado
dellos, y es el que está aquí.

Sale Pedro Crespo.

CRESPO

Cierto es que el que queda ahí,
sin duda es algún soldado. 450

DON LOPE

Ni aun éste no ha de escapar
sin almagre.

CRESPO

Ni éste quiero
que quede sin que mi acero
la calle le haga dejar.

445 *Desta*: cfr. *supra* I, n. a v. 2.
447 V.T.: "huyeron y uno ha quedado".
448 V.T.: "dellos, que es el que está aquí" también en 1651, pero
    acepto esta corrección de R. Marrast *(op. cit.)*.
449 V.T.: "Cierto es que el que queda allí".
451 V.T.: "Ni aun este se ha de escapar".
452 *Almagre*: "Especie de tierra colorada muy semejante al bol
    arménico que sirve para teñir" (DA); *almagrado*: "Jocosamen-
    te se dice de aquel que ha salido de alguna pendencia, o por
    otro accidente, herido o descalabrado y viene de la semejanza
    que tiene en el color la almagre con la sangre" (DA).

DON LOPE

¿No huís con los otros?

CRESPO

Huid vos,   455
que sabréis huir más bien.   *Riñen.*

CRESPO

¡Voto a Dios, que riñe bien!

CRESPO

¡Bien pelea, voto a Dios!

Sale Juan. *

JUAN

Quiera el cielo que le tope.
—Señor, a tu lado estoy.   460

DON LOPE

¿Es Pedro Crespo?

CRESPO

Yo soy.
¿Es don Lope?

---

* V.T.: "Sale Juan con espada".

455   V.T.: "Huid con los otros", para evitar la sinéresis.
      1651: "Huid", adopto la lectura de V.T.: "Huid vos".
457   *Voto a Dios*: cfr. *supra* I, n. a v. 37.

DON LOPE

Sí, es don Lope.
¿Que no habíais, no dijisteis,
de salir? ¿Qué hazaña es ésta?

CRESPO

Sean disculpa y respuesta   465
hacer lo que vos hicisteis.

DON LOPE

Aquesta era ofensa mía,
vuestra no.

CRESPO

No hay que fingir,
que yo he salido a reñir
por haceros compañía.   470

LOS SOLDADOS, *dentro*

¡A dar muerte nos juntemos
a estos villanos!

Salen el Capitán y todos. *

CAPITÁN **

Mirad...

---

* V.T.: "Salen todos".
** V.T.: "Capitán dentro".

464 *Hazaña*: No con el significado de "hecho heroico famoso" (DA)
sino de 'un hecho cualquiera' (derivado de *facere*).
467 *Aquesta*: cfr. *supra* I, n. a v. 88.
472 *Villanos*: cfr. *supra* I, n. a v. 165.

DON LOPE

¿Aquí no estoy yo? Esperad.
¿De qué son estos extremos?

CAPITÁN

Los soldados han tenido   475
—porque se estaban holgando
en esta calle, cantando
sin alboroto y rüido—
una pendencia, y yo soy
quien los está deteniendo.   480

DON LOPE

Don Álvaro, bien entiendo
vuestra prudencia; y pues hoy
aqueste lugar está
en ojeriza, yo quiero
excusar rigor más fiero;   485
y pues amanece ya,
orden doy que en todo el día,
para que mayor no sea
el daño, de Zalamea
saquéis vuestra compañía;   490
y estas cosas acabadas,
no vuelvan a ser, porque
la paz otra vez pondré,
voto a Dios, a cuchilladas.

---

474   *Extremo*: cfr. *supra* I, n. a v. 335.
478   Diéresis por métrica.
483   *Aqueste*: cfr. *supra* I, n. a v. 88.
484   *Ojeriza*: "Enojo, encono y mala voluntad que se tiene a otro" (DA).
490   *Compañía*: cfr. *supra* n. a v. 135.
493   V.T.: "otra vez la paz pondré".
494   *Voto a Dios*: cfr. *supra* I, n. a v. 37.

CAPITÁN

Digo que aquesta mañana   495
la compañía haré marchar.
(Aparte.) La vida me has de costar,
hermosísima villana.   *Vase.*

CRESPO, *aparte*

Caprichudo es el don Lope;
ya haremos migas los dos.   500

DON LOPE

Veníos conmigo vos,
y solo ninguno os tope.   *Vanse.*

Salen Mendo, y Nuño herido.

DON MENDO

¿Es algo, Nuño, la herida?

NUÑO

Aunque fuera menor, fuera
de mí muy mal recibida,   505
y mucho más que quisiera.

DON MENDO

Yo no he tenido en mi vida
mayor pena ni tristeza.

---

495 *Aquesta*: cfr. *supra* I, n. a v. 88.
      V.T.: "Digo que por la mañana".
499-500 Cfr. *supra* I, v. 894.

NUÑO

Yo tampoco.

DON MENDO

                    Que me enoje
es justo. ¿Que su fiereza   510
luego te dio en la cabeza?

NUÑO

Todo este lado me coge.

                                        Tocan.

DON MENDO

¿Qué es esto?

NUÑO

                    La compañía
que hoy se va.

DON MENDO

                    Y es dicha mía,
pues con eso cesarán   515
los celos del capitán.

NUÑO

Hoy se ha de ir en todo el día.

        Salen Capitán y Sargento. *

---

    * V.T.: "Salen el Capitán y el Sargento".

513 *Compañía*: cfr. *supra* n. a v. 135.

CAPITÁN

Sargento, vaya marchando
antes que decline el día,
con toda la compañía,   520
y con prevención que cuando
se esconda en la espuma fría
del océano español
ese luciente farol,
en ese monte le espero,   525
porque hallar mi vida quiero
hoy en la muerte del sol.

SARGENTO

Calla, que está aquí un figura
del lugar.

DON MENDO, *a Nuño*

Pasar procura
sin que entiendan mi tristeza.   530
No muestres, Nuño, flaqueza.

NUÑO

¿Puedo yo mostrar gordura?

Vanse don Mendo y Nuño.

522-524   El *Océano español* es el Atlántico, al Oeste, por donde se
  pone el sol *(luciente farol)*.
526-527   Juego conceptista de palabras. Vida/muerte, pero vida en
  el lenguaje de la galantería es la persona amada y muerte aquí
  la puesta del sol.
528   *Figura*: cfr. *supra* I, n. a v. 220.
530   V.T.: "sin que entienda mi tristeza".
531-532   Don Mendo entiende por flaqueza: debilidad del alma, frente a Nuño que la aplica a debilidad del cuerpo —siempre hemos visto este juego a lo largo de la obra— y por ello su
  opuesto es *gordura*.

CAPITÁN

Yo he de volver al lugar,
porque tengo prevenida
una crïada, a mirar   535
si puedo por dicha hablar
a aquesta hermosa homicida.
Dádivas han granjeado
que apadrine mi cuidado.

SARGENTO

Pues, señor, si has de volver,   540
mira que habrás menester
volver bien acompañado;
porque, al fin, no hay que fiar
de villanos.

CAPITÁN

            Ya lo sé.
Algunos puedes nombrar   545
que vuelvan conmigo.

SARGENTO

                  Haré
cuanto me quieras mandar.
Pero, ¿si acaso volviese
don Lope, y te conociese
al volver?

---

535 Diéresis para la medida del verso.
539 *Apadrinar*: "Amparar, patrocinar, dar auxilio y mano a una
    persona para el logro de sus intentos" (DA).
544 *Villanos*: cfr. *supra* I, n. a v. 165.

CAPITÁN

Ese temor   550
quiso también que perdiese
en esta parte mi amor;
que don Lope se ha de ir
hoy también a prevenir
todo el tercio a Guadalupe;   555
que todo lo dicho supe
yéndome ahora a despedir
dél, porque ya el Rey vendrá,
que puesto en camino está.

SARGENTO

Voy, señor, a obedecerte.   560

CAPITÁN

Que me va la vida advierte.
                Vase el Sargento.

Sale Rebolledo y la Chispa. *

REBOLLEDO

Señor, albricias me da.

---

  * V.T.: "Sale Rebolledo". Añado: "y la Chispa".

554 *Prevenir*: "Preparar, aparejar y disponer con anticipación las
cosas necesarias para algún fin" (DA).
555 *Guadalupe*: cfr. *supra* I, n. a v. 146.
558 *Dél*: cfr. supra I, n. a v. 2.
562 *Albricias*: cfr. *supra* I, n. a v. 138.
    Me da: cfr. *supra* I, n. a v. 612.

CAPITÁN

¿De qué han de ser, Rebolledo?

REBOLLEDO

Muy bien merecerlas puedo,
pues solamente te digo...   565

CAPITÁN

¿Qué?

REBOLLEDO

        ...que hay un enemigo
menos a quien tener miedo.

CAPITÁN

¿Quién es? Dilo presto.

REBOLLEDO

                    Aquel
mozo, hermano de Isabel.
Don Lope se le pidió   570
al padre, y él se le dio,
y va a la guerra con él.
En la calle le he topado,
muy galán, muy alentado,
mezclando a un tiempo, señor,   575
rezagos de labrador
con primicias de soldado.

570-571 Leísmo, cfr. *supra* I, n. a v. 124.
573 V.T.: "En la calle le he encontrado".
574 *Galán*: cfr. *supra* I, la n. a indicación escénica anterior a
     v. 777.
576 *Rezagos*: "Atraso o residuo que queda de alguna cosa" (DA).
     Cfr. "Padre mío, por *rezago* / de mercader le quedó / dar a
     lo humilde trastienda / y a lo ardiente mostrador" (Montoro:
     Obras póstumas, tomo II, p. 57).

De suerte que el viejo es ya
quien pesadumbre nos da.

CAPITÁN

Todo nos sucede bien,   580
y más si me ayuda quien
esta esperanza me da,
de que esta noche podré
hablarla

REBOLLEDO

No pongas duda.

CAPITÁN

Del camino volveré;   585
que agora, es razón que acuda
a la gente que se ve
ya marchar. Los dos seréis
los que conmigo vendréis.   *Vase.*

REBOLLEDO

Pocos somos, vive Dios,   590
aunque vengan otros dos,
otros cuatro y otros seis.

LA CHISPA

Y yo, si tú has de volver
allá, ¿qué tengo de hacer?
Pues no estoy segura yo,   595
si da conmigo el que dio
al barbero que coser.

586 V.T.: "que ahora es razón que acuda".
    Agora: cfr. *supra* I, n. a v. 135.
590 *Vive Dios*: cfr. *supra* I, n. a v. 37.
596-597 Como ya se dijo el barbero actuaba como practicante y
    entre sus funciones estaba la de coser las heridas con puntos.

REBOLLEDO

No sé qué he de hacer de ti.
¿No tendrás ánimo, di,
de acompañarme?

LA CHISPA

¿Pues no?   600
Vestido no tengo yo,
ánimo y esfuerzo, sí.

REBOLLEDO

Vestido no faltará;
que ahí otro del paje está
de jineta, que se fue.   605

LA CHISPA

Pues yo plaza pasaré
por él.

---

602 V.T.: y 1651: "¿ánimo y esfuerzo? El *sí* aparece atribuido a
     Rebolledo y no a la Chispa como en 1651. Adopto la correc-
     ción de Ke., O. y Kr., más lógica.
604-605 *Paje de jineta*: "El que acompaña al capitán, llevando este
     distintivo de su empleo", la *jineta* era "una especie de lanza
     corta con el hierro dorado y una borla de guarnición" (DA).
     Se distinguía el *paje de jineta* de otras clases de pajes: *paje de
     bolsa* (el paje-secretario que lleva la bolsa en que van los ex-
     pedientes), *paje de cámara* (el que sirve dentro de ella a su
     señor), *paje de guión* (el más antiguo de los pajes del rey, que
     lleva las armas), *paje de lanza* (el que lleva las armas de su
     señor para servírselas cuando las necesite).
606 *Pasar plaza*: Los soldados a los que se pasaba revista (*mues-
     tra)* para darles su remuneración (*socorro*) se decía que pa-
     saban plaza. La picaresca hacía que un mismo soldado *pasara
     plaza* más de una vez o, como en este caso, hacerse pasar por
     soldado no siéndolo.
606-607 1651: "Pues yo a la par pasaré / con él...". Adopto la
     lectura de V.T. que sigue también H., por parecerme con me-
     jor sentido y más lógica.

REBOLLEDO

Vamos, que se va
la bandera.

LA CHISPA

Y yo veo agora
por qué en el mundo he cantado
"que el amor del soldado   610
no dura un hora".

*Vanse y salen don Lope y Pedro Crespo, y Juan,
su hijo.*

DON LOPE

A muchas cosas os soy
en extremo agradecido;
pero sobre todas, ésta
de darme hoy a vuestro hijo   615
para soldado, en el alma
os la agradezco y estimo.

---

608   *Bandera*: Alcina Franch (*op. cit.*, p. 311) explica: "unidad
militar equivalente a la compañía y llamada así por su dis-
tintivo. Constaba de 239 hombres y la plana mayor (primera
plana): capitán con su paje de jineta, alférez y su abande-
rado, el sargento encargado del abastecimiento, dos atambo-
res, un pífano (flautín de tonos agudos), furrier o distribuidor
de servicios de comida, un capellán y un barbero, según fijaban
las *Ordenanzas*".
      Agora: cfr. *supra* I, n. a v. 135.
      V.T.: "y yo veo ahora".
610-611 En Wilson-Sage (*op. cit.*) figura con el n.º 132.
611   La lengua clásica admitía el apócope de *un, cualquiera* en la
línea de otros casos ya vistos y comentados, cfr. *supra* I n. a
v. 265.

CRESPO

Yo os le doy para criado.

DON LOPE

Yo os le llevo para amigo,
que me ha inclinado en extremo   620
su desenfado y su brío,
y la afición a las armas.

JUAN

Siempre a vuestros pies rendido
me tendréis, y vos veréis
de la manera que os sirvo,   625
procurando obedeceros
en todo.

CRESPO

            Lo que os suplico,
es que perdonéis, señor,
si no acertare a serviros,
porque en el rústico estudio   630
adonde rejas y trillos,
palas, azadas y bielgos
son nuestros mejores libros,

618-619 Leísmo, cfr. *supra* I, n. a v. 124.
630 y ss. No supone este parlamento que Pedro Crespo se consi-
      dere inferior por ser rústico y no tener conocimiento —ni él ni
      su hijo— de urbanidad; cfr. *Introducción* III, 3 y 6.
631 *Reja*: "Instrumento de hierro para romper la tierra, de media
      vara de largo y del grueso de más de dos dedos por la parte
      superior que hace lomo y menos a los dos lados que están en
      forma de vertiente" (DA).
      Trillo: "El instrumento con que se trilla. Es un tablón hecho
      de tres trozos, ensamblados unos con otros, lleno de agujeros
      en los cuales se encajan, comúnmente, unas piedras de peder-
      nal, que cortan la paja y separan el grano de ella" (DA).
632 *Bielgo*: cfr. *supra* I, n. a v. 433.

no habrá podido aprender
lo que en los palacios ricos   635
enseña la urbanidad,
política de los siglos.

DON LOPE

Ya que va perdiendo el sol
la fuerza, irme determino.

JUAN

Veré si viene, señor,   640
la litera.   *Vase.*

Sale Inés y Isabel.

ISABEL

¿Y es bien iros,
sin despediros de quien
tanto desea serviros?

DON LOPE

No me fuera sin besaros
las manos y sin pediros   645
que liberal perdonéis

---

641 *Litera*: "Carruaje muy acomodado para caminar. Es de la misma hechura que la silla de manos, algo más prolongada y con
dos asientos, aunque algunas veces no los tiene y en su lugar
se tienden colchones y en este caso va recostado el que la
ocupa. Llévanla dos machos, mulas o caballos, afianzadas las
varas en dos grandes sillones" (DA). Cfr. J. M. Díez Borque:
La sociedad española y los viajeros del XVII, Madrid, SGEL,
1975, y A. G. de Amezúa: "Camino de Trento. Como se via-
jaba en el siglo XVI" en *Opúsculos histórico-literarios,* Madrid,
CSIC, 1951, II, pp. 172-212.
642 V.T.: "sin que os despidais de quien".
646 *Liberal*: 'generosamente, con presteza'.

un atrevimiento digno
de perdón, porque no el precio
hace el don, sino el servicio.
Esta venera, que aunque   650
está de diamantes ricos
guarnecida, llega pobre
a vuestras manos, suplico
que la toméis y traigáis
por patena, en nombre mío.   655

ISABEL

Mucho siento que penséis,
con tan generoso indicio,
que pagáis el hospedaje,
pues de honra que recibimos,
somos los deudores.

DON LOPE

Esto   660
no es paga, sino cariño.

---

648 V.T.: "de perdón porque no el premio".
650 *Venera*: "insignia que suelen traer pendiente al pecho los ca-
     balleros de las órdenes militares" (DA). Deriva de Venus.
655 *Patena*: «lámina o medalla grande en que está esculpida alguna
     imagen que se pone al pecho y la usan por adorno las labra-
     doras" (DA), cfr.: "Vieron venir hacia donde ellos estaban
     escuadrones, no armados de infantería, sino montones de don-
     cellas sobre el mismo sol hermosas, vestidas a lo villano, llenas
     de sartas y *patenas* los pechos" (Cervantes: *Persiles*, lib. III,
     cap. 8). Covarrubias precisa: "el día de hoy solamente se usa
     entre las labradoras"; de acuerdo con esto obsérvese el valor
     de la oposición *venera/patena*.
659 El *dar* y *honrar* son atributos innatos de la nobleza que la
     asemejan a Dios. El noble, para ser tal, está obligado a cum-
     plir con ello. A la vez el *dar* y *honrar* supone la perfecta de-
     pendencia y sumisión del súbdito con respecto a su señor y
     de éste con Dios; cfr. "Porque, en quitándole el dar, / con
     que a Dios es parecido, / no es señor; que haberlo sido / se
     muestra en dar y en honrar (...) sin dar ni honrar no pre-
     tenda / ningún señor ser señor" (Lope de Vega: *El mejor al-
     calde, el rey*, I, vv. 547-550 y 553-554).

ISABEL

Por cariño, y no por paga,
solamente la recibo.
A mi hermano os encomiendo,
ya que tan dichoso ha sido,   665
que merece ir por criado
vuestro.

DON LOPE

            Otra vez os afirmo
que podéis descuidar dél;
que va, señora, conmigo.

Sale Juan.

JUAN

Ya está la litera puesta.   670

DON LOPE

Con Dios os quedad.

CRESPO

                    El mismo
os guarde.

DON LOPE

            ¡Ah, buen Pedro Crespo!

668 *Dél*: cfr. *supra* I, n. a v. 2.
670 *Litera*: cfr. *supra* I, n. a v. 641.

CRESPO

¡Oh, señor don Lope invicto!

DON LOPE

¿Quién nos dijera, aquel día
primero que aquí nos vimos,   675
que habíamos de quedar
para siempre tan amigos?

CRESPO

Yo lo dijera, señor,
si allí supiera, al oiros,
que erais...

DON LOPE

¡Decid, por mi vida!   680

a su hijo Juan

CRESPO

...loco de tan buen capricho.   *Vase don Lope.*
En tanto que se acomoda
el señor don Lope, hijo,
ante tu prima y tu hermana,

673 V.T.: "¡Ha señor Don Lope invicto!". Quizás para conservar el
     paralelismo de las contestaciones de Pedro Crespo.
674 Sobre la duración de la acción de la obra, cfr. *Introduc-
     ción* III, 4. Calderón se refiere aquí al día anterior. La entrada
     de los soldados tuvo lugar por la mañana (cfr. v. 305: "Ya son
     las tres"). La primera jornada concluye cuando cae la noche
     del primer día. La cena en el jardín de Pedro Crespo sucede
     en la noche del segundo día. El comienzo del tercer día es
     anunciado por el propio Don Lope (cfr. II, v. 486: "y pues
     amanece ya". El rapto y violación ocurre la noche del tercer
     día (cfr. II, vv. 518-527; vv. 770 y ss.; y 794 y ss.). El relato
     de Isabel de su desgracia ocurre al alba del cuarto día que
     ocupa toda la tercera jornada.
     V.T.: "Quien os dijera aquel día".
679 Después de v. 679 hay en V.T. la indicación escénica: "Al
     irse ya".
680 1651: "vida mía". Adopto la lectura de 1653.

escucha lo que te digo.   685
Por la gracia de Dios, Juan,
eres de linaje limpio
más que el sol, pero villano.
Lo uno y lo otro te digo:
aquello, porque no humilles   690
tanto tu orgullo y tu brío,
que dejes, desconfiado,
de aspirar, con cuerdo arbitrio,
a ser más; lo otro, porque
no vengas, desvanecido,   695
a ser menos. Igualmente
usa de entrambos disinios
con humildad; porque siendo

685 y ss.   R. Marrast (*op. cit.*, p. 201) señala la proximidad con los
"reproches" de Don Beltrán a Don García en *La verdad sospe-
chosa* de Alarcón y los consejos de Don Quijote a Sancho
(II, 42).

687-688 El labrador, por el mero hecho de serlo, era considerado
cristiano viejo y, por tanto, de sangre limpia y sin ascendentes
moros y judíos, como ya dije. Ser labrador era una garantía,
hasta el punto de que en los informes que se hacían para con-
ceder una encomienda o un cargo, tener ascendentes labradores
era una garantía de limpieza de sangre y poseerla era máxima
aspiración en esa España del XVII escindida en dos castas (cristianos viejos y cristianos nuevos) y en la que el individuo sentía
—como nunca— el peso de la convención social que había
situado en el honor para la nobleza y en la honra para los
demás, la razón de ser y actuar. Me detengo en esta sugestiva
problemática en *Introducción*, III, 3 y 6. Cfr. Américo Castro: *De la edad conflictiva*, Madrid, Taurus, 1972, pp. 213 y ss.,
y para una visión general del labrador como personaje dramático: N. Salomon: *Recherches sur le thème paysan dans la
"comedia" au temps de Lope de Vega*, Bordeaux, 1965.

689 En 1651 falta el segundo *lo* que repongo aquí, de acuerdo
con V.T.

695 *Desvanecer*: Metafóricamente vale dar ocasión de presunción
y vanidad" (DA).

697 *Entrambos*: cfr. *supra* I, n. a v. 2.
Disinios: 'designios': "Pensamiento, idea, determinación del entendimiento con asenso de la voluntad" (DA), aunque puede
tener relación con otro significado de *designar*: "Señalar o
destinar alguna persona o cosa para un determinado fin", Juan
por su limpieza de sangre estaría destinado a los fines que
señala su padre Pedro Crespo.
Se mantendrá la forma culta *(designio)*, desapareciendo las vulgares *disinio*, *disignio* (ésta es la que aparece en V.T.) que
proceden de *designare*.

humilde, con recto juicio
acordarás lo mejor;   700
y como tal, en olvido
pondrás cosas que suceden
al revés de los altivos.
¡Cuántos, teniendo en el mundo
algún defeto consigo,   705
le han borrado por humildes!
¡Y cuántos, que no han tenido
defeto, se le han hallado,
por estar ellos mal vistos!
Sé cortés sobremanera,   710
sé liberal y partido;
que el sombrero y el dinero
son los que hacen los amigos;
y no vale tanto el oro
que el sol engendra en el indio   715
suelo y que consume el mar,
como ser uno bienquisto.

699   1651: "humilde, con cuerdo arbitrio", adopto —en esta oca-
      sión— la lectura de V.T. que prefieren casi todos los editores
      posteriores.
705   V.T.: "algún defecto consigo". Para *defeto*: cfr. *supra* I, n. a
      v. 277.
708   V.T.: "defecto se le han hallado".
      Leísmo, cfr. *supra* I, n. a v. 124.
      Defeto: cfr. *supra* I, n. a v. 277.
711   *Liberal*: "Generoso, bizarro y que sin fin particular ni tocar
      en el extremo de prodigalidad, graciosamente da y socorre, no
      sólo a los menesterosos sino a los que no lo son tanto, hacién-
      doles todo bien" (DA).
      Partido: "Franco, liberal y que reparte con otros lo que tiene"
      (DRAE).
712   Con *sombrero* se refiere a ser cortés y no escatimar el saludo.
715   Se refiere al oro que venía de las "Indias". Ya Aristóteles pen-
      saba que el sol era principio activo en la formación de los
      metales y —aunque bajo otro supuesto— lo siguen creyendo
      los alquimistas. La idea prevalece hasta A. Magno.
716   H., corrige *conduce*, pensando —sin duda— en los galeones que
      traían el oro de América. No me parece necesaria esta correc-
      ción y creo que Calderón bien puede aludir a los frecuentes
      naufragios de galeones que traían el oro a la península. Dunn
      (p. 135) lo interpreta como una alusión de Calderón a la va-
      nidad de lo humano y observa, además, la presencia de 3 de
      los cuatro elementos, a que me he referido.
717   *Bienquisto*: "De buena fama y generalmente estimado" (DRAE).

No hables mal de las mujeres;
la más humilde, te digo
que es digna de estimación,   720
porque, al fin, dellas nacimos.
No riñas por cualquier cosa;
que cuando en los pueblos miro
muchos que a reñir se enseñan,
mil veces entre mí digo: 725
"aquesta escuela no es
la que ha de ser", pues colijo
que no ha de enseñarle a un hombre
con destreza, gala y brío
a reñir, sino a por qué   730
ha de reñir; que yo afirmo
que si hubiera un maestro solo
que enseñara prevenido,
no el cómo, el por qué se riña,
todos le dieran sus hijos.   735
Con esto, y con el dinero
que llevas para el camino
y para hacer, en llegando
de asiento, un par de vestidos,
el amparo de don Lope   740
y mi bendición, yo fío
en Dios que tengo de verte
en otro puesto. Adiós, hijo;
que me enternezco en hablarte.

JUAN

Hoy tus razones imprimo   745
en el corazón, adonde
vivirán mientras yo vivo.

721 *Dellas*: cfr. *supra* I, n. a v. 2.
726 *Aquesta*: cfr. *supra* I, n. a v. 88.
728 V.T.: "que no ha de enseñarse un hombre".
733 *Prevenido*: cfr. *supra* n. a v. 554.
739 *Asiento*: 'establecerse en un lugar fijo'.
742 Para *tener de = haber de*, cfr. *supra* I, n. a v. 659.
747 Cfr. *supra* I, n. a v. 804.

Dame tu mano, y tú, hermana,
los brazos, que ya ha partido
don Lope mi señor, y es   750
fuerza alcanzarlo.

ISABEL

            Los míos
bien quisieran detenerte.

JUAN

Prima, adiós.

INÉS

            Nada te digo
con la voz, porque los ojos
hurtan a la voz su oficio.   755
Adiós.

CRESPO

            Ea, vete presto;
que cada vez que te miro,
siento más el que te vayas;
y ha de ser, porque lo he dicho.

JUAN

El cielo con todos quede.   *Vase.* 760

CRESPO

El cielo vaya contigo.

ISABEL

¡Notable crueldad has hecho!

754-755 Las lágrimas indican más que cualquier palabra.

CRESPO

Agora que no le miro,
hablaré más consolado.
¿Qué había de hacer conmigo,   765
sino ser, toda su vida,
un holgazán, un perdido?
Váyase a servir al Rey.

ISABEL

Que de noche haya salido,
me pesa a mí.

CRESPO

                Caminar   770
de noche por el estío,
antes es comodidad
que fatiga, y es preciso
que a don Lope alcance luego
al instante. *(Aparte.)* Enternecido   775
me deja, cierto, el muchacho,
aunque en público me animo.

[manuscript margin note: lo interior vs. lo exterior de Crespo]

ISABEL

Éntrate, señor, en casa.

763 *Agora*: cfr. *supra* I, n. a v. 135.
765 y ss. Estos versos contradicen, como ya hemos visto en otros
    casos y volveremos a ver, la concepción máxima de la digni-
    dad y del oficio de labrador que tiene y repite Pedro Crespo.
    ¿Puede ser un ejemplo de aceptación de buen grado de las
    continuas levas que esquilmaban el medio rural, aunque se
    trate de enrolamiento voluntario aquí?
771 *Por*: valor temporal, 'durante'.
777 1651: "aun en público me animo". Corrijo, de acuerdo con V.T.

INÉS

Pues sin soldados vivimos,
estémonos otro poco   780
gozando a la puerta el frío
viento que corre; que luego
saldrán por ahí los vecinos.

CRESPO

A la verdad, no entro dentro,
porque desde aquí imagino,   785
como el camino blanquea,
que veo a Juan en el camino.
Inés, sácame a esta puerta
asiento.

INÉS

Aquí está un banquillo.

ISABEL

Esta tarde diz que ha hecho   790
la villa elección de oficios.

783 Era costumbre, en verano, salir a tomar el "fresco" por la
     noche.
785-787 El otro gran componente del carácter de Pedro Crespo, junto
     a su orgullo de labrador y concepto de la dignidad, es su amor
     de padre que —magistralmente— resume Calderón en estos
     versos. Cfr. *Introducción*, III, 3 y 6.
790 *Diz*: forma del presente de indicativo apocopada, con el signi-
     ficado impersonal de 'se dice' o 'dicen'. No se emplea aislada
     sino en la forma *diz que*, cfr. Cuervo: *Diccionario de Construc-
     ción y Régimen*, II, 815 b). De uso muy frecuente en la época,
     aunque ya Valdés había señalado: "*Diz* por *dicen* nos parece
     mal...", y Covarrubias: "Palabra aldeana que no se debe usar
     en la corte". Cfr. K. Pietsch MLN, 26 (1911), p. 102.
791 A pesar de lo que aquí dice Calderón, lo normal —particu-
     larmente en los pueblos de realengo— es que los cargos mu-
     nicipales fuesen comprados o de designación y —habitual-
     mente— los ocupaba la nobleza rural, aunque, como mues-
     tra J. A. Maravall: *Estado moderno y mentalidad social*, Ma-
     drid, R.O., 1972, el labrador rico ocupaba —en ocasiones—

CRESPO

Siempre aquí por el agosto
se hace.   *Siéntanse.*

Sale el Capitán, Sargento, Rebolledo, Chispa, *
soldados.

CAPITÁN

Pisad sin rüido.
Llega, Rebolledo, tú,
y da a la criada aviso   795
de que ya estoy en la calle.

REBOLLEDO

Yo voy. Mas ¡qué es lo que miro!
A su puerta hay gente.

SARGENTO

Y yo,
en los reflejos y visos
que la luna hace en el rostro,   800
que es Isabel, imagino,
ésta.

---

* V.T.: "Siéntanse. Salen el Capitán, Sargento, Rebolledo, Chispa y soldados".

---

estos cargos y era una vía de acceso al ennoblecimiento, tan
ansiado por todos en XVII, excepto por Pedro Crespo que precisamente en lo contrario cifra su razón de ser. Noel Salomon
(*op. cit.*) cita interesantes testimonios de fricciones entre labradores ricos e hidalgos pobres, por cuestión de cargos municipales.
Oficios: 'cargos municipales'.
796 Diéresis por métrica.
799 *Viso:* "La onda del resplandor que hacen algunas cosas heridas de la luz" (DA).

CAPITÁN

   Ella es: más que la luna,
el corazón me lo ha dicho.
A buena ocasión llegamos.
Si, ya que una vez venimos,   805
nos atrevemos a todo,
buena venida habrá sido.

SARGENTO

¿Estás para oír un consejo?

CAPITÁN

No.

SARGENTO

   Pues ya no te le digo.
Intenta lo que quisieres.   810

CAPITÁN

Yo he de llegar, y, atrevido,
quitar a Isabel de allí.
Vosotros, a un tiempo mismo,
impedid a cuchilladas
el que me sigan.

SARGENTO

              Contigo   815
venimos, y a tu orden hemos
de estar.

---

805 V.T.: "si ya una vez que venimos".
809 Leísmo, cfr. *supra* I, n. a v. 124.

CAPITÁN

Advertid que el sitio
en que habemos de juntarnos
es ese monte vecino
que está a la mano derecha,   820
como salen del camino.

REBOLLEDO

Chispa.

LA CHISPA

¿Qué?

REBOLLEDO

Ten esas capas.

LA CHISPA

Que es del reñir, imagino,
la gala el guardar la ropa,
aunque del nadar se dijo.   825

CAPITÁN

Yo he de llegar el primero.

---

818 V.T.: "donde habemos de juntarnos". *Habemos* (<*habemus*),
se conserva la forma etimológica, pero se generalizarán las formas derivadas de una contracción que en latín vulgar sufría
este verbo, cuyo frecuente uso como auxiliar le daba carácter
de átono: (*hab*)*emus* > hemos. Cfr. R. Menéndez Pidal: *op. cit.*,
pp.302-303, § 116-2.
824-825 Alude al refrán: "La gala del nadador es saber guardar la
ropa", muy generalizada en el siglo XVII, al punto de que Mo-
reto hace de él el título de una de sus comedias.

CRESPO

Harto hemos gozado el sitio
Entrémonos allá dentro.

CAPITÁN

Ya es tiempo, llegad, amigos.

ISABEL

¡Ah traidor! — ¡Señor! ¿Qué es esto?   830

CAPITÁN

Es una furia, un delirio
de amor.   *Llévala.*

ISABEL, *dentro*

¡Ah traidor! — ¡Señor!

CRESPO

¡Ah cobardes!

ISABEL, *dentro*

¡Padre mío!

INÉS

Yo quiero aquí retirarme.   *Vase*

---

827 *Harto*: 'demasiado, suficiente'.
833 1651: "¡Oh traidores!". Sigo la lectura de V.T.

CRESPO

¡Cómo echáis de ver, ¡ah, impíos!,   835
que estoy sin espada, aleves,
falsos y traidores!

REBOLLEDO

Idos,
si no queréis que la muerte
sea el último castigo.

CRESPO

¿Qué importará, si está muerto   840
mi honor, el quedar vivo?
¡Ah, quien tuviera una espada!
Cuando sin arma seguirlos
es imposible, y si, airado,
a ir por ella me animo,   845
los he de perder de vista.
¿Qué he de hacer, hados esquivos?
Que de cualquiera manera
es uno solo el peligro.

Sale Inés con la espada.

836 *Aleve*: "Vale lo mismo que infiel, desleal, pérfido, alevoso y
       traidor" (DA).
840-841. La pérdida del honor era la muerte espiritual —según el
       riguroso "código" de la época— y por ello ningún interés tenía
       la vida física entonces. Pero esto, naturalmente, es más una
       convención que una práctica, aunque el teatro siempre lo re-
       coja como principio de aceptación general y efectividad prác-
       tica. Pedro Crespo (cfr. *Introducción*, III, 3 y 6) al ex-
       presarse así contradice su concepción del honor como dignidad,
       "patrimonio del alma" y acepta el honor como opinión, en su
       rigurosa artificialidad.
842 Cfr. *supra* n. a v. 380.
843 V.T.: "porque sin armas seguirlos". 1653: "Cuando sin armas
       te sigo".
844 V.T.: "es en vano; y si brioso". 1651: "y ya airado", sigo 1653.
845 V.T.: "a ir por ella me aplico".
847 *Hados esquivos*: 'hados contrarios'.
848 *Cualquiera* por métrica.

INÉS

Ésta, señor, es tu espada.   *Vase.* 850

CRESPO

A buen tiempo la has traído.
Ya tengo honra, pues ya tengo
espada con qué seguirlos.
—Soltad la presa, traidores
cobardes, que habéis cogido;   855
que he de cobrarla, o la vida
he de perder.

SARGENTO

Vano ha sido
tu intento, que somos muchos.

CRESPO

Mis males son infinitos
y riñen todos por mí...   *Cae.* 860
Pero la tierra que piso
me ha faltado.

REBOLLEDO

¡Dale muerte!

850 V.T.: "Ya tienes aquí la espada".
852 V.T.: "ya tengo honra, pues tengo".
853 V.T.: "espada con que seguirlos".
852-853 La honra se recupera con sangre, según las formas más rígidas del código del honor, como ahora dice Pedro Crespo, una
vez más en contradicción con su concepción cristiana y moral
de la honra; cfr. *supra* n. a vv. 840-841.
855 1651: "cobardes, que habéis traído", adopto la lectura de V.T.
por ganar en expresividad *coger* con respecto a *traer*: "Vale
también llevar o conducir" (DA).
856 *Cobrar*: "recuperar y recobrar lo perdido" (DA).
862 V.T.: "Dadle muerte".

SARGENTO

Mirad que es rigor impío
quitarle vida y honor.
Mejor es en lo escondido   865
del monte dejarle atado,
porque no lleve el aviso.

ISABEL, *dentro*

¡Padre y señor!

CRESPO

¡Hija mía!

REBOLLEDO, *al Sargento*

Retírale como has dicho

CRESPO

Hija, solamente puedo   870
seguirte con mis suspiros.

ISABEL, *dentro*

¡Ay de mí!   *Llévanle.*

Sale Juan.

JUAN

¿Qué triste voz!

CRESPO, *dentro*

¡Ay de mí!

JUAN

¡Mortal gemido!

A la entrada de ese monte,
cayó mi rocín conmigo,   875
veloz corriendo, y yo, ciego,
por la maleza le sigo.
Tristes voces a una parte,
y a otra míseros gemidos
escucho, que no conozco,   880
porque llegan mal distintos.
Dos necesidades son
las que apellidan a gritos
mi valor; y pues iguales
a mi parecer han sido,   885
y uno es hombre, otro mujer,
a seguir ésta me animo;
que así obedezco a mi padre
en dos cosas que me dijo:
"reñir con buena ocasión,   890
y honrar la mujer", pues miro
que así honro a la mujer
y con buena ocasión riño.

---

867   *Porque*: valor final: 'para que'.
874   Decorado verbal; cfr. J. M. Díez Borque: "Notas para una
      aproximación semiológica a la escena del teatro del Siglo de
      Oro" en *Semiología del teatro* (cit.).
875-876 La caída del caballo es signo de desgracia que Calderón
      utiliza con extraordinaria frecuencia en muchas de sus obras
      dramáticas. Cfr. A. Valbuena Briones. "El simbolismo en el
      teatro de Calderón: La caída del caballo", *RF*, LXXIV (1962),
      pp. 60-76.
883   *Apellidar*: "Convocar, hacer llamamiento para juntarse" (DA).
891   *Honrar la mujer*: cfr. *supra* I, n. a v. 197; cfr. *infra* v. 892.
892   V.T.: "que así honro las mujeres".

TERCERA JORNADA

Sale Isabel como llorando. *

ISABEL

Nunca amanezca a mis ojos
la luz hermosa del día,
porque a su sombra no tenga
vergüenza yo de mí misma.
¡Oh tú, de tantas estrellas   5
primavera fugitiva,
no des lugar a la aurora
que tu azul campaña pisa,
para que con risa y llanto

la honra de Isabel

---

* R. Marrast (*op. cit.*, p. 202) señala que el *como* de esta indicación escénica puede ser una prueba de que tal indicación se
deba al *autor de comedias* (director de la compañía) como *infra*
las que preceden a los versos 349 y 389. H., Ke. y O., pres-
cinden del *como*.

1-4 No está claro el significado de estos versos. Puede querer
decir Calderón que Isabel no desea que amanezca para que su
vergüenza —con la luz— no sea visible a todos, mientras que
en la sombra no lo sería. Estaría esto en relación con el valor
simbólico *luz-tinieblas* de que tanto se sirve Calderón y que ya
hemos visto (cfr. *Introducción*, III, 5).

3 *Porque*: valor final, 'para que'.

5-6 El sol, al amanecer, borra las estrellas del firmamento. Por
otra parte, hay una asociación estrella-flor en relación con la
técnica de la imaginería de los cuatro elementos y su confusión, que ya vimos por extenso, cfr. *Introducción*, II, 2. Obsérvese el valor simbólico.

257

borre tu apacible vista!   10
O, ya que ha de ser, ¡que sea
con llanto, mas no con risa!
Detente, oh mayor planeta,
más tiempo en la espuma fría
del mar; deja que una vez   15
dilate la noche fría
su trémulo imperio; deja
que de su deidad se diga,
atenta a mis ruegos, que es
voluntaria, y no precisa.   20
¿Para qué quieres salir
a ver en la historia mía
la más inorme maldad,
la más fiera tiranía
que, en vergüenza de los hombres,   25
quiere el cielo que se escriba?
Mas ¡ay de mí! que parece

---

11 V.T.: "y ya que ha de ser, que sea". También en 1651 "y...",
pero, por esta vez, adopto la corrección de H., necesaria para
marcar la disyunción.

13-15 *Sol*, considerado como "el principal de los siete planetas,
rey de los astros y la antorcha más brillante de los cielos" (DA).
Esta concepción está de acuerdo con el sistema de Ptolomeo,
según el cual había siete astros que giraban alrededor de la
tierra: Luna, Mercurio, Venus, Sol, Marte, Júpiter y Saturno.
La astronomía demostraría, después, lo erróneo de esta teoría
y así planeta será: el cuerpo celeste opaco que brilla por la
luz refleja del sol que —como estrella— posee luz propia (Mercurio, Venus, Tierra, Marte, Júpiter, Saturno, Urano, Neptuno
y Plutón).
De acuerdo con la ilusión óptica de que el sol se introduce
en el mar, en su puesta, Isabel le pide que permanezca más
tiempo allí, es decir que retrase su amanecer.

16 V.T.: cambia *fría* por *esquiva*, para evitar la repetición, lo
que me parece totalmente arbitrario pues la repetición es uno
de los rasgos del estilo de Calderón.

20 Es decir que no está sometida a un orden previo y de rigurosa repetición, sino que puede alterar su curso.

23 Ke., O. y H. corrigen: *enorme*, pero *inorme* —aunque ya fuera
arcaico en el XVII— es utilizado por muchos escritores.

25 V.T.: "que en venganza de los hombres". También *venganza*
en 1651 y 1653, pero el sentido exige y prefiere, creo, la corrección de H.: *vergüenza*.

que es fiera tu tiranía;
pues, desde que te rogué
que te detuvieses, miran   30
mis ojos tu faz hermosa
descollarse por encima
de los montes. ¡Ay de mí!
que acosada y perseguida
de tantas penas, de tantas   35
ansias, de tantas impías
fortunas, contra mi honor
se han conjurado tus iras.
¿Qué he de hacer? ¿Dónde he de ir?
Si a mi casa determinan   40
volver mis erradas plantas,
será dar nueva mancilla
a un anciano padre mío
que otro bien, otra alegría
no tuvo, sino mirarse   45
en la clara luna limpia
de mi honor, que hoy, desdichado,
tan torpe mancha le eclipsa.
Si dejo, por su respeto
y mi temor afligida,   50
de volver a casa, dejo
abierto al paso a que digan
que fui cómplice en mi infamia;
y, ciega y inadvertida,
vengo a hacer de la inocencia   55

---

28   V.T.: "que es cruel tu tiranía". F.A. corrige arbitrariamente:
     "que es crueldad tu tiranía". Adopto la lectura de 1651.
29   V.T.: "pues desde que te he rogado".
36   *Ansias*: cfr. *supra* n. a II v. 46.
     Impío: "Falto de piedad, cruel, perverso, injusto" (DA).
39   Interrogación retórica para conseguir mayor expresividad y emo-
     tividad.
42   *Mancilla*: "significa también mancha o mácula" (DA) y por
     extensión: "La llaga o herida que mueve a compasión" (DA).
43   H. corrige "al anciano padre mío".
46 y 48 Juego de palabras *luna* (luna y espejo) y *eclipsa*.
52   1651, 1653: "diga"; V.T.: "digan".
54   V.T.: "y ciega e inadvertida", corrección que no es necesaria
     porque Calderón no cumple la disimilación *y-i*.

acreedora a la malicia.
¡Qué mal hice, qué mal hice
de escaparme fugitiva
de mi hermano! ¿No valiera
más que su cólera altiva   60
me diera la muerte, cuándo
llegó a ver la suerte mía?
Llamarle quiero, que vuelva
con saña más vengativa
y me dé muerte. Confusas   65
voces el eco repita,
diciendo...

CRESPO, *dentro*

¡Vuelve a matarme!
Serás piadoso homicida;
que no es piedad el dejar
a un desdichado con vida.   70

ISABEL

¿Qué voz es ésta, que mal
pronunciada y poco oída,
no se deja conocer?

CRESPO, *dentro*

Dadme muerte, si os obliga
ser piadosos.

---

63 y ss. La concepción del honor por parte de Isabel, así como
por la de su hermano Juan, es muy rigurosa y exige la muerte
de la mujer deshonrada. Cfr. *Introducción*, III, 3 y 6.

66 Calderón, como barroco, es muy aficionado a utilizar el "engaño
a los Ojos" y "el engaño al oído" (el eco) como muestras del
caos en el mundo; cfr. *Introducción*, II, 2 y 3.

67 y ss. Pedro Crespo, a pesar de su menos tópica concepción del
honor, se expresa en el mismo sentido que su hija.

ISABEL

¡Cielos, cielos!   75
Otro la muerte apellida,
otro desdichado hay
que hoy a pesar suyo viva.

Descúbrese Crespo atado.

Mas ¿qué es lo que ven mis ojos?

CRESPO

paralelismo

Si piedades solicita   80
cualquiera que aqueste monte
temerosamente pisa,
llegue a dar muerte... Mas ¡cielos!
¿qué es lo que mis ojos miran?

ISABEL

Atadas atrás las manos   85
a una rigorosa encina...

CRESPO

Enterneciendo los cielos
con las voces que apellida...

ISABEL

...mi padre está

76 *Apellidar*: cfr. *supra* II, n. a v. 883.
77 V.T.: "otro desdichado hay mas". Para evitar el hiato añade
    más, lo aceptan K., O. y H.
81 *Aqueste*: cfr. *supra* I, n. a v. 88.
86 V.T.: "a una rigurosa encina".
    Rigorosa: sin disimilación; rigurosa: "estrecha, ceñida, apre-
    tada" (DA) pero también puede significar 'áspera' (DA).
88 *Apellida*: cfr. *supra* II, n. a v. 883.

CRESPO

...mi hija viene.

ISABEL

¡Padre y señor!

CRESPO

                    Hija mía,   90
llégate, y quita estos lazos.

ISABEL

No me atrevo; que si quitan
los lazos que te aprisionan,
una vez las manos mías,
no me atreveré, señor,   95
a contarte mis desdichas,
a referirte mis penas;
porque si una vez te miras
con manos y sin honor,
me darán muerte tus iras;   100
y quiero, antes que las veas,
referirte mis fatigas.

CRESPO

Detente, Isabel, detente,
no prosigas; que desdichas,
Isabel, para contarlas,   105
no es menester referirlas,

_____

97 Paralelismo no infrecuente en Calderón.
105-106 Para dar cuenta de ellas no es necesario hacer minuciosa
relación.

ISABEL

Hay muchas cosas que sepas,
y es forzoso que al decirlas,
tu valor se irrite, y quieras
vengarlas antes de oírlas.   110
Estaba anoche gozando
la seguridad tranquila
que, al abrigo de tus canas,
mis años me prometían,
cuando aquellos embozados   115
traidores —que determinan
que lo que el honor defiende,
el atrevimiento rinda—
me robaron; bien así
como de los pechos quita   120
carnicero hambriento lobo
a la simple corderilla
Aquel capitán, aquel
huésped ingrato que el día
primero introdujo en casa   125
tan nunca esperada cisma
de traiciones y cautelas,
de pendencias y rencillas,
fue el primero que en sus brazos
me cogió mientras le hacían   130
espaldas otros traidores
que en su bandera militan.
Aqueste intrincado, oculto
monte, que está a la salida

---

109 1651: "tu valor te irrite y quieras", acepto la razonable lec-
     tura de V.T.
119 *Bien así*: 'del mismo modo'.
126 *Cisma*: "División, discordia" (DA), femenino en XVII.
130-131 *Hacer espaldas*: "Resguardar y encubrir a uno para que
     consiga su intento" (DA).
132 V.T.: "que la bandera militan".
     Bandera: cfr. *supra* II, n. a v. 608.
133 *Aqueste*: cfr. *supra* I, n. a v. 88. *Intricado*: 'intrincado'.
     V.T.: "oculto"; 1651, 1653: "o oculto".

del lugar, fue su sagrado.   135
¿Cuándo de la tiranía
no son sagrado los montes?
Aquí, ajena de mí misma
dos veces me miré, cuando
aun tu voz que me seguía,   140
me dejó, porque ya el viento,
a quien tus acentos fías,
con la distancia, por puntos
adelgazándose iba;
de suerte que las que eran   145
antes razones distintas,
no eran voces, sino ruido.
Luego, en el viento esparcidas.
no eran ruido, sino ecos
de unas confusas noticias;   150
como aquel que oye un clarín
que, cuando dél se retira,
le queda por mucho rato,
si no el ruido, la noticia.
El traidor, pues, en mirando   155
que ya nadie hay quien le siga,
que ya nadie hay que me ampare
porque hasta la luna misma
ocultó entre pardas sombras,
o cruel o vengativa,   160
aquella ¡ay de mí! prestada
luz que del sol participa,
pretendió —¡ay de mí otra vez

---

135 *Sagrado*: cfr. *supra* I, n. a v. 682. *Lugar*: cfr. *supra* I, n. a
    v. 16.
136 V.T.: "tiranía"; 1651, 1653: "ira mía", probablemente un
    error.
143 *Por puntos*: "por instantes, de un momento a otro" (DRAE).
147 1651: "no eran voces sino ríos". V.T.: "no eran voces, sino
    ruido", prefiero —por el sentido— esta lectura.
149 1651 y V.T.: "no eran voces sino ecos". Ke., Kr. y H.: "no
    eran ruido sino ecos", corrección que acepto por el significado
    de progresión decreciente que hay en estos versos.
152 *Dél*: cfr. *supra* I, n. a v. 2.
156 V.T.: "que ya nadie hay que le siga".

y otras mil!— con fementidas
palabras, buscar disculpa   165
a su amor. ¿A quién no admira
querer de un instante a otro
hacer la ofensa caricia?
¡Mal haya el hombre, mal haya
el hombre que solicita   170
por fuerza ganar un alma,
pues no advierte, pues no mira
que las victorias de amor,
no hay trofeo en que consistan,
sino en granjear el cariño   175
de la hermosura que estiman!
Porque querer sin el alma
una hermosura ofendida,
es querer una belleza
hermosa, pero no viva.   180
¡Qué ruegos, qué sentimientos,
ya de humilde, ya de altiva,
no le dije! Pero en vano,
pues (calle aquí la voz mía)
soberbio (enmudezca el llanto),   185
atrevido (el pecho gima),
descortés (lloren los ojos),

164 *Fementido*: "Falto de fe y palabra" (DA).
169 *Mal haya*: exclamación imprecatoria.
172 Estructura bimembre sinonímica.
173 V.T.: "que las vitorias de amor". Cfr. *supra* I, n. a v. 277.
174 *Trofeo*: "Insignia o señal expuesta al público para memoria
     del vencimiento (...). Figuradamente se toma por la misma vic-
     toria o vencimiento conseguido" (DA).
179 V.T.: "es querer a una mujer". Cfr. *supra* I, n. a v. 197. Sin
     duda corrige V.T. para evitar la repetición *belleza-hermosa*,
     pero la primera tiene función sustantiva y la segunda adjetiva.
181 y ss. A Menéndez Pelayo *(op. cit.)* eran estos versos los que
     más le sorprendían y consideraba más arbitrarios, porque rom-
     pían la pretendida naturalidad de la obra y por la falta de
     "verdad", ya que la tensión emocional de Isabel no era mo-
     mento oportuno para estas sutilezas formales. Pero como ya
     vimos en *Introducción* II, 3, a mayor tensión emocional co-
     rresponde —en Calderón— mayor elaboración y refinamiento
     formal, exactamente al revés de lo que ocurre en la vida; no
     olvidemos que el teatro del XVII tiene sus apoyaturas en una
     serie de convenciones admitidas.

fiero (ensordezca la envidia),
tirano (falte el aliento),
osado (luto me vista)...   190
Y si lo que la voz yerra,
tal vez el acción explica,
de vergüenza cubro el rostro,
de empacho lloro ofendida,
de rabia tuerzo las manos,   195
el pecho rompo de ira.
Entiende tú las acciones,
pues no hay voces que lo digan.
Baste decir que a las quejas
de los vientos repetidas,   200
en que ya no pedía al cielo
socorro, sino justicia,
salió el alba, y con el alba,
trayendo la luz por guía,
sentí ruido entre unas ramas.   205
Vuelvo a mirar quién sería,
y veo a mi hermano. ¡Ay, cielos!
¿Cuándo, cuándo ¡ah, suerte impía!
llegaron a un desdichado
los favores con más prisa?   210
Él, a la dudosa luz
que, si no alumbra, ilumina,
reconoce el daño antes
que ninguno se le diga;
que son linces los pesares   215

---

192   V.T.: "tal vez con la acción se explica". Cfr. *infra* n. a
       v. 822.
194   *Empacho*: "Cortedad de ánimo, turbación vergonzosa y poco
       desembarazada" (DA); cfr.: "Para algunos basta una amorosa
       represión, para llamar a las mejillas la sangre y que los cure
       el *empacho*" (Francisco Núñez de Cepeda: *Empresas sacras*, 44).
208   *Impía*: cfr. *supra* n. a v. 36.
210   V.T.: "¿los favores más aprisa?".
212   1651: "que si no alumbra y domina", acepto la lectura de V.T.
       que siguen casi todas las ediciones posteriores.
214   *Leísmo*: cfr. *supra* I, n. a v. 124.
215   1651 y 1653: *lince,* que no es incorrecta gramaticalmente, pero
       prefiero la lectura de V.T. por sus mayores posibilidades sig-
       nificativas, ya que en plural *linces* o *pesares* pueden ser ante-

que penetran con la vista.
Sin hablar palabra, saca
el acero que aquel día
le ceñiste; el capitán,
que el tardo socorro mira   220
en mi favor, contra el suyo
saca la blanca cuchilla.
Cierra el uno con el otro;
éste repara, aquél tira;
y yo, en tanto que los dos   225
generosamente lidian,
viendo temerosa y triste
que mi hermano no sabía
si tenía culpa o no,
por no aventurar mi vida   230
en la disculpa, la espalda
vuelvo, y por la entretejida
maleza del monte huyo;
pero no con tanta prisa
que no hiciese de unas ramas   235
intrincadas celosías,
porque deseaba, señor,
saber lo mismo que huía.
A poco rato, mi hermano
dio al capitán una herida.   240

---

cedentes del segundo *que,* mientras que en singular *(lince)*
solamente pesares puede ser antecedente del segundo *que*; así
los *pesares* son como *linces* y tienen su misma rapidez para
descubrir y penetrar la verdad.
223   *Cerrar:* "Acometer con denuedo y furia una persona a otra
      o a otras" (DA). Cfr. el grito de guerra: "¡Santiago y cierra
      España!".
224   *Reparar:* "oponer alguna defensa contra el golpe para defen-
      derse de él" (DA).
      Tirar: 'atacar, acosar con la espada'.
226   H., Ke., O.: "rigurosamente".
231-232 *Volver la espalda:* "Además del sentido literal significa
      huir" (DA).
236   *Intrincada:* cfr. *supra* n. a v. 133.
      Celosía: "Metafóricamente se suele llamar así todo lo que hace
      o deja claros, por donde pueda verse otra cosa" (DA).

Cayó, quisó asegundarle,
cuando los que ya venían
buscando a su capitán,
en su venganza se incitan.
Quiere defenderse; pero,   245
viendo que era una cuadrilla,
corre veloz; no le siguen,
porque todos determinan
más acudir al remedio
que a la venganza que incitan.   250
En brazos al capitán
volvieron hacia la villa,
sin mirar en su delito;
que en las penas sucedidas,
acudir determinaron   255
primero a la más precisa.
Yo, pues, que atenta miraba
eslabonadas y asidas
unas ansias de otras ansias,
ciega, confusa y corrida,   260
discurrí, bajé, corrí,
sin luz, sin norte, sin guía,
monte, llano y espesura,
hasta que a tus pies rendida,
antes que me des la muerte   265
te he contado mis desdichas.
Agora, que ya las sabes,
generosamente anima
contra mi vida el acero,
el valor contra mi vida;   270

241 *Asegundar*: "Repetir un acto inmediatamente o poco después
      de haberlo llevado a cabo por primera vez" (DRAE). 1651:
      "asegurarle", pero acepto la lectura de V.T.
244 V.T.: "en su venganza se irritan".
259 *Ansia*: cfr. *supra* II n. a v. 46.
260 *Correrse*: "Avergonzarse, tener empacho de alguna cosa" (DA).
261-262 Nótese la sensación de rapidez, gracias al asíndeton.
267 *Agora*: cfr. *supra* I, n. a v. 135.
      V.T.: "Ahora que ya las sabes".
268 V.T.: "rigurosamente anima".
269 *Acero*: sinécdoque de uso generalizado.

Escena de *El Alcalde de Zalamea*. Teatro Español.
Madrid, 1965.

Escena de *El Alcalde de Zalamea*. Teatro Español.
Madrid, 1965.

que ya para que me mates,
aquestos lazos te quitan
mis manos; alguno dellos
mi cuello infeliz oprima.
Tu hija soy, sin honra estoy   275
y tú libre. Solicita
con mi muerte tu alabanza,
para que de ti se diga
que por dar vida a tu honor,
diste la muerte a tu hija.   280

CRESPO

Álzate, Isabel, del suelo;
no, no estés más de rodillas;
que a no haber estos sucesos
que atormenten y que persigan,
ociosas fueran las penas,   285
sin estimación las dichas.
Para los hombres se hicieron,
y es menester que se impriman
con valor dentro del pecho.
Isabel, vamos aprisa;   290
demos la vuelta a mi casa,
que este muchacho peligra
y hemos menester hacer

272 *Aquestos*: cfr. *supra* I, n. a v. 88.
273 V.T.: "mis manos, algunos dellos". *Dellos*: cfr. *supra* I, n.
     a v. 2.
274 V.T.: "mi cuello infeliz opriman".
279-280 En el teatro del XVII eran muy frecuentes versos efectistas
     de este tipo, con mayor realidad verbal que práctica y no hay
     que olvidar que lo que divertía y atraía no era el reflejo de la
     vida cotidiana sino las situaciones-límite y extremas, aunque
     su credibilidad (debía pagar tributo a la regla de la verosi-
     militud) se apoyara en la realidad. Obsérvese la expresividad
     de la antítesis, tan del gusto de Calderón.
284 V.T.: "que atormentan y que aflijan".
287 Cfr. Sancho: "Las tristezas no se hicieron para las bestias,
     sino para los hombres" (*Quijote*, II, 2).
291 *Dar la vuelta*: 'volver, tornar'.
293 Habitual omisión de *de*, cfr. *Gramática*, RAE, § 399 a.

diligencias exquisitas
por saber dél y ponerle   295
en salvo.

ISABEL, *aparte* *

Fortuna mía,
o mucha cordura, o mucha
cautela es ésta.

CRESPO

Camina.
¡Vive Dios, que si la fuerza
y necesidad precisa   300
de curarse hizo volver
al capitán a la villa,
que pienso que le está bien
morirse de aquella herida
por excusarse de otra   305
y otras mil!, que el ansia mía   su honor
no ha de parar hasta darle
la muerte. Ea, vamos, hija,
a nuestra casa.

Sale el Escribano.

ESCRIBANO

¡Oh, señor
Pedro Crespo!, dadme albricias.   310

---

* V.T.: "Isabel".

294 *Exquisito*: "Singular, peregrino, extraordinario, raro y de par-
    ticular aprecio y calidad" (DA).
295 *Dél*: cfr. *supra* I, n. a v. 2.
299 *Vive Dios*: cfr. *supra* I, n. a v. 37. Lo habitual en 16-51 es
    Voto, frente a *Vive*, más repetido en V.T.
306 *Ansia*: cfr. *supra* II, n. a v. 46.
310 *Albricias*: cfr. *supra* I, n. a v. 138.

CRESPO

¡Albricias! ¿De qué, escribano?

ESCRIBANO

El Concejo, aqueste día,
os ha hecho alcalde, y tenéis
para estrena de justicia
dos grandes acciones hoy: 315
la primera es la venida
del Rey, que estará hoy aquí
o mañana en todo el día,
según dicen; es la otra
que agora han traído a la villa,   320
de secreto, unos soldados,
a curarse con gran prisa,
aquel capitán que ayer
tuvo aquí su compañía.
Él no dice quién le hirió;   325
pero, si esto se averigua,
será una gran causa.

CRESPO, *aparte*

                            ¡Cielos!
¡Cuando vengarse imagina,
me hace dueño de mi honor

---

312 *Concejo*: "Ayuntamiento o junta de la justicia y regidores que
    gobiernan lo tocante al público de alguna ciudad, villa o lu-
    gar" (DA). Cfr. *supra* n. a v. 791.
    Aqueste: cfr. *supra* I, n. a v. 88.
314 *Estrena*: 'estreno'.
316-317 Sobre la veracidad histórica cfr. *Introducción*, III, 2-b.
320 *Agora*: cfr. *supra* I, n. a v. 135. V.T.: "que ahora han traído
    a la villa".
323 Cfr. *supra* I, n. a v. 197.
328 1651 y V.T.: "cuando vengarme imagina", pero acepto la co-
    rrección de H., porque el sujeto sobreentendido es *honor*.

la vara de la justicia! 330
¿Cómo podré delinquir
yo, si en esta hora misma
me ponen a mí por juez,
para que otros no delincan?
Pero cosas como aquestas
no se ven con tanta prisa. 335
—En extremo agradecido
estoy a quien solicita
honrarme.

ESCRIBANO

Vení a la casa
del Concejo, y recibida 340
la posesión de la vara,
haréis en la causa misma *Vase.*
averiguaciones.

CRESPO

Vamos.
A tu casa te retira.

ISABEL

¡Duélase el cielo de mí! 345
Yo he de acompañarte.

331-334 No habrá que insistir en que este razonamiento es perfectamente pueril y no tiene ningún poder de justificación.
334 *Aquestas*: cfr. *supra* I, n. a v. 88.
335 V.T.: "no se veen con tanta prisa".
339 *Vení*: la segunda persona del plural del imperativo solía perder
la *d* (cfr. R. Menéndez Pidal: *op. cit.*, pp. 300-301, § 115, 3);
Lapesa (*op. cit.*, p. 252), hoy está relegada a áreas dialectales
y al español de América. El apócope permite aquí la sinalefa.
340 *Concejo*: cfr. *supra* n. a v. 312.
344 Sobre la colocación del pronombre, cfr. *supra* I, n. a v. 612.

CRESPO

                    Hija,
ya tenéis el padre alcalde;
él os guardará justicia.   *Vanse.*

Sale el Capitán con banda, * *como herido,*
        y el Sargento. **

CAPITÁN

Pues la herida no era nada,
¿por qué me hicisteis volver   350
aquí?

SARGENTO ***

        ¿Quién pudo saber
lo que era antes de curada?
Ya la cura prevenida,
hemos de considerar
que no es bien aventurar   355
hoy la vida por la herida.

---

  * *Banda*: "Adorno de que comúnmente usan los oficiales mili-
    tares, de diferentes especies, hechuras y colores, y que sirve
    también de divisa para conocer de qué nación es el que la
    trae: como carmesí el español, blanca el francés, naranjada el
    holandés. Unos la traen cruzada desde el hombro a la cintura,
    y otros ceñida a la misma cintura. Lo más común es hoy ser
    de una red de seda con sus borlas o franjas a los extremos" (DA).
 ** Cfr. *supra* n. a indicación escénica antes de v. 1.
*** Falta la indicación de personaje en 1651.

347 Quizás aluda, como pretende R. Marrast (*op. cit.*, p. 204), al
    proverbio que aparece en el *Quijote* (II, 43): "El que tiene
    padre alcalde, seguro va a juicio". Aparece recogido por Ro-
    dríguez Marín (*Más de 21000 refranes castellanos*, Madrid, 1926)
    en la forma "Quien padre tiene alcalde...", y Juan de Mal
    Lara: *Philosophia Vulgar*, centuria novena, n.º 10
353-356 Estos versos son atribuidos por Kr. al Capitán y 357-358 al
    Sargento. No me parecen aceptables estas correcciones que no
    figuran ni en 1651 ni en V.T.

¿No fuera mucho peor
que te hubieras desangrado?

CAPITÁN

Puesto que ya estoy curado,
detenernos será error.   360
Vámonos, antes que corra
voz de que estamos aquí,
¿Están ahí los otros?

SARGENTO

Sí.

CAPITÁN

Pues la fuga nos socorra
del riesgo destos villanos;   365
que si se llega a saber
que estoy aquí, habrá de ser
fuerza apelar a las manos.

Sale Rebolledo.

REBOLLEDO

La justicia aquí se ha entrado.

CAPITÁN

¿Qué tiene que ver conmigo   370
justicia ordinaria?

---

365   *Destos*: cfr. *supra* I, n. a v. 2. *Villano*: cfr. *supra* I, n. a
      v. 165.
371   Cfr. *Introducción*, III, 6. A pesar del poder que concede Cal-
      derón a Pedro Crespo, alcalde, como administrador de justi-
      cia, en la realidad esas funciones eran muy limitadas y se re-
      ducían a causas menores y a juicios de paz, es decir a buscar

REBOLLEDO

Digo
que agora hasta aquí ha llegado.

CAPITÁN

Nada me puede a mí estar
mejor, llegando a saber
que estoy aquí, y ¡no temer   375
a la gente del lugar!
Que la justicia, es forzoso
remitirme en esta tierra
a mi consejo de guerra;
con que, aunque el lance es penoso, 380
tengo mi seguridad.

REBOLLEDO

Sin duda, se ha querellado
el villano.

CAPITÁN

Eso he pensado.

---

el acuerdo entre los litigantes, anulándose así la demanda. Nöel
Salomon (*op. cit.*, p. 909) cita un precioso testimonio de Lope
de Deza (*Gobierno político de agricultura*, 1618) en el que
aunque pide que se debía aumentar la jurisdicción de los alcaldes, niega a éstos su intervención cuando "fuese el delito
grave, como de muerte o mutilación de miembro o otro así en
que estuviesen obligados a remitir los presos". Por otra parte,
el conflicto entre la jurisdicción civil y la jurisdicción militar
es motivo clave de la obra, ya analizado.
372 V.T.: "que ahora hasta aquí ha llegado". Falta "ahora" en 1651,
que hay que reponer para la correcta medida.
376 *Lugar*: cfr. *supra* I, n. a v. 16.
378-379 Cfr. *supra* n. a v. 371.
383 *Villano*: cfr. *supra* I, n. a v. 165.

CRESPO, *dentro*

Todas las puertas tomad,
y no me salga de aquí   385
soldado que aquí estuviere;
y al que salirse quisiere,
matadle.

CAPITÁN

Pues ¿cómo así
entráis? *(Aparte:)* Mas, ¡qué es lo que veo!

Sale Pedro Crespo con vara, y los que puedan. *

CRESPO

¿Cómo no? A mi parecer,   390
la justicia ¿ha menester
más licencia?

CAPITÁN

A lo que creo,
la justicia —cuando vos
de ayer acá lo seáis—
no tiene, si lo miráis,   395
que ver conmigo.

---

* V.T.: "Sale Pedro Crespo con vara y los más que puedan con
él". Cfr. *supra* n. a indicación escénica ante v. 1.

385 *Me salga*: dativo ético.
392 En contra de 1651 y V.T., admito la corrección de H. que no
da como últimas palabras de Pedro Crespo "A lo que creo"
sino como primeras del Capitán, lo que supone que comienza
irónicamente respondiendo al "A mi parecer" de Pedro Crespo.
393 *Cuando*: valor concesivo.

CRESPO

Por Dios,
señor, que no os alteréis;
que sólo a una diligencia
vengo, con vuestra licencia,
aquí, y que solo os quedéis   400
importa.

CAPITÁN, *al Sargento y a Rebolledo.*

Salíos de aquí.

CRESPO, *a los villanos*

Salíos vosotros también.
(Al Escribano.) Con esos soldados ten
gran cuidado.

ESCRIBANO

Harélo así.

Vase con los soldados, y se entran los villanos. *

CRESPO

Ya que yo, como justicia,
me valí de su respeto
para obligaros a oírme,
la vara a esta parte dejo,
y como un hombre no más,   405
deciros mis penas quiero.   *Arrima la vara.* 410
Y puesto que estamos solos,

Crespo quiere resolverlo a nivel de hombre a hombre

---

* V.T.: "Vanse los labradores y soldados".

408   No va a hablar como alcalde.

señor don Álvaro, hablemos
más claramente los dos,
sin que tantos sentimientos
como vienen encerrados   415
en las cárceles del pecho
acierten a quebrantar
las prisiones del silencio.
Yo soy un hombre de bien,
que a escoger su nacimiento,   420
no dejara, es Dios testigo,
un escrúpulo, un defeto
en mí, que suplir pudiera
la ambición de mi deseo.
Siempre acá, entre mis iguales,   425
me he tratado con respeto;
de mí hacen estimación
el cabildo y el Concejo.
Tengo muy bastante hacienda,
porque no hay, gracias al cielo,   430
otro labrador más rico
en todos aquestos pueblos
de la comarca. Mi hija
se ha criado, a lo que pienso,
con la mejor opinión,   435
virtud y recogimiento
del mundo. Tal madre tuvo,

---

415 V.T.: "como han estado encerrados". 1651: "como tienen en-
     cerrados". Acepto la corrección que propone R. Marrast (*op. cit.*,
     p. 204), por parecerme muy razonable y válida.
418 *Prisiones*: "Se llaman también los grillos, cadenas y otros ins-
     trumentos de hierro con que en las cárceles se aseguran los
     delincuentes" (DA).
420 1651: "que a escoger mi nacimiento" y V.T. Corrijo.
422 *Defeto*: cfr. *supra* I, n. a v. 277.
428 *Cabildo*: "Se llama también la junta de algunas personas de
     un gremio, congregación, cofradía" (DA). Se trata aquí, proba-
     blemente, de la Hermandad de labradores, cuya junta rectora
     todavía conserva, en Castilla, este nombre.
429-433 Estos versos son la clave de la personalidad de Pedro
     Crespo. Cfr. *Introducción*, III, 3 y 6.
434 Diéresis por métrica.
435 *Opinión*: cfr. *supra* I, n. a v. 458.

¡téngala Dios en el cielo!
Bien pienso que bastará,
señor, para abono desto,   440
el ser rico, y no haber quien
me murmure; ser modesto,
y no haber quien me baldone.
Y mayormente, viviendo
en un lugar corto, donde   445
otra falta no tenemos
más que decir unos de otros
las faltas y los defetos.
¡Y pluguiera a Dios, señor,
que se quedara en saberlos!   450
Si es muy hermosa mi hija,
díganlo vuestros extremos...
aunque pudiera, al decirlos,
con mayores sentimientos
llorar. Señor, ya esto fue   455
mi desdicha. —No apuremos
toda la ponzoña al vaso;
quédese algo al sufrimiento—.
No hemos de dejar, señor,
salirse con todo al tiempo;   460
algo hemos de hacer nosotros
para encubrir sus defetos.
Éste, ya veis si es bien grande,
pues aunque encubrirle quiero,
no puedo; que sabe Dios   465
que a poder estar secreto

*el agravio —
secreto o
público*

440 *Desto*: cfr. *supra* I, n. a v. 2.
443 *Baldonar*: "Afrentar, injuriar, denostar, menospreciar de pa-
     labra y decir oprobios a otro en su cara" (DA).
445 *Corto*: 'pequeño'.
     Lugar: cfr. *supra* I, n. a v. 16.
453 V.T.: "aunque pudiera, al decirlo".
459 y ss. Pedro Crespo "moraliza" frecuentemente, dando muestras
     de cordura y saber natural del vivir.
462 *Defetos*: cfr. *supra* I, n. a v. 277.
466-468 La deshonra pública exigía venganza pública, la privada,
     privada, cfr. *A secreto agravio, secreta venganza*. Pedro Crespo
     hace pública su deshonra —con el castigo— cuando podía ha-
     ber permanecido secreta; cfr. *Introducción*, III, 6.

y sepultado en mí mismo,
no viniera a lo que vengo;
que todo esto remitiera,
por no hablar, al sufrimiento.   470
Deseando, pues, remediar
agravio tan manifiesto,
buscar remedio a mi afrenta,
es venganza, no es remedio;
y vagando de uno a otro,   475
uno solamente advierto
que a mí me está bien y a vos
no mal; y es que desde luego
os toméis toda mi hacienda,
sin que para mi sustento   480
ni el de mi hijo —a quien yo
traeré a echar a los pies vuestros—
reserve un maravedí,
sino quedarnos pidiendo
limosna, cuando no haya   485
otro camino, otro medio
con que poder sustentarnos.
Y si queréis desde luego
poner una S y un clavo

471-474 La muerte del capitán, venganza, es solución pública para
    el problema de deshonra que sufre Pedro Crespo y su hija
    Isabel, pero no es *remedio* y por eso Pedro Crespo ha pen-
    sado en la reparación mediante el matrimonio.
482 Como forma de acatamiento. Forma de cortesía que había
    perdido la efectividad práctica que tenía en la Edad Media.
483 *Maravedí*: "Moneda antigua española que unas veces se ha
    entendido por cierta y determinada, real y efectiva moneda, y
    otras por número o cantidad de ellas (...). Los hubo de oro,
    de plata y de cobre" (DA). Un real tenía 34 maravedíes. Era
    la unidad más pequeña de cómputo monetario y de aquí que
    en esta ocasión sirva para reforzar la idea de que Pedro Cres-
    po renuncia a toda su hacienda en favor del Capitán.
485 *Cuando no*: valor condicional. Cfr. Keniston: *op. cit.*, § 29.721.
489 "La S con un clavo es cifra de la voz esclavo" (DA); "algu-
    nos quieren que se haya dicho del hierro que se les pone a los
    díscolos y fugitivos en ambos carrillos de la S y el clavo" (COV).
    Es una forma gráfica S+clavo de expresar la palabra *esclavo*,
    y con este signo eran marcados. La comedia del Siglo de Oro
    recoge muchos testimonios de ello. Como signo de esclavitud
    podía marcarse al esclavo con el nombre de su dueño; Lope

hoy a los dos y vendernos,   *propone que se*

será aquesta cantidad   *case con su hija* 490

más del dote que os ofrezco.

Restaurad una opinión

que habéis quitado. No creo

que desluzcáis vuestro honor,   495

porque los merecimientos

que vuestros hijos, señor,   *los hijos no perderían*

perdieren por ser mis nietos,   *valor por ser nietos*

ganarán con más ventaja,   *de un villano, sino*

señor, con ser hijos vuestros.   *ganarán en valor* 500

En Castilla, el refrán dice   *por ser nietos del*

qu el caballo —y es lo cierto—   *Capitán de la nobleza*

lleva la silla. Mirad

que a vuestros pies os lo ruego   *De rodillas.*

de rodillas y llorando   505

sobre estas canas que el pecho,

viendo nieve y agua, piensa

que se me están derritiendo.

---

de Vega, en sus humillantes sumisiones, escribe en una carta
suya dirigida al Duque de Sessa: "Y ójala V.E. quisiera honrarme el rostro de su nombre para que todo el mundo viera
que soy su esclavo y lo he de ser mientras tuviera vida" (G. de
Amezúa: *Epistolario,* III, p. 282, carta 289.

491 *Aquesta:* cfr. *supra* I, n. a v. 88.

493 *Opinión:* cfr. *supra* I, n. a v. 458.

495 y ss. Pedro Crespo admitiendo la concepción del honor que
mantiene el Capitán. Cfr. *Introducción,* III, 6.

500 V.T.: "señor, por ser hijos vuestros".

502-503 Cfr. Correas: "En Castilla el caballo lleva la silla; y en
Portugal, el caballo la ha de llevar. Dícese por la hidalguía
que sigue la varonía" (p. 187 a); según Covarrubias significa
también "en la nobleza se continúa por línea paternal". En
efecto, en Castilla, sólo la nobleza del padre era tomada en
cuenta para la herencia de títulos, incluso si la madre era de
condición humilde, y así se explica el reconocimiento del bas-
tardo de padre noble. Éste es el significado de las palabras de
Pedro Crespo dirigidas al Capitán, llenas de humildad y, a su
pesar, de aceptación del riguroso código de honor vertical que
no compartía.

506-508 Imagen muy gráfica: el pecho —como falda de la montaña— piensa que están derritiéndose las nieves de la cima
(canas de la cabeza) al llegar a él las lágrimas, como arroyos
del deshielo.

¿Qué os pido? Un honor os pido
que me quitastes vos mesmo;   510
y con ser mío, parece,
según os lo estoy pidiendo
con humildad, que no os pido
lo que es mío, sino vuestro.
Mirad que puedo tomarle   515
por mis manos, y no quiero,
sino que vos me le deis.

CAPITÁN

Ya me falta el sufrimiento.
Viejo cansado y prolijo,
agradeced que no os doy   520
la muerte a mis manos hoy,
por vos y por vuestro hijo;
porque quiero que debáis
no andar con vos más cruel,
a la beldad de Isabel.   525
Si vengar solicitáis
por armas vuestra opinión,
poco tengo que temer;
si por justicia ha de ser,
no tenéis jurisdicción.   530

509-513 Cfr. *Introducción*, III, 6.
510 *Mesmo*: 'mismo', hoy se mantiene como vulgarismo.
513 V.T.: "con humildad, que no es mío".
514 V.T.: "lo que os pido, sino vuestro".
515 Leísmo, cfr. *supra* I, n. a v. 124.
515-517 Cfr. *supra* n. a v. 471-474.
518 y ss. Calderón presenta aquí la antítesis del parlamento de
      Pedro Crespo y es el pasaje fundamental para caracterizar a
      ambos personajes con no poco de oposición maniquea bien/
      mal, pues aunque Pedro Crespo no era el héroe perfecto, debido
      a su orgullo, aquí ha sabido renunciar a él, dando prueba de
      humildad, mientras que el capitán mantiene intactos sus ca-
      racteres negativos. Cfr. *Introducción*, III, 3.
530 Cfr. *supra*, n. a v. 371.

CRESPO

¿Que en fin no os mueve mi llanto?

[nota manuscrita: humildad completa]

CAPITÁN

Llantos no se han de crer
de viejo, niño y mujer.

CRESPO

¿Que no pueda dolor tanto
mereceros un consuelo?   535

CAPITÁN

¿Qué más consuelo queréis,
pues con la vida volvéis?

CRESPO

Mirad que echado en el suelo, *[nota manuscrita: sol]*
mi honor a voces os pido.

CAPITÁN

¡Qué enfado!

CRESPO

        Mirad que soy   540
alcalde en Zalamea hoy.

[nota manuscrita: Solo ahora después de humillarse completamente, muestra su posición]

---

532 V.T.: "Llanto no se ha de creer".
536-537 Ecos de la fanfarronería del *miles gloriosus*.
540-541 Pedro Crespo, sólo al fallar la otra vía cambia de actitud,
la que va a conducir al desenlace.

CAPITÁN

Sobre mí no habéis tenido
jurisdicción: el consejo
de guerra enviará por mí.

CRESPO

¿En eso os resolvéis?

CAPITÁN

                    Sí, } *insulto* 545
caduco y cansado viejo.

CRESPO

¿No hay remedio?

CAPITÁN

                    El de callar
es el mejor para vos.

CRESPO

¿No otro?

CAPITÁN

        No.

542-543 Cfr. *supra* n. a v. 371.
545 'Eso decidís, eso determináis'.

CRESPO

Juro a Dios
que me lo habéis de pagar.   550
—¡Hola!   *Levántase y toma la vara.*

Salen el Escribano y los villanos. *

ESCRIBANO

¡Señor!

CAPITÁN, *aparte*

¿Qué querrán
estos villanos hacer?

ESCRIBANO

¿Qué es lo que manda?

CRESPO

Prender
mando al señor capitán.

CAPITÁN

¡Buenos son vuestros extremos!   555
Con un hombre como yo,
en servicio del Rey, no
se puede hacer.

---

* V.T.: "Salen los labradores".

549 V.T.: "...Pues juro a Dios". Para reducir el hiato.
551 *Hola*: "Modo vulgar de hablar, usado para llamar a otro que
es inferior (...). Algunas veces se usa desta voz como de admiración, cuando se oye alguna cosa que hace novedad" (DA).
553 V.T.: "¿Qué es lo que mandas?".
557 V.T.: "y en servicio del Rey, no".

CRESPO

Probaremos.
De aquí, si no es preso o muerto,
no saldréis.

CAPITÁN

Yo os apercibo   560
que soy un capitán vivo.

CRESPO

¿Soy yo acaso alcalde muerto?
Daos al instante a prisión.

CAPITÁN

No me puedo defender;
fuerza es dejarme prender.   565
Al Rey, desta sinrazón
me quejaré.

CRESPO

Yo también
de esotra. Y aun bien que está
cerca de aquí y nos oirá
a los dos. Dejar es bien   570
esa espada.

CAPITÁN

No es razón
que...

561 Quizá signifique aquí 'en activo', aunque da pie a Pedro Crespo
para el juego de palabras (v. 562) de acuerdo con su costumbre, vista, de contestar según le hablan.
568 *Esotra*: 'esa otra', cfr. *supra* I, n. a v. 2.

CRESPO

¿Cómo no, si vais preso?

CAPITÁN

Tratad con respeto...

CRESPO

                    Eso
está muy puesto en razón.
(A los villanos.) Con respeto le llevad   575
a las casas, en efeto,
del Concejo; y con respeto
un par de grillos le echad
y una cadena; y tened,
con respeto, gran cuidado   580
que no hable a ningún soldado;
y a los dos también poned
en la cárcel; que es razón,
y aparte, porque después,
con respeto, a todos tres   585
les tomen la confesión.
(Al Capitán.) Y aquí, para entre los dos,

---

573 Da pie a Pedro Crespo para la repetición irónica "con respeto"
     en los versos siguientes.
575 Sobre la colocación del pronombre, cfr. *supra* I, n. a v. 612.
576 *Efeto*: cfr. *supra* I, n. a v. 277.
577 V.T.: "del Consejo y con respeto". *Concejo*: cfr. *supra* n. a
     v. 312.
578 Cfr. *supra* I, n. a v. 612. *Grillo*: "Cierto género de prisión con
     que se aseguran los reos en la cárcel, para que no puedan huir
     de ella, y consiste en dos arcos de hierro en que se meten las
     piernas (...). Llámase así porque su ruido es semejante al
     canto de los grillos" (DA).
582 1651 y V.T.: "y a todos también poned", prefiero esta correc-
     ción de los editores posteriores.
584 *Porque*: valor final.

si hallo harto paño, en efeto,
con muchísimo respeto
os he de ahorcar, juro a Dios.   *Llévanle preso.* 590

CAPITÁN

¡Ah villanos con poder!   *Vanse.*

*Salen Rebolledo, Chispa, el Escribano. **

ESCRIBANO

Este paje, este soldado
son a los que mi cuidado
sólo ha podido prender;
que otro se puso en huida.   595

CRESPO

Éste el pícaro es que canta;
con un paso de garganta
no ha de hacer otro en su vida.

---

* V.T.: "Salen Rebolledo, Chispa, el Escribano y Crespo".

588 *Hallo harto paño*: 'encuentro materia suficiente'. *Haber paño de que cortar*: "haber materia abundante de que disponer" (COV).
Efecto: cfr. *supra* I, n. a v. 277.
590 *Juro a Dios*: cfr. *supra* I, n. a v. 37.
592 *Paje*: cfr. *supra* II, n. a v. 604-605. Se refiere a la Chispa que se ha vestido así.
597 *Paso de garganta*: Juego de significados: "Los quiebros de la voz, destreza y facilidad con que alguno canta" (DA), pero *cantar* (v. 602) significa también, en germanía, descubrir lo que era secreto" (DA); "Los de germanía llaman cantar en el potro, cuando uno puesto en el tormento confiesa el delito" (COV); cfr. "Señor caballero, cantar en el ansia se dice entre gente *non* santa confesar en el tormento" (*Quijote*, I, 22).

REBOLLEDO

Pues ¿qué delito es, señor,
el cantar?

CRESPO

Que es virtud siento;   600
y tanto, que un instrumento
tengo en que cantéis mejor.
Resolveos a decir...

REBOLLEDO

¿Qué?

CRESPO

...cuanto anoche pasó...

REBOLLEDO

Tu hija, mejor que yo,   605
lo sabe.

CRESPO

...o has de morir.

LA CHISPA

Rebolledo, determina
negarlo punto por punto;
serás, si niegas, asunto
para una jacarandina   610
que cantaré.

La Chispa y Rebolledo son testigos. No quieren testigar

602 Cfr. *supra* n. a v. 597.
610 *Jacarandina*: cfr. *supra* I, n. a vv. 94 y 101 y ss.

CRESPO

A vos después
¿quién otra os ha de cantar?

LA CHISPA

A mí no me pueden dar
tormento.

CRESPO

Sepamos pues,
¿por qué?

LA CHISPA

Esto es cosa asentada   615
y que no hay ley que tal mande.

CRESPO

¿Qué causa tenéis?

LA CHISPA

Bien grande.

CRESPO

Decid, ¿cuál?

LA CHISPA

Estoy preñada.

CRESPO

¿Hay cosa más atrevida?
Mas la cólera me inquieta.   620
¿No sois paje de jineta?

LA CHISPA

No, señor, sino de brida.

CRESPO

Resolveos a decir
vuestros dichos.

LA CHISPA

                    Sí, diremos,
y aun más de lo que sabemos;   625
que peor será morir

CRESPO

Esto excusará a los dos
del tormento.

LA CHISPA

                    Si es así,
pues para cantar nací,
he de cantar, vive Dios: 630
(Canta.) Tormento me quieren dar.

621-622 Cfr. *supra* II, n. a vv. 604-605, y III, v. 592. El *paje de
    brida* era el palafrenero, pero aquí hay un juego de palabras:
    brida, hace referencia al femenino oficio de La Chispa.
625 *Dichos*: "En lo forense la deposición del testigo" (DA). Cfr.
    Introducción, III, 4, sobre la utilización por Calderón de tér-
    minos jurídicos.
627 V.T.: "Eso excusará los dos". Cfr. *supra* I, n. a v. 197.

REBOLLEDO, *canta*

¿Y qué quieren darme a mí?

CRESPO

¿Qué hacéis?

LA CHISPA

Templar desde aquí,
pues que vamos a cantar.   *Vanse.*

Sale Juan.

JUAN

Desde que al traidor herí   635
en el monte, desde que
riñendo con él, porque
llegaron tantos, volví
la espalda, el monte he corrido,
la espesura he penetrado,   640
y a mi hermana no he encontrado.
En efeto, me he atrevido
a venirme hasta el lugar
y entrar dentro de mi casa,
donde todo lo que pasa   645

---

633 *Templar*: Juego de palabras sobre dos de sus significados: "En
      la música vale poner acordes los instrumentos según la pro-
      porción armónica" y "Metafóricamente vale moderar, sosegar
      la cólera, enojo o violencia de genio de alguna persona" (DA).
632 V.T.: "en efecto me he atrevido". *Efeto*: cfr. *supra* I, n. a
      v. 277.
643 *Lugar*: cfr. *supra* I, n. a v. 16.
      V.T.: "Sale Inés y Isabel, muy triste".

a mi padre he de contar.
Veré lo que me aconseja
que haga, ¡cielos!, en favor
de mi vida y de mi honor.

Sale Isabel y Inés.

INÉS

Tanto sentimiento deja;   650
que vivir tan afligida
no es vivir, matarte es.

ISABEL

Pues ¿quién te ha dicho, ¡ay Inés!,
que no aborrezco la vida?

JUAN

Diré a mi padre... ¡Ay de mí!   655
¿No es ésta Isabel? Es llano.
Pues ¿qué espero?   *Saca la daga.*

INÉS

¡Primo!

ISABEL

                    ¡Hermano!
¿Que intentas?

656 *Llano*: 'claro'.

JUAN

Vengar así
la ocasión en que hoy has puesto
mi vida y mi honor.

ISABEL

Advierte...   660

JUAN

Tengo de darte la muerte,
¡viven los cielos!

Sale Crespo con unos villanos. *

CRESPO

¿Qué es esto?

JUAN

Es satisfacer, señor,
una injuria, y es vengar
una ofensa, y castigar...   665

CRESPO

Basta, basta; que es error
que os atreváis a venir...

---

* V.T.: "Sale Crespo".

658-661 Viviendo el padre es éste el encargado de restaurar la
honra perdida y no el hermano. El concepto del honor que
tiene Juan es extraordinariamente rigurosa y exige no sólo
la muerte del ofensor sino de la persona ofendida y deshonrada. Cfr. *Introducción*, III, 3 y 6.

JUAN

¿Qué es lo que mirando estoy?

CRESPO

...delante así de mí, hoy,
¡acabando ahora de herir   670
en el monte un capitán!

JUAN

Señor, si le hice esa ofensa,
que fue en honrada defensa
de tu honor...

CRESPO

                    Ea, basta, Juan.
—Hola, llevadle también   675
preso.

JUAN

          ¿A tu hijo, señor,
tratas con tanto rigor?

CRESPO

Y aun a mi padre también,
con tal rigor le tratara.
(Aparte.) Aquesto es asegurar   680
su vida, y han de pensar

668 Se refiere, sin duda, a la vara de alcalde que lleva Pedro Crespo
     en la mano.
675 Hola: cfr. supra n. a v. 551.
680 Aquesto: cfr. supra I, n. a v. 88.
680-681 Pedro Crespo actúa como alcalde justo, lo que, a su vez, le
     permite ser padre comprensivo que evita peligros a su hijo
     teniéndolo encerrado, y también a su hija.

que es la justicia más rara
del mundo.

JUAN

Escucha por qué,
habiendo un traidor herido,
a mi hermana he pretendido   685
matar también.

CRESPO

Ya lo sé.
Pero no basta sabello
yo como yo; que ha de ser
como alcalde, y he de hacer
información sobre ello.   690
Y hasta que conste qué culpa
te resulta del proceso,
tengo de tenerte preso.
(Aparte.) Yo le hallaré la disculpa.

JUAN

Nadie entender solicita   695
tu fin, pues sin honra ya,
prendes a quien te la da,
guardando a quien te la quita.
                              Llévanle preso.

---

687 *Sabello*: 'saberlo'. Asimilación de la vibrante *r* (alveolar so-
     nora) a la líquida *l* (alveolar lateral sonora) con palatalización.
     Forma habitual en el siglo XVI y que se mantiene en el XVII,
     sobre todo en poesía, por la facilidad para la rima; cfr. Rufino
     José Cuervo: *Ro*, XXIV (1895), pp. 252-261.
689-690 *Hacer información*: "Se llama en lo forense las diligencias
     jurídicas que se hacen de cualquier hecho o delito para ave-
     riguarle y certificarle de su verdad" (DA). Sobre el lenguaje
     jurídico utilizado por Calderón, cfr. *Introducción*, III, 4.
693 *Tener de*: 'haber de'. Cfr. *supra* I, n. a v. 659.

CRESPO

Isabel, entra a firmar
esta querella que has dado   700
contra aquel que te ha injuriado.

ISABEL

¡Tú, que quisiste ocultar
nuestra ofensa, eres agora
quien más trata publicarla!
Pues no consigues vengarla,   705
consigue el callarla agora.

CRESPO

No: ya que como quisiera,
me quita esta obligación
satisfacer mi opinión,
ha de ser desta manera.   *Vase [Isabel]*. 710
Inés, pon ahí esa vara;
pues que por bien no ha querido
ver el caso concluido,
querrá por mal.

DON LOPE, *dentro*

¡Para, para!

703 V.T.: "la ofensa que el alma llora". *Agora*: cfr. *supra* I, n. a
     v. 135.
704 V.T.: "así intentas publicarla". Ninguna de las dos correccio-
     nes me parecen justificables y de recibo.
702-706 Cfr. *supra* n. a vv. 466-468.
706 V.T.: "consigue el callarla ahora". *Agora*: cfr. *supra* I, n. a
     v. 135.
707 1651 y V.T.: siguen atribuyendo este parlamento hasta 710 a
     Isabel y el v. 707: "que ya que como quisiera". Acepto la
     corrección de todos los editores posteriores, por creer que así
     lo exige el significado.
712 V.T.: "que pues por bien no ha querido".

CRESPO

¿Qué es aquesto? ¿Quién, quién hoy   715
se apea en mi casa así?
Pero ¿quién se ha entrado aquí?

Sale don Lope. *

DON LOPE

¡Oh, Pedro Crespo! Yo soy;
que, volviendo a este lugar
de la mitad del camino,   720
donde me trae, imagino,
un grandísimo pesar,
no era bien ir a apearme
a otra parte, siendo vos
tan mi amigo.

CRESPO

Guárdeos Dios;   725
que siempre tratáis de honrarme.

DON LOPE

Vuestro hijo no ha parecido
por allá.

* Falta esta indicación escénica en V.T.

715 *Aquesto*: cfr. *supra* I, n. a v. 88.
719 *Lugar*: cfr *supra* I, n. a v. 16.
727 *Parecer*: "Aparecer o dejarse ver alguna cosa" (DA). Hoy ha
     quedado como vulgarismo.

CRESPO

Presto sabréis
la ocasión. La que tenéis,
señor, de haberos venido   730
me haced merced de contar;
que venís mortal, señor.

DON LOPE

La desvergüenza es mayor
que se puede imaginar.
Es el mayor desatino   735
que hombre ninguno intentó.
Un soldado me alcanzó
y me dijo en el camino...
—Que estoy perdido, os confieso,
de cólera.

CRESPO

Proseguí.   740

DON LOPE

...que un alcaldillo de aquí
al capitán tiene preso.
Y ¡voto a Dios! no he sentido
en toda aquesta jornada
esta pierna excomulgada,   745

731 *Me haced*: 'hacedme'. Cfr. *supra* I, n. a v. 612.
732 *Mortal*: "Se dice del que tiene o está con señas o apariencias
     de muerto".
740 *Proseguí*: 'proseguid'. Cfr. *supra* n. a v. 339. H. —injustifica-
     damente— corrige siempre estos imperativos.
741 *Alcaldillo*: el diminutivo con valor despectivo. Cfr. E. Náñez:
     op. cit.
743 *Voto a Dios*: cfr. *supra* I, n. a v. 37.
745 *Excomulgar*: "Metafóricamente vale tratar mal de palabra o
     con rigor y enfado" (DA).

sino es hoy, que me ha impedido
el haber antes llegado
donde el castigo le dé.
¡Voto a Jesucristo, que
al gran desvergonzado   750
a palos le he de matar!

CRESPO

Pues habéis venido en balde,
porque pienso que el alcalde
no se los dejará dar.

DON LOPE

Pues dárselos sin que deje   755
dárselos.

CRESPO

     Malo lo veo;
ni que haya en el mundo, creo,
quien tan mal os aconseje.
¿Sabéis por qué le prendió?

DON LOPE

No; mas sea lo que fuere,   760
justicia la parte espere
de mí; que también sé yo
degollar, si es necesario.

---

749 *Voto a Jesucristo*: cfr. *supra* I, n. a v. 1 y 37.
V.T.: "¡Vive Jesucristo, que!".
761 *Parte*: "En los pleitos se llama la persona que tiene derecho o
interés en ellos". Sobre el uso de términos jurídicos cfr. *Introducción*, III, 4.

CRESPO

Vos no debéis de alcanzar,
señor, lo que en un lugar   765
es un alcalde ordinario.

DON LOPE

¿Será más de un villanote?

CRESPO

Un villanote será,
que si cabezudo da
en que ha de darle garrote,   770
par Dios, se salga con ello.

765 *Lugar*: cfr. *supra* I, n. a v. 16.
766 *Alcalde ordinario*: "Juez que tiene la jurisdicción radicada y
    anexa al mismo oficio o dignidad; sea puesto por el rey o
    por el señor que para ello tiene potestad concedida por su ma-
    jestad o por los Concejos, Ayuntamientos o Cabildos que tie-
    nen esta facultad de nombrar y elegir alcaldes; y sin que se
    les añada el distintivo se entiende ser ordinarios, no por otra
    razón que por la de rendir en ellos la jurisdicción ordina-
    ria" (DA). "El juez competente que conoce las causas en pri-
    mera instancia" (COV). Sobre sus atribuciones, cfr. *supra* n. a
    v. 371.
767 V.T.: "¿Será mas que un villanote?". *Villano*: cfr. *supra* I, n. a
    v. 165. *Ote* tiene valor despectivo, recuérdese el Camilote de
    la *Tragicomedia de Don Duardos* de Gil Vicente y aún el
    propio Don Quijote, como ya señalé.
769 *Cabezudo*: "Se toma por el terco, porfiado, tenaz y asido a
    su dictamen que no se sujeta a la razón ni a la opinión de
    otro" (DA).
770 *Garrote*: "Instrumento para ejecutar a los condenados a muer-
    te, que consiste en un aro de hierro con que se sujeta contra
    un pie derecho la garganta del sentenciado, oprimiéndola en
    seguida por medio de un tornillo de paso muy largo hasta
    conseguir la estrangulación" (DRAE).
771 *Par Dios*: 'por Dios'. Cfr. *supra* I, n. a v. 37. La forma más
    habitual es ¡pardiez!, eufemística.

DON LOPE

¡No se saldrá tal, par Dios!
Y si por ventura vos,
si sale o no, queréis vello,
decidme dó vive o no.   775

CRESPO

Bien cerca vive de aquí.

DON LOPE

Pues a decirme vení
quién es el alcalde.

CRESPO

Yo.

paralelismo

DON LOPE

¡Voto a Dios, que lo sospecho!

CRESPO

¡Voto a Dios, como os lo he dicho!   780

DON LOPE

Pues, Crespo, lo dicho dicho.

---

774 *Vello*: cfr. *supra* n. a v. 687.
775 V.T.: "decid donde vive o no".
776 *Bien cerca*: 'muy cerca', galicismo.
777 *Vení*: 'venid', cfr. *supra* n. a v. 339. De nuevo corrige H., injustificadamente.
779 *Voto a Dios*: cfr. *supra* I, n. a v. 37.
780 y ss. Obsérvese la técnica de Pedro Crespo de replicar con semejantes palabras y tono en que le hablan.

CRESPO

Pues, señor, lo hecho hecho.

DON LOPE

Yo por el preso he venido,
y a castigar este exceso.

CRESPO

Yo acá le tengo preso   785
por lo que acá ha sucedido.

DON LOPE

¿Vos sabéis que a servir pasa
al Rey, y soy su juez yo?

CRESPO

¿Vos sabéis que me robó
a mi hija de mi casa?   790

DON LOPE

¿Vos sabéis que mi valor
dueño desta causa ha sido?

CRESPO

¿Vos sabéis cómo atrevido
robó en un monte mi honor?

---

785 V.T.: "Pues yo acá le tengo preso". La corrección evita el
hiato, pero rompe el paralelismo de las respuestas.
792 *Desta*: cfr. *supra* I, n. a v. 2.

DON LOPE

¿Vos sabéis cuánto os prefiere   795
el cargo que he gobernado?

CRESPO

¿Vos sabéis que le he rogado
con la paz, y no la quiere?

DON LOPE

Que os entráis, es bien se arguya,
en otra jurisdicción.   800

CRESPO

Él se me entró en mi opinión,
sin ser jurisdicción suya.

DON LOPE

Yo os sabré satisfacer,
obligándome a la paga.

CRESPO

Jamás pedí a nadie que haga   805
lo que yo me puedo hacer.

---

795 'Hasta qué punto y en qué medida mi cargo y autoridad está
     sobre vuestro cargo y autoridad.'
799-802 Pasaje clave para comprender la actitud de Pedro Crespo
     y el por qué quebranta la separación de jurisdicciones, arro-
     gándose él, como alcalde, derecho a intervenir en una causa
     reservada al consejo de guerra y, por tanto, a la jurisdicción
     militar, por ser el encausado Capitán. Cfgr. *supra* n. a v. 371.
803 V.T.: "Yo sabré satisfacer".

DON LOPE

Yo me he de llevar el preso.
Ya estoy en ello empeñado.

CRESPO

Yo por acá he sustanciado
el proceso.

DON LOPE

¿Qué es proceso?   810

CRESPO

Unos pliegos de papel
que voy juntando, en razón
de hacer la averiguación
de la causa.

DON LOPE

Iré por él
a la cárcel.

CRESPO

No embarazo   815
que vais. Sólo se repare

809-810 *Sustanciar el proceso*: "formar el proceso o la causa hasta
     ponerla en estado" (DA).
813-814 Sobre los términos jurídicos, cfr. *Introducción*, III, 4.
815 *Embarazar*: "Impedir, detener, retardar, y —en cierto modo—
     suspender lo que se va a hacer o se está ejecutando" (DA).
816 *Vais*: vayáis. Junto a las formas analógicas *(vaya, vayas)* del
     presente de subjuntivo, se mantuvieron las formas etimológicas
     vamos y *vais*; cfr. R. Menéndez Pidal: *op. cit.*, p. 304, § 116, 5.

que hay orden que al que llegare
le den un arcabuzazo.

DON LOPE

Como a esas balas estoy
enseñado yo a esperar...   820
Mas no se ha de aventurar
nada en el acción de hoy.

Sale un soldado. *

—Hola, soldado, id volando,
y a todas las compañías
que alojadas estos días   825
han estado y van marchando,
decid que, bien ordenadas,
lleguen aquí en escuadrones,
con balas en los cañones
y con las cuerdas caladas.   830

SOLDADO

No fue menester llamar
la gente; que habiendo oído
aquesto que ha sucedido,
se han entrado en el lugar.

---

* V.T.: falta esta indicación escénica.

818 *Arcabuzazo*: disparo de *arcabuz*: "arma de fuego compuesta
de un cañón en su caja de madera y su clave, la cual da el
fuego con el pedernal hiriendo en el gatillo" (DA).
822 V.T.: "nada en esta acción de hoy". *Acción* era femenino. Emplea el artículo en la forma masculina por comenzar la palabra
siguiente con *a* átona, pero no siempre lo cumple Calderón;
cfr. Keniston: *op. cit.*, 18.123 y 18.124.
823 *Hola*: cfr. *supra* n. a v. 551.
830 *Calar la cuerda*: "Aplicar la mecha al mosquete para dispa-
rarle" (DA).
832 Cfr. *supra* I, n. a v. 197.
833 *Aquesto*: cfr. *supra* I, n. a v. 88.
834 *Lugar*: cfr. *supra* I, n. a v. 16.

DON LOPE

Pues ¡voto a Dios! que he de ver   835
si me dan el preso o no.

CRESPO

Pues ¡voto a Dios! que antes yo
haré lo que se ha de hacer.   *Éntranse.*

Tocan cajas * y dicen dentro:

DON LOPE

Ésta es la cárcel, soldados,
adonde está el capitán.   840
Si no os le dan al momento,
poned fuego y la abrasad,
y si se pone en defensa
el lugar, todo el lugar.

ESCRIBANO

Ya, aunque rompan la cárcel,   845
no le darán libertad.

---

* *Caja*: cfr. *supra* I, n. a v. 9.

835 *Voto a Dios*: cfr. *supra* I, n. a v. 37.
841 Leísmo, cfr. *supra* I, n. a v. 124.
842 Sobre la colocación del pronombre, cfr. *supra* I, n. a v. 612.
844 *Lugar*: cfr. *supra* I, n. a v. 16.
845 V.T.: "ya aunque la cárcel enciendan". Junto a Escribano la indicación "dentro".
846 V.T.: "no han de darle libertad".

SOLDADO

¡Mueran aquestos villanos!

CRESPO

¿Que mueran? Pues ¿qué? ¿no hay más?

DON LOPE

Socorro les ha venido.
¡Romped la cárcel; llegad,   850
romped la puerta!

*Sale el Rey, todos se descubren, y don Lope,
y Crespo.* *

REY

                              ¿Qué es esto?
Pues ¿desta manera estáis,
viniendo yo?

DON LOPE

                    Ésta es, señor,
la mayor temeridad
de un villano, que vio el mundo.   855
Y ¡Vive Dios! que a no entrar
en el lugar tan a prisa,

---

* V.T. "Salen los soldados y Don Lope por un lado y, por otro,
el Rey, Crespo y acompañamiento".

847 *Aquestos*: cfr. *supra* I, n. a v. 88.
     Villanos: cfr. *supra* I, n. a v. 165.
847 En V.T. atribuido a "Todos dentro".
852 *Desta*: cfr. *supra* I, n. a v. 2.
855 *Villano*: cfr. *supra* I, n. a v. 165.

señor, Vuestra Majestad,
que había de hallar luminarias
puestas por todo el lugar.   860

REY

¿Qué ha sucedido?

DON LOPE

            Un alcalde
ha prendido un capitán;
y, viniendo yo por él,
no le quieren entregar.

REY

¿Quién es el alcalde?

CRESPO

            Yo.   865

REY

¿Y qué disculpa me dais?

CRESPO

Este proceso, en que bien
probado el delito está,
digno de muerte, por ser
una doncella robar,   870

el deleito

856 *Vive Dios*: cfr. *supra* I, n. a v. 37.
859 *Luminarias*: "Las luces que se ponen en las torres y sobre las
     murallas y en las galerías de las casas y ventanas, en señal
     de fiesta y regocijo público" (COV). Claro que las luminarias
     a que se refiere Don Lope no serían de fiesta y regocijo, sino
     el resultado de haber él incendiado la ciudad como venganza.
864 Leísmo, cfr. *supra* I, n. a v. 124.

forzarla en un despoblado,
y no quererse casar
con ella, habiendo su padre
rogádole con la paz.

DON LOPE

Éste es el alcalde, y es   875
su padre.

CRESPO

          No importa en tal
caso, porque si un extraño
se viniera a querellar,
¿no había de hacer justicia?
Sí. Pues ¿qué más se me da   880
hacer por mi hija lo mismo
que hiciera por los demás?
Fuera de que, como he preso
un hijo mío, es verdad
que no escuchara a mi hija,   885
pues era la sangre igual.
Mírese si está bien hecha
la causa, miren si hay
quien diga que yo haya hecho
en ella alguna maldad,   890
si he inducido algún testigo,
si está algo escrito demás
de lo que he dicho, y entonces
me den muerte.

---

876 y ss. Pedro Crespo quiere distinguir entre vengarse de quien
      le ha arrebatado la honra y hacer justicia, presentándose ante
      el Rey como juez imparcial y no como padre ofendido y des-
      honrado; cfr. *Introducción,* III, 6.
883   Construcción con el participio fuerte; cfr. R. Menéndez Pidal:
      op. cit., pp. 321-332, § 122, 1 y 3.
886   Obsérvese el solecismo, quizás esté en lo cierto H. que afirma
      que falta algún verso, aunque queda claro el sentido.
891   Cfr. *supra* I, n. a v. 197.
892   V.T.: "si está escrito algo de mas".

REY

Bien está
sustanciado; pero vos   895
no tenéis autoridad
de ejecutar la sentencia
que toca a otro tribunal.
Allá hay justicia, y así,
remitid el preso.

CRESPO

Mal   900
podré, señor, remitirle,
porque, como por acá,
no hay más que sola una audiencia,
cualquier sentencia que hay,
la ejecuta ella; y así,   905
ésta ejecutada está.

REY

¿Qué decís?

CRESPO

Si no creéis
que es esto, señor, verdad,
volved los ojos, y vedlo.
Aquéste es el capitán.   910

Aparece dado garrote en una silla el Capitán.

---

895 *Sustanciado*: cfr. *supra*, n. a vv. 809-810.
896 y ss. Cfr. *supra* n. a v. 371.
901 *Leísmo*, cfr. *supra* I, n. a v. 612.
906 V.T.: "está ejecutada ya".
910 *Aqueste*: cfr. *supra* I, n. a v. 88.

REY

Pues ¿cómo os atrevisteis?

CRESPO

Vos habéis dicho que está
bien dada aquesta sentencia;
luego, esto no está hecho mal.

REY

El consejo ¿no supiera   915
la sentencia ejecutar?

CRESPO

Toda la justicia vuestra
es solo un cuerpo, no más.
Si éste tiene muchas manos,
decid, ¿qué más se me da   920
matar con aquesta un hombre
que estotra había de matar?
Y ¿qué importa errar lo menos
quien acertó lo demás?

911 V.T.: "¿Pues como así os atrevisteis?".
913 *Aquesta*: cfr. *supra* I, n. a v. 88. El Rey había dicho sola-
     mente que estaba bien sustanciado el proceso (vv. 894-895) no
     que la sentencia estuviera bien dada.
917 y ss. Toda una teoría de la administración de justicia en boca
     del recién nombrado alcalde Pedro Crespo. Efectivamente, el
     Rey era considerado como Vice-Dios y encarnación máxima de
     la justicia, que era administrada por otros en su nombre y por
     delegación suya.
921 *Aquesta*: cfr. *supra* I, n. a v. 88.
922 *Estotra*: cfr. *supra* I, n. a v. 2.
924 V.T.: "quien ha acertado lo más", para establecer un parale-
     lismo con "lo menos" del verso anterior. Siguen esta lectu-
     ra K., O., H. La lectura de V.T. hace referencia al principio
     legal: "*De minimis non curat lex*".

REY

Pues, ya que aquesto sea así,   925
¿por qué, como a capitán
y caballero, no hicisteis
degollarle?

CRESPO

                ¿Eso dudáis?
Señor, como los hidalgos
viven tan bien por acá,   930
el verdugo que tenemos
no ha aprendido a degollar.
Y ésa es querella del muerto,
que toca a su autoridad;
y hasta que él mismo se queje,   935
no les toca a los demás.

REY

Don Lope, aquesto ya es hecho.
Bien dada la muerte está;
que no importa errar lo menos
quien acertó lo demás.   940
Aquí, no quede soldado
ninguno, y haced marchar
con brevedad; que me importa
llegar presto a Portugal.
—Vos, por alcalde perpetuo   945
de aquesta villa os quedad.

925 V.T.: "Pues ya que aquesto es así".
929 *Hidalgo*: cfr. *supra* I, n. a v. 262.
937 *Aquesto*: cfr. *supra* I, n. a v. 88.
939 V.T.: "Que errar lo menos no importa", seguida por K., O., H.
940 V.T.: "si acertó lo principal", seguida por K., O., H. El Rey
     en estos dos versos ha hecho suyo el razonamiento y, por
     tanto, admitido y sancionado la actuación de Pedro Crespo.
942 V.T.: "alguno y haced marchar".
944 Cfr. *Introducción*, III, 2-b.

CRESPO

Solo vos a la justicia
tanto supierais honrar.   *Vase el Rey.*

DON LOPE

Agradeced al buen tiempo
que llegó su Majestad.   950

CRESPO

Par Dios, aunque no llegara,
no tenía remedio ya.

DON LOPE

¿No fuera mejor hablarme,
dando el preso, y remediar
el honor de vuestra hija?   955

CRESPO

Un convento tiene ya
elegido y tiene Esposo
que no mira en calidad.

DON LOPE

Pues dadme los demás presos.

946 *Aquesta*: cfr. *supra* I, n. a v. 88. Sobre la colocación del pro-
       nombre cfr. *supra* I, n. a v. 612.
951 Cfr. *supra* I, n. a v. 37, y III, v. 771.
956 V.T.: "En un convento entrará".
957 V.T.: "que ha elegido, y tiene esposo".

CRESPO

Al momento los sacad.   *Vase el Escribano.* 960

Salen Rebolledo y la Chispa. *

DON LOPE

Vuestro hijo falta, porque
siendo mi soldado ya,
no ha de quedar preso.

CRESPO

                    Quiero
también, señor, castigar
el desacato que tuvo   965
de herir a su capitán;
que, aunque es verdad que su honor
a esto le pudo obligar,
de otra manera pudiera.

DON LOPE

Pedro Crespo, bien está.   970
Llamadle.

CRESPO

          Ya él está aquí.

Sale Juan.

---

* V.T.: "Salen todos".

960 Cfr. *supra* I, n. a v. 612.

JUAN

Las plantas, señor, me dad,
que a ser vuestro esclavo iré.

REBOLLEDO

Yo no pienso ya cantar
en mi vida.

LA CHISPA

       Pues yo sí,   975
cuantas veces a mirar
llegue el pasado instrumento.

CRESPO

Con que fin el autor da
a esta historia verdadera.
Los defetos perdonad.   980

---

972 Cfr. *supra* I, n. a v. 612.
977 Se refiere al instrumento de tortura y *cantar*: 'declarar'.
978-980 Fórmula habitual de *captatio benevolentiae*.
979 Cfr. *Introducción*, III, 6.
980 V.T.: "Sus defectos perdonad". *Defeto*: cfr. *supra* I, n. a
     v. 277.

ÍNDICE DE LÁMINAS

Se terminó de imprimir en los
talleres valencianos de
Artes Gráficas Soler, S. A.,
3 de mayo de 1976

clásicos castalia

ÚLTIMOS TÍTULOS PUBLICADOS

"I was a loser.
I couldn't even make it
as a crook!"
*
**

He was thrown out of high school, fired from over forty jobs, lasted only 97 days in the U.S. Army, and even failed as a petty thief. After a 35-year losing streak, he kicked the failure habit and decided to become a success. Now the number-one salesman in the U.S.A., the winner you've read about in NEWS-WEEK and THE NEW YORK TIMES tells you "how I built the attitudes of a surefire winner and how those attitudes led me to the development of my system." It's all here for you to use as Joe Girard reveals HOW TO SELL ANYTHING TO ANYBODY.

☜   ☞

Also by Joe Girard

How to Sell Yourself

Published by
WARNER BOOKS

How to Sell Anything to Anybody

By the World's Greatest Salesman

Joe Girard

WITH STANLEY H. BROWN

WARNER BOOKS

A Warner Communications Company

WARNER BOOKS EDITION

This Warner Books Edition is published by arrangement with Simon and
Schuster, Inc., 1230 Avenue of the Americas, New York, N.Y. 10020

Cover design by Gene Light

Warner Books, Inc.
666 Fifth Avenue
New York, N.Y. 10103

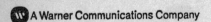 A Warner Communications Company

Printed in the United States of America

First Warner Books Printing: January, 1979

20   19   18   17   16

To my sainted mother in Heaven
for the love that saved my life
and helped me believe
that I was a worthwhile human being

Contents

1

Introduction

You've got this book in your hands because you think it can help you get more out of your work—more money and more personal satisfaction. This probably isn't the first book about selling that you have read. Chances are you have seen and read a lot of other books, books that promise to give you the "secrets," the magic, the inspiration. You probably already know a lot about how to hype yourself by looking in the mirror every morning and repeating certain phrases to yourself. By now you know the mysteries of "PMLA" and "HPD" and some other magical-power expressions and attitude builders. You know a lot about what you should think and what you shouldn't think, positive and negative. And maybe you are a little confused by this time from all the contradictory advice the books have offered.

I don't have to take anything away from the promoters, the experts, and the other well-meaning people who grind out all those books. They have to make a living too.

But let's face it. What you want to know is how to sell real products and services now. And most of those authors never sold very much in their lives, except their books. They may be professional writers or professional sales training experts. Some of them may have spent a few weeks or months selling something until they figured out something at which they were better. And maybe one of them made a good living selling one multimillion-dollar real estate development every two years, which has nothing to do with the kind of selling you do and want to do better.

That's the point. They just aren't our kind of salesman, out there selling every day for a living. They don't do it because they have to. When you read their books, they sound fine. And they probably give you a little help, maybe even enough to earn back what they cost you. But when you think about those books, you realize pretty soon that these writers—even the best of them—just aren't our kind of salesman.

But I am. I sell cars and trucks. New ones, at retail, no fleet deals, just new cars and trucks, one at a time, face to face, belly to belly, to the same kind of people you sell, every day. Maybe you sell cars or suits or houses or appliances or furniture or something else, day in and day out, something that you have to sell a lot of to make out. And when you read these books by the experts, you probably have the same gut reaction I do: There's something missing. What is missing, your intuition tells you, is first-hand, on-the-job involvement with *our* problems, *our* people, *our* world. Those guys just don't feel like they've been out there in the trenches every day the way we have to be if we're going to eat tomorrow.

That's why my book is different. That's why this book is going to work for you in ways that the others never did. Because I'm out there every day the way you are. I do what you do. I feel what you feel. I want what you want. And I get it. Other people have been called the world's greatest salesman. But they aren't our kind of salesman. Among our kind of salesman, I am the world's greatest. You don't have to take my work for that claim. If you want to check me out, take a look at the world's foremost authority, the *Guinness Book of World Records*. Look up the world's greatest salesman. You'll find that it's me, Joe Girard. Or check stories about me in *Newsweek, Penthouse,* and *Woman's Day,* or in a half-dozen other magazines and newspapers. You've probably seen me on one or another national television show in recent years. And they always introduce me as "the world's greatest salesman." These people don't make up stuff like that. They know before they talk. But if you still want to see for yourself, check the 1977 edition of the *Guinness Book of World Records*. It's all there, on page 345, or look in the business section if you don't have the 1977 issue. And I've been in there for four straight years.

How well have I done since I started selling in 1963? In my first year, I sold only 267 cars. Only!

11

Even those days that would be more than just a living. In that first year, I was maybe the top guy in the dealership. In 1966, my fourth year, I sold 614 cars and trucks (retail). This is the year I became NUMBER ONE RETAIL CAR AND TRUCK SALESMAN IN THE WORLD. And every year since, I have been the NUMBER ONE RETAIL CAR AND TRUCK SALESMAN, increasing my business better than 10 percent a year and some years as high as 20 percent, even when we had bad recessions, layoffs, and long strikes. In fact, the worse the economy gets, the harder I work and the better I do. I have stayed on top even when the auto dealers in the Detroit area cut the work-week from six days to five.

Last year, 1976, was my biggest year. I had gross *earnings from commissions in excess of $200,000.* Not too many beat me, except maybe those guys who spend three years paying off some cabinet minister in some country to buy their airplanes or missiles. But that's not the kind of selling you and I are talking about.

What we are talking about is a profession that uses skills and tools and experience and practice. It brings us lots of headaches and frustrations, no matter how well we do. But when we do it right, it brings us more financial and emotional pleasure than any other kind of work in the world. I do what I do because I love the money and the excitement and the satisfaction of winning again and again and again.

You may already be doing pretty well. You may have a home, a vacation place, a boat, and a couple of cars. But if you have read this far, you think there is more to be had than that. And you're right. There is more of all the kinds of pride and satisfaction every good salesman should feel. In fact, the better you are, the more you should want. If you think you have enough of everything, then you aren't doing as well as you could, so keep on reading. Because I have a total system for selling that is a lot like farming in a country where things grow all the time. With my system, you do a lot of things that are like planting seeds. You do them all the time, and then you begin to harvest—all the time. And every time you have harvested a sale, you plant something else. You plant and plant and harvest and harvest—all the time—through every season. There is nothing like it. I guarantee it.

But if you think that there is nothing you can do to sell and win, because you're a loser, let me tell you that I was a bigger loser than you have ever been.

For the first 35 years of my life I was the world's biggest loser. I got thrown out of high school. I got thrown out of about 40 different jobs. I lasted only 97 days in the U.S. Army. I couldn't even make it as a crook. I tried twice. The first time I wound up with nothing but a night of terror in juvenile detention. The second time the charges against me were dismissed for lack of evidence. And when I finally got into a business where I was making a small but fairly steady income, the first time I tried to expand I wound up facing bankruptcy, owing more money than I had ever seen, because I believed somebody who had no reason to tell me the truth.

How I got from there to here is what this book is about. Even now, I sell every day. This book is not being written by a spectator with a fancy title and a lot of degrees. This is being written by a working salesman who is in the front lines every day selling. Even when I travel around the country giving talks to other salesmen, I am selling, because salesmen have to be sold that the people who show them how to do it know how to do it because they do it. The story of how I got to be the world's greatest salesman gives me an enormous amount of pride. But I get even more from the letters I receive from working salesmen who meet me and hear me talk and then write telling me how I have changed their lives by making them better, happier, more prosperous salesmen.

Winning Bloodless Victories

Remember that for a real salesman there is nothing better than selling. It is like home runs for a hitter, touchdowns for a running back, victories for a general. But when a salesman sells there are no losers. Both the buyer and the seller win if it's a good sale. The confrontation that leads to a sale is like a game or a war, but one where nobody bleeds, nobody loses, everybody wins. What's better than that?

But the process that leads to that victory should start long before you ever see your prospect for the first time. And it goes on long after the customer signs the order, pays, and leaves with his purchase. In fact, if you think the sale ends when, like they say in the car business, you see the customer's taillights, you're going to lose more sales than you ever dreamed of. But if you understand how selling can be a continuing process that never ends, then you're going to make it to the big time.

Once my selling system got into high gear, I never had to look for customers among the people who walk into the front door of the showroom. I don't take "ups." All my customers these days are people who ask for me by name. All of them. And for every 10 sales I make, roughly 6 of them are to people I sold at least once before. And we're talking about automobiles. People buy them about every three or four years, and even less often among the middle- and working-class people who are most of my sales. If you're selling clothes or booze or things that people buy a lot more often, getting them back again and again is even more important. But it is harder to do with cars. So if I can show you the ways I keep people coming back to buy cars from me, you know it's going to mean even more sales for you if you're selling these other kinds of products and services where success depends even more on bringing them back again.

I guarantee you that my system will work for you, if you understand it and follow it. I look at selling situations and customers in different ways than I used to. This means that I have changed my attitudes about a lot of aspects of my profession. I know there are a lot of people who talk about the importance of attitudes. They tell you that if you change your attitude toward something they have put CAPITAL LETTERS on, then everything will be just dandy for you. Most of these people are sincere but they aren't out there selling face-to-face day after day.

Let's face it. We live in the real world, and it is a very tough world. Whatever you are selling, there is probably somebody else out there selling one exactly like it. Not probably. It's a fact. It is a very competitive world. And, aside from the thousands of Chevvy salesmen who are trying to sell exactly the same car to exactly the same customers as I am, there are hundreds of thousands of other salespeople trying to take the same money from them for everything from furniture, houses, swimming pools, and motorboats to vacation trips, tuition, and savings accounts. And when you finally get the customer to come in, he is looking to hustle you in some way, not because he is a bad person but because he has come to believe that you are. It is a very tough profession we have chosen, but if we choose to deal with it as a profession with rules and standards and principles, it can be made to pay off in financial and emotional satisfaction.

The first thing you'd better know—if you don't know it already—is that this is not always a nice world. Competition is a tough game, but everybody competes with everybody else for everything you and they want. I am no philosopher, but I knew that almost from the day I was born. And it is one of the few things I learned before the age of 35 that turned out to be useful to me. What I am trying to say is that the so-called experts are putting ideas in your way that you will either have to get rid of or reshape before they can help you make more money and have more satisfaction from selling.

16

It is a very tough, competitive world. But when I say that, I don't mean that you are going to have to cheat or steal to survive. Stick with me and you will see what I do mean. You will see how you can change people by selling them the right way, my way, and wind up with their money and their friendship. In fact, if you don't get both their money and their friendship, you are not going to be in business very long. Don't get me wrong: When I talk about friendship, I am not talking about goody-goody things like Love Thy Neighbor. How you get along with your neighbor is strictly your business. But when you get to the chapter on the Law of 250 you will understand exactly what I mean by friendship. We are going to deal with the kinds of attitudes customers have toward salesmen and the importance of telling the truth and the value of certain kinds of lies. If you don't understand whom you're dealing with and what they really want to hear, then you can't make it in the long run. I assure you of that.

But even before we get to the business of your customers' attitudes, we are going to have to deal with your own. Remember that I was a total loser for 35 years, which I am going to describe with enough detail so you'll start to feel sorry for me, like I felt sorry for myself. But I'll tell you right now that feeling sorry for yourself is a trap. It guarantees that you'll keep on losing. It kills everything that it takes to be a winner in the war of life and of selling. I'll show you that too. And I'll show you how I went from being a loser to being a big winner, the world's greatest salesman, like it says in the book. I did it all by myself. I'll tell you and show you how I did it. And you'll be able to see what you are doing in your own life that is defeating you and that can be turned around to make you a big winner.

I mean that. You'll have to do it to yourself and for yourself. Nobody can do it for you. But I believe that I can show you what I did with my life—and why I did it—so that you can be guided by it to look at yourself and your life and learn to turn the disadvantages into advantages, the liabilities into assets, the failures into successes, the defeats into victories.

Once you have come to that point, you get a set of attitudes built into your head. I know that most of those so-called experts tell you to do it the other way around. That is, they give you the words, the attitudes that you ought to have, and they tell you to develop them. They tell you to make yourself believe them by repeating them every morning when you get up or by saying them to yourself in the mirror or some such thing as that.

The Way to Winning Attitudes

But if you do that without knowing why or how, it's not going to be worth any more than squeezing a rabbit's foot or rubbing a lucky piece. The only way to have the right attitudes is to know what the wrong ones are and how you got them and why you keep them. And I am going to lead you through the story of my attitudes: the wrong ones, and then the great change in my life that led me to the right ones. Don't get the idea that I'm referring to some magical moment when a finger from heaven touched me. The change in my life came for a lot different and more understandable reasons, as you will discover.

I am not saying that what I went through was easy, but I did it. And if I could do it, coming from where I came from, anybody who is sick and tired of being a loser can do it. I guarantee that too. But you have to build in your own version of the right attitudes as the first step. Then you will understand the other rules and parts of my system, and why they work if you work them properly and consistently. The Law of 250 will make it clear why you will want to use the system all the time. When you get to the use of time, you will understand not just the obvious facts about the value of time and the cost of wasting it, but also the importance of being realistic about yourself and what you can do, and how to be good to yourself in the long and the short run. When we get to certain aspects of what I do, I will of course be talking about how I sell cars to people. I will relate what I do to what salespeople in other fields do. A lot of it is obvious and you can figure it out for yourself. When I say it is essential to get a customer to take a demonstration ride, you know, if you're selling houses, that the equivalent is getting the people into the model. Or putting the suit on the customer. Or even cooking them a meal if you're selling them a new kitchen. The old-time door-to-door vacuum cleaner salesman used to throw dust and dirt on the floor and then run the vacuum to show how well it worked. The Club Aluminum salesman cooks a meal when he shows his line. A mattress salesman has got to get the customer to lie down. Those obviously are all equivalents of the demonstration ride in a new Chevrolet.

But whatever I do and say that has to do with selling cars, there is almost always an equivalent for selling anything else. Maybe a life insurance salesman can't get you to go to your own funeral like Tom Sawyer did, but he'll get you to talk about your wife and children, and maybe get you to take out their pictures and leave them on the table while he is talking. This can be a helluva good reminder that you're not going to be around forever, and this may be all he needs to remind you of. It's a kind of demonstration ride.

From here on out, I am going to take you step by step through my discovery of the way to change from loser to winner. I'll show you how I built in the attitudes of a sure winner and how those attitudes led me to the development of my system. And remember this: Those attitudes and that system have made me the World's Greatest Salesman.

2

The End of a Loser the Beginning of a Winner

Somebody once told me that I was a born salesman. Let me tell you that's not true. Some salesmen, maybe even most salesmen, may be born to it. But I was not born a salesman. I made me a salesman, all by myself. And if I could do it, starting from where I did, anybody can. Stay with this story and you'll soon see what I mean.

Lots of people start out poor, but the way it was where I was born was a special kind of poor, maybe something like the kind of poor these days if you're black and poor. I was born November 1, 1928, on the lower east side of Detroit. In those days it was almost all what you would call Italian, but what I call Sicilian, because to me there's a big difference. I'm proud to be a Sicilian, even though a lot of people, including people from other parts of Italy, discriminate against us and try to make out that all of us are born into some kind of crime syndicate. My strong pride got me into a lot of trouble in my younger days, and even sometimes in recent years. I was pretty quick to fight anybody who called me "wop," "dago," or "greaser." I know that everybody is prejudiced against somebody, but I have never liked it directed against me, and I've bloodied a lot of noses for being called "wop," "dago," or "greaser."

The first home I remember was an upper flat in a two-family house across the street from a coal yard. You would think it was a pretty lousy place if you lived across from a coal yard. But it had one advantage. When things were really tough in the wintertime, and the house was freezing cold, my older brother Jim and I could go across the street and I would crawl under the fence and throw hunks of coal to my brother, who would put them in a burlap bag. Then we'd haul them home and put them in the furnace. Sometimes that was all there was to burn, so it never bothered us that the coal maybe belonged to somebody else. That's the kind of world I was born into.

The furnace was in the cellar, but I remember the cellar for another reason. It was my father's favorite place to beat me from as early as I can remember. I guess I was as good and bad as most little kids, nothing special. So I never knew why he did it to me and not to my brother or my two younger sisters. But he did it. Mostly he would take me down there and tie me to a pipe, and then he'd beat me with one of those big leather straps he used to sharpen his razor. Any time any of the kids made any noise or anything, it was me that got it.

22

Down to the cellar, and him hollering as he whipped me, *You're no good, you'll never be nothing, you're gonna go to jail*—stuff like that. And I never could figure out why me, but he never stopped as long as I lived at home.

Sometimes I'd run away a few blocks to the railroad yard down by the river and hide out in the boxcars. Once in a while, I'd even sleep on the straw-covered floors of freight cars. And when I'd come home, he'd beat me again and tell me I was no good and would never amount to anything, and that I'd end up in Jacktown (what we called the state prison in Jackson, Michigan, where a lot of guys from the neighborhood went).

I'll tell you one thing. If you grow up in a house where your father is the boss, and he tells you you're no damn good from the earliest time you can remember and beats you hard while he's telling you, you believe it. After all, he's the only father, the only authority you know, and he must be right. After a while, I started believing it, even though my mother used to come down to the cellar afterward and tell me that I really was a good boy. That helped some, I guess, but she was not the boss like my old man, so, as much as I loved her, I still believed that I was no good and never would be worth anything. I believed it for a long time, and it had a lot to do with what happened to me, what I did to myself, for most of my life.

I have tried to figure out what it was that made him hate me and pick on me and dump on me that way all the time. He came from Sicily as a young man, uneducated, practically illiterate, and poor. His own father had been a tyrant who cursed and

23

beat him. My father was 25 when he married my mother. She was only 15, and her mother was not too happy about her marrying my father. Nobody ever told me what was going on in those days, but a feud started between my father and my mother's mother that never ended as long as he lived. My father wouldn't let any of us, including my mother, have anything to do with my grandmother, even when she lived in the same two-family house. My mother used to sneak into the cellar and talk to her through a partition sometimes. And I would visit her too, because we were very close friends, maybe because of how my father felt about us. Whenever my father found out that I was seeing his enemy, bam, the beating and the hollering and the cursing began again.

You're probably wondering what this has to do with how to sell. Well, it has everything to do with how attitudes get planted in your head. And what got planted in my head was that I was no good and that I wouldn't amount to anything. I believed that, and I was going to prove that my father was right. After all, you're supposed to honor and obey your father. But there was another attitude planted there too, from the same beatings and cursings. There was this feeling of wild anger against him and wanting to prove to him that he was wrong, so he'd love me like he loved my brother and my sisters. Sometimes one attitude operated, sometimes the other one, and sometimes they canceled each other out.

My father was never able to get much work. After all, it was the Depression and we were Sicilians in Detroit and he had no trade, nothing.

Mostly he was laid off or on the WPA. We were almost always on welfare (which they called relief in those days), and about the only happy times I can remember were around Christmas when the Goodfellows (a local charity) would send us this box of toys that people had contributed. Mostly they were used and repaired, but it was a big thrill. And even better was the coupon they gave that we could take downtown and exchange for a pair of new shoes. That was a very big deal to me in those days.

When I was around eight years old, I started working. A few blocks from where we lived there were a lot of factories. U.S. Rubber had a tire plant near the river, there was a big stove factory, and there were some furniture factories and some others. All along East Jefferson Avenue, near these plants, there were workingmen's bars. I built a shoeshine box and got some brushes and polishes (I don't remember where I got the money for them), and I worked those bars giving shines. If you think you have earned money the hard way, let me tell you that squatting on the floors of crummy saloons shining shoes for pennies will match whatever you've done. I'd start out in the afternoon after school when the factories were letting out. I'd work all the bars along Jefferson for about a mile, and then I'd come back and start again, maybe more than once in a day. My price was a nickel, if I could get it. Sometimes I'd get a tip of any extra penny or two, and sometimes I couldn't even get more than two cents for the whole shine. After a while, I developed some tricky moves like tossing the brushes in the air and changing hands. People got to know me, and I'd get extra tips. In those days of the 1930s, even one penny bought a lot of candy, and a nickel bought a double-dip ice cream cone or a quart of milk.

The second and third time along the street I'd see the same guys three or four drinks later. I saw what booze does to people just in the course of a few hours. Sometimes it would make them easier and maybe more generous, but a lot of times it just made them meaner. After all, these were men who had worked a hard day and were maybe scared they'd lose their jobs. There were more workers than jobs in those days, a lot more. And they had stopped off to unwind and unload their troubles before they had to go home to a poor and miserable house. Working those bars was pretty grim. But I'd work till maybe ten or eleven at night and come home with about a dollar, sometimes more. All of it went to the family, and sometimes it was all the money that was coming in. When a plant was closed or there wasn't much business for me for some other reason and I only brought home a few cents, my father would holler at me and beat me. Those nights I'd be afraid to go home. The fear of not doing well got built into me then, and I'd want to stay out later to do maybe a few more shines.

It was a lousy kind of childhood, but I never want to forget it. That's why I keep a big picture of me at age nine on my knees shining a shoe. I have it hanging on the wall of my office so I won't forget what I started from. I hated it, but I'm proud of it.

My First Sales

Maybe there was a little selling experience in going around and practically begging guys to let me shine their shoes. I guess putting on my little act on the floor with the brushes and all was a kind of selling pitch. But where I really learned about one aspect of selling was when I started delivering newspapers. I'd get up at about six o'clock in the morning and go to the garage where the Detroit *Free Press* copies were dropped off to be delivered in the neighborhood. I'd fold them and carry them in a bag on my route, and then go to school and do the shine bit afterward.

Where I really learned about selling, though, was when the paper had a contest for new subscribers. For every one you signed up who stayed for at least a month, you won a case of Pepsi-Cola. Now that was a very big deal to me. A case of 24 12-ounce bottles of soda pop was really something. You talk about incentives and motivation. Boy, that really was it for me. I worked every house and every apartment on every street I could find. I rang so many doorbells my fingers got sore. I may even have missed a day or two of school during the contest. But I was persistent. I'd say, "We're having a contest, and I'd like you to sign up for just one week." The prize was only if they lasted a month, but I figured that most people would keep taking the paper once they had signed up. I'd tell them how it would be delivered to their door before they got up, which was true. And if they said no, I'd keep on going, never giving up, never being so disappointed that I didn't keep pushing doorbells. It's no fun being turned down. But I soon found out that the more people I talked to, the more sales I made. And that is fun, and better than fun. Because pretty soon the little garage we had behind our house was lined with cases of Pepsi that I could sell in the neighborhood for whatever I could get for them. This gave me more money to bring home, more hope that I could prove to my father that I was worth something. But even that didn't seem to work.

I stayed with the shine box and the newspapers for about five years, going to school most of the time but not doing very well at it. I was not much of a scholar, but I learned some and didn't do too bad when I was there. But the trouble between my father and me never got any better. And maybe a couple of dozen different times he would throw me out of the house. I'd sleep in those boxcars, or sometimes I'd go downtown and take a room in a flophouse at the edge of downtown. It was a crummy part of town, cheap hotels, rooming-houses, whorehouses, movies that showed what passed for porn in those days. I'd get a bed in one of those places for a dime or a quarter a night—you didn't get a room, just a bed in a kind of dormitory with a bunch of drunks sleeping it off or having the dt's. My father would come looking for me after a while and bring me back home and tell me to be good. He did it because my mother made him do it, I guess. I'd come home, try school for a while, hang out with the guys on the corner, and then get thrown out again.

When I was 16, I was out on the corner one night

with these two guys, two friends of mine from the neighborhood. They said, "We're going to knock off this bar over on Meldrum and Lafayette. We cased the joint already and there's liquor and maybe he leaves some cash. Wanna come along?" It was one of the bars where I used to shine shoes, and I knew the bar. I'd never done anything like that before, but maybe it was because I knew the place or whatever, but I decided to go along with them. Whatever I was, I wasn't a crook. At least not till then. I don't know what decided me to go along, but there I was.

When they cased the bar, one of the guys had gone to the john and left the window open. In those days you could do that. Now there would be bars on the windows and alarms and a meter to tell the night man that the window wasn't locked. But not then, even in a crummy, poor neighborhood like we lived in.

So about ten o'clock that night we sneaked into the garage of the Whittier Hotel, which used to be a classy apartment hotel down on the river. We copped a car, I remember it was a Studebaker. I can still hear the garage guy hollering, "Hey, come back with that car." But we just tore ass out of that place and stashed the car on a side street in the neighborhood.

Bars in Detroit close at two in the morning, so we had to wait till the night men closed the place, cleaned up, and left. It was around three-thirty in the morning when we hit the place. We got the car and drove into the alley behind the bar. There was nobody around on the streets or anywhere. The whole area was completely closed down for the night. I wasn't even very scared while it was going on. In fact, once we got there, I wasn't even scared at all.

One of the guys crawled through the window and unlocked the back door. Then we just loaded up the car with all the cases of liquor we could fit into it. It was in the days of World War II. It must have been sometime around May of 1944, and booze was still pretty hard to get. In fact, they rationed it for a while in Michigan. Anyway, once we got the car loaded and cleaned out the register, we took off and hid the booze and split up the money. There was $175 in the till, so my share was nearly $60 plus the buck a bottle we got from selling the liquor to other guys who hung out on the corner. For me that was big easy money, and the whole thing worked so well that I didn't think anything more about it.

It's funny when I think back to those days, because I really don't know why I didn't keep on doing it after that first job. I mean I wasn't that scared or anything, and the money was good, and it figured that we could find other jobs as easy to do. But I didn't do it. I think my old man was bugging me a lot to get a job, and I did get one in some factory. So maybe I was more afraid of him and what he'd do if I didn't go to work.

Anyway, I practically forgot about the whole thing, or at least I was trying to, when one day I'm lying in bed at home and I hear a lot of commotion. My mother was crying, and I couldn't figure out what was happening. It never occurred to me that it could have anything to do with breaking into the bar. That had happened three months before, and I hadn't had anything to do with those guys after that, and nobody had said anything about it again.

All of a sudden a guy is in my room and he is shoving me and saying, "Get up!" I open my eyes, and a badge is shoved in my face and this cop says, "Get your clothes on." The next thing I know I'm at the police station, and this cop and a bunch of others are asking me about the bar burglary and a bunch of jobs pulled at bars and grocery stores I didn't know anything about. But they knew about the one I had been in on. One of the guys had been caught and told about a bunch of jobs he'd done, including that bar, and somehow my name came up. So the next thing I'm in the juvenile detention home. It was the worst place I'd ever been, a big room full of cots and kids, and this big guy comes around with a strap and makes a kid bend over and starts whipping him. It was worse than a night I spent in a flophouse, where they turned on the lights in the middle of the night to haul out the body of a wino who had died during the night. It was the worst night I had ever spent in my life, and I had spent a lot of nights in a lot of horrible places.

In the morning they brought me out to see the man who owned the bar we robbed. He remembered me and asked me why I did it. I said I didn't know, but that I'd pay him back what I had taken. He said O.K. and didn't press charges, so I got out of that place. I would have done anything to get out of there.

My father and my uncle came to get me out. My father started beating me as soon as we got outside the building. He beat me in the car, and he beat me when we got home. He kept hollering about the shame I had brought to the family name. This time I really thought I had it coming to me. I had proved to my father that what he had always said about me was true—I was no good, a small-time crook, and I had got arrested.

But I also got the scare of my life, spending that night in the juvenile home. No matter what happened, I wasn't going to go through that again. I wasn't going to go to jail like a lot of guys I hung out with wound up doing.

So I took a job at the stove company in the neighborhood where a lot of the Sicilians worked. I put insulation into the stove panels, which was a rotten job because the stuff got into your clothes and your skin and your nose and all. And they worked you hard and fast. One day I got caught smoking—it was my second offense—and they broomed me. Broom, that's a word we used for getting fired. It's like you're a piece of garbage and they sweep you out, which is how I felt about myself a lot of the time.

I keep thinking that I had about 40 different jobs in those days, but I can't really count them all. I drove a truck for a printer until I got broomed for taking too long on deliveries. I worked at Chrysler Motors making armrests for Imperials. That wasn't too bad. I worked at Hudson Motor Car on the assembly line, which is one of the worst jobs there is because you are attached to the machines and they decide how hard you work. I worked at an electroplating factory where the place was full of vats of hot acid and molten metal, with fumes that got into your lungs. I've had asthma ever since then.

I was a busboy at the Statler Hotel for a while. Another time I was a bellhop at the Book-Cadillac Hotel, which became the Sheraton. I did a little act there, wearing one of those uniforms and paging guests. One day I threw away a bunch of telegrams instead of delivering them to the rooms. I denied that it had happened while I was there, but they were timestamped, and I didn't know that. So they broomed me. I sometimes think that if I had known things like that I might have done better, and maybe even got to be a vice president of something like the Sheraton. But I was pretty ignorant in those days.

I was in and out of school a lot, and somewhere along the line I got in a fight with the study hall counselor at Eastern High School, and I got expelled. He kept picking on me, maybe for nothing, maybe just for the sort of things that kids do, but then he started at me talking about "you people" and how "you people had better learn" and all that. I told him that my name wasn't "you people," because you know what it means when they start saying "you people." He was talking about Italians, and pretty soon it got kind of nasty and I hit him, and that was all for me and school.

As I remember it, I lost most of my jobs for getting in fights with guys who talked about "wops" and "dagos" and "guineas." Maybe I was just looking for trouble in those days. Maybe I just wanted to keep losing to show my father that he was right and that I was no good. But I was full of anger, and there were a lot of bigots around in those days to take it out on.

That night in the juvenile detention home may

have saved me from worse. I'll never forget how I felt. Maybe I was no good, but I sure as hell wasn't bad enough to deserve that.

After some more drifting from one lousy job to the next, I enlisted in the army. That was at the beginning of 1947. But I fell off a truck and hurt my back during basic training, and they gave me a discharge. But even that didn't come easy. I hated the army. It was almost as bad for me as being in jail. But for a while they just gave me barracks duty instead of letting me out. Then one day a sergeant I'd never seen offered to help me get a discharge if I would give him my mustering-out pay. For a while I thought it was some kind of a setup, and that they were trying to catch me bribing an officer. He kept at me and I tried to ignore him. When my case finally came up and they gave me the discharge, he came and asked for his money. I gave it to him and went home with an honorable discharge. I don't know if he had anything to do with it or not, but I was so glad to get out of there that I gave him the few bucks that I had been paid. When I got home, my mother was glad to see me, but my father started in again with what a bum I was. He told me that not even the army wanted me. He said, "You are no good and you'll never be any good." He said that he should have choked me when I was born. I'll never forget that day as long as I live. With tears in my eyes, hearing my father screaming and hollering all over again, and seeing the tears in my mother's eyes, I left home, working sometimes and hanging out other times, still hearing the screaming and the hollering of my dad's voice, which constantly haunted me.

Then, in 1948, I got into some more trouble with the law for being stupid. Another guy and I opened a hat cleaning and blocking and shoeshine shop in our neighborhood. In the back room we had blackjack and dice games. We thought we had worked out a pretty good system of watching out for the law. One of us would be a lookout in the front of the store, and if somebody who looked like a cop came in, we had a signal with a nail through the wall. The guy in back was supposed to swallow the dice or run away so there would be no evidence. One day I was up front, and an old buddy from my days at Barbour Junior High School came in. We talked about the old days and he said he was in the construction business. Then he asked to go into the back and I let him im. When my partner saw him, he recognized that he was a cop and ran out the back way with the dice.

The Hard Way to Easy Money

It never entered my mind that somebody from our neighborhood could be a cop. It was kind of an insult to even suggest that somebody was a cop. In fact, there's a Sicilian curse that tells a guy he should be a cop. But this guy was a cop. Even though my partner got away with the gambling evidence so that all we had was a friendly card game going on, they gave everybody tickets for loitering. The rule with our kind of joint was that the guys who ran it had to pay the fines when the customers got hit for loitering. So our little business ended up with us holding a stack of tickets we had to pay the fines on. That was the end of my days as a gambling house operator. And it was just as well, because until we got raided, we were making pretty easy money. And for a while I really believed there was such a thing as easy money, even though I had worked my ass off for most of the money I ever earned in my life.

Then there was another string of lousy jobs, fighting, getting broomed, and hanging around with the guys, shooting snooker or whatever else I could do. Sometimes I think that if anybody in those days had treated me decently, I might have stayed on a job and worked my way up to something good. But maybe the reason nobody treated me decently was that I really believed I was no good and acted bad to prove it. I really think I was acting rotten so that my father would know he was right, and then maybe he would love me. I know that sounds crazy, but that's the way people seem to act a lot of the time. Look at the guys who try to make girls love them by beating them and even killing them. It makes no sense, but that seems to be the way people act when they are angry with the world for not treating them right.

I finally did get a break from one man, and that started to change my life a little. His name was Abe Saperstein, and he was a very small-scale home builder. What he did was buy up vacant lots in different neighborhoods and hire some people and build small cheap houses on the lots, one at a time, maybe a half dozen or so a year. He wasn't building any Levittown, just a nickel-and-dime operation. He hired me as a common laborer, which was all I could do. I drove a truck, mixed cement, hauled building materials, and worked at bricklaying and everything else on the houses. In those days, Saperstein built them for maybe $9,000 and sold them for maybe $12,000. There wasn't much selling, and what there was he did himself so he wouldn't have to pay commissions. It was mostly about getting money from the bank—mortgages and all that. People needed cheap houses, and they bought them if they could finance them.

It was such a small operation that I got to see how practically everything wad done, and who was brought in to do what we couldn't do ourselves. I got married about the time I came to work for Saperstein, and then our first child was on the way. That and the fact that Saperstein treated me well and let me learn the business kept me there. It was probably the first job I ever had that I stayed on more than a year. It was no big deal, but it was a living, enough to feed my wife, my son Joe, and my daughter Grace.

When Saperstein decided to retire, he turned the business over to me. That was not really as big as it sounded because all we had was an old truck, some tools, and a little cement mixer. But I had learned how to put that and some experience together and run it on my own. Detroit's economy has a lot of ups and downs, even more than other places. But in a good year I could build enough houses, one at a time, scattered around town, to keep things going and make a little more money than I could make on an ordinary job.

Things went pretty well for a while. But it was strictly small time. If you got two vacant lots together, you could save money by having two foundations dug at the same time, buying enough materials and labor do do both together. Even that was larger scale than what we usually did. But it didn't take a genius to see the advantages of getting bigger. So I decided to expand the operation somehow.

Saperstein was a decent man. He treated me like a son, and I loved the guy. He taught me a lot, as I moved from truck driver to supervisor to owner. But what I didn't learn was whom to trust and whom not to trust. With the kind of small business we had, trust wasn't important. Nobody trusted us for much for long.

So when I went on my own, I didn't know that you're not supposed to believe anything unless you see it in writing. I started looking around for a piece of land where I could build a bunch of houses at one time. All the subcontracting and all the materials could be bought and delivered cheaper. Finally I found a parcel of land in the suburbs northeast of Detroit. I could build about 50 houses all in one place, and I could build at least four at a time and put them up a lot cheaper that way than the way I was doing it.

The reason the land was available at a price I could afford was that it was completely undeveloped—mainly meaning no sewers. And around Detroit people wouldn't buy houses with septic tanks. At first I wasn't interested in the tract. But then the salesman said, "Don't worry about sewers. I was at City Hall in Mount Clemens and I heard the word that they were going to start building the sewers out here in the spring. But don't tell anybody I told you, because they don't want to start a lot of land speculation around here.''

Great! That's what I wanted to hear, so I bought the property on a land contract at a very high rate of interest. But that was O.K., because once I got a model home built and started selling from it, there would be a lot of money coming in. It looked like a sure thing.

I built the first house, put up signs and ran ads, and waited. To keep operating costs down, I was going to do the selling myself. Every weekend, I'd go out there and sit in that house. Weekends are when people have the time to shop for homes. A lot of people came around to look, and they liked what they saw. The price was right and there was a lot of buyer interest.

But they all asked the same question: Are there sewers? I told them what I knew, that the sewers would be in in a few months. So they said they would come back when the sewers were in. And I sat there and waited. Meanwhile, I owed money on the land and on the building materials. There is a lot of short-term credit in the building business. You get your money out when you start selling. But I wasn't selling anything, and the short-term credit was getting to be long-term. Everybody was dunning me for money. I was in the hole for about $60,000.

It finally dawned on me that I had better find out damned quick about those sewers. So I went to City Hall out there and asked, and everybody looked at me funny: What sewers? There were no plans for sewers then or ever, I soon found out. In fact, they haven't built sewers out there yet. I never felt so stupid in my life, believing that real estate salesman on a thing like that without checking. But I did believe him, and everything I had done—staying out of trouble, working hard—for ten years was down the drain.

Finally it got to the point where, when I came home at night, I would have to park the car a couple of blocks away and sneak into my own house through the alley and over the back fence. The bank was trying to repossess my car.

Nowhere to Go but Up

Then one night I came home and June, my wife, asked me for money for groceries. I didn't have any. "What are the kids going to eat?" she asked.

How about that for a question: What are the kids going to eat? Here I was a home builder who allowed himself to be conned to the point where everything was gone. Creditors were on my tail. The bank was after my house and car. Bad enough, but now nothing to eat. I sat up the whole night wondering what to do. For a while the old feelings kept coming back. I was no good, like my father always said. No matter how hard I tried to straighten out my life, it came back to that. But I couldn't forget that question my wife had asked. There was no time to feel sorry for myself. I had responsibilities to other people, to my wife and children, besides the money I owed to my subcontractors and suppliers for work that they had done in good faith. But I wasn't worried at that moment about debts or bankruptcy or my car. Pretty soon all I could think about was getting enough money to feed my family the next day. That was all. Just keeping them from being hungry another day. I had known a lot of hunger when I was a kid, when all we ate at home every day was spaghetti, lots of times without even any sauce or anything on it. I was the biggest loser ever. But I was not going to make other people suffer because of what I did or didn't do. I had always made a living for my family. As a kid, I was sometimes the only support. When I worked in factories and made $90 a week, my father made me hand over the checks and gave me a couple of bucks for spending money. I always had been able to bring home enough to feed my wife and children—maybe not fancy, but enough —until that moment.

I didn't spend too much time thinking about how dumb I had been to believe that real estate salesman. If I had, I might have realized that believing him without checking was maybe another way of ruining myself to prove to my father that he was right and that I was no good. Though by then I had helped him finance and build a little house he lived in during his last years. All I thought about was finding some honest way to get food for my family.

That was how I got into the car-selling business. That was the start of my becoming the world's greatest salesman.

Look back to learn how to look forward better.

3

It All Begins
with Want

The idea of selling cars for a living had occurred to me before that day. In fact, I had a friend who was a car salesman, and when my building business started going sour, I asked him a few times to get me a job as a salesman. But he never took me seriously and kept brushing me off, telling me that I didn't know anything about selling.

In a way that was true. My experience selling houses didn't count for much, because, at the low prices I was charging for the few I built, there was no selling. People were glad to get them. All I had to do was sit in the model, make the deal, and arrange for the paper work. I probably learned more about selling when I shined shoes and sold produce in the streets from the back of a truck than I ever learned selling houses. With the drunks in the bars and the housewives on the street, getting them to notice you and like you was important if you wanted to make a little extra or even to make the sale in the first place. I always had some sense of that. I always had some idea that the way I got a guy to take a shine or to give me an extra tip, or the way I got a housewife to take a dozen ears of corn instead of six was to sell *me* to them.

But at this point in my life, all I could think of was getting some kind of work right away. My friend in the car business brushed me off again, so I went to see another man I knew in the business. He was sales manager of a Chevrolet dealership. Right away he explained why I had been getting the brushoff. Car salesmen, he said, always feel that there are only a certain number of customers and too many other salesmen. They feel that every time a new salesman comes into the showroom, he is going to take sales away from them.

I had suffered from another handicap since I was a kid and that was that I stuttered badly from the time I was about eight. It seemed to have started from my father beating me. For years it caused me a lot of painful embarrassment, but the kind of work I was able to get didn't require me to have to speak well. I had talked to a lot of people about it, including doctors. They all said pretty much the same thing: try to talk slower. I tried a lot and I guess it got better sometimes, but there just wasn't all that much pressure on me to improve my speech—until I started selling cars.

Then I had to do something. And what I had to do was teach myself to concentrate on what I was trying to say and to say it slowly and carefully. I was thirty-five when I really began working on it.

And I soon learned to overcome that handicap, because I had to, otherwise we weren't going to eat.

Learning to overcome stuttering was one of the most important things that happened to me when I started selling. Because it made me think about what I was trying to say and what I should say and what people wanted to hear. That is something that everybody who sells should do all the time of course. But having that handicap forced me to do it. I not only cured myself of stuttering that way. I also learned some of the fundamentals of communication, because I learned to listen and to plan every word I said carefully. It wasn't long before I had got to the point where I almost never stuttered and I almost always said what I wanted to say exactly right.

I had bought cars and I knew that the way the business worked was that the salesmen stood in a group and when the door opened, whoever was next came up to the customer. But I was desperate, so I said to this fellow, "How about if I don't take any floor time from other salesmen?" He looked at me kind of funny, because it didn't make sense. "What if I just get customers in other ways than taking turns on the floor." So he said O.K. and I was hired. But that didn't mean anything, because salesmen in that place didn't get any "draw." In fact, they didn't even get a demonstrator to drive until they got to a certain selling level.

I had made my arrangement and I was a salesman, but I had no idea where I was going to find customers. I knew that people worked lists, but I didn't know what lists were and how you got them. The only list I knew about was the telephone book. So I figured I'd tear a couple of pages out of the directory. What the hell, it was a list, and everybody on it had a telephone number. In fact, I tore out two white pages, and then I figured that business people use trucks and most people aren't home during the day anyway, so I tore out two yellow pages.

That was my first prospect list—four pages from the Detroit telephone directory. It wasn't much, but it was better than nothing.

I am sure this would make a dandy story if I said that the first number I picked at random brought me a prospect who came in that day and bought a car from me. Maybe I would tell you that if I thought you would believe it.

The First Car Sale I Ever Made

No. I made my first sale that day, but it wasn't from a phone call. As a matter of fact, it was from a customer who walked into the showroom just before closing, when all the guys were either busy with customers or on their way home.

He walks in and there is no one else there. I look around for about a second, remembering that I had said I wouldn't take any other salesman's floor time. But I was keeping my promise, because nobody was there. And by that time I was so desperate that I would have fought anybody who got in my way.

Lots of guys frame the first dollar they took in at

their new store. And they can recall every detail of the first sale they ever made in their business. You might think that I can recall every detail of that first sale. Or, if I can't, you might think it would be good for this book if I made up a story about that first sale. But I won't do that. I'll tell you frankly that I don't remember the man's name. I don't remember what kind of car he bought.

I remember two things about that first sale. Just two things. One was that he was a Coca-Cola salesman. I probably remember that because it had something to do with grocery stores, and groceries were on my mind a lot that day. The other thing I remember was the feeling I had from the first time I saw the guy that there was no way he was going to get out without buying a car from me. To this day I cannot remember his face, and for a very simple reason: Whenever I looked at him, all I saw was what I wanted from him. And my want was a bag of groceries to feed my family.

I don't remember the pitch I made. I didn't know much about cars or selling or anything in those days, so I know I didn't talk product to him. I had never heard the drill about answering objections, but I am sure that however he stalled, I got him moving again. If he pulled the one about the wife, I am sure that I handed him the phone or got up to drive over with him to his house. I don't know anything more about that man except that he represented the only way I had at that moment to straighten out my bent life and fulfill my obligations to my family. He was a bag of groceries, and if I sold him, they would eat.

Want. My want. That was all I knew. And that

want was enough to drive me to say and do enough of the right things to sell him a car. I am not saying that that's all there is to it, then or now. But that is most of it. If you want, and know what you want, you will have most of what you need to be a successful salesman. I mean that. Nobody can be a great salesman without wanting. Wanting something very much. And the more you want, the more you drive yourself to do what it takes to sell.

Maybe the reason that I'm the world's greatest salesman is that there really isn't anything much that you can want more than feeding your hungry family. That doesn't mean that you have to have a hungry family or somebody who needs an operation to save their life or something just as grim in order to sell cars or anything else. But you have to want something. And you have to know what it is. And you have to see every move you make as a way of getting whatever it is you want.

Once I saw that Coca-Cola salesman as a bag of groceries to bring home to my family, he was sold, whether he knew it or not. I can't think of anything I have ever wanted as much as that bag of groceries. But I have wanted a lot of other things. I always know what they are and I try to tie every phone call, every word I say to every customer into fulfilling that want.

First, you have to know what you want. Second, you have to know that you can get it if you sell the next prospect.

You may think that's a little too simple. You're right. But it's just slightly oversimplified. Because it made me a salesman that first day. I didn't know from nothing except my own want and the fact that if I sold this guy, I would get those groceries. And I did it. I sold him and then I talked the sales manager into lending me $10 to buy a bag of groceries for my family. Don't tell me it doesn't work.

Knowing what you want will power your drive.

4

The Mooch Is a Human Being

I don't know what term you use in your town and in your business to talk about a customer. But in Detroit, in the retail car business, he's The Mooch. It's a terrible expression, because it's a terrible way to think of somebody who is coming in to give you money. It creates a negative attitude toward this person who wants to buy something from you.

Now that I have said that, I want to point out that salesmen around here don't use that word for no reason at all, no matter how much it may harm their performance. There are reasons why salesmen feel hostile toward prospects, and even toward customers. I understand those reasons and so do you. But I try very hard not to think of a customer as The Mooch. Because words in your head can become destructive.

But let's take a look at the way we perceive

customers, and at what they really are. First of all, they are people, human beings with the same kinds of feelings and needs that we have, even though we tend to think of them as a different breed. Where I sell most of the people who come in to buy cars are working class, and they work hard for their money—very hard. And for most of them, whatever money they spend with us is money they won't have to spend on something else they want and need. I don't think any of this comes as news to you, but I am sure that, just like me, you forget it a lot of times.

That's because we are professionals whose time is worth money, and every day we see a lot of people who don't seem to be serious about anything but taking up our time. That's really the problem. That's really the reason we think of a person as The Mooch, or whatever term you use where you come from.

The thing to remember is that when a customer comes in, he's a little scared. (By the way, when I say "he" it is just for convenience. About 30 percent of my customers are women buying cars on their own, so what I really mean is "he or she.") That person is probably there to buy. I say "probably," because we know that there are a lot of shoppers in the world. But mostly, whether they are aware of it or not, they are interested in what you are selling. Interested enough to be converted into buyers, even when they are only shopping. But they're scared. They're scared of parting with $30 for a pair of shoes, $100 for a suit, or $5,000 for a car. That's money, and it comes hard. So they're scared. Scared of you too, because they all know or think they know that salesmen are out to get them.

That's not really true for most of us. But once they walk in the door, a lot of them start to panic a little. They're just looking. They want to take their time. They want to run out of there and jump in the car and make a getaway before you get to them.

But they need what you have to sell. That's really why they're there. So they stay. But they're still scared, because they've been told what kind of people we are. Let's face it: Salesmen don't have the best reputation in the world, because everybody tells everybody else that they are trying to take too much of your money from you. Everybody knows somebody who can get it for you cheaper or wholesale. That's one of the biggest problems in the car business, and everywhere else too. They all think they know that they are not going to get what they want at the price they ought to be paying. And that scares them.

But there they are, coming through the door, feeling this way. Full of distrust and fear, ready to say or do anything to protect themselves from what they think you are going to try to do to them. You may even run into people who will give you a $5 or even a $10 deposit just to get out of there—and never even come back for their money. So that ought to tell you something about how they feel about the situation they have walked into.

That's why a lot of us—even me sometimes—call a person The Mooch. We think of him as some kind of strange animal who will lie and stall and take up our valuable time—it *is* valuable, and we ought never to forget that basic fact.

The Bloodless War

This means that what we do every day of our working lives is a kind of war. I mean that. It is a kind of war, because prospects often come in as enemies. They think we are trying to put something over on them, and we think they are there to waste our time. But if you leave it at that, you're in trouble. Because they will keep on feeling hostile, and so will you. There will be lies and cons on both sides. Maybe they will buy, and maybe they won't. But either way, if the hostile feelings on both sides remain in force, nobody will feel good about what happens. More important, the chances of making a sale aren't very good if the suspicion, the hostility, and the distrust show.

So what do you do? I'm not ready to go into detail on the selling process yet. I still want to focus on the basic attitudes of customers and salespeople in this selling war. Let's forget about people who really are mooches (and there are some people for whom shopping and not buying is a kind of a game). And let's forget about people who call themselves salesmen but are out to screw everybody they can find because they can't handle their own emotional problems. (We all have emotional problems sometimes, but we'll get to the serious business of leaving them at home or converting them into useful selling attitudes.) We're talking about people who consider themselves serious and dedicated professional salesmen.

Now let's look at these mooches again. First of all, they aren't mooches. They are human beings

52

who work hard for their money and are genuinely interested in buying something from you. That has got to be the first basic assumption about everybody you meet. As I have said, and as you know when you think about it, they are scared of you, and especially of what they are about to do. They are at war with you, and whether you think so or not, that means you are at war with them.

I am not saying that this is a good attitude, but I am saying that it is generally a fact. But it is a fact that you can deal with and turn to everybody's advantage. Because if you understand what is going through that customer's head, you can win that war and turn it into a valuable experience for both you and your customer. You can do that by overcoming your customer's initial fear and scoring a victory, that is, making a sale.

There is no harm in thinking that a selling situation is like a war as long as you understand that the victory—the moment when you get the signature, the money, the sale—is an experience that is good for both sides. You have defeated an enemy, you have scored, you have won, you have used your time well and made money.

But the enemy, The Mooch, the scared customer, if properly sold, has also benefited. He has got what he came in for: he now owns the shoes or the suit or the car. He won too. And he should feel that way. He should feel that he has spent his time well, that he has spent his money well. He has lost the war, but he has won too.

That is certainly the best kind of war—where everybody wins and nobody loses. The selling situation, if handled properly, is as good a way as any for a professional salesman to get rid of his own hostility, wherever it comes from.

I often think that every time I face a customer, I am in some way facing my father again. Now what I really have always wanted to do with my father is defeat him and make him respect and love me for doing it. In a way, I beat him every time I make a sale, which is often. But, at the same time, I have made him happy because he has bought a car from me. I don't know what a head shrinker would say about something like that. But we all have feelings of anger and fear, and if we can get over them one or two or twenty times a day by making a good sale, what's wrong with that?

And there is nothing in the professional life of a salesman that is more satisfying than making a good sale. For me, a good sale is one where the customer goes out with what he came in for, at a good enough price so that he tells his friends, his relatives, and his co-workers to buy a car from Joe Girard. That is the kind of victory I look for every day in the war against the mooches. They aren't mooches when they leave me. They are human beings who aren't afraid of me any more because we have *both* won the War of the Sale.

I have talked to people around the country who say that salespeople exploit their customers. You know what I tell them? I say: How can it be exploiting a guy when I give him a good product for his money, at a good price? And if he doesn't have the money in his pocket—and most people obviously don't—I help him get the credit to buy his car. Is that exploiting the working class, when a man leaves me owning a $5,000 automobile? I don't think so, and I'm sure you don't either.

So remember: The customer is not The Mooch when he leaves, whatever he was when he came in. Make him a friend and he'll work for you. About 6 out of every 10 customers I sell are either an old customer coming back or somebody who got my name somewhere. That's 60 percent of all my business. Somebody who calls himself a salesman may hustle and con a customer to buy, but that guy is not going to come back to that place again if he feels he has been conned. And 60 percent of my business comes from satisfied customers and the people they know. So clean out all those expressions like The Mooch from your head. They only get in the way of seeing the real opportunities and using them.

After all, what it's all about is a satisfying way to make a good buck. And nothing is more satisfying on the job than winning and profiting. So look into your own feelings the next time you confront a customer. Try to sort out your own feelings about him. Are you sore because he interrupted a joke you were telling? Does he remind you of somebody you don't like? What if he is smoking a pipe? Forget about all that crap the other guys tell you about pipesmokers not being able to make up their minds. Maybe they do hide behind their pipes. But your job is to get them over their desire to hide from you. That's the first thing you have to do, because you can't sell a scared person. He'll run away from you. You can't sell a mooch, because he'll pick up how you feel about him. You can't sell a mooch—you can only sell a human being. So start out every encounter with everybody keeping that thought in mind. You've got a war on your hands—with your customer and with your own feelings. Don't forget who you are, and who the customer is. Don't forget why you're both there—to make a sale that is good for both of you.

You can't sell a mooch–You can only sell another human being.

5

Girard's
Law of 250

I have a very strict rule about dealing with customers. In the last chapter, I tried to give you some idea of my attitude toward everybody I meet. You might think that because I am a superstar in this business I can afford to throw a guy out if he is giving me a hard time, or if I don't like his looks, or for no reason at all. Look at my sales and income record.

But if you believe that, you are missing the most important point. And that is: However I feel about myself or whoever I'm with, I don't let my feelings get in the way. This is a business we're in, an important profession. And those people, those prospects, those customers are the most important thing in the world to us, to each of us. They aren't interruptions or pains in the ass. They are what we live on. And if we don't realize that, as a hard business fact, then we don't know what we are doing. I'm not talking about some of them or most of them. I'm talking about *all* of them.

Let me explain to you what I call Girard's Law of 250. A short time after I got into this business, I went to a funeral home to pay my last respects to the dead mother of a friend of mine. At Catholic funeral homes, they give out mass cards with the name and picture of the departed. I've seen them for years, but I never thought about them till that day. One question came into my head, so I asked the undertaker, "How do you know how many of these to print?" He said, "It's a matter of experience. You look in the book where people sign their names, and you count, and after a while you see that the average number of people who come is 250."

A short time later, a Protestant funeral director bought a car from me. After the close, I asked him the average number of people who came to see a body and attend the funeral. He said, "About 250." Then one day, my wife and I were at a wedding, and I met the man who owns the catering place where the reception took place. I asked him what the average number of guests at a wedding was, and he told me, "About 250 from the bride's side, and about 250 from the groom's."

I guess you can figure out what Girard's Law of 250 is, but I'll tell you anyway: Everyone knows 250 people in his or her life important enough to invite to the wedding and to the funeral—250!

You can argue that hermits don't have that many friends, but I'll tell you that a lot of people have more than that. But the figures prove that 250 is the average. This means that if I see 50 people in a week, and only two of them are unhappy with the way I treat them, at the end of the year there will be about 5,000 people influenced by just those two a week. I've been selling cars for 14 years. So if I turned off just two people a week out of all that I see, there would be 70,000 people, a whole stadium full, who know one thing for sure: Don't buy a car from Joe Girard!

It doesn't take a mathematical genius to know that Girard's Law of 250 is the most important thing you can learn from me.

Just think about it: A guy comes in and you're feeling lousy, so you treat him lousy. He goes back to the office and somebody says, "What's the matter?" And he answers, "I just got the brushoff from Sam Glotz." Or somebody is looking to buy a car, and he hears about it and says, "Stay away from Sam Glotz. He's a baddie."

You don't know who is a shop steward or a supervisor that a lot of people in a factory or office consider a big authority. You never know that some guy is the president of his lodge and he is going from you to his lodge meeting. Or think about a barber or a dentist, people who talk to a lot of people every day as part of their work. Or another salesman of a different product.

If the average person has 250 people he sees regularly during his life, what about these other people who see a lot more than that in a week in the ordinary course of their business?

Can you afford to have just one person come to

see you and leave sore and unsatisfied? Not if just an average person influences 250 others in the course of his or her life. Not if a lot of the people you deal with every day deal with a lot of other people every day.

People talk a lot to other people about what they buy and what they plan to buy. Others are always offering advice about where to buy what and how much to pay. That's a big part of the everyday life of ordinary people.

Can you afford to jeopardize just one of those people? I can't. And you know that if anyone can afford to, I can. But I know I can't, because I know how much of my sales and my income comes from people telling other people about me. It's a powerful force in my professional life, and it should be in yours.

We are not talking about love or friendship. We are talking about business. I don't care what you really think of the people you deal with. It's the way you act toward them, the way you deal with them, that is the only important thing. Of course, if you can't control your real feelings, then you've got a problem. But this is business, and in business all of these people—the mooches, the flakes, the finks, the pipesmokers—can be money in your pocket.

But when you turn away one, just one, with anger or a smart-ass remark, you are running the risk of getting a bad name among at least 250 other people with money in their pockets who might want to give some of it to you.

This is a businesslike attitude that you had better develop and keep in your head every working hour of every day, if you don't want to be wiped out by Girard's Law of 250.

Every time you turn off just one prospect, you turn off 250 more.

6

Don't Join
the Club

I didn't discover the Law of 250 on my first day as
a salesman. It took me a few years to work it out. I
can't guess how much it cost me in lost customers
and their friends and relatives and co-workers. I
have to admit that even in recent years I have
blown it once in a while when somebody makes a
remark about "dagos" or "wops." But sometimes
my efforts to cool my hot Sicilian blood don't
work.

I did learn one important lesson very early in my
career: *Don't join the club.* Most salesmen learn it
on their first day in a new place but soon forget it.
What it means is this: Don't become a part of what
we call the "dope ring" or the "bull ring" in the
place where you work. That is where all the guys
get together in the morning and spend their time
discussing what they did last night, or what their

wife was complaining about at breakfast, or some other subject that has nothing to do with work.

Everybody knows what I'm talking about. A salesman comes up to the crowd and says, "Did you hear about Phil Jones?" Phil Jones was a guy that worked there ten years ago and nobody knows him, but they listen as he tells about how Phil had an accident or won the lottery. What for? How much money does that make you?

Then the coffee wagon comes around and everybody starts flipping quarters to see whose turn it is to pay this morning. The day is going by, and pretty soon it's getting toward lunch time. Now the question is: Where are we gonna eat? Somebody mentions a place, and then they argue and take a vote and finally they go to lunch, usually at a place where other salesmen go, so they're not likely to meet anybody who can help them earn a nickel. After lunch, there is more time lost with stories and talk about who owes whom how much for the meal. Before long the day is gone, and so is any chance to build your business.

Remember: It is *your* business, no matter whom you work for or what you sell. And the better you build it, the more the people you sell become *your* customers. Every minute you spend looking for ways to avoid working costs you money. You want to tell me you've heard that before? But if you are part of that clubby group of salesmen hanging around the front door, you are not using what you know, because you can't make money hanging out with the boys.

Learn from Your Own Experience

I said that you already know that, if you have been a professional salesman for any length of time. All you have to do is think back to the time you first came to work at your present place of employment. Remember when you didn't know any of the guys. You felt a little lonely. There was nobody to talk to. So you had to look for things to do. Maybe you spent a little time getting to know the merchandise. Maybe you tried to edge up near where the top man was talking to a customer so you could learn something about the way he did it. Maybe you even worked the telephone or sent out some pieces of direct mail to friends and relatives to tell them where you were working and what you were selling. Nobody had to tell you to do those things because if you have any business sense, you know those are things a salesman has got to do when he starts working at a new place. It's like a grand opening.

More important, you did those things because you had plenty of spare time. There was nobody to talk to, nobody to buddy up to. Then, after a while, you become one of the boys and stop doing most or all of that sort of thing. You aren't the hot shot any more and you wonder what happened to that business you were doing when you first got there. Well, that's the way it goes, you say to yourself. Sometimes you're hot and sometimes you're not.

The Thrill of Victory

Don't believe it. Very early in my own career, I learned that lesson the hard way. Once I had nailed that bag of groceries to feed my family, I understood the value of a selling victory. First of all, there was that immediate want: To bring home food. But there was something more than that, because in that first sale there was the special thrill of making a sale itself. I had sold a few houses a year back in my days as a builder. But they did not take much real selling at the price I was asking and in those days of scarce, cheap houses. But getting that Coca-Cola salesman to buy a Chevrolet from me was a real triumph. Not only did I get the groceries and my commission, but I felt the excitement of the victory that every salesman experiences if he is a real salesman. That was my first sale, and it gave me the confidence to try everything I could think of to rack up a lot more. I didn't know any of the other salesmen there, and I knew that they resented a new face because they saw me as somebody there to take away business from them. So I didn't make any friends. Instead, I sold a lot of cars. In my first month I sold 13, and in my second month I sold 18. I was among the very top performers in that dealership at the end of my second month. Then I got fired.

It's been a long time since that happened, but what I remember was that the other guys objected to my sales. They claimed that I was taking business away from them. What they really were objecting to, I think, was that I was a new guy with no past experience, and I was doing as well or better than they were. Also I wasn't very friendly to them.

So I went to work at another dealership where I have been ever since. When I first got there, the sales manager told me that I'd do better if I didn't spend the time on the floor being pals with the other salesmen. I had already begun to learn that, but I also knew that there was no point in making enemies of them. So I've tried to be careful about that ever since. They know that I operate differently from the way they do, and that I don't like to waste my days in the dope ring. And they know that it pays off for me. There are the usual rough edges between people working in the same place. But I have managed to work *my* way and still stay in the same place.

Among the favorite topics of conversation of salesmen in my business are which dealership is best, what's wrong with the place they're working at, and how it's better somewhere else where their friend works. But I have stayed in the same place all these years because what counts most is *how* you work, not *where* you work. We have a good location, but so do most Chevrolet dealers, or any good dealers, for that matter. And our pay plan is about as good as any other. So I have found that what counts most is how smart I work, which is even more important than how hard I work.

When the rest of the guys go to lunch, they know that I hardly ever will go along with them, because I have other things to do. When I go to lunch with somebody, it is for good business reasons, not just to be a good fellow. I'll discuss whom I take to

66

lunch, what I do, and why in another chapter. But just let me say right now that I'm all business when I'm working, whatever it *seems* like.

The message I'm trying to get across is this: *Don't join the club.* And if you are in it, ease your way out, because it will encourage other bad habits and wrong attitudes.

Think of this: How many times, when the sales manager has called a sales meeting, do you hear all the guys groan and say, "Here comes another crap session"? When I started selling cars, I didn't know anything about selling cars or selling anything else. I went to the meetings because I figured I might learn something. And you know what? I did learn. You may not like your sales manager, but he probably knows a lot about selling. Though I'll agree that most of the films they show us are not very good. That's because they are mostly made by people who have never actually sold anything except films. (That's why I make and sell my own sales training films: because, even though mine aren't as slick looking, companies who buy them tell me that mine look and feel right about selling.) Even so, the stuff that the manager would tell us at sales meetings made sense to me. And I figured that he knew more about selling than I did, which was true in those days at least. And I found that if I did what he and those films said, it would work and I would get more business. Whatever it was, using the telephone, sending out direct mail, anything, would work if I did it a lot.

Later on, I learned to do things even better my own way and even made up my own direct mail pieces, which worked better for me than theirs did.

But what they had to say and what they told us to do was better than nothing. A lot better than nothing, and that is something you may not learn if you join the club. Because hardly anybody who hangs out with the boys all day is going to tell you how much business you can get just by using the telephone for an hour or even 10 minutes a day. And none of your buddies is going to say, "Don't listen to my stupid joke. Go to your desk and write names and addresses on 10 pieces of direct mail and send them out every day and you will be in touch with 2,500 people every year who drive cars and will need another one some day."

Most of the guys in the club think that all the business you will need walks in the door every day. So they will never tell you what I know: That you can build the biggest business in town without being in the club, because you can spend all your time getting people to come and ask for *you*, and not just walk in the door and wait for the guy who is up. A lot of salesmen do fairly well that way, as long as their luck holds out. But nobody can sell everybody. So the salesman who waits his turn has to take his chances.

Stacking the Odds in Your Favor

I don't like to take chances in my work. When I go to Las Vegas, I know what the odds are, and if I want to take chances, well, that's what I'm there for. But I don't like to gamble with my working life and the security of my family, so I don't take chances in my work. I *make* my opportunities.

And one of the most important ways to do that is to stay out of the club.

In my neighborhood, we used to have an expression: If you throw enough spaghetti against the wall, some of it has got to stick. Maybe the Chinese talk about throwing rice against the wall. But, however you look at it, that is the basic law of probabilities in our business. That's a lot different from just standing there with the boys and taking the luck of the draw.

That means if you do a lot of things to build business, you'll build business. They don't have to be done perfectly to work—although the better you do them, the better they'll work. But the main point is that you have to do them—a lot. And you can't do what has to be done to turn the odds in your favor, unless you stay out of the club.

O.K., you ask, but what do you do to get it started? You can do a lot of different things. We'll get to them, and you can pretty much pick what works best for you, what fits your style, your personality, your interests. But the trick is to do *something*. I've talked to a lot of people over the years in a lot of different types of selling. They all pretty much agree that there is a lot of turnover among beginning salespeople. And the reason that is true is because just about anybody can make a few sales at the start. Whether it is cars or insurance or anything else, everybody can buy one himself, sell one to his father-in-law, and sell another one to his best friend. "After the third sale," a sales manager once told me, "is when you know if a guy is a real salesman or not."

What do you do after you have sold those easy

ones, the people who buy because they want to help you? That is the big question, and that's what we turn to now.

Don't join the club. Instead use all your time to make opportunities.

7

What Do You Do After You Sell Your Uncle Harry?

I didn't have an Uncle Harry or a mother-in-law who could afford to buy a car because I needed to sell one. And, as I have already made pretty clear, I sure needed to sell one. But I had that Coca-Cola guy, thank you wherever you are. And then I had that prospect list I told you about. Four pages from the Detroit phone book—two white, two yellow. And there was a telephone on my desk. I was new and green and didn't know that the only way to sell was to stand around matching quarters and stories until it was my turn—my "up"—to take a shot at somebody walking through the front door. I had promised I would not take floor time from the other salesmen, and mostly I kept my promise. And I worked my list. You don't believe I worked a list made out of pages from the phone book? Well, I've got news for you: I did it. And I'll bet you anything that if I had to, I could do it today and make a good living.

It is easy to argue that cold contact calls guarantee a lot of useless work. That's true. You get a lot of no answers, some out-of-service numbers, a few people who don't understand you, and some who don't speak English. But if you work it right, you get some action. And if you have a few dead minutes or an unfilled hour, you can afford the hard physical labor of making half a dozen phone calls to get nothing, and maybe just one that gives you a live lead. All that effort may turn out to be a little more valuable than scratching your nose or listening to a bad joke.

There are a lot of more productive ways to get leads than cold telephone calls. But if you have nothing better to do, this kind of call is worth a try. We will get to the ways to develop a system for getting leads, prospects, and customers soon enough. But right now I want to prove to you that even this least productive way of getting business—cold calls from the phone book—is better than doing nothing.

So pick up the phone, even if you don't have a good list of prospects. If you are located in a suburban area that has a separate phone book or a separate section for your part of town, that's better, of course. But it isn't necessary. Remember, I did it with pages town out of the book at random. If I had to do it that way today, I'd thumb through for a few minutes, looking at street addresses or names that sounded right. And then I'd pick up the phone.

How to Sell on the Phone

Let's say I hit 10 duds in a row: don't answers, no speak English, Mommy went shopping. Now I'm calling during the daytime, so I don't want to call too early. It's late morning. But suppose I get nothing at all on my first 10 calls. What has it cost me? Three or four minutes? O.K. Now a woman answers the phone. "Hello, Mrs. Kowalski. This is Joe Girard at Merollis Chevrolet. I just wanted to let you know that the car you ordered is ready," I tell her. Now remember: This is a cold call, and all I know for sure from the phone book is the party's name, address, and phone number. This Mrs. Kowalski doesn't know what I'm talking about. "I'm afraid you have the wrong number. We haven't ordered a new car," she tells me. "Are you sure?" I ask. "Pretty sure. My husband would have told me," she says. "Just a minute," I say. "Is this the home of Clarence J. Kowalski?" "No. My husband's name is Steven." I write it down, though of course I know it because it says so right there in the phone book. "Gee, Mrs. Kowalski, I'm very sorry to have disturbed you at this hour of the day. I'm sure you're very busy." Maybe she says it's no trouble at all or wants to tell me that she just got back from the supermarket. Whatever it is, I don't let her hang up yet.

I want to keep her on the phone, because I'm not done, and maybe she has no one to talk to so she doesn't hang up. "Mrs. Kowalski, you don't happen to be in the market for a new car, do you?" If she knows they are, she'll probably say yes. But the typical answer will be: "I don't think so, but you'd have to ask my husband." There it is, what I'm looking for. "Oh, when can I reach him?" And she'll say, "He's usually home by six." O.K., I've got what I wanted. "Well, fine, Mrs. Kowalski, I'll call back then, if you're sure I won't be interrupting supper." I wait for her to tell me they don't eat until about six-thirty, and then I thank her.

You know what I am going to be doing at six o'clock. That's right. "Hello, Mr. Kowalski, this is Joe Girard at Merollis Chevrolet. I spoke to Mrs. Kowalski this morning and she suggested I call back at this time. I was wondering if you're in the market for a new Chevrolet?" "No," he says, "not just yet." So I ask, "Well, when do you think you might start looking at a new car?" I ask that question straight out, and he is going to think about it and give me an answer. Maybe he only wants to get rid of me. But whatever the reason, what he says is probably going to be what he really means. It's easier than trying to dream up a lie. "I guess I'll be needing one in about six months," he says, and I finish with: "Fine, Mr. Kowalski, I'll be getting in touch with you then. Oh, by the way, what are you driving now?" He tells me, I thank him, and hang up.

I also write down his name, address, and phone number, along with whatever information I have picked up in the conversation such as where he works, how many kids they have, and what he drives. I put it all on a three-by-five card for my file and my mailing list, and I also write it down in a diary that I keep. I write it down alongside six o'clock on a day about five months from now—not six, like he said. When that date comes up, you better believe I will call him up and do everything I can to get him in to buy that car he told me he is going to need then.

This is pricelss information I developed from a two-minute telephone conversation. Selling is an espionage game. If you want to sell something to someone, you should find out all you can about that person that pertains to your business. If you're selling typewriters to businesses, you could find out from the company receptionist how many typewriters they have, how old they are, how often they are in need of repair, what kind they are, does the company own or lease them, is the company growing, will they be hiring new secretaries, who the decision maker is. No matter what you sell, if you'll spend some time each day filling the seats on the Ferris wheel you will soon have a line of people waiting to be sold.

Making Your Own Prospect Lists

When I started out, I just put this stuff on a piece of paper and shoved it into a drawer. But one day I discovered a lead that I hadn't followed because I didn't have a system. So I went to a stationery store and bought a diary and a little three-by-five card file. That was the beginning of my intelligence system. I transferred everything on all those scraps of paper into my records system, and I had the start of a mailing list and a telephone call-back system. If you don't have anything like that, you had better get one, because you can't possibly keep all the leads you can develop in your head or on the backs of envelopes in your pocket, not if you are doing a proper job of prospecting.

I just described a cold call that got me a good lead and eventually a sale. That happened not just once, but many times, I can't count how many times. And chances are I've sold a lot of people named Kowalski. So even the name wasn't complete fiction.

Now you'll have to admit that what I did is not magic. It isn't even very hard to do. In fact, you have probably heard and seen other people make cold telephone calls that worked pretty much the way mine did. So I don't really need to tell you much more about this technique. But we all have to be reminded to do these obvious, easy things instead of hanging out with the boys.

As I have said, I don't particularly enjoy the buddy-buddy bull sessions in the showroom. I find them a waste of valuable selling time. And besides, I can always think of something else more important to do than hang around doing nothing. I like the money I make, and I like the thrill of closing a deal. In fact, you might say I am a selling junkie. I love the kick of getting a sale. But it soon wears off, so I have to do it again and again and again. I get bad withdrawal symptoms if I don't sell cars every day, a lot of them. So sometimes I sell as many cars in a week as other guys sell in a month. If they're satisfied with that kind of performance, that's their business. But I'm not, and I do something, a lot of things, about it.

Let's face this fact: If somebody can sell five cars a week just by hanging around and taking his turn at the door, he knows how to sell. But if he can do that, think of what he can do if he can build five times as much traffic coming in just to see him. If he is just as effective in closing this extra business, his earnings will zoom, even if he only gets the same percentage of sales as he got before.

So what you do after you sell your Uncle Harry is build up the flow, and get all the seats filled on the Ferris wheel. There are plenty of ways to do that. Cold calling is one. But there are other ways, and as you work at it, you will see that the other ways are even more productive, better ways to fill your time, so that you can feel the thrill of selling, and make big money getting your kicks.

After the easy ones, there are many Kowalskis, if you keep searching.

8

Fill the Seats on the Ferris Wheel

In an earlier chapter, I said that good selling is like planting and harvesting in a country where things grow all year round. Planting and harvesting, all year long. Another way to think of it is in terms of the Ferris wheel that I just mentioned. If you have ever seen a Ferris wheel, you know how it works. One at a time, the guy in charge fills the seats. People get off, he fills their seats, moves the wheel a little, fills the next seats, and so on until all the people in the seats have left and new ones come on. Then the wheel turns a while and he stops it and does that emptying and filling again.

Good selling is like that too. Only the wheel is always moving just a little bit so that some people—the ones you have just sold—can get off for a while and others—the ones you are just starting to work on—can get on. By the time they have come full circle, they are ready to be sold, give up their seats, and be replaced for a while. I say "for a while," because nobody buys a car forever. People buy one for two or three or maybe five years and then they are ready for another one, whether they know it or not. But if you keep proper records and files and diaries, *you* know it, maybe even before *they* do.

In my example in the last chapter, I put Steve Kowalski in a seat on the Ferris wheel. In a way, I have him locked in that seat. I know what he drives, so I know he probably will want to trade. I know something about the age of his car, so I'll know a little about how much money he will need to have or borrow to buy a new one. I know where he lives and maybe where he works, so I have an idea of how good a credit risk he is and where he is likely to go for borrowing: a credit union, a small loan company, or whatever. And I know when he thinks he will start looking for a new car, and I'll be back on the phone a few weeks before he says he'll start looking. So I'll probably be ahead of the other salesmen he is likely to see. In fact, if I handle it right, I may be the only salesman he ever talks to. He is sitting up there on my wheel, and I know exactly where.

A lot of the time, let's face it, it doesn't work quite that way. Sometimes a guy won't tell you that much. Or maybe you don't even know who is up there on your wheel, because you sent somebody a piece of mail and he put it aside, and you don't even know it.

That doesn't really matter. I mean it is great to get a Steve Kowalski, a good prospect, already partly qualified, just from a couple of phone calls. But don't forget the spaghetti throwing. You get it out there and some of it will stick. Maybe when I call Kowalski back, he will have won the lottery and bought a Rolls Royce already. So what? I ask him if he knows anybody else who is looking to buy a car—a relative who was over for dinner, somebody in his shop, maybe a neighbor who totaled his car yesterday. Or maybe I just wish him luck and let him tell me about where he bought the lottery ticket. Then I suggest that it might be nice to use some of that money to buy his wife or his daughter who is graduating a new car too. Or maybe I just make some pleasant small talk and he remembers me when he has blown all the money and needs a cheap car again.

I may or may not know exactly where Steve Kowalski is sitting. But I do know his name and where to reach him and when. And that is worth something. It is a piece of information that can be mined like you're looking for gold. He is worth calling back, maybe more than once, and he is worth putting on a mailing list and being in touch with again.

When I talk about this guy, I'm sure you understand that I am really referring to a lot of people— the more, the better. I have sold more than 12,000 cars and trucks since I got into the automobile business. Since I have an increasing volume of repeat business, it is hard to say how many of those 12,000 plus sales are repeats. It is all written down in my records. I have a card for every buyer, and if I sold a person more than once it says when and what and all the rest. So let's say that there are

9,000 different names of sold customers in my file.

You would think that mailing to 9,000 names is an expensive proposition, and it is. After all, if I mail them all first class, it costs plenty for postage alone these days. But my mailing list is bigger than that, because it also includes names of people I have not sold yet. So it costs me a lot to keep those records and do the mailings. The dealer pays a good part of the cost, but I pay plenty too. But it's worth it, every penny of the cost of maintaining the list and keeping it up-to-date, to say nothing of the mailings themselves.

If you had a list like that, you would understand its value. That many names of solid prospects is the most valuable thing a salesman can have. Maybe you won't be able to put together anywhere near that many names. It doesn't matter, because however big your prospect list is, it is a list of people you have already qualified in some way.

There are millions of prospects in the whole country and maybe a few hundred thousand in any major metropolitan area. But getting your hands on the specifics—name, address, anything else—of real people is enormously valuable. I don't have to tell you that. But I just want to remind you in case you are falling into the habit of moaning about how nobody comes to see you.

You Already Have a Long Prospect List

What are you doing to bring them in? Who? you ask. Well, for openers, do all your friends and relatives know where you are working these days?

81

You've got a little address book in your pocket with their names. That's a prospect list that I'm sure you already know about. But what have you done lately to be in touch with them?

Here's another good source of prospects: your file of paid bills. What I am saying is that the people you buy things from ought to be good prospects for the things you sell. Everybody wears clothes, lives in a house or apartment with furniture and appliances, drives a car. And businessmen—like the butcher and the florist and the oil dealer—use trucks. All the people I buy from are on my list. I try to sell them every time I see them to buy from them. When I give them money, I let them know again what I sell. And I work it the other way too. If a guy buys a car from me, I know what business he is in. When I need some of what he sells, I will buy some from him, and let him know that I appreciate his buying from me. I'm not saying we can all live by taking in each other's laundry. But the people you buy from certainly ought to be on your prospect list. So check back into your personal bills file to see whom you're giving your money to. Maybe it's time they gave some to you.

Girard's Law of 250 is *always* operating. And when we are talking about your butcher and your filling station and your dry cleaner, figure that they talk to that many people in a day sometimes. Every one of these people talks to customers, hears small talk about kids and accidents and cars. Some of them may not even know what you do for a living, so you ought to make sure that they do know.

Make Sure Everybody Knows What You Sell

That sounds like pretty elementary advice, and maybe you've heard it too many times already. But I have run into a lot of salesmen who never tell people—other than close friends and relatives—what they do for a living. They say that sales people, especially car salesmen, have a bad image. Well, let me tell you that I'm proud of what I do for a living.

If your sales are to business or industry, you may think this isn't important or that it can't help you. I say it can. Remember Girard's Law of 250. People are always talking about who they know and what they do. I know of a salesman who sold a $120,000 computer service because a friend told another friend about him.

I believe that every salesperson ought to be proud of his or her profession. Look at it this way. Since I was 35 years old, I have sold more than 12,000 new cars and trucks. Do you know how many jobs that has created, how much steel had to be produced and sold to make those cars, how much money General Motors and all of its thousands of suppliers took in just from what I did? Millions. Salesmen make the wheels go round, because if we don't keep on moving the goods off the shelves and out of the stockrooms and warehouses, the whole American system would stop running.

So you make sure everybody knows you're a salesman and that they know what you sell. And when you buy from them, you don't have to make some kind of trade with them, some kind of reciprocal deal. But just let them know every once in a while that you have something for them any time they need it. And what you want from them is not just a sale but information. If you sell jewelry, when you hear that somebody is going to graduate, you know that can be a lead to a sale of a watch or a cocktail ring. And if you are selling cars, when you hear that a guy totaled his car, you can say you're sorry, but also keep in mind that this guy is going to need another car and that he is probably going to get a nice big check from an insurance company to pay for it.

So don't forget about the butcher and the baker. They can help you fill those seats on the Ferris wheel or plant those seeds in the fertile soil, or however you want to look at what I consider the professional system of selling.

Now let's get specific about some of my other methods for getting those seats filled or seeds planted or spaghetti stuck on the wall. However you look at it, it is going to be the way to get money in your pocket.

Put everybody you can think of on your Ferris wheel.

9

Girard's Toolbox

If I had to name the tools that work best to build
my business, the list would probably not surprise
you by this time. It would obviously include the
telephone, my files, the mail, my business cards,
and my birddogs.

I've already told you how the phone can be used
profitably with cold calls. If you never did anything else but that, you could build yourself a good
business, as I demonstrated. And I've said something about the way I keep my records. I use a
diary to remind me when to call back long-term
prospects, whether I get them from cold calls or
from any other method. But let's face it: Satisfied
customers are the best bet for future sales. That's
why I guard my card file of customers practically
with my life. I keep two sets of those cards, one at
my office at the dealership and the other off the

premises. And I keep both sets of cards in fire-proof cabinets, which cost $375 apiece. But they are worth far more than that to me. There is no way I could ever get all that information together again if anything happened to my files. That's why I keep two sets, even though they are in vaults.

Start Building Your File Now

When you make your own card file, put down everything you notice about a customer or a prospect. I mean everything: kids, hobbies, travels, whatever you learn about the person, because they give you ways to talk to the prospective customer about things in which he is interested. And that means you can disarm him by leading him into subjects that take his mind off what you are trying to do, which of course is to trade him your product for his money.

There is nothing more effective in selling anything than getting the customer to believe, really believe, that you like him and care about him. The selling situation is, as I have said, a contest, even a kind of war. But that doesn't mean that you should let the prospect know this. In fact, the opposite is what you should be doing. You want him to relax, to unwind, and to trust you. That is why I strongly recommend that you keep in your files all the small bits of information you can pick up from him and about him. Later on, we'll get to the whole subject of handling people once you get them to come in. But right now I want to keep focusing on the process of getting them in.

I'll mention mail briefly here. It is a subject that is very important to my business, and it should be to yours. It deserves a separate chapter, and it will get one. But right now I want to mention briefly some of the occasions and methods that anybody can use to build business. Obviously, if you happen to know the birthday of a customer, his wife, and his kids, you will have them in your prospect file. You can imagine the impact if you send them birthday cards. If you're selling anything more valuable than groceries or neckties, the cost of doing that will be more than paid for by the way it reminds them of you in the most favorable light.

Personalized mail is the best thing that anybody can receive from a salesperson. Some clothing salesmen will send their customers flyers that manufacturers put out for new coats or suits. Now just think of the impact if you write a little note on the side that says: "I'm holding a 42 regular for you, so please stop by soon and try it on." You obligate a prospect at least to call and tell you he doesn't want *that* one. Then you have a shot at getting him in to sell him something else. Or at least to let him know you're thinking about him specifically.

In the car business, direct mail is a regular part of the selling process. The manufacturers provide it, and the dealers pay part or all of the cost of mailing it out. I used factory pieces for years, and I think they are pretty good, certainly a lot better than nothing. But in a later chapter I am going to describe my own personal direct mail program. You can take off from it and develop one of your own. Or at least you will get some ideas on how to make your own mail contacts with your prospects more effective.

A Small but Powerful Selling Tool

Just about every salesman has business cards. But I know a lot of them who don't go through a box of 500 in a year. I go through that many in a good week.

If I had to pick one thing to get business, I would have a very hard time doing it. But if I really had to make that almost impossible choice, I would probably pick my business card. But it is not just an ordinary card that the dealer has printed, with the salesman's name down in a corner, or at least not featured prominently. My card is distinctively my own. It even has my picture on it. Of course I pay the extra cost of printing. But so what! It's a valuable tool to me. I use it constantly, and in my tax bracket, nothing I pay out for business purposes costs me more than half price, because I'd pay that much in taxes anyway.

Even today, though, the cost of printing distinctive calling cards is low. And it is certainly money well spent. I hand them out wherever I am. I even leave them with the money when I pay the check in restaurants. Almost everybody drives a car, so every waiter or waitress is a prospect, especially when I leave my card with a little larger than normal tip. Nothing lavish and crazy. You don't want people to think you are too wealthy, because they may get the idea that you don't need their business. But suppose your check is $20 for a meal. The normal 15 percent tip would be $3. I will usually leave $4 and my card. Then they remember Joe Girard.

I have even been known to throw cards out by the handful during big moments at sports events. At a football game, everybody gets up to watch a touchdown scored, and while they are hollering and waving and cheering, so am I. Only I am also throwing out bunches of my cards, which I brought along in a paper bag. So maybe I am littering the stadium. But if at least one of the hundred cards gets into somebody's hands who needs a car or knows somebody who does, I've made enough commission to make the day worthwhile.

You may think that this is strange behavior, but I am certain that it has got me some sales. I have also started a lot of interest in buying from me, because throwing cards is an unusual thing to do, and people don't forget things like that. The point is that wherever there are people, there are prospects, and if you let them know you are there and what you do, you are building your business.

Try to Sell Everybody You Talk To

A lot of you probably don't remember the days after World War II when the Hudson car was still around. Well, even in those days of shortages when practically anything with four wheels took months, even years, to get, the Hudson was a dog that you could hardly give away. So one day I meet this guy in Las Vegas and we start talking and it turns out that he is a very rich man who had been a car dealer until he made so much money that he retired. What did you sell? I asked him. Hudsons. I couldn't believe it.

He told me how he did it. He had a rule that he followed and made everybody who worked for him stick to—not only salesmen but mechanics and the office help and everybody else. Every time he met someone or talked to someone on the telephone, he would ask one question before he did or said anything else: "Would you like to buy a car now, without waiting?" That was the rule, and that was the way he built his big business selling a car that nobody else could sell.

It's like passing out cards to everybody you meet or do business with. Somebody needs a car, and your card can get handed around a lot until finally it gets to somebody who is in the market at that moment. And there is your sale. What do cards cost? Practically nothing. Say $9 a thousand. But if you get only one sale for every thousand cards you pass out, the cost doesn't mean a thing, because the odds are overwhelmingly on your side. Effective use of business cards—which means carrying bunches of them all the time and giving them out everywhere—is one of the cheapest business building tools you can have.

Besides all the ways I have mentioned of spreading them around, I use them in my birddog system, which is the subject of another chapter. But let me just tie together some points I have already made. Girard's Law of 250 tells you what happens when you turn somebody against you. But, even more important, it tells you what happens when you make a friend, a booster, a satisfied customer. Now put that together with 250 people, each with your card in his pocket. You can see what happens if they don't do anything else but pull one out of their pockets once in a while by accident.

O.K., but business is not love—it is money. Now suppose that every one of these 250 people who like you and have your card also have an incentive to get other people to buy from you—an incentive like money or a free dinner or free service. That is basically what I mean when I talk about birddogs. You can figure out a lot of ways of putting that combination together yourself to build winners. But we're going to talk about the ways I have built my birddog system to the point where it produces maybe 550 car sales for me every year at a very small out-of-pocket cost.

If you have a telephone, a mailbox, a pen, a file of prospects, and business cards, you have the most valuable tools in the world for doing business. You may know others that I don't know. I am always willing to admit that I don't know all there is to know about selling. But I will not admit that anybody in my business has ever done better than I have. So take my word for it when I guarantee you that the proper use of these simple tools can make you a star selling professional.

Fill your toolbox—and use it all the time.

10

Getting Them to
Read the Mail

The mail may be your most important means of contacting your prospects and customers on a regular basis. But let's face it. In this day and age, with everybody and his uncle getting tons of junk mail every day, effective use of the mail can be a real challenge. I have seen apartment houses where there is a giant garbage can near the tenants' mailboxes in which they can dump all the junk mail. And most of it isn't even looked at before it is thrown away.

It used to be one of the basic rules of automobile selling that if you sent out direct mail you would get business. Now we have to add the words "and get it read" if we want this rule to mean anything. That is why I suggested, in the previous chapter, the writing of a personal note on the printed stuff. Probably your best bet, if you have to used canned material that looks like junk mail, is to write a personal message on the outside of the envelope.

Some salesmen, who used to send out material provided by manufacturers, have given up almost entirely on mailings. They figure that it just isn't worth the bother. But they're wrong, and I can prove it.

Just stop to think of the first words that come out of the average person's mouth when he comes home after work. First he says something like "Hello, honey, how was your day today?" Then he says, "How are the kids (or your mother or the dog)?" And then he says, "Was there any mail?"

Think about it for a minute and you will realize that this is almost exactly what is said. And this proves that people are still very interested in a lot of what comes to them through the mail. But what they care about are the things worth looking at, not the junk that the wife throws out when the mailman leaves, which she doesn't even mention to her husband.

Here's the Real Game—Getting It Read

So the game today is to make sure that what you send gets opened and read and maybe kept. Practically everybody in the selling business sends his list a card every Christmas. And you know how most people receive Christmas cards. They open them, talk about who sent them and how nice, unusual, or chintzy they are, and put them on the mantel to look at and show to friends.

But you send a Christmas card only once a year.

And if you don't send anything else but junk mail, you get lost in the shuffle. I don't. My mailings get opened and read and talked about, and maybe even kept for a while.

Why? For one thing, because I fool my mailing list. I don't send them things they can easily identify as advertising mail and throw away without opening. I send 12 pieces of mail a year to my customer list. And every one of those pieces is in a different color and shape envelope. They are interesting to get. Never put the name of your business on the outside of the envelope. The person doesn't know what's inside. Don't show your hand; it's like playing poker. The person wants to know what's inside and whom it's from. I guarantee you that if you got on my mailing list, you would not throw away a single piece without opening and reading it. They look like real mail, the kind you want to get, the kind that makes you curious when you take it out of the box.

What's more, when you open and read one of my pieces, you don't feel that you have been conned. You are not disappointed in what you find inside. Don't get me wrong. I don't put a $5 bill in every envelope, or in any of them. But I do put a nice, very soft-sell message in there. Very soft sell, but in this case it is the best kind of sell, because you will open it and read it and talk about it and remember it.

In January you will get a message that says: HAPPY NEW YEAR—I LIKE YOU. It has a nice piece of art work on it, appropriate to the occasion, and it is signed: "Joe Girard, Merollis Chevrolet." That is all the sell you get. Nothing about coming in to take advantage of the year-end clearance, none of that. Just HAPPY NEW YEAR—I LIKE YOU, from Joe Girard, Merollis Chevrolet. In February you get a HAPPY VALENTINE'S DAY—I LIKE YOU with the same signature. ST. PATRICK'S DAY—I LIKE YOU in March. It doesn't matter if you're black or Polish or Jewish. You still like that message and like me for sending it. One month everybody gets a HAPPY BIRTHDAY—I LIKE YOU. If it works out to be the month of your birthday, I lucked in and you are very pleased. If not, you still think it's a cute card.

The Best Time of the Month

Another thing I am careful about is not having the pieces go into the mail the same time that bills go out, which means not at the first or fifteenth. But whenever they arrive at home, when Daddy comes home and asks his question—"Was there any mail?"—the answer comes back: "Yes, there was another card from Joe Girard." My name is in that household 12 times a year in a very pleasant way. Everybody on my mailing list knows my name and what I do for a living. When it comes time for them to buy a car, I have got to be the very first person that practically every single one of those thousands of people thinks of. Not only that, but even if they hear of somebody else looking to buy a car—down at the shop or in the office—they are probably going to suggest my name.

They would probably suggest my name just from getting those pleasant holiday messages every month. But there is another, much more important reason why. That is because, at least once every year, most of the people on the list get one of my birddog recruiting kits as part of the mailing.

I am going to cover the whole birddog system in the next chapter. But at this point I'll just say that what I gave the fancy name of "birddog recruiting kit" is a mailing that includes a small stack of my business cards plus a printed reminder that I will pay the person $25 cash every time he or she sends me somebody who buys a car. And the way he (or she) is to make sure I know he sent someone in is to write his name on the back of my card the he gives to the person he sent to me. But we'll get back to that later.

Right now I want to emphasize again that mail is still a very effective way to reach prospects. But with the flood of junk mail filling the pipes, you have to make sure your pieces are getting through. I don't mean whether or not they are being delivered. I mean whether they are getting through the flood of junk, being opened and read, so that your name is spoken and remembered.

I imagine that when you just read what I said about my mailings, you probably thought: *Sure, it's fine for a big operator like Girard to talk about designing special envelopes and mailing pieces. He can afford it.* That's true, I can afford it. But you can't afford *not* to do something that will be as effective, in its way, as my stuff is.

I mean, if you are going to send out the routine stuff with third-class postage, your stuff will look like the other junk that gets thrown away. I'm not saying that nobody reads any of that stuff. But the odds are way down. Of course, if your employer pays the whole bill and lets you address the people who receive it, it may be worth something. Your name will be on it through a rubber stamp or a sticker. And that's not too bad. I don't want to knock it too much. But it is a pretty weak way to go abour reaching your prospects by mail.

If you have a list of prime people worth reaching at all, the extra money you and your employer spend to be sure they notice and read your stuff has got to be worth the money. If nothing else, use plain envelopes and first-class postage, even if all you are doing is sending out routine factory-produced pieces. At least people will stop and open them and maybe see your name before they throw them in the rubbish can. That is better than nothing—a lot better, in some cases. And maybe it is all that your volume and your kind of business can support.

If They Bought Before, They're Your Best Prospects Now

But the top people on your list, the ones who have bought from you before and are satisfied with the relationship, will more than pay for the extra effort and money it takes to attract their attention. Maybe you sell appliances and radios and TVs. Say you have a list of people you have sold a couple of thousand dollars' worth of stuff to in the last five years. Not just walk-ins who bought a transistor radio, but people you sold a whole

kitchen to or a $600 color TV set or $700 worth of
stereo equipment for their children. Of course you
have a list of those people. They gave you a lot of
money. Now I know that refrigerators and stoves
are bought a lot less often than cars. But there are a
lot of related products that keep coming out that
those people probably will be buying from somebody: microwave ovens, CB radios, electronic
games that are played through TV sets, all kinds of
things like that. Those people will come back to
you if you keep reminding them that you exist, in a
nice way.

Maybe you have only 200 or 300 of those prospects. What is it going to cost you to buy some
holiday cards? Hallmark and the other big card
makers have them for every holiday, including
some I never heard of. A nice rubber stamp or
sticker with your name and the name of the place
where you sell, and you're in business. You can
hand-address a list of prime prospects like that. If
nothing else, you can send them cards at gift-
giving times—HAPPY GRADUATION, that sort of
thing. In fact, if you go into a card store and look
through the racks, you might find some really right
things to mail that don't cost much and would
make a first-rate impression.

It may not be too subtle—if you're in the
appliance, jewelry, clothing, or travel business—
to send out a few cards at gift-giving times. But you
don't want to be too subtle. A little sell—''Joe
Girard, Merollis Chevrolet''—is all it takes.
People make the connection if they like what you
say. They will even like being reminded of what
they can give the kid who is graduating or getting

married, or of Mother's Day or whatever occasion seems appropriate to use. Don't think that I am not aware of the prepared material that is available to retail salespeople in a lot of different businesses. Most people may throw away their junk mail. But I'm in the selling business, so I look at it all. And I think all of us should. But I am strongly recommending the extra work and the extra cost of your own stuff, because it gets through and its selling messages get through. And when you have somebody who remembers you and likes you because of what they get in the mail from you, you have made the best possible investment of your time and your money.

Some of you may be saying, That's great for a car salesman or a real estate salesman but I sell to purchasing agents and they are a different breed of cattle. I still say the mail is a very effective tool (if used right) to get your name in front of a prospect before your competition does. A salesman I know works for a new company in the energy management field. Because the company is small, they cannot afford expensive advertising. This salesman sent out fifty creative pieces of mail, which resulted in a $30,000 sale. Now that's not a bad return on the investment. The dealership where I work was sending out mail long before I started working there—I just found a better way to do it. The secret is in how creative and interesting you can make it. With a little imagination you could think of a dozen things to do with mail. Perhaps you could send useful "how to" tips. You could clip news items out of the paper and send them to your customers with a little note that just says,

"Hi John, thought this might interest you. Joe Girard." Some salesmen send expensive personalized calendars. This keeps their name in front of the customer all year long. Another salesman I know keeps postcards in his briefcase and jots off a personal note to his good customers while waiting for an appointment or a plane. Watch the ways in which the giant companies spend millions just to keep their name in front of the public. I have learned from them, and you should too, because we have businesses just like them, only maybe not so big.

That, after all, is what it is about: Your time is limited and your money (whether it is your own or is supplemented by your employer) is limited. So you are making an investment in mailing that will provide you with personal leverage. You can't afford to make cold personal calls at the homes or offices of all your prime prospects. They probably wouldn't like you to appear unannounced anyway. But by making *effective* use of your time and money in planning and executing attractive, personal mailings, you get the next best thing: You get something of yourself into their homes, causing them to remember you, like you, and, at the right time, buy from you. That is the kind of high-quality, personal investment leverage we should try for all the time in the selling profession.

Get your name in front of your prospects whenever you can—and get it into their homes.

11

Hunting with Birddogs

Nobody in this business is so good at it that he can't use help. I'll take all the help I can get, and I'll pay whatever it is worth to get it. I have already given you some idea of how much money I spend on direct mail to my prospect list. Though there are thousands of names on that list, they are my prime prospects. I didn't buy that list. I don't depend on what some commercial mail-order list company thinks are my prospects. I built my own list, name by name. It was a gradual process, so I could always afford what it cost to reach those people. Because the mailings helped to bring them back. And that has earned me more than enough to continue using this method to build business.

But, as I said before, it is an investment. That means that I have to pay my share of the mailing costs up front, before the fruits from the mailings

are harvested. But, as I pointed out, I get something else besides valuable goodwill from my mailings. I recruit new birddogs, and I remind the
others that I am still here, ready to pay for sales.

Maybe you don't use the term "birddogs," but
whatever you call them, they are people who send
other people to me to buy cars. And I pay them for
those sales—$25 apiece—but not until they are
sold. So the money I pay to birddogs—about
$14,000 last year—is not an investment. It does not
go out up front. It is a cost of sales. But in my tax
bracket—and in the bracket of anybody who really
devotes himself to being a professional salesman—the $25.00 I pay out for a sale already in the
hand costs me only $12.50, because the other
$12.50 would have gone to the government as in-
come tax. There are a lot of dealers who pay half of
the money due the birddog. My dealer does not
pay anything to me or to any other salesman. I pay
the entire $25.00—$12.50 from me and $12.50 from
Uncle Sam.

I have a very strict rule about paying birddogs. *I
pay them*. I don't stall them. I don't try to do them
out of the money on some technicality. *I pay them*.
Suppose a person sends in somebody with my card
and forgets to write his name on the back and the
customer does not mention that somebody sent
him. After the sale, I'll probably get a call from the
person asking, "How come you didn't send me the
money when you sold Sterling Jones that Impala?" And I tell him, "I'm sorry. Your name
wasn't on the card and Jones didn't say anything to
me. So come on by this afternoon and pick up the
money. It's waiting for you. But next time put your

name on the card, so I can get the money to you quicker.''

Keep Your Promise—They'll Love You for It

The point is that when you have told people you will pay them for a sale, you have made them a promise. You have given them your word. If you ''stiff'' them, you become a liar and a cheat. Try that on 250 people and see what happens. Wait a minute, you say, what if the guy stiffed you? What if he didn't really send Jones in. My answer is that this could happen once in a while. But not very often, because just about everybody who is likely to be a birddog is in my files. And even if somebody did stiff me for $12.50 out of my pocket and another $12.50 out of Uncle Sam's, I still earned a good commission on the sale. And if the guy tells anybody else about it, he is probably going to say what a great guy I am. And that's worth at least $12.50.

But the reason I am such a soft touch is not that I especially like to give away money. It is because the risk of not paying somebody who really earned the money is just too big. When I look at the odds, I figure it is better to pay the birddog fee to 50 guys who didn't earn it than not to pay it to one guy who did earn it. Maybe even 100 to 1.

I told you that I paid out $14,000 to birddogs last year. That means I got about 550 sales, or about one out of every three, from my birddogs. They sent me business that made me roughly $75,000 in commissions. And that business cost me $14,000.

That is what I consider a pretty fair exchange, especially when you figure that most of this was extra business that I would not have got at all without paying for it.

Where do I find birddogs? I find them in the same ways that you will. I am going to tell you in detail how I get them and keep them.

Everybody Can Be Your Birddog

The process started for me with the question: Whom do I know that would like to get $25 for sending me a sale? I don't know any Rockefellers, but I know some people who earn pretty big money, and I cannot think of anybody I know who would not be glad to pick up an extra $25 for sending me a customer. I once paid a fee to a brain surgeon whose biggest money problem is storing it. And I have several ministers who send me a lot of $25 business.

When I make a sale and the customer takes delivery of his car (all of this will be discussed in detail in separate chapters), the last thing I do as he drives out is put a stack of my business cards along with the one that explains my birddog arrangement in the glove compartment of the car. A few days later, when he gets my thank-you card, he also gets another stack of cards. He is now a birddog. He is also on my mailing list, so at least once a year he gets a mailing that includes my birddog recruiting kit as a reminder that my offer is still good.

A satisfied customer is obviously an easy source of other business. If my deal was good enough for him, it ought to be good enough for his friends and his relatives, he has to figure. That goes for anybody. But when I find that my customer is somebody who is a leader, somebody that other people listen to, I make an extra effort to make him a good deal and to recruit him as a birddog.

If I meet somebody who is a shop steward or a local union president, I know I am talking to somebody who has a lot of influence over other union officials as well as his membership. He is somebody who is political. He talks to a lot of people, and he wants them to like him so they'll vote for him. In a way, he is in the same situation that I'm in and that you're in. He is a kind of salesman in his own field, selling himself, which is after all what we have to do, no matter how good our products and our prices are.

So when I run into anybody like that, I recognize that he is worth a lot of effort because, if I treat him well, he will work very hard for me. If he gets a good deal from me, he will work hard for me, because he will be working hard for himself. He will be trying to give his supporters a good deal, so he will send them to me so that I can do for them what I did for him. If you work something like that properly, you get fantastic leverage from it. It is like extending yourself in hundreds of different directions.

Sometimes people won't take money from me for sending me sales. It bothers them for lots of reasons. In some cases, they really are grateful to me for giving them a good deal on their own car, so they think I've done enough for them and they're glad to send other people to me. A few of those people even return the $25 check when I send it to them. If they do, I call them and apologize for whatever is bothering them. But that doesn't happen too often, you can bet, because $25 is $25.

There are some problems with paying people cash. In some places, it is against the law. I am not a lawyer, so I don't know the full extent of those laws. But I do know that in a lot of places you can give people gifts or free services where you can't give them cash. I don't want to be recommending anything that could cause you to break the law. So if you want to have effective birddogs and you can't pay cash, you had better find out for yourself what you can do legally in the area where you do business.

What is necessary in developing a big and effective system of birddogs is to make it worth their while. I have found that $25 or its equivalent is the minimum amount that will work on most people. Less than that, and there will only be a trickle of extra business. But I don't want people to feel guilty about getting paid for doing me a favor. I want them to feel rewarded and I want them to feel obligated, but I don't want them to feel guilty. Mostly they don't, though, so it is not a big problem.

How to Pay If They Won't Take Cash

When people tell me that they don't want to be paid for sending me sales, I handle it in a different way. If somebody is sent in by a birddog, I make it a practice to phone the birddog and thank him and tell him that I am putting his $25 check in the mail. If he says he is not allowed to accept money because of some employer rule or for any other reason, I tell him that I would like to do something else nice for him. Then I contact a good restaurant in Detroit where I know the management. I ask them to send my birddog a card entitling him and his wife to be my guest for dinner. Or if he is not the sort who would like that, I may send him a note telling him that he can bring his car into our place for a certain amount of free service.

I offer these ideas to you as ways of getting around whatever legal or other problems you may have in your area that would stop you from paying cash for your birddog business. Mostly, though, I have found that if I send somebody a check at his home address, there is no problem.

Now I realize that in some fields it's not ethical to reward a birddog financially, but that's no reason to not use them. Sales managers are constantly telling me that if they could only get their salesmen to ask for referrals they would be making more money. Let's talk about that. When you ask a customer for a referral you're actually doing him a favor. Here's how. Most people like to help others; they enjoy passing along a good tip about a great deal or a nice salesman. If you treated them right they'll be happy to tell their friends about you. If the friend also buys, it gives the original customer a good feeling that he was able to help a friend. Also, almost everyone feels a need to toot his own horn now and then. Bragging about what a good deal they got fills that need. When a friend buys on their recommendation it reinforces their belief in their own good judgment. Let's face it, you and I do the same thing for the people we like—our doctor, dentist, barber and painter. So why hesitate to ask others to help you build your business? You both benefit.

Get Your Barber to Talk About You

One of my favorite sources of birddogs is barbers. They do a lot of talking to their customers—too much, some people think. Anyway, I try to get a haircut at a different barbershop in my area every time I need one. Thus, I can circulate among a lot of barbers and recruit them and bolster their interest.

The way I usually begin with a barber is to bring him a small sign that I have prepared for me by a local commercial art studio. It is an easel card and it says: ASK ME ABOUT THE BEST CAR DEAL IN TOWN. I offer that sign to the barber, explain my $25 payment, and leave him a stack of my cards. Notice that the sign does not mention Chevrolet. In fact, I tell the barber to ask other customers who are salesmen of other makes of cars if they will make the same $25 payments that I offer. I tell him to get their cards too. That way, when somebody notices the sign and asks him about it, he can ask them what kind of car they want. If they say a Buick, he has a card from the Buick salesman. Or Volkswagen or Ford or whatever. I have put him into a business that will make him a lot of extra money if he works it. And I get my share, or more than my share, of that business.

As I said, I have done that with many barbers. I also do it with just about anybody I run into. I don't mean I give out signs to everybody. So far I have only used them with barbers. But you would be surprised who will work for you for that $25.

For instance, there is a major manufacturer of pharmaceuticals in this area, and that company employs a lot of doctors. I have several doctors at that company among my birddogs, and they are among the most productive on my entire list. They make good money on their jobs, they work with other people who make good money, they talk to a lot of other doctors and people on hospital staffs, and often these people own several cars. Not only that, but they go to a lot of meetings and conventions where they run into other doctors and people in their industry. It is a big and wealthy industry, and this, plus the fact that doctors seem to be at least as eager for money as anybody else, brings me a lot of extra business.

Among the most important ways I get birddogs is through banks, finance companies, and credit unions. I am talking about the people who approve the loans that many people have to get to buy new cars. These loan people are not very well paid. In fact, they get paid lousy for being in the money business and handing out a lot of money to other people. So they are glad to earn extra from me—at $25 a head.

I go after them. Sometimes I will pick the name off the check or the loan approval that a customer brings in when he is buying a car. After the sale, I'll phone the man at the bank or loan office and tell him that I am the guy who just sold Al Robinson that Monte Carlo, and that it was nice doing business with him and his organization. What I want to do then is take him out to lunch. It doesn't matter where in the area he is located. I'll tell him I just happen to be going to that neighborhood that day, and we arrange to meet at the best restaurant we can think of around there. Why not? What if it costs me $25 or even $50 for lunch? It's a business expense, and besides, if I get one extra sale from that lunch, I've made good money on it.

When I meet him at the restaurant, I tell him over lunch what it's all about. I mention that I'll pay a reward of $25 for every customer who buys from me who brings in a card with his name on the back. Or else maybe he'll just want to phone me and mention that he is sending somebody over. I tell him how big my volume is so that he will understand that I have a lot of satisfied customers. He will also get the message that I can usually beat anybody else's deal. This often gets me a chance to bid against a deal from another salesman.

Let me explain: Suppose that a customer comes into the bank with an order for a car he wants to buy from another dealer. He asks for a loan. The loan officer, who is a birddog of mine, will look at the total price of the deal, excuse himself and go into the next room to phone me. He will tell me what kind of car the man is buying, what optional equipment is on it, and what the price is. I do some quick figuring to see what I can do to beat the price. I try to come up with a figure that is about $50 lower than what the man has got from the place he went to buy the other car.

O.K., now suppose that I can come up with a price that is $50 lower. I give it to the loan officer and let him know that I have the car and can do business right away. He goes back to his office and tells the customer that I can give him the same car at a price that is $50 lower. If the price is only $25 lower, the customer may not think it is worth coming to me. After all, he may have left a deposit—say, $10 or $20—with the other sales-man. For $50 less, he can afford to lose that de-posit. Anything less, he may figure it is not worth the trouble to come over and see me. Also, the loan officer is going to get $25 for sending me the deal, so he will encourage the customer as much as he can, telling him what a reliable dealership and salesman and all that.

As soon as I have finished talking to the loan officer, I find a car in our inventory as near as possible to the one the guy wanted, exactly the same if we have it or if I can get it quickly from another dealer. I have the shop wash it and get it ready for delivery. I know that when the customer comes in, he is going to have his credit approved for the amount he needs to own the car.

What I have done by making that loan officer a birddog is to put him in a position where he can send me business I could not possibly have got in any other way. He got me a sale that was already sold by another salesman. He helped his loan cus-tomer by saving him money, he earned $25 for himself, and he got me a sale I had no way of getting. Even with the birddog fee and the price cut I gave the customer, I am still going to earn some commission. Even if I net only $50 for myself on

111

that sale, that is still $50 I could not have got in any other way.

That was found money, right from the sky into my pocket. Think about that. Think about how I created that extra money for myself. And think about how you can do things like that in your business.

Here are some other ways and places that I find people to work for me as birddogs. Whenever I buy gas and oil, I try to talk to people around the station, especially if it does repair work too. They see a lot of cars that need to be replaced. When a guy comes in with a car that needs extensive repair work—say, $500 or so—he is not very far from starting to think about buying a new car instead of fixing the old one. If he says he will hold off on having the car fixed, he is already probably beginning to think about buying a new one. It may take only a word or two from the man at the repair garage to plant the idea of coming to see me with one of my cards in his hand. If the customer isn't going to have the work done right away, the mechanic isn't out anything if he birddogs him to me, and he may make himself $25 which he wouldn't be getting otherwise.

Among the best sources of birddog business are towing services and body bump shops. They see a lot of cars that have been totaled and that aren't going to be repaired. The owner is going to have to buy a new car, and chances are he is going to be getting a check from an insurance company. People who work in accident insurance claims and sales offices are also good choices as birddogs, because they too know about wrecked cars. I try to make contact with all of these people, because they are excellent sources of business for me.

Birddogging Your Birddogs

But once you have made contact and have passed the word about the fee you pay and left them with your cards, you still have to keep in touch. When things are slow and I have some spare time, I am likely to go through my birddog file just to see who has not been sending me any business. Then I will call up and shoot the breeze and ask how come I haven't been sending them any $25 checks lately. They may just have forgotten. If they were new birddogs, they may not have got into the habit of suggesting buying a new car from me.

Some of my birddogs send me steady stream of prospects, because they sense opportunities whenever they arise. Others need to be prodded at the beginning of the relationship, and even long afterward. It is a matter of how easy or how hard it is for other people to develop the habit of reacting at the right moment to earn that extra $25 from me. Everybody has to develop new habits. It took me a while to develop the sense of who can produce extra business for me.

I keep finding people all the time, because I have learned to look for people all the time, wherever I am. I go to my health club to work out after business hours, and I make sure that the locker room attendant and the masseur know what I do and have some of my cards. I don't make a big thing out of it, and I get business from other members without birddogs. But you always have to watch for opportunities, and sometimes there are certain kinds that you might not expect in advance.

Consider this one: I get a phone call one afternoon from a fellow who wants a price on a certain car. There are probably as many ways to handle such phone calls as there are salesmen. I usually take the call and give a price on the phone. Some salesmen will give a price so low that the caller will have to come in, even though the salesman can't possibly deliver a car at the price. We call that "copping a plea." Some salesmen call it "lowballing." All it is intended to do is keep the customer from shopping somewhere else. Then what happens is that he comes in and the salesman tries to switch him to a different model or other options or else, if he has to, he says that the sales manager wouldn't approve the price and squeezes some more money out of him.

I don't approve of that practice and neither do other legitimate salesmen. It is bad business because the customer feels cheated even if he buys from you. And if he doesn't, he writes you off as some kind of crook. That means at least 250 people are going to be told that you are a wrong guy.

When I get a phone call, I give the caller a legitimate price. We'll talk about the range of prices in this business in another chapter. But right now just take my word for it that a salesman has a very wide range of prices that he can quote to a prospect, because there are dozens of models, many kinds of options, and other factors that create hundreds, even thousands of combinations, all at different prices.

Obviously, when I get that kind of phone call, I

want to give the caller a price that will bring him in. If he doesn't mention air conditioning, mag wheels, and an AM-FM pushbutton stereo cassette and CB combination radio, I don't quote him a price with all those things on the car. I don't even want to talk to him about extras, because I want to quote a price that is low yet legitimate for a car I actually can deliver.

I also want to talk to the man long enough to find out if he has been shopping around, and also to learn what he does for a living so I will know if arranging credit for him will be easy or hard. I also want to know how much it would be worth to me and to my dealer to sell this customer, even at a very low profit margin, even at a loss.

A Freebie That Works for You

That's right: I may be willing to give up all of my commission on a sale and even reimburse my dealer if it looks like the prospect is worth selling at less than cost. Let's consider this caller. He tells me exactly what he wants on his car. I find out that he has shopped at other dealers, and he gives me the lowest price he has been quoted. It turns out that he has a price that I can beat only by losing money out of my pocket.

I have an arrangement with my dealer to the effect that if somebody is really important for us to sell at a loss, I can do it if I get permission first and then make up out of my own pocket anything less than dealer cost that I want to sell the car for.

Now that is not a situation I want to be in very

often. I like to make money as well as friends when I sell cars. But sometimes a customer can be so important that he is worth the loss to me, and the dealer is willing to let a car go for no immediate profit to him. At least he gets his money out of it and reduces his inventory. But he also has to see a reason for no profit right away.

In a typical case— and there are not too many of them—the caller turned out to be a unit chairman of his union in a big Chevrolet parts plant. That meant that he had a lot of influence over a lot of people who own cars and mostly buy Chevrolets for a lot of obvious reasons, including the fact that sometimes cars of one manufacturer are not treated well in the parking lots of factories where cars of other manufacturers are made. That is not nice, but it is how it is sometimes in this business. So this fellow calls up with this very low price already in hand. I tell him what a good price he has, and he knows it. Then I tell him to hold on, and I check with the manager about quoting a price at a loss. I get the O.K., and I give the customer a price $50 below dealer cost. When he hears the price, he knows I have beaten every other deal, because he knows the numbers and may know I am going to lose on the deal. So he comes in and, assuming that I can't sell him on any extras that might raise the price and especially the profit margin a little, he gets delivery on the car at the price I quoted, and I have to give the dealer $50 of my money.

What happens now? I have developed, at a cost of $50 (not counting the commission I didn't earn on the sale), a birddog who will brag about the deal he got and tout me and my dealer all over his union and his plant and his neighborhood. He'll talk about me to the boys in his bowling league, at the marina where he keeps his boat, and everywhere else he goes.

Of course, when he left with his new car, he also got a stack of my business cards and a pitch about how I pay $25 for every sale he sends me. But even without that he would send me and the dealership a lot of business, enough to more than make up for the money we lost on him.

Since many people tend to brag about how cheap they buy their cars, those who hear him probably won't expect to buy as cheap as he did. And let me assure you that none of them will. My dealer is entitled to a fair profit and I am entitled to a fair commission. We are not in business to give away merchandise. But sometimes that's the very best way to build volume and profit.

If I get only one regular sale from that customer, I have more than made back the loss from selling him. And so has my dealer. But I may see a dozen or more people come in as a result of that one $50 seed that I planted. And remember that the $50 is a business expense that I charge off when I figure my taxes, so it costs me $25 out of pocket.

A lot of times you will be approached by police and sheriffs and firemen to buy tickets to their social functions. Even the mailmen have them in some places. I am sure that you have the sense not to turn down people like that for a lot of reasons, especially if you are in business. But I have found that they make first-rate birddogs. So when I get the chance, I'll buy their tickets and then offer them a stack of my cards and tell them about my

$25 policy. The same works for fraternal organizations. When their people come around selling ads in the program books of their affairs, I always buy an ad. But I don't go for those that read: COMPLIMENTS OF A FRIEND. Mine always say something like: BEST WISHES FROM JOE GIRARD, MEROLLIS CHEVROLET. I send a stack of cards to the person who solicited the ad. And if I have the time, I go to their functions, because they are good places to meet people and let them know what I do for a living. I know that a lot of other people, including dentists and insurance salesmen, do the same thing. But that only proves that it is a good way to build your business.

Anybody who talks to other people every day in his work can be a birddog. And keep in mind especially those people who traditionally don't make much money, like the loan officers at banks. Not only don't they get paid much, but they hardly ever get taken to lunch or get gifts of any kind in their business life. That's why I always look to take people like that to lunch. They remember it well. It is a big deal to them if you take them to a place they really can't afford to go to, and you spend 10 or 12 deductible dollars on them. And I also do something else for them. Before I go to meet them, I put a half-gallon bottle of Crown Royal whisky in the back of my car. It happens to be considered one of the top brands in these parts. And after they get out of the car and we are saying goodbye, I reach in back, hold it up, and say: "Listen, Harry, somebody gave me this bottle and I don't drink much Canadian whisky, so I was wondering if you wouldn't mind taking it, please."

You bet he allows me to persuade him to take it, and every time he pours a drink from that big bottle, he remembers my name and what I do for a living and what I can do for him.

I have heard other salesmen complain sometimes about birddogs when they first start to use them. One fellow said to me, "I started giving out cards a month ago, and I haven't got a single sale from any of them." My answer is always the same: *Just be patient. You've planted the seeds. Just keep on planting. There will be plenty to harvest.* Last year, as I said, I sold about 550 cars through birddogs. A lot of salesmen would have been happy to have that as their total sales for the year. And I don't know how many customers I sold through word of mouth that started with cards I passed out to birddogs. The chain is endless if you keep it going. And the cost is almost nothing, because it is all extra business.

Paying $25 can make you hundreds, but you really have to pay it to get that payoff.

12

Knowing What
You're Doing—
and Why

One of the corniest slogans in sales training, you used to hear it all the time and maybe you still do, is this one: *Plan your work and work your plan.* I've heard it a hundred times at least. And I am sure that everybody above a certain age in the automobile selling business has heard it that much or more. It used to be said so often everybody made jokes about it.

But let me tell you something that I have learned in my years in this business. That is the best advice you can get. The trouble with the slogan is that it is so cute and tricky, and it is said so much it loses its meaning. But what it means is still the best advice you can get. It really says two different things. One is that you should be in command of yourself and of what you do. This means that you are not operating by a series of accidents, such as who happens to walk through the door of your place of business when you are at the head of the line of salesmen. Two is that if you figure out the right moves to make and make them, they will bring in business for you.

I have talked about business cards and direct mail and birddogs and phone calls. I have not said very much about what we mostly think of as selling. I have said very little about what you say to the prospect when you finally have him face-to-face. I will say a good bit about that in the chapters to come. But if you don't read beyond this chapter and if you do the things I have described, you will sell a lot of whatever it is that you sell. That will happen for several reasons, but the most important of those reasons is that you will get a lot of people coming in and asking for you or you'll have more prospects to call on. And even if you are only an average or below-average presenter and closer, you are bound to do a lot better than you ever did before in your life.

You Don't Have to Close Better to Sell More

Remember that we have been talking about planting and harvesting, filling and emptying the seats on the Ferris wheel. We have been talking about the odds and the probabilities of business. Now there is no way you can doubt that if you do everything in the face-to-face selling situation exactly the way you have always done it before, you will sell a lot more if you do it a lot more. We are now talking about nothing but quantity.

121

I am deadly serious. If you get twice as many people to come to you every day, you will sell twice as many people as you used to. If your normal pace is to sell 50 percent of your customers, and you have two a day, you get one sale a day. That is basic arithmetic. You don't have to have a high school diploma to figure that out. But now let's go to some bigger numbers. If you manage to get four customers a day and do the same thing as before, you will still sell only half of them. But now you will be getting two sales a day. You have just doubled your output.

You think I am trying to be funny, but I'm not. I am deadly serious, as I said before. Just stop and think how much time you spend doing nothing but waiting for traffic through the door or a lead to call in. Up to now, maybe you thought that was how it works. Maybe you figured that what you were making was all that you could expect to make unless you got lucky. You have probably had hot streaks when everything worked for you, the traffic streamed through the door, and everybody who came in bought twice what they usually buy. Wow! you said. If only I could keep this up!

Well, let me tell you something: You can keep it up. For sure, you can get more people to come in to see you. And even if they only buy as often and as much as before, you will be on a permanent hot streak compared to your usual volume. How to boost your "kill rate" is another story, and we'll get to some parts of it.

But that really doesn't matter at all if you get the first part right; that is, if you get more people coming through the door to see you. And the way you do that is to go back to that tired old slogan—plan your work and work your plan—and do it. Do it. Do it!

Work Smart—Not Hard

I am not joking. What I am saying is that the way to get the job done is to decide what it is—every day. I mean you must—I don't say should—take some time every morning and decide what you are going to do that day. And then you must do it. Don't get me wrong. I am not sitting here preaching about the glories of hard work. I don't believe in hard work. I believe in good work. I believe in smart work. I believe in effective work—work that works.

So what I do every morning is figure out what I am going to do that day. The first thing I do is check my appointment book to see what I am locked into. It might be a lunch with a finance company loan officer. It might be that I called some customer the other day who was due for a new car. It is a good thing to arrange your card file of sold customers in more than one way. You want to have them alphabetically so you can find somebody by name. But it also helps to have another set by date, so that if somebody bought from you yesterday he goes to the back of that file, and so on. That way you can start from the front and see who is due. Sometimes when I have some free time, I call those people just to remind them that maybe they want to come in and talk about a new car. I will do that with a lot of the list around the time the new models come in. If I have been doing that lately, I will have a number of appointments in my book, spread over a month of so. That is because I try to get people to set a day and time when they will be in. I don't just say, "Sam, the new cars are in and I hope you drop by to see them." I lay it on them: "Come on in this afternoon, Sam, about four, O.K.?" If he can't make it then, he has to give me a time when he can, and then I have a customer coming in. And I write it down in my book then and there. I have a pretty good memory, but I never trust it.

All right, so I check my book and see that I have an appointment in the afternoon. Obviously, I can't predict who will come in out of the blue and ask for me. A lot of people do every day. I am not surprised when they do, because practically everything I do every day is aimed at getting that flow of people in to me. But there will be free time during every day, and I want to be sure that I am going to be filling it with something designed to get even more of them in.

Since my direct mail program is too big for me to handle on my own these days, I have people who do the work for me. But in the days before it reached its present scale, I did it myself, sending out a certain number of pieces every morning. Usually I did it during the times when I was next up and had nothing else to do. At those times, I wanted to be able to leave whatever I was doing to handle the next customer through the door, because it was my turn. Addressing mail is the safest thing to be doing at those times. If you're on the phone when you're up, you run the risk of having

124

to tell a live phone prospect that you'll call him back. And this is something you never want to do.

But when I was not up, I would be working on some direct mail or making some calls. Or I would be building some goodwill somewhere on the premises, maybe out back in the service department. (I'll explain later how important I consider my relations with that part of the operation.) Or maybe I am upstairs talking to the people on the office staff. The administrative part of a sales operation can make the difference between a satisfied and a dissatisfied customer, even when *you* do everything right.

Lose One Day—But Not 250

But I want to say one thing about my work schedule. If I get up in the morning and feel depressed for some reason and I can't shake it, I may decide not to go to work at all. Or I may look out the window and decide it's a good day to go out in my boat. I don't do that very often, maybe once or twice a year. And I don't recommend *not* working as a way to build business. But sometimes you know you just aren't going to be worth anything on the job. If you go in on that day, you may wind up making a bad mistake or getting into a fight with somebody that will cost you 250 people.

If that seems like what the day is going to be about, you are better off not going in. Cancel your appointments if you have any, and then play golf or go to a movie or to the races or treat yourself well in some other way. That's not to say that you are not treating yourself well when you work well and make money and please customers. But if you really are convinced that you won't do anybody any good by going to work for a morning or an afternoon or a whole day, then don't do it. Because you don't want to carry dissatisfactions of any kind into your place of business. They can be like a contagious disease.

If those feelings keep up for more than a day, you've got problems that I can't help you solve. But if they happen just once in a while, then plan your day to do something else. But be damned sure that the reason you are feeling dissatisfied isn't because you didn't do a good job the day before. Because if that's why you feel that way, I have found that the best way to cure it is to go in to work with a plan and a resolve to do better.

One sure way to get over the dissatisfactions of a bad day is to review that day and try to understand why what happened to you happened. I do that at the end of *every* working day. I replay the day, examining every sale I made and every one I lost. That's right. I don't sell everybody I see. Which is why I spend so much of my money and energy making sure that I will see a lot of people. I play the percentages I recommend that you play. Maybe I sell only half the people I see in a day. But that usually means I see at least ten people and sell at least five of them. I have been averaging better than five cars a day every day in recent years, not because I have a high kill rate but because I have a high prospect rate.

But I go over every contact I made during the day. What did I say to that fellow that finally made him buy? Why did that other guy from East Detroit really not buy? Was he just shopping for sport? Or is that too easy a way to explain away some mistake I made?

When I first began to do this kind of customer-by-customer analysis of my day, if I couldn't think of a mistake I made, I would sometimes call up the customer I lost. I would tell him who I was and why I was calling. People usually want to help you. I'd say I was trying to learn the business and learn from my mistakes. A lot of times they would say that they were Ford or Plymouth guys from way back, but they just wanted to see if Chevrolet maybe had something they ought to know about. That might mean that I didn't sell my product well enough against the competition. Or they might tell me that they got a better price somewhere else. I'd question them very carefully about the optional equipment they got and the trade-in allowance on their car. Sometimes a salesman who has some control over the price he charges gets too greedy and doesn't recognize that a small cut or something extra thrown in can lock up a deal.

Incidentally, my reply of each day is not just my idea. Some of the greatest and most successful people in history developed this habit and attribute much of their success to it. I know that for the time it takes me I have been rewarded handsomely. Want some good advice? Try it.

I always try to compare my own feelings about a customer—especially if I lose him—with what he says about why he didn't buy from me and did buy from somebody else. People sometimes think they know more about themselves and their feelings and reactions than they actually do. And there is nothing more important to learn about yourself than the difference between the way *you* see something and the way the guy on the other side of the deal sees it.

Because you never want to be on the other side. Your success in winning the war comes with narrowing and finally eliminating the gap between you and the customer. You want both of you on the same side, and what this means is that *you* have to do the maneuvering to get you both on the same side, whatever tools and methods you use to do it.

Knowing What You Lost Helps You Win

But I always want to know why I lost every sale I lost. And I hardly ever accept "I was just looking" as the answer, because if somebody takes my time and his to come all the way over to our place just to look, he is already partly sold. And I want to know why I didn't get him totally sold.

I think that this is a rule that is good maybe 95 percent of the time in automobile selling. And it is probably good most of the time in every kind of selling: If someone comes in and is "just looking," he has enough interest to be sold most of the time. So if you let him "just look" every time, you are probably not getting nearly your share of sales. And if you try and fail, don't charge it off in your mind to "just looking." Analyze your performance in the confrontation and try to see where you failed to convert him. Because chances are you did fail.

This sounds like negative rather than positive thinking. But it isn't at all. Look at it this way: You are thinking most positively when you believe that you should be able to sell everybody who comes in. Realistically, of course, nobody can do that. But it is still a very effective attitude to have. It encourages you to analyze every lost sale to see why you lost it so that you can try to correct the mistake next time you run into the same kind of situation.

Just keep in mind that somebody who is "just looking" may really be saying that he is scared of you and of your ability to get him to part with his money—even if it is for something he really wants to buy. I have called the selling situation a war and a contest and a confrontation. But I don't mean that you should act this way when you are in this situation. A wrestling match won't get your customer over his fear. But once you have him in front of you, your most effective approach may be "let him"—not "make him." And that applies to what he wants to look at or talk about or anything else. Because if he feels free—even to walk out—he will get over that first fear, and that's what you want.

I've heard it said that anyone who sells as many cars as I do must be stricly a high-pressure salesman. To me a high-pressure salesman tries to make people buy. I *let* them buy. I believe one of the most important determining factors of a sale is, Does the prospect like, trust and believe me. If I fail to develop these attitudes in a prospect, chances are I've also failed to make a sale. It's pretty tough to make someone like you, but you can, by the things you say and do, let him like you.

I feel this philosophy has helped make me number 1, and if you want to make a lot of money selling then you, too, should develop the philosophy, *Let him,* don't make him.

Attitude planning is as much a part of planning your selling day as anything else. If you feel lousy, you still usually have to go to work. So what you have to do is get hold of your negative feeling, whatever it is, and face it, even if you can't make it go away. That way, when you get somebody through the door or on the phone, you can shove your lousy feeling aside. But first you have to recognize how you feel, or else you won't be able to plan and deal with your own feeling. And you can be sure that if you are *not* in control of what is going on inside of you, you will certainly communicate your bad feeling to somebody who comes in suspicious of you to begin with.

When I reply my day each night, I find that I really can have total recall of what I said and did. And I don't fall asleep until I am sure that there was nothing I could have done to convert the "be-backs" and the other lost sales. And remember that the be-back had better be written off the minute he walks out the door. I think I am pretty good at judging customers and hanging onto them. But when I hear a guy say he'll be back, I figure he is gone forever. Sometimes they do come back, because some people really do tell the truth. But if you are counting on be-backs as part of your future earnings, you are still an amateur who is fooling himself.

One thing that I have found—it is something nobody like to admit—is that maybe somebody else can sell a person if you can't. A lot of businesses require that a salesman turn over a customer to somebody else in the place before they let him walk. I like to think that nobody is better than I am. But nobody is perfect, so it is sometimes useful to bring over somebody else in a way that doesn't make the customer more resistant. You don't want him to think he is being pressured.

For a while, I used to have an arrangement with other salesmen in my place that if they couldn't sell somebody, I would pay them $10 for a chance to try to sell him myself. I won't ask you to believe that I could sell them all. But I did sell some of them. I quit doing that, though, because the other salesmen got sore when I got the big commission and all they got was a $10 bill. They did not accept the idea that my $10 had bought all rights to a customer they had given up on. They wanted to split the commission with me. So I dropped the idea. I suggest that if you want to try anything like that, you make sure that everybody understands—in advance—the terms of the arrangement. But I also recommend trying it sometime, because there is no better practice of your selling techniques than working on somebody who is about to walk out. And there is no better feeling than when you convert one into a sale.

In a way, it is one of the very best tests of your skills. But if you are going to try it, be sure that you know something about the selling methods and techniques of the other people in your place of business. That way you can try something different from what the other salesman did. There is no point in doing and saying the same things to the customer that the other salesman tried. You want to approach him differently. Of course, sometimes it is useful to do it straight on by asking him what he was looking for or needed that the other fellow didn't show him. You don't want to run down the people you work with. But sometimes if you ask a question like that, it will let a person know that you are trying to help him, and he will let down his guard and help sell himself.

As I have been saying, the most important thing a salesman can do is get them through the door so he can face them. Getting them in requires planning. And planning requires making a lot of decisions about who your best prospects are and how they can be reached most efficiently and economically. You have to make decisions about the cost of getting a prospect and his potential value once you get him. But what determines cost and value is the availability of your time. If you have a lot of unoccupied time and you work well on the telephone, it may be most economical some days to concentrate on phoning old customers or even be-backs, if you were able to get their names and addresses before they got away.

Phone calls may work well for you, but they take a lot of time per call and per prospect. When you don't have that kind of time, sending out a few mailing pieces is as good as any other way of using free time. It certainly is the most useful way to fill up time when you are next up on the floor, because you can interrupt any time your next customer walks in. The point is that you can plan this kind of activity with a lot of accuracy. The unexpected happens almost every day to most salesmen, so you can't nail everything down perfectly. And you should be ready to change your plan whenever something clearly more productive comes along.

The value of the plan for keeping yourself moving and keeping the flow of prospects coming in is obvious. But even when you have to change plans, you still get a lot of momentum by having a plan in the first place. If I know exactly what I intend to do when I come into the showroom in the morning, that knowing motivates me a lot more strongly than an attitude of wait-and-see.

You've probably been told all kinds of things to say to yourself in the mirror to lift your spirits and clear your mind of negative thoughts. I certainly don't want to knock any of that if it works for you. But in my own experience, I don't know anything that gets me closer to that first sale of the day than the plan I make every morning. Because when I walk out the door of my house in the morning, one thing is for sure: I know where I'm going and what I'm going to do. And whether or not the whole thing changes the minute I walk into the office doesn't matter. Because I came in with motivation, with assurance that I had an important reason for being there. And that is a most important reason for planning your work—even if you can't work out every (or any) detail of your plan that day.

It is the first push that you give yourself that moves you closest to the first sale. And I don't have to tell a professional salesman how important the first sale of the day is. You know how good it feels. You know it makes you feel that you are in the right business at the right place at the right time.

Plan your work every day, and work your plan if you can. That may be an old-time, old-fashioned slogan. But I think I have demonstrated how much value it still has for all of us. And then finish your day with a review of everything you did to see how good your plan was and how realistic it was. If you keep falling short of all you intended to do, don't beat yourself up. Maybe your problem is that you are trying to do too much. I'm not trying to let anybody off the hook. All of us work pretty hard a lot of the time. But the question, as I have said, isn't how *hard* we work but how *well*. So if you planned to make ten phone calls and made only five, did you work your plan for those five? That is the kind of thing you want to ask yourself when you review your day.

This is the kind of question that really gives you the measure of your motivation and of your effectiveness as a professional.

Plan your work. Work your plan. Do it!

13

Honesty Is
the Best Policy

When I say that honesty is the best policy, I mean exactly that: It's a policy and the best one you can follow most of the time. But a policy, as I mean it, is not a law or a rule. It is something that you use in your work when it is in your best interests. Telling the truth usually is in your best interests, of course, especially if it is about something that a customer can check up on later. Nobody in his right mind would dream of telling a customer he had bought an eight-cylinder car when what you sold him was a six-cylinder model. The first time he opened the hood and counted the wires coming out of the distributor cap, you would be dead, because he would bad-mouth you to a lot more than 250 people.

That's not the kind of thing I am talking about when I suggest that maybe there are times when you won't tell the truth to a prospect. Suppose a prospect calls me up and asks me if I have a certain car, equipped a certain way. Do you know what I am going to tell him? That's right. I am going to say, "I have one out on the lot and you can pick it up today." Now I may have been telling the truth or I may not, because I do not look at the inventory file when I get a call like that. I want the man to come in. Chances are I do have the car, because we carry a very large inventory. Or if I don't, I can get it very fast, because we have an arrangement with other dealers in this area where we trade cars with them, so that we all sort of operate out of the same areawide pool. But what if I have everything he wants except a pushbutton radio—or can get it—but I have it in gray instead of powder blue. How much of a lie am I telling the customer? A very small one at most. And anyway, when he comes in, if he complains, I can blame it on a mistake in the records.

Most people who want to buy a car want to buy it now. And that's when I want to sell it. It might take a month to special-order the exact one he wants. And in most cases a person is not that hung up on every last detail of the automobile he has set his mind on. There are a couple of dozen or so colors, and the factory would not be painting the cars in all those colors if a lot of people didn't like them. So I am giving him pretty much what he wants. When you ask the butcher for a pound of sirloin, you don't tell him to "stuff" it if it is 15 or 17 ounces instead of 16 ounces, just as long as you don't have to pay for what you're not getting.

I am not recommending that anybody lie to anybody. I really do believe that honesty is the best policy. But honesty is a matter of degree. It is never all one way or the other.

When a customer comes in with his wife and son, and you say, "That's a handsome little boy you have there," is that true or false? He may be the most miserable looking kid in history. But you sure aren't going to say that, if you are looking to make some money. If you are selling a man a new overcoat, you're going to look at his old one and say, "You sure got good wear out of that one," even if what you are thinking is, *That went out of style two years before you bought it and you should have thrown it away before it got threadbare in the elbows*.

He'll Like What You're Selling If You Like What He Has

All of this probably sounds obvious to you, but I have seen salesmen kill a deal by trying to put down the customer with the truth rather than tell a small, kind lie. When a customer asks the salesman how much he'll allow for his trade-in, I have heard salesmen say, "That piece of junk!" Now the car may have four bald tires and no spare. It may be burning more oil than a diesel engine. It may smell like the locker room after a basketball game. But it is his. And it got him to you. And he may love it. Even if he doesn't, it's up to him to knock it. If you do, you are insulting the man. So lie a little. Tell him how good a driver he must have been to get 120,000 miles out of any car. That will make him feel good, so good in fact that he may not give you much argument when you offer him only what it is really worth.

What I am getting at is not just that people like to be flattered even when they know that what you're saying isn't completely true. More important, it creates a pleasant, disarming atmosphere when you toss off a few small compliments about his wife's dress, his kid's cuteness, or even the eyeglass frames he is wearing.

Whatever you say like that, it is small talk that gets the customer over those first fears that you want to take the gold out of his teeth. It is what military men call a diversionary action. And even if the guy doesn't respond, I try to keep it up until I get him to give a little. I'll get into other kinds of conversational topics later. But you never want to get so involved with some other subject that you forget why he came in. He may, but you never should, not even for a second.

You are an actor in the selling situation, and that is something you never should forget. Timing is the most valuable quality any performer can have. But it is something you have to work into. When I want to get away for a weekend, I usually go to Las Vegas. I do it for a couple of reasons. One, because that is the only place I gamble. I don't expect to win, but I never bet so much that I can't afford to lose. I know what the odds are, and I know that they are against me. But it's fun.

The second reason I go to Las Vegas is to watch one of the best performers in the world, Don Rickles. I watch his timing, his facial expressions, even the way he does his famous insults. Not that I ever

138

want to insult a customer, but I want to watch the way he can dump on somebody in the audience and then turn the person's anger into a smile. Turning anger into a smile is like what we do: turning fear into trust. Turning no into yes.

You want the customer to trust you while you are selling him, and you want him to trust you after he leaves. That is why you never want to tell him a big lie that he can check later. You never want to tell him anything that he will get laughed at by his friends and relatives for believing. You never want to tell him anything that will make him feel foolish later. And sometimes you want to stop a person from doing something on his own that will embarrass him later.

There are a lot of businesses where the real price of a product varies a lot from what is on the price tag. In the car business, as everybody knows, there is a sticker on the window of every new car with the manufacturer's suggested price at the bottom of that sticker Most people know that most cars can be bought for less than what it says on the sticker. Some, like Corvettes, are hard to get and do sell for the sticker price. So did Cadillac convertibles and a lot of imported cars. But most American cars can be bought for less than that price tag and, as I said, most people know that.

But some people don't, especially if they come from a rural town where the one or two dealers don't give the usual discounts. Sometimes somebody will come in to me, look at a car, and start to write a check for the full amount on the window sticker. What's wrong with that? you ask. Nothing, really. That's what it says on the price tag, and a lot of people expect to pay the price and don't even know how to haggle. Some people just don't like to do that.

Then why not take the customer's money? Well, in a lot of businesses, that's what you do. But in the car business, especially selling a high-volume car like Chevrolet that you can buy anywhere, this can be risky. A lot of car salesmen don't agree with me. But I think they are wrong to take the full price every time somebody really wants to pay it. Suppose that the customer buys the car and goes to his lodge meeting. One of the things about new cars is that people love to show them off to their friends and neighbors. That can be a very effective way to close a deal, as I will describe later. But take this customer. He has just paid full list price and he gets to his meeting and brings the boys out to the parking lot to look at his new car. "What'd it cost you, Charley?" somebody asks. And Charley points to the sticker he has left on to show that it is brand new. "What? You must be some idiot to pay the sticker price for a new car these days." So what does Charley think of me? That I embarrassed him and cheated him, and all his friends and lodge brothers know that he is a dummy.

Give a Little and You'll Get a Lot Back

Well, I know that the salesman who takes the full price makes more commission, but I don't think it is worth the risk in most cases. I'll give up the chance to make a couple of hundred extra bucks in exchange for the chance to make a friend

140

of Charley. Because if he starts to write a check for the full amount and I say, "Take off $250," or "I'll throw in doorguard trim and five steel radials for nothing," Charley is going to think I am the greatest thing since sliced bread. And he is going to tell people about me, maybe even about how he started to write a check for the full amount and I, Joe Girard, wouldn't let him.

Now that sticker price is the truth. But you can get into bad trouble with a customer if you let him believe it, even though it is true.

I don't claim to be an automotive engineer. I didn't finish high school, and I wasn't such a superstar during the years I was there. So I don't get too involved with the technical details of the cars I sell. It is not like I am selling tandem-axle, over-the-road trucks to technical people. But sometimes a customer comes in with some technical fact stuck in his head. His brother-in-law told him that if you get a certain rear-axle ratio on the car, you'll save gas. Well, I have checked, and it amounts to pennies. So when a guy asks me if the car has a 3.25 ratio, like he wants, I'll say, "You're right. You sure know your cars, don't you." That serves two purposes. First of all, it makes him feel good. Second of all, it keeps my selling effort from being interrupted by my having to look in the specification book or call the service department or even the factory.

If the customer brings up something that will make a lot of difference, I'll check it out. Because I don't want him ever to think I stiffed him on anything. Not ever. But the axle ratio and stuff like that doesn't matter. I wouldn't tell anybody a polyester suit was 100 percent wool, though. And I wouldn't tell a housewife that a refrigerator was 22 cubic feet when it was only 17. Because people find out about things like that, and then they never forget. And even if they are too ashamed to tell their friends what you did, they will bad-mouth you and your store and your products in some other way. Girard's Law of 250 is always operating.

So we get back to honesty as the best policy, with a little flattery and even a small lie useful in some cases. All you ever get from telling a big lie is a chance to tell your buddies later how you stiffed some mooch. But if that is the kind of kick you get from selling, you're going to dig your own grave sooner or later. And you are going to make it tough for the rest of us who want to make money by making satisfied customers who come back again and again and send in their friends. If you don't believe that, take my word for it. I sell more cars than anybody else in the world, and I believe it.

You never get caught by telling the truth—or making a prospect feel good when you stretch it.

14

Facing the Customer

Ask people to describe the typical car salesman, and chances are they'll tell you he wears the latest fashion suit—this year that means a three-piece European-cut plaid. They'll tell you he wears Bally boots or alligator loafers and a white-on-white shirt. In other words, they'll tell you that the typical car salesman is wearing maybe $500 on his back and on his feet. And that is the way they think of it—expensive. Then they start to think, "This guy is going to make too much money off me."

I make a lot of money, and I have for years. And I like good clothes, and I wear them whenever I can. But one place I do not wear my best clothes is to work. Don't get me wrong. I dress neat and clean. Nothing cheap. But I don't look like I need to hustle you to pay my tailor. I believe a salesman should look as much as possible like the people to whom he sells. I sell Chevrolets, not Mercedes 450s. Millions of people buy Chevrolets every year, but they are not generally your richest people. And in my area they are mostly working people. They work in the factories and offices around here, and they work hard for their money, and they aren't in the top brackets. So if they walk in and are met by a guy with clothes that look expensive, they get even more scared than they were before.

We are not talking about poor people. A poor man doesn't buy a new car, not even the lowest priced Chevette. My customers pay an average of about $5,000 for the cars they buy from me. But a lot of them have to borrow most of that money from the bank, the finance company, or their credit union. They are good credit risks, but they are not high rollers. And that's how I want them to see me. That's how I want to look to them, like a guy who is in their bracket and who understands their economics.

Look Like You're Their Kind of Guy

When they see me for the first time, they relax a little. Because I wear a sport shirt and slacks. I never wear clothes that will antagonize my customers and make them feel uneasy. I am not wearing colorless nail polish like a lot of salesmen do who get a lot of manicures. That puts people off too. Working guys may have grease under their nails that can't come off, but they expect a salesman to be clean. You'd think any salesman would

144

know that. But I've seen some flashy guys in this business who don't seem to have taken a bath in a long time, nail polish or not. A working guy may not have had time to go to the sauna after he left the factory, but he has a right to expect his salesman to take the trouble to be clean. You may think I'm making too much of this point, but let me assure you that I'm not. People complain to me about other salesmen. So it's important.

When a customer comes into my office, he finds a neat businesslike place that doesn't rub him the wrong way. I know some guys who decorate their offices with religious pictures and all kinds of stuff that people consider controversial. If your aunt brought you a blessed picture of the Pope from Rome, that's a real keepsake. But hang it at home. A lot of people, even Catholics, may not think that's the right sort of thing for your office walls. I put up sales award certificates and plaques, so people will know they are dealing with a top salesman. After all, they think, if this fellow sells so many cars, he must be giving good deals. At least that's what I want them to think, and it's true.

I also keep away from the customer's view things like color charts, brochures showing optional equipment, and anything else that may give a person a chance to pick up something and start worrying about what color or what kind of accessories he should have. He didn't come in to buy a sky-blue car with electric window controls. He came in to buy a car from me, period. All the rest comes later, after he has decided that he wants to buy a car from me. So I don't want to give him an opportunity to start flipping through a book so he can get off the hook by saying that he needs more time to think about everything. And I don't want him to start loading up the car before he has decided that he is going to buy. Because, before you know it, he will want so much that he won't be able to afford anything. And the price will be so high that everybody he calls will be able to give him a lower price, because they won't be quoting a car with wall-to-wall Persian rugs and special-order metallic paint.

Get Them Obligated to You

I don't give my customers a reclining easy chair to sit in either. I want them to relax, but I don't want them to get so comfortable that I can't get through to them. Relaxing them is crucial, of course. But I have a lot more effective ways to relax a customer and get him obligated to me. A comfortable chair won't do that. But other things will.

He starts to pat his pockets looking for a cigarette, and I ask him what he smokes, because I don't want him to remember that he has cigarettes in the glove compartment of his car and run out to get one. I keep a lot of brands in my office. Whatever he smokes, chances are I've got a pack, and I give it to him. "That's O.K., keep the pack." Wow! Keep the pack! Who tells a customer that? I do. What does it cost? Fifty cents—pretax. And now he is obligated to me. Matches, of course, he gets free. What else? How about a drink? What do you drink? Wine? Scotch? I've got that too. Free!

146

And he won't have to drink alone because I take out a vodka bottle filled with 100-proof water and drink along with him. I don't want him falling on his face. I just want him relaxed enough to let me help him get what he wants and can afford.

If he brings his kid in, I've got balloons and lollipops for him, and I've got buttons for everybody in the family that say nothing but "I like you." Anything I put in his hands and in his family's hands makes him feel a little obligated to me, not too much but just enough.

Sometimes a person will walk in and start looking at a car on the floor. I'll go over and stay near him, but not too close. Once in a while, a guy will get down on the floor and look underneath. So will I. It may sound crazy, but it is a very good opener. The man sees you just looking with him and maybe he laughs, and you are ready to start working on him. Once in a while somebody will admire the shirt I'm wearing (I like to wear colorful polka dot sport shirts), and I'll say, "You like it. Here. It's yours." And I'll start to take it off. I want him to know that if that's what it will take to make him happy, I'll be glad to give it to him. I keep an extra shirt in my office in case a person actually follows through and takes mine. I think only one ever did. But I'm ready for him. And just the gesture, as a joke, can do a lot to break the ice. Whether we get to that point or not, I want everybody to think I'll do anything for them, even give them the shirt off my back.

I keep my office as neat as possible. There is nothing distracting for the customer to look at and to start thinking about. When we are talking about prices and deals, if I have to look something up or do some figuring on my adding machine, I don't do it where he can look over my shoulder. I keep that stuff on top of a filing cabinet a few feet away from my desk. I am the only one who gets to see the figures and the tape from the machine.

Another thing I always do is clean up after a prospect leaves. I straighten everything, empty the ashtrays, put away the glasses, and spray the place with an air deodorizer. A lot of people don't like the smell of alcohol or smoke. And they don't run into it when they come into my office.

The way I look at it, I am an actor playing a part. I want the stage to be just right for the show I am going to put on, and I want my costume to be exactly right too. What I said about how I dress applies to my kind of customers. I am not saying that you should dress that way if your neighborhood, your customers, and the practices and rules in your area are different. A top salesman is a first-rate actor. He plays a part and convinces his audience—the customer—that he is what he is playing. If your customers are flashy dressers, then you ought to look like them.

I know my customers, and I know what they expect. I know them so well, since most of them ask for me by name and know me, that I can meet them without a shave and know that they'll probably appreciate that. But, however you do it, the thing that matters most is that you know your customers, if not by name at least by style and type. Then you too will be able to disarm them and win the war.

If those first moments of contact with you help

them relax a little, to overcome their fear, and they begin to feel obligated to you for taking up your time, you have already started to win.

Get them with you from the start and they'll stay with you.

15

Selling the Smell

One of the great evangelists of selling once said that, to win, what we have to do is sell the sizzle, not the steak. Well that's exactly what you have to do in selling cars. After all, most of my customers have already owned a car, and maybe even a Chevrolet. And they certainly have seen a lot of cars in their lives. There must be more than 100 million of them on the streets. So a Chevrolet, all by itself, is no big deal to them.

What is a big deal is a shiny new one that will feel good to touch, to sit in, and to own. And the thing about a new car that turns on more people than anything else is its smell. Have you ever noticed the smell of a brand new car? If you were blindfolded, you'd still be able to tell what it was if someone put you in a new car. Touching the car and seeing it make some people drool to own it.

But nothing turns people on like the smell.

So I always want to make every customer smell it. I didn't say "let"—I said "make." A lot of people are afraid to get into a new car at first. And they are very reluctant to drive it. That's because they are afraid that they will feel obligated somehow. Which is why I say push them into it if you have to. Because you want them to feel obligated, like they have broken the seal or unwrapped it so they have to buy it.

Once they get in and smell, they want it. That is such an obvious fact that you would think that every salesman who has ever sold even one car would know it. But it is always a subject of sales training meetings, because a lot of salesmen don't think it is worth the trouble. "Why bother? The mooch knows what it's like. All he wants is the right price."

Remember the Smells That Sold You

Anybody who says that doesn't know his own feelings. But I never forget things in my life that excited me the first time. I remember the first time I ever had my hands on a new power drill. It wasn't mine. A kid down the block got it for Christmas. But I was there when he unwrapped it, a new Black and Decker, and I took it from him and plugged it in and couldn't stop drilling holes in everything. And I remember the first new car I was in. I was already grown up, and the only cars I had ever been in were old ones where the upholstery stank sour. But one of the guys in the neighborhood got one after the war, I was in it the first day, and I'll never forget that smell.

When you're selling other things, it may not be quite the same. You sell a man a life insurance policy, and there's nothing you can let him smell or drive. But anything that moves or feels, you've got to let him have some. Who would try to sell a man a cashmere coat without getting him to stroke it first?

So be sure that you put him in the car. I always do. It makes him lust to own it. And even if I lose the sale, I have a shot at getting him back once he has to go back to the smell of his own again. And when I put a man in a new car, I don't say anything to him. I just let him drive it. You'll hear from the so-called experts that this is the time to sell him all the features of your product. But I don't believe it. I find that the less I talk, the more he smells and feels—and starts to talk. And I want him to smell and feel and talk. Because I want to hear what he likes and what he's worried about. I want him to help me qualify him by telling me where he works and something about his family and where he lives. A lot of times, a customer will tell you everything you need to sell him and to get his credit approved just while you are sitting in the passenger seat. And this is a must—letting him drive it.

People like to try things out, to touch them, to play with them. Remember the shock absorber displays they had in gas stations (where you would pull a handle with a worn-out shock and then pull a handle with a new shock)? Well, I'm sure most of you have at one time tried working them. We are curious. No matter what you sell, look for ways in which you can demonstrate your product. The important thing is to be sure that the prospect participates in the demonstration. If you can appeal to their senses, then you are also appealing to their emotions. I'd say that more things are bought through emotions than through logic.

Once he is behind the wheel, chances are he is going to ask you where he should go. I always tell him to go wherever he wants to go. If he lives in the neighborhood, I may suggest that he drive by the house. Then he can let his wife and kids see it. Some neighbor may be out on the porch. I want him to let everybody see him behind the wheel of that new car, because I want him to feel like he has bought that car and is showing it off. That helps lock up his decision, because he may not want to come home and tell everybody he couldn't make a good deal. I don't want to hook a customer too much—just a little.

I don't want the customer to take the car too far, because my time is worth a lot of money. But a person taking a demonstration drive will tend to think it is too far when it really isn't. So I let a man drive as much as he likes, because if he thinks he has gone a little too far that also helps to make him feel obligated to me.

Getting Him Hooked

When I talk about hooking the customer and making him feel obligated, I don't mean to say I am doing anything bad to the person. There is never a point in the selling situation, even after he signs the order, when he can't say no and back out. So he is on equal terms with me. But I feel that I have a perfect right to assume that if somebody comes into my place of business to see me, he is there because he is interested in buying a car from me. It is my duty to him, as well as to myself, to help him clear up his doubts and fears and buy a car.

When I talk about smell, I really mean it. But it stands for a lot of things besides the smell itself. To me, the smell of a new car stands for the excitement of the experience. I suppose there are people these days who don't get a thrill when they buy a new car. Maybe they have had so many, it doesn't matter to them any more. But for most people, me included, buying something new, even as ordinary as buying a new shirt, is exciting. I want to take it home and put it on and show it off. And there is hardly anything to compare to the excitement of a new car. For a lot of people it is almost like having a baby. They practically want to hand out cigars and send announcements.

It is all part of what I call the smell. That feeling, you could almost say, sells the car by itself. Almost, but not really. Because a lot of salesmen don't understand it, so they don't use it. You have to use it to get it to work for you. You don't just let it happen. You don't just let anything happen if you are a real pro. You make it all happen. You make sure the customer has the opportunity to smell and feel the excitement, the thrill of it all.

I want to add one final word on the value of selling the smell. In the years just after World War II, new cars were scarce, and a lot of potential new car buyers had to settle for late-model used cars.

At that time a product came onto the market that was bought by a lot of used car dealers. That product was a liquid that the dealer sprayed in the trunk and on the floors of late-model used cars. The reason: It made them smell like new cars. But you know the value of that smell, because you certainly remember the first time it hit your nose. So never forget that. Look back into your own experience as a consumer whenever you are selling somebody else. Because we all share a lot of experiences. And if that smell turned you on, you can bet it will turn on almost everybody.

Whatever you sell, there is an equivalent of the smell of a new car. Think of yourself as a customer.

Think of what excites you about a product, or used to when you first bought it. Then use that experience to sell the excitement, the thrill of owning your product.

16

Espionage and Intelligence

In every other kind of war, each side spies on the other and has intelligence agents whose job it is to find out what its side is going up against. In selling, we usually call that *qualifying the customer*. But "qualify" is a word that has a lot of different meanings. One of them is like "eligible." And let me tell you that, as far as I'm concerned, everybody is qualified to buy a car from me. That's why I like to think of this part of the selling job as espionage and intelligence. I want to know what the customer wants to do and what he ought to do and what he can afford to do.

Sometimes all of those things turn out to be the same. But a lot of the time they are different. What the customer wants may not be something he'll be happy with or can afford. I listen to what a customer says he wants, and I try to give it to him. But if I think it won't work for him or that he can't afford it and can afford something better, then I make up my own mind. But how do I know what to try to sell the customer? I look and I listen and I ask.

What I look and listen for are things that will open him up, get him talking, so that he will tell me about himself, his needs, and his ability to pay. But I don't always let him make those decisions. Very often, maybe in a majority of cases, I decide. Because the customer often doesn't really know what he can handle and what he should buy.

Most people don't understand enough about life insurance to know what they need, so they let their salesman decide. When it comes to clothes, people know they want something different, something fashionable, or at least something that won't make them look conspicuous because it is out of style. So the salesperson works it out with them. It's a kind of negotiation, based on what's in style, what's available, and what looks good on them. No clothing salesman in his right mind will sell a person something that will make him look awful. But people can disagree on how someone looks in something. So there is a wide margin for making those kinds of decisions by both customer and salesman.

With a car, it is not quite the same. You don't try very hard to sell a man a two-seat sports car if he has a wife and four kids. If it's his second or third car and he is loaded, it doesn't much matter. But you know that if you manage to push him into a little job when he needs a big one, you have created one very unhappy fellow. And you don't want to do this, no matter how sure he is that he wants that nifty little number.

So you're playing a game with the customer, trying to find out what's best for him no matter what he says. Because what's best for him is best for you, if you want him to speak well of you and come back some day for another one. And don't forget that, at this point, you are dealing with a scared man.

Getting His Name Is Crucial

He walks in the front door, and the first thing I say is, "Hi. My name is Joe Girard." And the very next thing I say is not, "What's your name?" I don't want to scare him any more. I don't want him to start pulling back right away. So instead of asking, I say, "And your name is..." He won't hesitate a second before he finishes that sentence and tells me his name. Notice that I really didn't ask him. I just didn't give him any reason to see me as somebody trying to dig into his insides. It was natural and casual, and I got his name. From then on, I use it, because we now have a personal relationship. He's Bill and I'm Joe. And if he tries to call me Mister, I let him know that it's Joe. I've broken a little ice.

As I said before, if he starts out by walking around a car on the floor or even crawling under it, so do I. I don't say much, because I want to know a lot, but I want him to give it to me without my prying it out of him.

I may ask him what he's got in mind or what he's

driving now, but mostly I'll just be passive and wait for him. He's going to tell me something. And once he starts to talk, I'll stay with him and move with him. But I will never crowd him at this stage of the game. I want to draw him out, let him show himself—like in military intelligence, where you want to let the enemy reveal himself, too much, you hope.

If somebody starts out by asking for me by name, which happens a lot of the time, then I have a good opener. I ask him how he heard about me. He may say he read about me somewhere, and then I'll follow up and ask him where, and we're talking. Or he may give me somebody's name, which I tell him I know even if I never heard of the guy. Or he'll say he heard about me at the plant. What plant? And we'll be talking about where he works. However he answers, I get the conversation to start moving, and maybe I learn something useful, like whom he knows that I know or where he works. If I get a name I know, then I can ask if he lives near the other fellow, and I know something about the neighborhood and can try to figure his income from that. We go from the plant to his job, and that leads to another estimate of his income.

I try to be like a machine that he doesn't notice is turned on, like maybe a recorder or a computer. Because there is nothing he is going to say about a neighborhood or some suburb or a bowling alley or a factory that I can't make him think I know something about. Whatever he says, I've got an answer that is a half question and gets him going some more, and keeps me from getting in too deep about something or some place I don't know very well. While we're going on about his bowling league at the plant and how well his team is doing, I'll spring on him, very casually, this: "Let me have your keys and we'll get an appraisal for you."

Notice that I don't ask, "Do you have a car to trade in?" I don't want to ask that question, because it will start him thinking in wrong directions. He'll start to figure that if he says yes, he'll be going too far into a deal. Or he may want to lie and say no, because he figures that he should get my best price and then spring the trade on me to get maybe an even better price on the trade-in allowance. It doesn't work that way, of course. You get as much as we can give you, as much as the book says, no matter when we figure in the value of the trade-in. But a lot of people figure they can play another game if they hold off.

What I want to do is get him involved without his awareness, in a way that makes it a little harder for him to start throwing up barriers against me.

I have to catch him quick. Otherwise he'll work all the dodges. You watch him when he tries to say he doesn't have a trade, and you can usually tell from his eyes if he is telling the truth or trying to play games. I mean, there are people who want to give the old car to their father or their kid who has just reached driving age, but mostly they want to trade the old one for the new one. So I cut through all the dodges by saying, "Give me the keys."

These days I don't usually look at the trade-ins, because I have somebody working for me who does that. I'll discuss the way I use extra help later and, more important, how most salesmen in this sort of business can't afford not to use extra help. But for a long time I looked over the trade-ins— and sometimes I still do.

How to Read a Customer

An experienced salesman can read a customer, his house, his car like a book. Most people don't notice what other people are wearing or where they live or what they drive. But if you pay attention to details, like how shiny the elbows are and things like that, you can learn a lot. I can walk around and look inside a person's car and tell you everything about it and about its owner.

There are obvious things, like how many miles on the speedometer, and the number of service station stickers on the doorjamb and their mileage. Obviously, they tell me how much driving the man does in a year and how carefully he takes care of his car. Now those things tell you directly about the value of the car. If he gets it serviced often, it tells you he is a careful person. If his mileage is way above average, I've got something to talk about with him. I can ask if he travels a lot or has gone on some very long vacation trips. When I look in the front seat and in the glove compartment of the car, I'm looking for brochures from other dealers and makes. They will tell me as much as anything what kind of car he has been looking for and how many different prices he has been quoted. From that, I get a pretty clear idea of how low I have to go to get him.

If his tires are badly worn, I know he is facing an

outlay of $150 or more for a new set. That puts him a long way down the road to a new car, because a lot of people start figuring that they might as well go all the way as spend a big hunk of change on nothing but a set of tires. When I open the trunk to look at his spare tire and I find fishing tackle, I have something else to talk about. Fishermen love to talk about where they fish and what they have caught. And if I see a trailer hitch on the rear end that tells me even more about him. He is a camper or a boater.

Now if his car is an obvious junker, I have to be careful. He many not have enough miles on it to get home, which is great for me to know, because it means he pretty much has to buy a car right away. But I can't tell him that. A man's car is like his wife; he can knock it all he wants to, but as soon as somebody else tries to, he gets insulted. So I'll be very careful about what I say if the car is a dog. Mostly, I tell him it looks really good considering the mileage or the age.

Another thing I keep an eye out for is windshield and bumper stickers. Political stuff I say nothing about, because politics is not something you can talk about with a customer without getting into trouble. If my own son were running for President, I wouldn't wear a Girard for President button to work. But I want to talk about the other kinds of stickers that resorts put on or that you get when you go to national parks and other tourist attractions. Because wherever that guy has been, I have been. Even if I never heard of the place, I'll find some way to use it to break some more ice. And if there is a baby seat or any toys, bike carriers, sleeping bags, or anything else, I have learned something about the man, his needs and interests, and the way he treats the things he owns.

Zeroing In

When I get back to him, I'll say, "You keep that car in good shape." That gets us past questions about how much I'm going to allow him on it and makes him feel I like it. Now maybe I'll ask him, "What did you have in mind?" And then we start to go. He may say he wants another one just like it. Maybe he complains that it rattles too much. So I'll suggest a two-door instead of a four-door. They do rattle a little less and, better than that from my standpoint, they cost a little less, so I can quote him a lower price than he may have got from someone else on a four-door.

If you're selling houses and a guy complains about all the lawn mowing he had to do, you aren't going to suggest a place with a huge yard. If he complains about walking up all the stairs, you won't offer him a three-floor colonial; you'll come up with a one-floor ranch house. Same thing with cars. You are going to put him into something that carries his family, hauls his boat, and fits his pocketbook.

But if I sense that a customer is choking up, I won't keep driving to a close. I'll back off a little. Maybe I'll pick up on the carseat I saw in his car and ask him how old his baby is. He'll probably bring out the pictures in his wallet and I'll look and lavish praise. Unless he asks me, I'm not going to talk about my family. This is not a social situation. This is selling, and I believe that one of the dumbest things that salesmen can do is compete with a customer. He brings out pictures of the kids, and a lot of salesmen will bring out pictures of their kids. That's not the smartest thing you can do, because you're trying to top him. When you do that, you're saying, "You think that's something, look at mine."

He doesn't care about your kids' pictures. He wants to show off his. What good do you accomplish by competing? None at all. Let him have the stage. Just sit there and look.

If I see fishing tackle in the car, I'll ask him about where he's been fishing lately, and pretty soon he'll tell me about a fish he caught that was this big. I hear some salesmen come right back with "That's nothing. I caught one *that* big last Sunday." So what? So you've made him think that maybe the biggest event in his life isn't worth talking about. Maybe you caught a forty-foot white shark named Jaws. But, like I said, this isn't a bragging contest at the local bowling alley. This is business, and if all he caught was a minnow, make him think it was the whale that swallowed Jonah. You want to bring him over to your side and beat him. But if you do it with fishing statistics, he'll turn against you and wriggle off the hook.

I've already discussed the importance of the demonstration ride. You're giving him a piece of the merchandise. A free sample, and you want to give him enough so that he'll want it all. I want him to take a ride so that he'll want it all. I want him to take a ride so that he'll feel he has got something

164

for nothing and owes me a little something. And I want him in the car so that he can take it somewhere, and his kids, and his friends and his co-workers can see him in it. That makes it a little harder for him to go back to driving his junker. And I want him in that car because I want to see where he goes and hear everything he wants to say about it, including what he doesn't like, if anything.

But most of all, as I have said before, I want him to get that smell way up into his sinuses and into his brain, because then I'm getting him hooked on it. And that is when it gets very hard to go back to the stale smell of his clunker out there on the street.

When he has got that full treatment and is still with me, we go into the office, the door is closed, and no phone calls are allowed to interrupt the next steps. We are still talking and feeling each other out. When I finish looking at his car, I may ask, "It's paid for, isn't it?" If he says he's got a couple of payments left, I know that he is a credit customer and that my ability to arrange financing and get the monthly payments right for him may be more important than total price. We may talk a lot about total price, but what he may care most about is, "How much a month?"

Credit Is the American Way

That is the fact with most big-ticket items for most people. And there's nothing for a customer to be ashamed of. Everybody buys on installments. That's the American Way. If you wait till you have it all in the bank, you may wait all your life for nothing. But a lot of people are still a little ashamed that they don't pay cash for everything. So you have to handle it carefully, especially if the customer has been paying over a very long period, and has hardly any equity in the car even though it is almost all paid up.

Sometimes my ability to sell a customer at all depends on my ability to get him enough credit to let him pay for the car. If he is really strapped or has had a tax lien or a recent bankruptcy, I can still find ways to get him the money to buy the car, but if that's the case I have to know about it. Because that changes the nature of the deal. Price is out the window. Now all we are talking about is finding a way to get credit for the customer: whether we have to get a co-signer or, in some cases, even put the car in a friend's name. We'll go into the way I get a friend to co-sign a note for a customer later. And using the device of putting the car in somebody else's name requires great care. If you are going to resort to that, the thing you have to be sure of is that you tell the bank or finance company in advance that this is what you are doing. Otherwise you are not obeying the law. They have to know in advance, because they have to know where to find the car if they ever have to repossess.

The important thing about credit is that you want to know as soon as possible whether you have to sell the customer on price or on your ability to find him the money, regardless of price. There is no sense in dancing around the price if his credit rating is zero.

But if his car is paid for or nearly paid for, we've got no problems. And as soon as I have found out that he's O.K., I start chipping away at his natural fear again. I'll maybe pick up on the Yellowstone Park sticker he's got on the window. I ask him about the trip and listen. If he asks if I've been there, I'll probably say yes, but I'm still going to let him tell me, not me tell him, because I want to let him talk about something he enjoyed, something pleasant, so that he'll relax.

I know when the customer is relaxing, because I read his body language. I watch his face, his eyes, the way he holds his arms close to him, and his legs crossed tight until he starts letting loose a little. While all of this is going on, I am finding out what he needs and what he can be sold. There are enough different models, sizes, trim, accessories so that I can figure out a car that has just about any price it takes to sell him, just so long as it will do the job for him. I can trade him up to a Monte Carlo or down to a Vega or even a Chevette from the Impala he has been thinking about. Of course, I'd like to make it easy and sell him exactly what he has in mind when he walks in. But he may not be able to afford that. Or he may really be able to afford something bigger and better. I can go either way.

What I need to know is how much shopping he has already done and what prices have been quoted to him. I need to know this because I am probably going to get him by making him think he is getting the best possible price from me. I don't mean that he won't. He will, if I can help it, because I'd rather make a little less per car and sell a lot of them than be a hog and just sell a few. That's the philosophy, that's the system that has made me the world's greatest salesman. I take in more than any other car salesman does because I want to sell more cars, not get higher prices. Do that and the rest takes care of itself. And, of course, you send out a happy customer who talks you up wherever he goes and sends back even more business.

If I know that he has brochures from other dealers in his car or I see them in his pocket, I know he already has prices in mind. But even if I don't know that, I can find it out easily. By this time we are in my office. I've given him a drink or a cigar. If his kids came in with him, they've got balloons and lollipops. I've played with the kids, even got on my knees to talk to them if necessary. No problem. My office floor is clean, and besides, I can buy a few pairs of slacks with the commission from just one sale. So it's worth it.

A lot of salesmen will get to their desk and put a blank pad on top. That way, they figure, they can write down all the information about the customer and the car they are selling him. It's a nice system, they figure. Wrong! It's a dumb system, because if you do that, and then you get the guy close to the end, you can't finish him off.

Getting Ready for the Close

What I do is always keep a blank order form and a credit application on my desk. Then, as we talk and I get information about the customer and

168

where he lives and what he does-and what he wants, that goes right on the forms. Then if I get him right up to the finish, I've got a filled-in order and all I need is a signature. The other way you've got to transfer all the information from the pad to the forms. And while you're doing that, the guy can remember that he's got to buy a collar button before the jewelry store closes. And he runs and you've lost him.

I'm not saying you should lock the door and take the doorknob off to keep the customer there. I don't play it that way. But when we have got to that point in the process, I have spent an hour or more of my own and my associates' time. And that is worth a lot of money to me. And it damned well ought to be to the customer. If he came that far and his intentions weren't serious, he is a bad guy. Of course, if I couldn't meet the legitimate price of somebody else, which is unlikely, or I didn't have a car anywhere near what he wanted, which is practically impossible, the person has a perfect right to leave without buying. Because if that happens, it means I haven't done my job professionally.

If I lose a customer at that point, it means I have done something wrong. We all know that you can't sell them all. We all know that some people come in just because they have nothing else to do. But if you assume that about anybody without going over the whole thing in your mind to find out what you did wrong, you will not be doing the proper job of training and retraining yourself. You have to assume that you are guilty of bad selling until proven innocent by your own self-examination.

But the commonest reason for losing a customer who seemed really interested is not listening enough, not watching the face and the body movements of the customer. If you don't spend enough time and concentration on that, you are going to miss something that the guy is telling you without trying to tell you. And that something probably has to do with why he is afraid, why he is hesitating, and what you are not doing to get him over the last hurdles.

Everybody hates silence, and most people want to jump out of silence. Let your customer do that. Let him talk because he can't stand the silence. Let him offer you the clues to his hesitation and reluctance. You can learn a lot more by watching and listening than you can by talking.

But there are moments when the salesman can gain by talking. The guy is uneasy, he's twitching, smiling foolishly, tapping his toes, doing all those things that people do when they are uncomfortable and afraid. You watch and you notice, and you figure he really has a bug up him. But you don't know what it is. You have found out what he needs and what he can afford, but you aren't moving him toward a close. It's quiet. Nothing is happening except his unease. So you ask a question. That is sometimes a pretty good way to get an answer. But you don't ask him a question that he can answer yes or (especially) no. You don't ask, "Is there anything else you want to know?" Because he can say no, and you've blown it. You ask something he has to answer with real words: "What have I left out?" "What didn't I tell you that you need to know to make up your mind?" Or even something as direct as: "What did I do wrong?" That can make a customer feel he should help *you*. And you can start getting hold of him then.

When I talk about nailing down a customer at this point, I don't mean closing him. There really is no sharp line between qualifying and closing, of course. We talk about them as separate things, but if you are handling your selling situation properly, there is a smooth flow from one step to the next. You know when the intelligence phase is over, because you know what the customer really wants and needs and can afford to buy. If you know all that—and know that you know it—you are at the next step.

Let the customer reveal himself, while you watch and listen, and he'll lay himself open for the close.

17

Locking Them Up

A lot of salesmen lose sales because they move too hard too soon. They start pushing a pen in the guy's face before they know anything about him and what he wants. So they chase him away no matter how bad he really wants to buy. And a lot of salesmen start to close without having a clear sense of their own want.

I told you about the bag of groceries and how I put an image of that bag in place of that customer's face. I really did that. It worked, because it drove me to be better and to fight harder for that sale. The reason was simple: I knew what I wanted. And I always know what I want when I come up against a customer. We all want so many things that it should never be a problem to define your own want for every sale. Sometimes all I want is that sale because it will put me ahead of yesterday.

I know myself and I know how much the competition of the game means to me. If I am not fighting against somebody else's record because I'm so far ahead of everybody else, then I'm wanting to beat Joe Girard.

When you close the door and confront that customer alone, it's like you are a surgeon with a patient on the operating table. But you're not going to start cutting until you're sure of what you have to do. You don't want to take out his gall bladder if he has appendicitis. So, when you start your close, you had better be sure that you have done the whole intelligence job. When you know what the customer wants that you can give him and when you know what you want, then you're ready to go.

Assuming the guy didn't come in because his wife threw him out of the house and he had nothing else to do, I figure I've got a live one every time somebody walks into my office and I close that door.

Moving Him Along Past the Sticking Point

We're talking models now. "So you liked the four-door Impala," I tell (not ask) him. He may still be trying to wriggle out. But I assume he wants to buy, but is just getting a little more scared because that door is closed. Maybe this is the time when I offer him a drink or a cigar. "What color was it that you wanted?" I may say. If he mentions a color, I assume we are past the point of no return. Maybe the question of color comes early when somebody is buying a suit. I need a *blue* suit, a man may say. But at the beginning he says he needs a car, not a green Caprice. So when we get to the point where he or I talk color, I am closing him whether he knows it or not.

"A tan one this time. Hang on a minute, please." And I'm out the door to check the inventory list. At least that's what he thinks. And then I'm back. "We just happen to have one," I tell him. "They're pulling it out for you." I've got the order written up already, because I have been doing it as we go along. "Just O.K. this," I say, pushing the pen into his hand. I don't say, "Sign here." That's too formal. "Just O.K. this." And maybe he does, and that can be the end of it.

But we all know that it generally doesn't go that easily. And I won't push a pen at a customer too soon. But if we have talked color or he has asked for specific optional equipment and I have found a car in stock that has what he wants, I have to go to the next step.

That next step is the big one, but it is the one that gets us both on the same side. They tell you in the training sessions that the lockup starts with asking for the order. But for me it is asking for money. I get up and almost turn my back on the customer, and very straight out, I half turn, put out my hand, and say, "Give me $100 and I'll have them get the car ready for you." I don't hesitate and say, "Well, I'll need a deposit." That's no good, because it just puts you on the edge. I want to put us way into the middle of the next plateau.

I've asked for $100, so he has to come up with a reason why we don't go ahead. Maybe he pulls out his wallet and says, "All I've got is $73." And do you know what I say then? Sure you do. I tell him $73 is fine. Now he says that he needs some walking-around money, so I settle for $60 or even $50. But not much less, because if he has come this far, we both want him to buy the car. And if he puts down at least$50 — maybe even a little less sometimes—he is going to buy.

But what if he looks in his pocket and has only $27 in cash? "I'll take a check," I assure him. But I want $100 or more, if he is going to lay a "reader" on me. Now a lot of people are happy to write a check, because they figure that they can stop payment on it if they change their mind.

How to Make Sure You Get Paid for Your Time

Think about it for a minute. I have spent maybe an hour or more with somebody who has come in and asked for me and tells me he wants to buy a car. And I believe him. So when he writes a check to hold that car, I assume he is serious about it, which means he wants me to have that money. I am not joking. I am not in business for the fun of it—though I love my profession. So when I get that check, I excuse myself a minute, go out the door, and start the process of "hammering" (certifying) that check. A check is money that, I assume, he wants me to have. And I am going to get it as fast as I can.

One thing he can count on is getting his car when he needs it. If our conversation has covered his travel and vacation plans, I know that he is leaving on a trip in two days. He'll have a car, as near to what he wants as there is in the whole area, when he needs it. As I have said, if we don't have one in our stock another dealer in the community certainly will. And, since we all have an interchange arrangement, I can always deliver him pretty much what he wants. I assume that he is serious about his need, so I am always willing to go out on a limb and have a car ready when I say I will.

After all, we are in the business of buying and selling. So when I get money, a customer gets a car. Sometimes I can't find what he wants. That's very rare, but it happens. Though I still assume that what he wanted most was a car, not a certain kind of radio or a particular transmission. I can't believe that a customer gets to the point of handing over a check and signing an order only because he wants a vinyl roof cover. I assume he wants an automobile. This he will get, and he will get good value whatever the price he pays.

If you think that most of my selling has less to do with color trim than price, you are correct. I deal in a commodity. A lot of things make what I sell different from what my competitor could not sell the same customer. Some of it has to do with me and the fact that I get the customer to like me and trust me. We have talked about all the different ways I use to get him to relax and to trust me. But if a customer works hard for his money, he knows a lot about what the car will cost. He has talked to his friends and he has probably talked to other car salesmen. So when he sees me, he expects to get a lower price than anybody else has quoted him. And I have to believe that I meet or beat my competitors' prices a lot of the time; my statistics prove this. After all, as I keep saying, if I am selling more cars and trucks than anybody else, I must often be meeting and beating their prices. People may buy from me because they like me and trust me. But that's because they know that they get a fair shake from me.

I have explained before that there is a very broad price range among all the different cars that can meet a customer's needs. Every salesman knows a lot about that. But I believe that I understand this better than anybody else does, because I spend a lot of time studying that part of the job. I know all the different options cars come equipped with from the factory, and I know just about everything that can be installed on a car after we have it in stock. That allows me more price flexibility than just about anybody else in the car-selling business, because I know not only all the different ways a car can be equipped, but I also know all about the costs and selling prices of the options. There are many kinds of optional features that make a car more appealing without adding much to the cost. I said cost, not price. So I can "throw in" for nothing or for very little extra a lot of features that can make my deal all but impossible to beat.

Does that mean I can't ever be beaten? Certainly not. There are a lot of other smart and aggressive salesmen in this and every other business. But if they are not selling 1,500 or even 1,000 cars a year, I have to believe they aren't quite as good as I am. Besides, if I give somebody a price and he takes my price to another dealer, I may lose the sale because of envy. The other salesmen I work with are mostly friends of mine. But those at other dealerships are sometimes jealous of me and will sell a car so cheap that they lose money, just so they can say they beat Joe Girard.

That means, as I am sure you understand, that we are all in this game for more than money. But when somebody sells too cheap just to beat me, he is in it for the wrong reasons. When I say "more than money," I mean money plus other reasons. But the name of the game is money, and unless the money is there or will be coming in later, I won't sell a car too cheap just to beat the competition. (I've already explained why it is sometimes good business to lose money on one deal in order to get that customer to talk me up, if he's important enough.)

When I describe the range of prices and options, people say that it must get confusing. It is. If a customer tries to keep track of all the elements in the total selling price, he is never going to make it, because he never can know what all those elements cost the dealer or the salesman. For instance, if a dealer sells enough cars during a model year, he becomes eligible for rebates from the factory on all the cars that he has sold during the year, depending on how many he buys from the factory. A customer can never know about that, so he never really knows the cost of a car. Therefore he can't know what the right selling price should be.

Trusting Me After the Sale Is What Counts

What it all comes down to is one word: trust. If a customer trusts me, he will buy from me. But I have to be sure that his trust lasts beyond the moment when he gets his car and pays for it. I have to be sure that he trusts me after he has driven the car home and to work and showed it and talked about it to everybody he knows, including how much he paid me for it.

I have certain factors working for me to build his trust. For one thing, as I keep saying, if I sell more than anybody else, it must be because I know how to quote low prices for the cars I sell. For another thing, people like to brag about how cheaply they buy cars, so they always cut a few dollars off the price they actually paid when they start to talk about it. Besides that, I try to make a friend out of every customer, whether I sell him or not. So the buyer always has the feeling that if anything goes wrong with the car, not only General Motors and Merollis Chevrolet, but Joe Girard stands behind the sale.

When we get to the point of negotiating the price of the car, we are pretty close to the end. But nowhere near all the way. The deposit, if it is big enough, pretty much closes the door on the sale. I have said that I try to get enough cash or a certified check to keep the customer from walking away after he has made a deal. I mean that if I have to take only $10 or $25, the sale is in danger no matter what the customer signs. Because if he takes the Joe Girard deal somewhere else, some hot-air salesman who wants to prove he is a faster gun than I am may undercut my price enough so that the customer is willing to lose his small deposit. You never know for sure that a customer is sold until he has the product and you have all the money.

You know my attitude about the odds. Even though I believe that I am the best, most aggressive salesman in the business, I don't like to let a customer get away only partly sold. This means that if a customer is going to finance his purchase somewhere else than through us, I don't want him to go our the door without first leaving a big deposit or taking the car with him.

Give Him the Product to Close Him

That's right. If for any reason of time or paperwork he is going to leave me without the whole deal being completed or his leaving a lot of his money, I will try to let him take the car he is going to buy.

It's called spot delivery, and it means what it says. I am going to find the car he wants or one almost the same and let him take it home as though it were his own. That may sound pretty risky to you, but in my experience it has proved to be an effective way to stop a customer from looking elsewhere. And you can believe me when I say it works out financially for me and for my dealer.

I'm sure you can see the value of spot delivery. The customer has the car, he takes it home, it's his, even though the final details of financing and registration have not been completed. It's his car. He shows it to his wife, his kids, his neighbors, his friends, his bowling team, his co-workers, his boss, his grocer—everybody sees him in his new car. Then look at the other side of it. I have given him the keys, and he has taken the car away and put miles on it. He may have it for two or three days before the deal is finally closed. Does he think I have given him the use of a brand new car just because I love him? Does he really believe he is under no obligation to me when he is putting 100 or 150 miles on a car that is not his yet? Most important, does he think that he is free to shop for a better deal somewhere else now that he is driving a car that is not really his yet?

He does not. The question of ownership may be a little confusing to him. If he thinks he already owns the car, then I have made the sale. But if he merely thinks that he is borrowing it and is obligated to return it in its original condition, he is correct, and I have not quite clinched the sale yet. But what is he really likely to do once I have put him into that car? Not go driving around the countryside looking to save another $50. Because when he takes the car out, he signs a paper that guarantees that he will return it in its original condition if the transaction, for any reason, does not go through. This is not what a lawyer would call an iron-clad contract, but it is a strong moral bond on any reasonably decent human being. At least it has always worked that way with my customers.

I don't know what the law is where you operate, and I would certainly check it out before I started spot delivery along these lines. But frankly, if you can do it, I don't know of a better way to nail down sales to people who might otherwise be "just looking" long after they should have made up their minds. If I were in the clothing business, I would bring in the tailor and have him start making chalk marks on the sleeves while the customer is still looking in the mirrors and checking the color in the daylight.

When you buy insurance, the agent almost always spot delivers the coverage with a *binder*, which is a short-term policy that you get when you put up just a few bucks toward the full premium. In a way, you are covered even though they haven't checked what you told them on your application, and they don't even know if your check is good. But they must gain more than they lose by that. And so do I—a lot more—because I stop the guy. I end his search for a better price. He doesn't listen to the smartass at the office who tells him, "You paid too much. I could have got it for you wholesale."

But I get much more than that. I give the customer an offer he can't refuse, and he can hardly back out of it later, because I seem to be trusting him with more than anybody else. When I reach back at a person in the office and say, "Give me $100 and I'll get the car ready for you," sometimes the guy will say he doesn't have any cash on him and won't have enough in the bank till payday. If he checks out and has a good job and sounds responsible, I'll look him in the eye and say, "You don't need any money. Your word is good enough for me."

Now how do you think a customer feels when I

say that, a customer who is still a little uneasy and hasn't quite made up his mind? That's right: It dissolves all his hesitation, and I've got him.

Or he tells me that he doesn't think the credit union will O.K. his loan till Friday, and it's Wednesday. That would give him two days out there with the sharks. Well, maybe the loan officer at the credit union is one of my birddogs. If he is, I'm sure we can get the wheels to turn a little faster. But even if I don't know him, but the customer looks good, I'll want to put him into "his" car right away.

Now supposing that the customer starts in with a list of specifications that I can't match exactly from stock. A lot of salesmen will say, "Don't worry. You'll get what you want. I'll special-order it from the factory." Not me. If I've got a car in stock that is close enough to what he thinks he wants, I'm going to do everything in the world including spot delivery, to get him to buy that car. Special orders take weeks, usually longer than you tell the customer. He starts getting itchy, the promised date passes, and he is somewhere else buying a car from some other salesman. I won't ever risk that if I can help it. There are a lot of other cars that will serve his purpose just as well.

Whatever he asks for, I've got. I'm not going to shove him physically into something he hates and then lock him in. But a car in the hand, for him as well as for me, is worth 20 on the come.

Now suppose that I lead the customer out back to where they have prepared the spot-delivery car. He looks and says, "I wanted gray, not powder blue," I tell him how great it looks, and how it's the latest style, and how it will take a week to get a car that is no different from this one except for this one small detail. Meanwhile, he is holding the keys in his hand. Maybe I am also pretending to curse the office staff for making this mistake. Now if the guy stamps his foot and says nothing doing, I want what I want, maybe you've got a problem. But it's not like your wife's dress. You're inside the car most of the time, and besides, none of the colors that Chevrolet paints a car are bad colors.

If you are not in the car business you may think, "Now that's a dirty trick." I didn't always understand selling—in fact, when I first started I was rather naïve. But after selling over 12,000 cars and trucks I understand this business a little better. Let's suppose that a customer wants a silver Monte Carlo with all the options. Now, I have one in stock with all the goodies he wants—only it's light blue. So I order one from the factory. That means it may be many weeks before he takes delivery. In the meantime a friend tells him he should have bought an Oldsmobile Cutlass. So he goes and looks at one. Maybe he decides to buy that instead of my Monte Carlo. He might decide to take a vacation to Hawaii and cancel the car so he'll have the money for the trip. Perhaps his daughter announces she is getting married and he decides he needs the money for the wedding. I've had them tell me their mother-in-law is moving in with them and they need the money to finish off the attic. The car will have to wait till next year. Believe me, I've heard every possible reason for cancelling a car that is on order. Let me explain another facet of selling cars. When a customer decides to buy a new car, the first and most important factor is the car (that's the make-style-options); the second factor is price (Is is a good price? Can I afford it?); and the third, and least important factor is the color. Some may know exactly what color they want. Others may only think they want a certain color. Often a person will come in thinking he would like a white car, but when he sees a brown one he decides he would rather have it in brown. In the case of the customer who wanted the silver Monte Carlo, if I had had the light blue one cleaned and ready, the odds are that the customer would have been just as happy with that one—because it was there, he would not have to wait, and he could take it home with him that very day. What the customer buys is a car at a good price. The color has no bearing on the value he is receiving for his money. My advice to any salesman is to deliver your goods into the hands of your customer as soon as possible after he has made the decision to buy. It will make you both much happier.

Remember: Before I put somebody in a car with no money in my hand, I know a lot about him. We have been sitting, and he has been talking a lot and I have been asking a little. I know where he works and for how long, where he lives and maybe how much of the house is his. I won't put a new car into the hands of a guy who looks and sounds like a deadbeat. What about a con man? you ask. But you have forgotten that the customer hasn't come in to steal a car from me. He is reluctant and I am trying to break down his reluctance by giving him what he really wants in a way that will make up his mind for him. Nobody is going to outfigure me on a thing like that. And look at the record: I have never been hustled on a spot delivery.

Think again about the effect of a spot delivery. Listen to what a customer says when I put him into a car. "You mean you'd give me the car without me getting an O.K. from the bank?" When I tell him, "Your word is good enough for me," I own him. Of course, just before he takes off, I casually ask him for the name of the insurance company that covers his car, because he's insured in our car too. And don't forget that we have his car in our lot, and that's worth something too. I wouldn't do spot delivery unless I was sure that it was a sound risk and a good investment. If anything happens to the car, he knows it is not his and that he's responsible. But I'm no lawyer, so check out how it works in your area.

Spot Delivery Works for Lots of Salesmen

If you sell things other than cars, spot delivery may work for you even better than it does for me. I once ran into a fellow who serviced and sold TV sets, and he worked spot delivery very effectively. Say you called him up to ask him to come fix your set. What's wrong with it? he asks. The guy says the picture is getting dim and you can hardly see it. He asks how old, what make, and so on. Then he says he'll be right over and he'd like to bring a TV set that the family can use while the other one is in the shop.

You can figure out how it works from there. Chances are the customer's set is an old black and white worth $20 today, and maybe it needs an $80 picture tube. In its place, the TV man has put maybe a $500 color set. Wow! Color! It takes a couple of weeks to fix the other set, and the family is going ape over this "loaner." Only you can bet it is not going to turn out to be a loaner. Who wants to go back to a beat-up old black and white after he's seen some crook bleeding in color. Now my friend is not about to leave a color set with somebody who lives in a tent or has his suitcases packed when he gets there. He is doing a credit check during that first phone call and when he gets to the house.

When the old set is ready, so is an installment purchase agreement that lets the customer trade the black and white for the color set for maybe only $20 a month. Who in that family is going to let Daddy turn down that offer and take back the old set?

I do it, and this TV man does it. You can do it with practically anything but a steak dinner. The first tuxedo I ever owned was sold to me by the man I went to rent one from; he pulled a brand new one out of stock and started marking it up with chalk. I kept saying that I only wanted to rent it for a wedding, and he told me not to worry, because he needed to put another new one my size in his rental stock. He must have had me figured out pretty good, because it made me feel very good to know I was wearing a brand new one that fitted me perfectly just for the price of a rental. When I picked it up after it was altered, I tried it on again to make sure it was right. He put me into the shirt and tie and cummerbund, the whole bit, and it looked great. So guess what happened? He starts in with how many kids do I have, and how many other kids in the family. And before you know it, he has "proved" to me that with so many weddings in the next few years, I couldn't possibly afford to rent as cheaply as I could buy this mohair and silk job, "and look at the fit!"

They say that salesmen can be sold easier than most people, and maybe that's true, but what that tuxedo rental guy showed me happened to be true. And even if it hadn't worked out with the figures, what I paid for the suit at least saved me the trouble of having to go and rent one every time I needed to go to a wedding or a banquet.

When I talk about using spot delivery to sell, you might think I am avoiding price. That's true enough. I pride myself on giving the best deals around and I have that reputation. But, as I have said again and again, the whole business of comparing prices of cars is nearly impossible for a customer because of the tremendous range of differences between models and options. There are even some colors that cost more than others.

The point is that almost no two cars that come out of the factory have exactly the same price. It is possible to have two identical cars, but it almost never happens in the same area at the same time. What this means is that if a customer who has been shopping around comes in to see me with a price, the price I quote him can almost never be for exactly the same car. So there is confusion, and there is leeway. I don't try to confuse him. I don't have to. If I quote him a price much lower, it will be for a couple of reasons. Either the car I have, which may be very similar, costs less, or I am willing to make less on the car I sell him, or both. The fact is that, because I sell so many cars, I can afford to make less on each one. A lot of salesmen shoot for high profit per car because they don't know what I know about building a big flow of prospects. They don't understand that if you have 10 or 12 people coming in every day asking for you, you can make a lot more money by giving better deals than if you see only two or three a day.

There are times when I can't close a customer, and I'll tell him to go out and shop two other dealers. I'll tell him that I think I can beat their price by $500. Well, that may be stretching it a little. But I don't chain the guy to the wall. I let him go out, because I know he is going to come back. When he does, he has to tell me the prices he got at the other dealers'. Otherwise, I tell him, I don't know how to compare. Once I know the prices he has got from others, I can either beat them or not. It is very unlikely that I can chop $500 off his lowest bid. Once in a while, a customer just might get two very high quotes, maybe too high because the salesmen were greedy and they thought they had a mark. But usually I can come in $30 or $50 under his lowest bid.

The guy hears my price and says, "But you told me you could quote me $500 less and all you give me is $50 less." Well, I am quoting on a car with extra equipment, and I point that out to him. Or I may say, "Look, I didn't know you were such a good shopper. You got the two lowest prices in town already. I just can't cut any more than I have." And that's probably true. O.K., I told him

$500, and that brought him back. Now I'm quoting just $50 off. Am I going to lose him? Probably not. I flattered him by telling him how good a shopper he was. And besides, there is an old Chinese proverb: *$50 is $50*. I'll get him for that.

The Magic Words

What the customers want to hear are my magic words: "I got your deal beat." And in the case of almost every person who shops around first, I can make those words good. I certainly *want* to every single time. Because I want to sell a car, even if it cuts my commission a little. After all, a small piece of something is better than a big piece of nothing, and the numbers are good enough in my business to make it worthwhile for me to beat somebody else's price legitimately as often as I can. Earning money makes me very happy. Saving money makes the customer very happy. I beat the customer's best price and everybody is happy.

Sometimes getting the price down enough is not just a matter of cutting the margin and my commission by a few more dollars. Sometimes, in order to quote a low price, I may have to talk a customer out of something optional like a bigger engine ("What do you want a gas burner like that for?") or a certain rear-axle ratio ("It'll save you no more than 50¢ a year on gas") or air conditioning ("It'll cost you about $50 every time you need it, because how many days does it really get that hot around here?").

But whatever I do to sell a customer, he knows

he got a square deal when he leaves with that car. Nobody has ever accused me of misrepresenting what I sell. Nobody ever left Merollis Chevrolet with a deal from me where he thought he had bought something that he didn't get. My reputation is worth too much for me to do that. And that's true for most of the salesmen I have ever known in this business, no matter what people say.

Sometimes salesmen are tempted to play games with a customer on financing and payments. It is the worst thing you can do, but it is not hard these days. For a lot of customers, the problem of total price is secondary to the question: How much a month? O.K., now just think of how it can work. A customer wants a certain model. The salesman senses that the man doesn't care about anything but monthly payments. So instead of trying to sell him a car he really can afford, he loads it up with extras. When it comes to setting up the car loan, the customer says he'd like to pay about what he did last time, maybe $93 a month. The salesman says, "We'll get it close." And when the payment book arrives from the bank later, the monthly payments are $135. If the customer signed the thing because he trusted the salesman, he is in trouble. But so is the salesman, because he has hurt a person very badly in the pocketbook for maybe three or even four years. Nobody buys only one car in his life. But that salesman will sell that customer only once, and he will be bad-mouthed to 250 other people.

I don't want that to happen to me. That's why, when they have made their deal with me, my customers always know exactly what they bought for how much a month for how many months. Sometimes a salesman will give the customer the payments he asks for, but make it for four years instead of two. If the customer knows what he is getting when he signs, that's fair. But if it hits him in the face for the first time only when he gets that fat payment book from the bank, then the salesman has hurt him.

I am not saying there is anything wrong with trading a customer up. I'll do it if I can. Sometimes I'll call a customer at home after he has made his deal, trying to sell him some extras that he might want on the car, such as a better radio or rustproofing or a better set of tires. But he will know what he is getting, and if he says not, it's no. As for payments, I may tell a customer that what he wants is going to cost more. And if he wants to pay if off over the same period as the last car, he may have to refigure his budget and give up something, because the payments are going to be more. Or maybe with the same payments, the term of the loan will run another six months or a year. That's part of selling. If the man can't handle it, I don't want him to take it. Because I don't want that man to have the car repossessed, for then I have lost him and his friends and relatives forever, and I can't afford that.

Hower good you are at persuading a customer to buy more, be sure that he knows what he has agreed to before it is too late. Otherwise you have made a bad sale. And not only have you hurt yourself by hurting your customer. You have also hurt me, because one bad reputation hurts us all. So don't foul up our nest with cheap tricks.

Remember that nobody—not even me—sells everybody. You don't have to twist anybody's arm or tell lies to make a good living in this selling business. All you have to do is use your head and plant enough seeds and fill enough seats. If you do it right, you'll be able to make a fine income and live with your conscience. I have proved that it can be done.

Closing: If he comes that far, he wants to buy. Never forget that and you'll win a lot.

18

Winning After
the Close

The first thing I do after I make a sale is to prepare a file card on the buyer with everything I know about him and about what he bought. At the same time, a special thank-you letter goes out to the customer. I guess it's a pretty obvious thing to do—to thank the customer for buying from me. But you would be surprised how many salesmen don't do it. This means that my thank-you is noticed in that house, because it is so rare.

My thank-you tells the customer how happy I was to sell him (or her) the car that he (or she) wanted. It also reminds him that I will pay $25 for anybody he sends in to me who buys a new car. This is a very good time to remind him about being a birddog. You just told him when he got the car, and now you are reminding him when he is showing off the car and talking about it to neighbors and at the plant. I have a rule that I send out the thank-you on the very same day as the sale, so I never forget.

A lot of salesmen want to turn their back on a customer as soon as they have made the delivery. If something is wrong with the car and the person brings it in, some salesmen even hide from the customer. They consider customer complaints and problems as annoyances that will finally go away. But that is the worst attitude you can have.

I look at it this way: Service problems and other customer complaints are a normal part of all business, regardless of what you sell. If you handle them properly, they can help you sell a lot more in the future. When a new car comes in with a bad problem for service, the service department people know they are supposed to notify me if I sold it. I will go out and try to pacify the customer. I'll tell him I will make sure that the work is done right, and that he will be happy with everything about the car. That is part of my job. And if the customer has still worse problems, my job is to take his side and make sure his car runs the way it should. I will fight for him with the mechanics, with the dealer, and with the factory.

If anybody buys a lemon from me—and it *can* happen—than I am going to turn the lemon into a peach. I will do whatever is necessary to get the car right. Sometimes I will even make an investment out of my own pocket. Most places, for instance, do not guarantee wheel alignment, even on a new car. After all, a fellow hits a pot hole or drives over a curb on the first day he has the car and the alignment can go out. But if a customer comes back and asks for an alignment job, I will make sure he gets it and pay for it out of my own pocket. It costs me only about $6 tax-deductible, and it makes the customer feel I really want him to be happy. (But I also politely tell the customer that he cannot expect to get a second one free.)

The value of taking the customer's side is obvious. I become a friend, you come back to me for your next car, and you tell a lot of people about me if I stand behind you. That is one of the best ways to make customers into believers, believers in you and in your interest in their satisfaction.

I look at a customer as a long-term investment. I'm not just going to sell him that one car and then tell him to shove it when he is not satisfied with that car. I expect to sell him every car he is ever going to buy. And I want to sell his friends and his relatives. And, when the time comes, I want to sell his children their cars too. So when somebody buys from me, he is going to love that experience and he is going to remember it and remember me and talk about it to everybody he runs into who needs a car. I look at every customer as if he is going to be like an annuity to me for the rest of my life. So they have to be happy. They have to believe in me.

I think people buy from me because they are tired of getting hustled. They are tired of getting hurt. They know what has happened to them when a salesman hits them for a high price and then runs and hides when they need his help to get the car right. They know when that happens. They may have been gullible once. All you have to do is turn your back on a customer once, and he knows he has been hustled and conned and lied to.

But not my customers. When somebody comes in who is in a hurry because he needs a car bad, a lot of salesmen will be tempted to shove it to him good. They will take advantage of his need and hit him for a fat price, maybe $600 more than he would have to pay if he shopped a little. But he has no time to shop. When I run into a customer in that situation, I may not give the car away to him. Why should I? If he's willing to make a fast deal without shopping, I'll make a good profit for the dealer and for me. That's fair to everybody. But I am not going to hose a customer just because he happens to need something in a hurry. Look at it this way: A person who is in a hurry and is willing to pay more than he should is going to find out soon enough what was done to him. And then he is going to hit the ceiling and start bad-mouthing the car, the dealer, and the salesman. Who needs that? Not me, and I can probably afford a few losses. But you never know who is going to cost you a big annuity. And besides, I like it when my customers are happy. It makes me happy.

Make a Lemon into a Peach

When a customer drives into the service department with a genuine lemon, it can take me and my people a lot of time and energy making phone calls and finding the places to exert pressure to make that car right. Buying from me can be worth as much as $500 more than buying from another salesman, just because of the way I take care of customers who have problems. I don't make a customer pay more for that kind of quality service. He gets it no matter how good a deal he gets. I don't write down on his card that he bought cheap from me and that I don't have to do anything else for him. Everybody gets the same quality of service from me.

I think that should work in any field. If I buy a suit during a sale, I expect it to fit as well as if I bought at the top price. And if I get the feeling that they are trying to avoid doing enough alterations to make the suit fit, I'm going to lean on them to get it right. And I'm going to remember their treatment when I want another suit.

Automobile service is a big mystery to a lot of people. In the old days, cars were simple and every boy thought he knew all there was to know about how they worked and how to fix them. But these days cars are a lot more complicated than they used to be. Even though cars are better, a lot of people feel very helpless when things go wrong. I know a few people who have taken night-school courses in auto repairs, just so they'll know what the mechanic is talking about.

That gets us back to lemons. They can happen. They don't happen very often. But they do happen, maybe because an inspector at the factory had a hangover, maybe because a supplier goofed on an important subassembly. I don't mean to put down anybody in this industry. But sometimes a car comes off the line with a whole string of things wrong. It'll run well enough to drive off the assembly line and into the lot, and it will get past the final inspection. But then everything will hit the fan. I guess it's just a matter of the odds. One car can need adjustment to the transmission, another one has a piston that doesn't fit its cylinder, another one has a faulty gear in the rear axle. They can catch and fix that stuff pretty easily. But what happens when once in a couple of hundred thousand times it all happens to the same car? You get a lemon.

You come in with one thing wrong and it gets fixed. Then a few days later another thing goes sour, and you're back. In a lot of dealerships, their attitude is: Here comes that creep again. Well, let me tell you that when a guy gets a lemon, the only creeps are the people who won't do right by him.

It is not so easy to take care of lemons. I keep on very good terms with the people in the service department, buying them coffee in the mornings, gifts when their wives have babies, and things like that. But those are business expenses, because I mean business when one of my customers comes in with service problems. I also know the right people to call at the Chevrolet offices. And when nothing else works, I'll call somebody downtown to make sure my customer gets what he is entitled to.

All this costs me money and takes a good piece of time. But I don't think I have a choice. Just think about somebody lying there in a funeral home, and watch all the people coming in to pay their last respects. A man comes home, shaves, changes clothes, and maybe misses his bowling night to go see his friend for the last time. Think of the pulling power of that one guy lying in that satin-lined box. And there will be about 250 more people going through the same thing to see him. Everybody has that kind of pulling power, and none of us in the profession of selling can afford to jeopardize one single customer, because of those 250 people his life influences.

As you know, people talk a lot about cars. In many parts of the country it is the favorite topic of conversation between people, even more than the weather. And what I keep thinking is that somewhere out there, people are telling a story about how they bought a new car and everything started going wrong with it. They kept coming back for service but never got it fixed right, so they won't ever buy that kind of car again. And then one person starts telling the same story, only he ends up saying, "I told my salesman, Joe Girard, about my problems, and before I knew it, that car was running better than new." I know that people say things like that about the way I treat them, because I hear it. Whenever people come in and ask for me by name, I always ask them how they heard about me. It's a great opener. And you'd be surprised how many of them mention that somebody else told them what good deals and good treatment he got from me.

I don't mean to sound like some kind of tin god, but I think that does a lot for the whole profession. You can be sure that it does a lot for my business.

I hope that by this time you understand that I do a lot of things that other salesmen don't do. And I also hope you understand that what I do works for everybody. I am good to my customers. They know I really care about them and they believe in me. But I don't do anything for love. I do it for money. I have often said that the thing I like to do most in the world is sleep. It's my hobby and it's my favorite occupation, so when I have to get out of bed in the morning, somebody is going to pay for it.

But when I do treat my customers well, nobody goes out and says, "Girard doesn't really mean it. He only does it for the money." What I say is that I do really mean it, *and* I do it for the money. But it is a lot more pleasant to be nice to customers than to treat them like mooches and run and hide when they come in with troubles. And you make a lot more money by making your customers believers.

I know a man who used to buy all his clothes in one store from one salesman. He had walked into the store after seeing something in the window that he liked. The salesman who was up sold him and stayed with him. He would buy two or three suits a year from the man, and he didn't even need them, because he mostly didn't wear suits in his work. But the salesman took the trouble to find out what he liked and he would always do a number with the fitter when the man bought something. And sometimes he would tell him when he came in that he didn't think there was anything new that the customer would like. That was almost a challenge to the man to try to prove the salesman was wrong.

Anyway, one day he came in and asked for his salesman. Somebody came over and said that the man had retired, and then walked away. The customer hung around for a while looking at suits on the rack and even tried on one jacket. But nobody went over to him. He finally left and never came back again. So don't tell me that the relationship between the salesman and the customer isn't important.

I sell something that hundreds of thousands of other salesmen sell. A Chevrolet is a Chevrolet, you probably think. You can buy them in any town in the country. They're all alike. Right? Wrong! A Chevrolet sold by Joe Girard is not just a car. It is a whole relationship between me and that customer and his family and his friends and the people he works with. About 250 people.

You must be thinking that you have heard all this before. But I'll keep saying it, because I believe it and I know it works. It is the most obvious thing in the world to me, and it makes my business life very interesting and very profitable. But I will keep saying it, because even though it is obvious to me, it must not be very obvious to anybody else. Otherwise how come there are so many salesmen who barely make a living, and so many customers who think all salesmen are rich hustlers?

I've been telling you how important the after-sale phase is. I've told you how I always send a thank-you to every customer. I've given you some idea of how I take care of my customers when they have service problems with the cars I have sold them. So you get the idea that I stay with them as much as possible. Not only do I do the things I have described, but I also do one other thing.

Keep in Touch

Even if I never hear from the customer after the sale, I keep in touch. A lot of salesmen take their

202

commissions and then forget about the customer, especially if there are no problems with the car. But, as you might expect, I look at things a lot differently. If I sell someone a car, they'll get my thank-you and they'll get my help with the service department if they need it. But even if they don't need help, they are going to hear from me.

A few weeks or months after I make the sale, I'll go through my file of recent customers and start calling them on the telephone. You would think that might be asking for trouble, but for me it is asking for future business and insuring that I get it. Just think about the typical experience of the average person buying a car from the average salesmen. When it is over, the customer is relieved just to have got out of there in one piece.

But with my customers it is different. I work hard, and they know it. When it is over, they are relieved too, but it is not because they escaped from the clutches of a high-pressure salesman, but because they got through an experience in which they started out full of fear and ended up feeling satisfied that they got better than they expected.

And then I pick up the phone, dial, and ask how the car is. I usually call during the daytime and get the wife. If I haven't seen them since they took delivery, then I figure they have had no problems. The wife usually will say that the car is fine. I'll ask if there's been any trouble. I'll remind her about coming in for the series of checkups necessary to keep the warranty in operation. And I'll tell her to be sure and tell her husband that if he has any problem at all with the car, any rattle, any mileage problem, or whatever, he should bring it in and ask for me. Then I'll ask if she knows of anybody who is looking to buy a car. I'll suggest friends and relatives and remind her that I will pay $25 for any customer who buys from me. If she says her brother-in-law was talking the other night about how beat-up his car is, I'll ask her for his name and number. And I'll also ask her to do me a favor and please call him, and I'll call him later. Then I remind her about the $25 and say goodbye.

Now chances are that this woman will tell her husband that I called and asked about them and whether the car was O.K. If he has never bought from me before, he might fall out of his chair, because everybody thinks that no salesman, especially a car salesman, ever gives a damn about the customer after the sale. And maybe I'll be able to sell her brother-in-law a car. So that extends the chain of goodwill and good business, because she gets that $25 birddog fee and her brother-in-law becomes the second satisfied customer in the family. And now I have two locked-in buyers every three or four or five years.

My Way Is Better

If what I am describing is so obvious, how come most salesmen never do it? I know that I am not smarter than average. And I know that I am not a nicer person. But perhaps I have just figured it out better, and put the whole selling process together. Maybe that's because I came to it late, didn't have the usual bad advice, and had to invent my own methods. I don't know all the stuff that most salesmen know about hanging around and waiting for a mooch or a creep or a flake. And maybe, also, my need to suceed was greater. But one thing I know for sure is that there is something about that moment when salesmen finally get the order. It clouds their minds. They got what *they* wanted, and they forget all the smart things they should know about follow-up and keeping the customer happy for the next sale or referral.

I tell you this because I understand it. I understand this desire to make the sale and just hold the money in your hand. I understand it as well as anybody, maybe even better, because I understand the feeling well enough to keep it from defeating me. If I make $150 for an hour's work, I know the temptation to think that's how it goes. But when I feel that temptation coming on, I also feel the cure for it.

What's the cure? It is using your head. Nobody who sells cars makes $150 in an hour or even two. Either you have spent a lot of time and money building business, planting the seeds, filling the Ferris wheel seats—or you have spent a lot of hours doing nothing. If you sell one car a day and make $150, which is a pretty big average commission, you didn't make $150 for an hour's work. You made $150 for a day's work. Now that is not bad. In fact, if you sold a car a day, you would be well above average as a car salesman. But you would not be making $150 an hour.

I sell more than five cars every day, and I am the world's greatest salesman as far as the *Guinness Book of World Records* is concerned. And I know that I have to spend a lot of time and money to do it. It costs me a lot of my commissions to do the kind of business I do. But it is worth it, because I sell more, feel better about my work, and—even with what I spend to get business—still get to keep more after taxes than any other retail automobile salesman in this country. There is nothing about that in the Guinness book, but I'll bet it is true. So if you are listening to me, keep on listening, because this is all about satisfaction and money. And nobody can tell me that all the effort it takes to sell nearly 1,400 cars and make around $200,000 a year isn't worth it, if you are a real pro in our business.

Keep selling after the close—the money gets even bigger.

19

All the Help
You Can Get

I have been telling you all the things I do to build my business, to keep the customers coming in to ask for me and buy cars from me. And you have probably been sitting there taking it all in, but thinking that no single human being could do all that and still find time to eat a couple of times a day and get home to change clothes once a week.

Let's look at my history again. In my first full year of car selling, 1963, I sold 267 units. Anybody in the business will tell you that a salesman who sells 267 cars makes a good living. No award winner. No mention in Guinness. But a pretty good buck, then or now. My output went up to 307 the next year, and to 343 in 1965. By 1966 I had begun to take a good look at what was working for me, and I began focusing on those things that I could see were producing the most results for me. In other words, I had learned where my strengths were, and I started using them as best I could. I was sending out my own direct mail. I was beginning to promote birddogs. And I had learned by then that my customers weren't mooches.

So how did I do in the first year that I really was operating out of experience and careful self-analysis? How did I make out in the first year that I was no longer operating on instinct and feel? In 1965 I sold 343 cars and trucks, but in 1966 my total soared to 614 units. I was selling a lot of cars and trucks, and I was making a lot of money. But I was beating my brains out, staying late at the office to catch up on paper work and telephone calls. At the end of the year 1969, the man who does my income taxes looked at my figures and said, "Joe, you're knocking yourself out and you're paying half of it to the government. Why don't you spend some money to get some help, and hire some arms and legs to help you? It'll only cost you 50¢ of every dollar you spend. Besides, you'll be able to concentrate more on the things you do and like best [*closing the sale*], and you'll be able to pay somebody else to do the routine stuff."

Now just read over what he said to me. I'm indebted to my accountant for possibly saving my life and ultimately making me more sales and more money. I can't put it any better than that to any of you who have reached a fairly high tax bracket. In fact, I have talked to my accountant about it lately, and he says that salespeople who make more than $20,000 a year working alone can afford to pay for at least some part-time outside help. The key point is that I end up with a lot more money for every dollar I spend on outside help. It is like a capital investment. Instead of buying a machine, I buy the time of a human being to free me to do what I do best, which is "closing."

Remember that nobody sells all alone. To sell your customers, you use help whether you think of it that way or not. You use the telephone, you use the mail service, and you make use of other people in your organization such as secretaries, filing clerks, mechanics, tailors, and others. You have other people to do what they can do better than you can.

I started using outside help when my mailing list started taking too much of my time. I hired high school students part-time to stuff and address my mailings. You may never have more than a handful of names on your mailing list. But if the list ever gets to more than a few hundred and the number of mailings gets up there, you can't possibly afford the time it takes to do the routine stuff, unless you think you can't make more than $1.50 or $2.00 an hour when you are working. I'm serious. That's the way to look at the numbers. If you can only make $5.00 an hour (and I'm sure you can do a lot better than that) you are still way ahead paying somebody $1.50 to do some of the nonselling chores. Because even if you get only $5.00, you are $3.50 ahead by hiring somebody else to free you. That is simple mathematics, and there is no way to argue it away, unless you *like* to do nonselling work. And if that's the case, you ought to get out of the business. You would be happier not selling.

After I had that talk with my tax man, I hired a

young man I had met a few weeks earlier. A friend of mine had sent him to see me to learn about the selling business. I called him in and put him to work greeting customers for me. By that time, a lot of people were coming in and asking for Joe Girard. Often there would be people waiting while I was closing another customer. I lost some of them because they got tired of waiting and left, or let another salesman in the showroom handle them. Besides that, I was losing customers whom I was about to close, because I would be interrupted by other people coming in or calling me. I never take phone calls now when I am closing a customer. I have somebody to handle my business calls. And I don't get personal calls, because I tell everybody not to call me at work unless there is a genuine emergency.

So I hired this fellow to help me. I trained him to greet people and explain to them that I was tied up at the moment, but that he would help them as much as he could. He would interview and qualify them, show them around a car, and answer their questions. Also he would take a careful look at their trade-in, and take them for a demonstration ride. Afterward, he would call me in my closing office and tell me what he found out. I trained him to look for clues to hobbies, travels, family needs, and evidence that the prospect had shopped other dealers. He would also tell me the condition of the car the customer drove in.

My income increased by more than what it cost me to employ this assistant. He made money and I made money. Once I had seen the value of this employee, I knew that it was the way to go. In 1966

I sold almost twice as many cars without help as I had sold the year before, but it practically killed me. I could not possibly have gone through another year like that without help. But I couldn't stand still. I had to keep breaking records. And after I had broken everybody else's records, I had to go on breaking my own.

My Biggest Competitor

You want to know whom I compete with? I compete with Joe Girard. What I did today I want to beat tomorrow. There is nobody else to compete with, because I have passed them all. I read an article somewhere about a fellow in Illinois who is supposed to be the biggest Cadillac salesman. And I guess he is, but I looked at his figures, and I realized that even though Cadillac sells for twice as much as Chevrolet, I not only outsell him 3 to 1 on units but I probably sell twice as many dollars' worth as he does. And I know that my commission take is more than twice his. So who else is there to compete with except Joe Girard? Nobody!

The only way I can keep beating my own record is to spend some of my money to hire people to help me increase my output. Otherwise I would reach a limit where I would never be able to grow any more. And that would kill me. It would also hold down my volume and income. And selling is my joy, and money is my reward.

But what is most important from a business standpoint is that you get the greatest possible leverage by hiring people to help free you to do your most productive work. And if you are a professional salesman, your greatest skill and your greatest joy is closing. That is the kill, that is the victory, the power and the glory of selling.

I use my help now to allow me to focus most of my working time on closing. Back in 1970 I hired my first full-time employee, a young man named Nick Renz. He is still with me, and he is now my right hand, running the administrative part of the operation and helping me with other business ventures, especially my speaking work with sales groups and my sales film program. My son Joey also works full time for me. Each earns a salary that a lot of salesmen would consider good. By paying them good money, I make even more than I ever could operating alone.

The truth is, as I have pointed out, that none of us operates as one man. We don't make what we sell. A lot of salesmen don't deliver. We all operate as part of a huge economic system where everybody depends on everybody else. The trick is to be in command of at least a part of that system, so that you make a profit from other people's efforts, even though you pay them a fair price for their work.

My son Joe is now in charge of the whole front end of our operation. By this I mean that he greets our customers, lines them up as they await their turn, and gets all the information he can from them. He is a lot more than a greeter. He is our intelligence agent. He shows them the car, presents its features, gives them a demonstration ride, and handles the trade-in. He is on the lookout for all the clues that I mentioned earlier. He does most of the job of trying to find out what kind of person we are dealing with, what his interests are, what he wants to buy, what he is afraid of, and what we can do to sell him.

Shortly after Joe passes the customer in to my closing office, he calls me from the showroom on the phone. I say all kinds of things into the phone, pretending I am talking to somebody else. But what is really happening is that Joe is giving me his report on the customer. He'll tell me the mileage on the car, the condition of the tires, plus all kinds of things like a Disneyland bumper sticker, an empty box of shotgun shells, or anything else that will give me ammunition to use in disarming the customer and getting him over his fear of buying what he came in to buy.

I have said a lot about that fear. But just try to think of what that person is going through. He is probably an average working-class guy, and he has to spend maybe $5,000 on an automobile. That is as much as he may make in four months, and he has a hard time forgetting this basic fact. What we are trying to do is to get his thinking to the point where he will make that purchase. Now you have to bear in mind that nobody forced him into our place of business. However much mail, however much persuasion from birddogs, he is not going to come in until he wants a car and needs a car. What we are trying to do is make his decision come true in the most painless way possible. And the more information about the customer that Joe passes to me in that phone call, the quicker and more effectively I can close this customer and go on to the next one. When I say more effectively, I mean putting him into the best possible car he needs to go to work, to take his family places, and to get to his spare-time activities—at a price he can afford. Remember that I never want to deceive a man about the amount of his monthly payments or the number he will have to make. I want him to be able to manage every aspect of that car, including paying for it. Because if it hurts him to pay for it, I may still earn a commission, but he is not going to like his memory of buying from me. I guess you could say that, by using help, I can do a better job of getting the right car at the right price for the right person, because my intelligence operation works better.

Joe also helps me to keep our customers sold, because it is his job to take their deposit checks to the bank to get them "hammered"—that's our slang word for certified. Once I have the customer's deposit and his signature on the order form and, I hope, his body in a car, Nick takes over and handles all the after-sale administrative work. He works out the details of the credit, insurance, and registration arrangements, sends out the thank-you, does all the paper work for the office, and makes sure that all the proper information on the customer goes into our files.

What do I do? I close. I get the customers to the point where they say yes and mean yes, not "maybe" or "I'll let you know."

A Great Performance Is the Truth

I have said that selling is acting. I put on a performance for my customers. I don't lie any more than an actor or a comedian on a stage is lying. I play the part of a friend, an adviser, a persuader. When you see Carroll O'Connor playing Archie Bunker, you know he is not Archie Bunker, and there is no Archie Bunker. But you also believe that Carroll O'Connor *is* Archie Bunker. He is not telling you a lie when he gives a great performance. And neither am I. I am all the things I pretend to be, and I am also Joe Girard looking to get a thrill from selling another car, and looking to make some more money.

I need help to get the script ready and to help me get the audience out of the theater after the performance. I used to do the whole job myself, and I did it pretty well. I won a few awards even before I started employing other people to help me. But now, with their help, I am doing even better. And the more you make, the more you can afford to use help so that you earn even more. Once you are working every minute of every day, there is no other way to grow except by using other people intelligently and efficiently. No other way.

That's not completely true. A lot of people ask me how come I never went into business for myself and became a dealer. The simple answer is that I am a salesman. It's true that I did a lot of other things in the first 35 years of my life before I became a salesman. But for the most part I didn't do them very well. It wasn't until I discovered selling—needed to discover it— that I really found something I loved and never wanted to stop doing. But now selling is the great joy, the great satisfaction, and the great money producer of my life.

I could probably raise the money to become a

dealer. And I could probably run a pretty good operation. But I don't want to. I am having too good a time selling. I have two top people who earn good money handling my operations. I don't have to watch them. I have no personnel, capital, security, or management decisions to make. My dealer makes more money than I do, but he is entitled to it because he has a lot of money invested in his business, and because he has a lot more business responsibilities than I do. But I make a lot more money net than many other dealers.

The Biggest Thrill of My Life

The worst thing about being a dealer is that I would not have any time to sell. I would probably make more money, but not that much more. And I would have to give up the biggest thrill of my life, the excitement of closing five or more sales almost every day. No dealer can ever expect to do that. And I wouldn't give it up for anything. Not that owning a dealership isn't a perfectly respectable way to make a living. It surely is. But it just isn't as much fun. I get it both ways—the fun and the money. I don't think there is any other way to match the joy of selling.

About the only other things that excite me as much are the other activities I have gotten into in recent years that relate to selling. As I have said, I give talks to salesmen and I perform in and produce sales training films. In a real way, they are like selling belly to belly. In some ways they are even better, because they are more of the same.

I have talked about leverage, and about the thrill of selling a car. But I have found that these two other activities let me put leverage and the thrill of selling together in a very special way. It is not exactly what this book is about, but let me explain it to you, and I think you'll understand that it is quite closely connected to what we are talking about. When I stand on a platform and talk to other salesmen, there are a couple of payoffs. One is like the feeling I get when I finally close a customer in my office. On a platform I get the same feeling, only more of it, because I know that I am getting across to a roomful of people. Afterward, they come up and tell me how much of what I say has affected them. They tell me and they write me that nobody else ever tells them as much about how selling really is because nobody else who gives sales talks has had as much on-the-job experience as I have. That's part of the excitement of making films, too, knowing that the people who watch them have never seen anything as true to life about their business. I'm proud of what I do and of how well I do it, and I get a thrill out of knowing that I am changing the professional lives of other salesmen.

I like selling and helping other salesmen a lot more than I like the idea of running a dealership. That's why I have started the Joe Girard Sales Course. Over the years I have seen many people try their hand at selling only eventually to give it up or settle for an average income. I have always believed that if these people could have had the proper guidance and training they would probably be living today in a manner which they never would have thought possible.

But just remember that when you are alone with a customer, face to face, in that crucial confrontation, there are a lot of other people and services working for you. And you should look for and get all the help you can afford. That may mean birddogs, as well as part-time and full-time help. Because leverage—extending yourself most efficiently—is the way to make the most of your time and your skills.

Anybody who wants to, really wants to, can build the kind of operation I have. I built the whole thing gradually, and paid for it out of part of the extra money my growth was bringing in. More help, more customers, more money, more help, more customers, more money, and on and on and on. That's the way it happened for me, and that's the way it can happen for you.

Don't think that I am loafing because I went from some part-timers to one and then two other people full time. I am working just as long hours as I used to, but I keep on doing better, because what I am doing all the time now is what I do best—closing. A surgeon doesn't clean his own instruments. He hires lower-priced people for that so that he can concentrate on where the big money is—the surgery. And that's what we are, surgeons, and we too should concentrate all our time on the surgery. Let somebody else prepare the patient, do the tests, get the history, so we can do the cutting through of the customer's fears and get to the inside, where we can find and cut away the sales resistance.

Get all the help you can—it builds gross and net.

20

Spending and Getting

There are a lot of ways to put together what I have been saying about myself and our profession. One way is to understand that all of the most effective ways to bring in customers and sell them cost money. You have to buy business if you want to eliminate the risks and be assured of a steady and growing income. That is the same situation that any other businessman is in. In fact, that's what any business is about: deciding what are the best ways to spend money to get the most money back. With us it is a matter of spending time as well as money. But since we know what is the most important and most valuable thing we do, all we have to worry about is being smart in *how* we buy business.

It doesn't take much to understand the value of birddogs because you have to pay only when you have got what you paid for: the sold customer. So it makes sense to spend time and money to get more birddogs. There is no problem in understanding that direct mail that gets read is worth the cost, and direct mail that doesn't get read isn't worth sending even if it is free.

I am sure I have convinced you that my birddog recruiting and my direct mail are worth the investment. But you may think that they are worth it only to me and that it wouldn't pay for you to try something similar. But what I am trying to say is that I knew in advance, before I spent the money and started the sales rolling in, that those things would work. That's why I did them in the first place. I was able to start them on a small scale and build. And that is how you can do it too.

But you have to be able to look at the situation in your business and find out what are your best opportunities. For instance, the wife of a service writeup man goes to the hospital for an operation. He is good at his job and helps me a lot with my customers' service problems. I want to send a gift. Everybody sends flowers and candy to sick people. But then the stuff gets thrown out. And the longer it lasts, the more times they will think of Joe Girard. So I figure what would be a good lasting gift, and I send a plant instead of flowers. The plant stays in the house and people always remember who sent it. Now I have an arrangement with a florist for sending gifts whenever I think they are needed. I send a terrarium, which is for plants, but it is also like a piece of furniture. People don't throw such a gift away. It is special, so it is worth more than what it cost me. And that's the game—whatever you do should be worth more than what it costs you. That doesn't mean it has to be cheap. Instead, think of how much good it can do for your business-building. Think of how much it will do to get people to think of you as a nice guy and talk about you to their friends and relatives. That is the kind of business judgment you need to make sure that you are putting your time and your money to work most efficiently. This is what the people at the Pentagon call "cost-effective." It doesn't mean cheap; it does mean getting your money's worth, however much or little you decide to spend.

The Spending That More Than Pays Its Way

Gifts, terrariums, you're thinking, that's for the high rollers. Not true. They are for everybody. Just stop and think of what happens when you hear that a customer is sick and you send a get-well card. What salesman does that? So here comes this card to the guy in the hospital. He's got nothing to do but watch television and wait for visitors You send just a card—never mind plants— and you know that this customer is going to remember you and talk about you to everybody who comes in: "I got a get-well card from Joe Girard, the fellow who sells Chevvies." Or you are a clothing salesman, and you send something to the fellow who runs the tailor shop when he is out sick. Now a customer comes in who wants to buy three suits, but he's going on a trip and needs them tomorrow. If there is any way of getting those

222

alterations done by tomorrow, you know that your friend in the tailor shop will find it for you.

The more money you spend wisely, the more people you can put to work, talking you up, helping you sell, buying.

I have said a lot about making judgments and spending money. But there are also important ways to invest time. And one of the most important is thinking smart. Whatever your business is about, however it works, it can be improved. There is no perfect way to do business. You can always find some way to do things better if you spend enough time thinking about it. But you have to think in ways that will help you get new ideas. You have to look at the most tried-and-true methods as if you could rearrange them and make them work better for you.

Here's a classic example: A young man comes out of a life insurance company training program and starts looking for business. Everybody in the program has been told that one of the ways is to use a directory of business executives. So this young man does what he is told and gets hold of a copy of the directory. He sits down, opens the first page, and stops. He thinks to himself that 20 other guys who were in the training program are doing the same thing. They are all sitting down with the directory and opening it to the first page. This means everybody will go after the same prospects to sell them the same thing. *Why should I bother?* the man asks himself. *But what can I do to get ahead of them?* Then he hits on a very simple, obvious idea that nobody else had suggested. Instead of opening the book to "A," he opens it near the middle, at "N." As a result, he calls prospects who hardly ever get called, he gets a lot of appointments, and he sells lots of insurance policies right from the start.

That man is a very prosperous insurance agent now, and he believes that stopping to think of a better way to operate was the thing that contributed most of all to his success. After that, he says, there was nothing to it. I don't believe him completely, and neither does he, because we both know that he works very smart all the time. He is always looking for new and different ways to approach the same old problems. And by looking, he probably finds them more often than other salesmen.

Don't Be Afriad to Do It Differently— It's Usually Better

You could say the same thing about my direct mail program, about my gifts, and about the whole way that I do business. It is a lot different from the way other people used to sell cars, and different from the way most other people still do. I was ignorant of all the "wisdom" of the business when I started, so I developed my own methods. Not all at once, but gradually, as I kept looking for better ways to build my business and sell more. I am not trying to say that I invented everything that I do. I borrowed a lot of my ideas from other people and other businesses. Does everybody in your business work a list from the beginning of the alphabet? Then why not steal one from the insurance man and start in the middle, or maybe you should try the end. But whatever you come up with, the important thing is not to be put off by the guys who tell you that you can't do it because it has never been done before.

This may be the stupidest attitude in the world: that something can't be done because it hasn't been done before. If that was true, there would never be anything new in the world. None of the inventions, none of the great new ideas, would exist. And the same is true for your business. Who says something won't work because it hasn't been done before? Just the people who don't want competition. But that is what our profession is about —competition. Everybody who sells is competing all the time against other people selling the same thing or other things. A customer can't decide whether to wait six months instead of buying from me today, because he also wants to spend the money on a boat or a vacation. So a boat dealer and a travel agent are selling against me, besides the thousands of other people selling Chevrolet and every other car in the world.

The biggest advantage you can get is to come up with a better way of reaching and selling your customers. Good ideas are always worth the time it takes to think of them. And they are always worth the money they may cost to put into operation. "R & D," they call it, research and development. You should have it too. You should always be looking at new things to try and new ways to test the value of what you are already doing. That way you will be constantly looking to improve the most important product that you sell—which is you.

The trick is always to look for new ways to do old things. The unexpected can be the most effective. I have mentioned before that I am very sensitive to ethnic slurs. A guy would start in about "dagos" and "wops," and I would start boiling. Whether I hit him or not, I would get mad and lose the sale. Finally, one day I decided that my business during working hours was selling cars to anybody who wanted one. I didn't want to lose business or teeth getting into fights about my being Sicilian. So I did a simple thing. I called the printer and told him to print me a new batch of business cards. Instead of putting my legal name, Girardi, on them, I told him to drop the *i* at the end and make it just plain Girard. I didn't change my name legally. I just decided to take on a stage name, like John Wayne and Dean Martin and thousands of other people. Even that Cadillac salesman I mentioned before drops the last part of his name in business, because it is too long to write and to pronounce.

That was a simple idea, but it took me a long time to figure it out. Yet once I decided to do it, it changed my life, because it eliminated one of the most important problems in my business life without changing anything in my private life. I have received hate mail from other Italians who think I changed my name legally because I was ashamed of what I am. But that's not true. I did it for the same reason that I don't wear fancy suits to work and for the same reason that I do many other things in my business. I did it because I wanted my customers to look at me as the person they believe in and want to buy a car from. I don't care what they think about the real world. I want them to come to my show and trust me and believe me and buy from me. So I make sure that I give a good peformance by wearing the right clothes, giving them a comfortable environment to be in with me, and carrying a name they will remember only because they like to buy from me. If they have prejudices, that's their problem. I don't want to know about it. In the world where I am selling them, I want nothing to interfere with their trust in Joe Girard.

I am not recommending that anybody change his name. But what I am trying to say is that you should look at everything, including your name, to see if you can improve your selling efficiency. Changing my business name worked for me. Something else can work for you, whether you think it up yourself or steal it from some other business. Looking around for ideas, research and development is something that is always worth the investment of your time and money. But when I say time and money, I should also mention a third ingredient—patience.

Patience is not an easy thing when you don't have unlimited time or money. But without it you may never get the fat payoff that you have started in motion. When I started recruiting birddogs, I knew that it would take time before I would start seeing new business come in. But I just kept on looking and recruiting. And I kept after the people after I signed them up. They got mail reminders from me about the $25, and a lot of them also got phone calls. You plant the seeds and you have to water them, and then you have to do other things while you are waiting for them to sprout. But they will sprout if you have executed the first steps properly. You can bet on that, because if you made the effort and have the patience, you have stacked the deck in your favor, and you can't lose in the long run.

But patience alone, just standing by the door, will not tilt the odds your way. You have to make your own odds by spending time and money to develop your own methods to bring in the customers and the money.

Time and money well invested will build your business tremendously. Always look for new and better ways to do it.

21

There Is No
Last Chapter

If you have come this far with me, I hope you are
not still looking for magic words or formulas or
phrases to say to yourself in the mirror. Life
doesn't work that way, and business doesn't
either. There are no secrets; there is no magic. The
process of successful selling means endless use of
your mental resources. There is no final chapter.
The process just keeps on starting over and over.

It took me 35 years of drifting to get to the
beginning of the process. But it took me only a few
years from there to get to the top. And I am at the
top.

A lot of people out there, maybe millions, have
heard of me. And thousands have bought from me.
They think they know a lot about me, because I
know a lot about them. They think I have been to
Yellowstone National Park. They think that I have

fished for salmon near Traverse City, Michigan.
They think I have an aunt who lives near Selfridge
Air Force Base. They think those things because
they have been to Yellowstone National Park and
fish for salmon and live near Selfridge Field, and
because I know about their lives.

They think they know my name and what I am
like. They have heard a lot about me. But the only
thing they really care about is what they get for
their money when they buy from me. They believe
in me and in my deals, because they know for sure
that I give the best deals. And they are right about
that, which is all that really matters to them and to
me.

Anybody Can Do What I Have Done

If there is anything like a secret in all that I have
said, it is the fact that anybody can do what I have
done. You don't have to be a genius. I never even
finished high school. But I still trust my eyes and
ears and my feeling about how I like to be treated,
and I know what makes me buy from one person
and not from another one.

I have trained myself to remember at all times
that everybody I meet can become important to
my business life. I never think of any person as just
one sale. Never. I always think about Girard's
Law of 250; all the friends, relatives, fellow bow-
lers, and co-workers who can turn out to be part of
that 250. It doesn't take a computer expert to
understand how this law works. I know that the
same 250 people who could bad-mouth me for being lousy can be my customers. I never forget that,

230

and I don't believe that anybody else who sells can afford to forget it.

You can be sure that if I am thinking about that many people all the time, I treat everybody very carefully, even people with the worst possible credit ratings. After all, I was broke plenty of times in my life. But I came back, and I have a top credit rating now. So I figure that if somebody has had trouble paying his bills, he can still be all right. And if you figure out a way to finance him when his rating is low, you will make him a believer for life.

That is why I am very careful even when a person has to have a co-signer to get his car loan. When I run into a case like that, I tell him to bring in his best buddy to help me verify his credit application, and to let me handle it. When a person hears that you want him to sign for a friend's loan, he usually starts talking about how he has a rule about never co-signing. But I try to avoid putting it all out front. I ask the man to look at the facts on the application and "just O.K. this for me." And I push the pen where he has to pick it up. If the man resists, I appeal to him on the basis of his friendship with my customer, reminding him how they fished together and went to high school together and chased girls together. I remind him of how they are best friends, and that his friend needs his help. And my customer reassures his friend that he will have no trouble making the payments, because his troubles are past and he has a good job. I have made it into a favor that the man can't refuse without losing his friend and looking bad in front of me. And he signs it.

I can do this because I really believe that people

can change their lives, because I changed my life. Just so, you can change your life. When I get a co-signer's name on the form, I am expressing my belief that other people can come back from the bottom just like I did.

I never forget the night I spent in juvenile detention and the nights I slept in freight cars in the railroad yard. Now I sleep in a beautiful home in Grosse Pointe Shores, just a few blocks from where members of the Henry Ford II family live. As a present for my wife, I had a spectacular bathroom built with a marble tub and a sauna and columns all around the room. That alone cost me $32,000. That's more money than I ever made in any two years before I got into the selling profession.

If this sounds like I am bragging, I guess that I am, a little bit. But you didn't read this book to find out how good I am. You wanted to know how I became successful, and how you can too.

The message is that you can do it, because if I did it, starting when and where I did, then practically anybody can do it. But you have to *want* to do it. I know a lot of salesmen who are just as smart as I am, maybe smarter. And plenty of them are just as good closers, maybe even better, but they don't put it all together like I do, and like you can. They may be lazy, they may be content with just a little bit of the pie. But if you expect to get more, you have to want more. You have to know what you want so bad you can practically taste it. You have to motivate yourself the way I did when my wife told me there was no money for food for the kids. Maybe what you want that bad is to afford a separate place for your mother-in-law to live. Maybe you want a cabin cruiser. Maybe you want to take a trip to Paris. Then want it bad enough to make it affect your professional life. Look at everybody you meet as if he can give you what you want if you can get him to buy from you. And look into yourself to see why you like some people and don't like others, which is why you buy from some and not from others.

Think about the fear you have sometimes felt when you went to buy something. Then you can begin to understand what is going on in your customer's head when you meet him. Think of how people look for a friend when they are scared, and then be that friend. Make yourself a friend that your customer can trust and believe in.

It's a game, I have said. It's an act. But it is also real. If you are doing your job, you really do become that customer's friend. I don't mean that you bowl with him or invite him into your house. Not that kind of friend. But the kind that a person can trust to treat him fairly and decently. He comes in scared. He knows you are not interested in his health and welfare, but in your own. He knows you don't care about his wife and kids and what happened at the job today. But all of a sudden, he finds that you do care, because you are asking him about these things. Pretty soon he isn't as afraid any more. He starts to believe that maybe you do care about him. You let him talk and you listen. Before long, he trusts you enough to do what you say, which is to sign the order and buy from you.

The Most Valuable Asset in Selling

Now comes the test. He buys from you, but will he regret it? Not if he trusts you and believes in you. He won't regret it if he finds that you really did treat him fairly, and that you really did make sure he understood exactly what he was buying and for how much. After he leaves with his purchase is the time of the real test. He got out of there safe. Now he is living with his purchase, with what he trusted you enough to buy without being absolutely sure, beyond a reasonable doubt, that this was what he wanted to do. Now he is living with what you did to him and for him. And if you played the game fair and won the battle for both of you, you have created the most valuable asset in the selling business, a customer who trusts you because you helped him get what he needed and wanted.

That all sounds pretty simple. Nothing to it. Nothing, except getting your own head right. I have said over and over that you have to want and you have to know what you want. But that can make you greedy instead of a good salesman. That can push you into pushing the customer too hard. And whether you sell him or not, if you push too hard, you lose the customer. Even if he doesn't talk you down to his friends, he won't come back to you next time. You have to learn to control the wanting so that it makes you smart, not stupidly greedy.

You may start out every morning hating somebody: your boss, your mother-in-law, your dog, or your dead father. But you better find that out before you go to work. Because you can use these feelings to drive you toward good habits, not bad ones. Instead of trying to con and outsmart your customer, you can convert these feelings into wanting to win the customer over to your side.

I have never stopped trying to prove to my father that I was worth something. For too many years, I let his words destroy my motivation, because I was trying to make him like me by proving that he was right. I really did feel that if I did lousy and was a bum, he would like me because this would prove that he was right. But then I had to grow up. There was no way to survive if I kept believing I was no good. Now I play it the other way. I remember his saying that I was no good and use this memory to prove that he was wrong. Every time I make a friend out of a customer, I prove that he was wrong. I win my fight with him every time I sell a car, every time somebody believes in me and trusts me.

Instead of making me dumb and no good, his words and the memory of his fists and his strap make me smart, make me effective, make me an even better professional than I was before. Everybody who makes himself into something better has to fight the forces in him that want to be something worse. Everybody has those feelings in him. Both kinds, destructive and constructive. Winning is constructive. And if I could turn from a loser to a winner, and you know that I did it, then anybody can.

I didn't wake up one morning and go through a miraculous change. I didn't suddenly know how to treat customers, who to listen to, who to stay away from, how to get people to read my mail, how to get people to buy from me and like it.

It Can Happen to You

I have tried to explain to you how it happened to me. I have tried to do it in a way that will convince you that it can happen to you, if you make it happen. What I am talking about is not mental health or peace of mind. I am talking about selling. I am talking about all the time that you are working and thinking about work. That is a lot of the time in the life of any professional salesman. And it requires him to look at himself and what he wants and focus on how to get it. You have to do it every day. You have to remind yourself of what you want. And you have to think about how you get what you want and how you can get more of it.

That means you have to look at your work as a profession with right moves and wrong ones, with ideas and methods that work and others that don't work. You have to study yourself and your work so that you know what makes you effective. I have told you a lot about how I think and feel and work. I have told you a lot of details about my methods. I know that there is a lot there that you can use, because many salesmen have told me that they have learned from what I tell them. They have told me that what I do works for them. But the best of them go on to develop their own methods and techniques. They take off from mine and develop better variations. Or they may even come up with their own systems that work better than mine do—for them. And I know salesmen in completely different fields who have used my techniques and variations successfully even though they had never been used before in that business. We have all seen a group of new small retail businesses develop—boutiques, they call them, small stores, usually selling clothing, that offer very personal service. This means that even though you can buy everything you want by pushing a cart through a self-service store, people want personal service. They prefer to buy from people who act like they care about them: people who call them when something comes in that they want, who re-member their birthdays and their interests, who write to them personally.

Anybody can run a boutique type of selling op-eration, no matter what you sell. Because what counts is not what kind of store you work in or what kind of merchandise you sell; what counts is how you treat your customers. That's the oldest, tiredest advice in the world, but it is also the truest. In a world of computers and self-service, a sales-man who says "*thank you*" can look like a hero and a friend. You have to say it because you mean it. But why shouldn't you mean it? Somebody came in and bought from you and gave you money so you can feed your kids or go to Europe or buy a speedboat. You better mean it. You better believe that anybody who gives you money is not a mooch but a human being.

There is no last word to this book. The story doesn't end. It just keeps beginning again. But each time that it begins, each time you plant seeds or fill the seats, it should be a little more professional, a little more effective. The customers and the money grow gradually, but they grow. And the more you sell, the more fun and the more profit you have.

At the beginning, I said that if you read and listened and learned the way I learned and did what I did, you would be a better seller of whatever you sell and you would like your work and yourself better.

That guarantee still holds. If I did it, you can do it. I guarantee it.

About the Author

JOE GIRARD has always believed that hard work and persistence can work wonders, and he has proven this premise with his own life. Starting as a newsboy for the *Detroit Free Press* at the age of nine, Joe Girard has worked as a shoe shine boy, dishwasher, delivery boy, stove assembler, and building contractor before starting a new career as salesman with a Chevrolet agency in Detroit. Before leaving the agency he sold over 13,000 cars, a record that put him in the Guinness Book of Records as "the world's greatest salesman" for 12 consecutive years. He still holds the all-time record for selling more people retail on a big ticket item...an average of six sales a day!

One of America's most sought-after speakers, Joe Girard appears before civic groups, religious organizations, and sales conventions of many major corporations. His list of engagements includes such important companies as General Motors, A.B. Dick Company, Xiebart Corporation, Chrysler Corporation, Ford Motor Company, CBS Records, and several hundred advertising and sales clubs in both America and Canada.

It is easy to understand why Joe Girard's first book, HOW TO SELL ANYTHING TO ANYBODY (a bestseller, of course!), helped millions of salesmen and saleswomen all over the world, for it is here as well as in his second book, HOW TO SELL YOURSELF, that Mr. Girard reveals the secrets of his success. "People don't buy a product; they buy me, Joe Girard," he says. "I can tell by their eyes."

Mr. Girard's list of awards is awesome, including the "Number One" car salesman title every year since 1966 as well as The Golden Plate Award from the American Academy of Achievement.

Joe Girard is always interested in hearing from his readers and may be reached by writing or calling:

Joe Girard
P.O. Box 358
East Detroit, Michigan 48021
(313) 774-9020